本书获得浙江海洋大学出版基金资助

# 中国古代海洋小说史论稿

李松岳 著

中国社会科学出版社

图书在版编目(CIP)数据

中国古代海洋小说史论稿/李松岳著. —北京：中国社会科学出版社，2019.12
ISBN 978-7-5203-5729-6

Ⅰ.①中… Ⅱ.①李… Ⅲ.①古典小说—小说史—研究—中国 Ⅳ.①I207.409

中国版本图书馆 CIP 数据核字(2019)第 269994 号

| 出 版 人 | 赵剑英 |
| --- | --- |
| 责任编辑 | 史慕鸿 |
| 责任校对 | 季　静 |
| 责任印制 | 戴　宽 |

| 出　　版 | 中国社会科学出版社 |
| --- | --- |
| 社　　址 | 北京鼓楼西大街甲 158 号 |
| 邮　　编 | 100720 |
| 网　　址 | http://www.csspw.cn |
| 发 行 部 | 010-84083685 |
| 门 市 部 | 010-84029450 |
| 经　　销 | 新华书店及其他书店 |
| 印　　刷 | 北京明恒达印务有限公司 |
| 装　　订 | 廊坊市广阳区广增装订厂 |
| 版　　次 | 2019 年 12 月第 1 版 |
| 印　　次 | 2019 年 12 月第 1 次印刷 |
| 开　　本 | 710×1000　1/16 |
| 印　　张 | 20 |
| 插　　页 | 2 |
| 字　　数 | 286 千字 |
| 定　　价 | 108.00 元 |

凡购买中国社会科学出版社图书，如有质量问题请与本社营销中心联系调换
电话：010-84083683
版权所有　侵权必究

# 目　录

绪论 …………………………………………………………………（1）

**第一章　先秦:海洋小说的萌蘖期** …………………………………（7）
　　第一节　神话传说与海洋 ………………………………………（7）
　　第二节　寓言故事与海洋 ………………………………………（12）

**第二章　两汉魏晋南北朝:海洋小说的塑型期** ……………………（20）
　　第一节　仙道小说与海洋 ………………………………………（20）
　　第二节　博物类小说中的海洋风貌 ……………………………（30）
　　第三节　志怪小说与海洋题材 …………………………………（39）
　　第四节　志人小说中的海洋因子 ………………………………（47）

**第三章　唐代:海洋小说的成熟期** …………………………………（56）
　　第一节　涉海传奇小说 …………………………………………（56）
　　第二节　涉海志怪与杂俎 ………………………………………（70）

**第四章　宋元:海洋小说的守成期** …………………………………（88）
　　第一节　志怪小说与海洋 ………………………………………（88）
　　第二节　涉海传奇与笔记小说 …………………………………（102）

第三节　金、元海洋题材小说概貌 …………………………（121）

**第五章　明代:海洋小说的繁荣期** …………………………（138）
　　第一节　海洋经商小说 …………………………………（138）
　　第二节　神魔小说与海洋 ………………………………（155）
　　第三节　涉海传奇与笔记小说 …………………………（177）

**第六章　清代:海洋小说的完成期** …………………………（197）
　　第一节　英雄演义小说与海洋 …………………………（197）
　　第二节　社会讽喻小说与海洋 …………………………（223）
　　第三节　涉海传奇与寓言小说 …………………………（251）
　　第四节　涉海志怪与笔记小说 …………………………（279）

**主要参考书目** ………………………………………………（308）

**后记** …………………………………………………………（314）

# 绪 论

## 一

说到海洋小说的经典性作品,至少在我们这一代人的阅读视野中,最熟悉的是美国作家海明威的《老人与海》,麦尔维尔的《白鲸》,杰克·伦敦的《海狼》,詹姆斯·库柏的《水手》,英国作家约瑟夫·康拉德的《水仙花号上的黑鬼》,笛福的《鲁滨逊漂流记》,法国作家凡尔纳的《格兰特船长的女儿》《海底两万里》,史蒂文生的《金银岛》,直至古希腊荷马史诗中的《奥德修纪》,却很难举出一部可与以上作品匹敌的中国海洋小说巨作,无论是古代还是当代,这不能不是一件令人十分遗憾和尴尬的事。

其中的原因很难说清楚。一方面,中国当代文学还处于不断探索发展的过程中,有众多涉及海洋题材的作品,但的确还未产生经典性的杰作;另一方面,人们对中国古代文学中有哪些海洋类作品,思想与艺术又处于什么样的水准,知之甚少,甚至根本不了解,连专门研究古代文学的学者也很少关注。中国当代文学能否产生经典性海洋文学作品,除了广泛吸纳世界优秀文学的养料,也必须认真了解和学习中国古代的海洋文学,这是一种绵延数千年的文学传统,任何当代的文学创作都不应也不能与传统一刀两断。而基础性工作则是对中国古代海洋文学的搜集、整理、分析和总结。这也是写作这部书的动因之一。

文学是展示人类心灵图像的窗口，阅读和研究海洋文学，无疑有助于人们更深刻地理解人类走过的历史进程，探究人类的思想感情、观念形态，尤其是人类精神成长、变异的繁复景观。值得探讨的至少包括以下一些话题：我们的先人面对海洋有过怎样的情感波澜和人生感悟；因为海洋如何调整对异域世界的地理空间观和思维形态；在处理人与自然的关系中他们又有过什么样的困惑和思考；不同时代的海洋文学里有什么样的思想形态与艺术风貌；等等。而我出生于偏僻荒凉的海岛渔村，祖辈都是渔民，自己也下过海，在我写出的近两千首诗歌和数百篇散文中，有一半是涉及海洋的，我想知道古人面对海洋时的心境，他们是如何描绘海洋的，我们的心灵是否彼此呼应契合，哪些是需要转换的，又有哪些需要传承和扬弃……说白了，我是带着个人浓厚的情感成分的，是海洋促成了我和先人心灵的交流对话。这是第二个动因。

随着中外交流程度的不断提高，中国人的思维日益开放多元，海洋作为人类交往竞技的大舞台的作用更加凸显，因之海洋意识也空前增强。在此背景下，海洋文化研究逐渐成为一门显学。在不少海洋文化研究专著和论文中，也提到海洋文学，但多是零碎的列举，或者捎带而过，根本构不成系统性的研究，至于中国古代的海洋文学更是无暇顾及，封存于时间的积尘下，任其发霉腐烂。也就是说，迄今为止还未见一部全面系统地整理研究中国古代海洋文学的著作。而我愿意在此做一个尝试性的研究工作，尽管识见和功力有限，也不惮于大方之家的哂笑了。这是第三个动因。

## 二

研究中国古代海洋小说，必须做好以下几方面的基础性工作。

一是古代海洋文学作品的搜集。任何严肃的研究工作，都必须先占有尽可能完备的资料。与其他类型的古代文学研究不同，海洋文学长期被忽视冷落，大约有多少篇目，各个时代的情况怎样，几乎一片空白。而且古人也少有专门创作海洋文学的，大多是兴趣所至，偶有涉及，没有一部海洋作品集子，而是大量散布于笔记、丛谈、漫录、野史、游记、自传等，况且古书汗牛充栋，一旦开始搜集，真可谓大海捞针，难以穷尽。经常的情形是，从图书馆冷僻的角落里抱回十几本古书（这些书几乎从未被人借阅），怀着极大的期待慢慢翻读，翻完几本，却看不到任何关于海洋的记录。更多的情形是翻完全书，偶尔有几条简短和海有关的书写（短的几十字，长的一二百字）。当然，如果一本书有众多涉及海洋的文字，那真是大喜过望，如获至宝了。明清两代要好一些，除搜寻笔记丛谈外，有了长篇小说，相对了解多一点，譬如屠绅的《蟫史》，陈忱的《后水浒传》，描写海洋的文字比较详细集中。搜集资料的工作持续大半年，但也只阅读了几百种书籍，不知有多少涉及海洋的文字还未发现，时常有遗珠之憾。

二是作品的取舍。"海洋小说"包含两个关键词：海洋，小说。因为是小说，就必须有小说的基本元素，当然是古代小说而不是现代小说。从古代小说的实际情形考察，本书划分小说范畴的主要标准是：（1）叙事性。有一定的叙事长度，是讲故事，且基本有头有尾，独立成篇。（2）具象性。有人物或动物的体征、语言、动作和性格，即有不同程度的形象描述。（3）文学性。带有一定程度的虚构想象，主观情感，运用的是文学化的语言。这样就把文学与历史著作、诗文评述、考据辨订等区别开来。对文言小说，特别是宋代之前的文言小说，取舍的标准适当降低，范围扩大，对宋代以后的白话小说则提高取舍标准。本书对"海洋小说"概念的内涵作如下界定：（1）以海洋为表现中心，探讨人与海的关系，展现海洋内在特质的作品，是真正意义上的海洋小说，但此类作品数量甚少；（2）与海有关的神话、传说、见闻、想象虚拟类的作品；（3）或隐或显地以海为背景和线索，重在描述人类活动的作品；（4）主要介绍和描述海洋风情、海洋形态及海域风土习俗的作品。这样界定的目的，是希望将古代海洋小说尽可能地置于考察的视野内，便于展示古代海洋小说的多样性与复杂性。

三是研究的体例。在中国古代文学研究中，类型化研究是最基本的形态。譬如文言小说研究，白话小说研究，下面又可分武侠小说、公案小说、志人志怪小说、传奇小说、拟话本、历史演义、章回小说、世情小说、神魔小说、才子佳人小说等。这种研究打破了按时段切块分析的模式结构，是以纵式结构研究某类作品的起源、变迁、成熟、衰落的过程，便于厘清其历史演变的脉络。海洋小说研究也是一种类型研究，不同之处在于主要着眼于小说的题材，而海洋作品广泛分布于以上列举的多种类型中，因此是更小一级的类型研究，其形态也只能是以时间演进为主的纵式结构。当然，涉及每一时段的海洋小说，需要兼顾不同形态的作品，并考察各类作品之间的相互关系、影响作品的外在诸多因素，则又是横向结构了。

四是时限与命名。本书考察的作品从先秦的神话传说始，到晚清的各类海洋小说止。"古代"是与"现代"相对的时间概念。1840年前的中国社会是超稳定的社会结构，海洋小说所反映的思想观念与内容也与社会形态相一致。鸦片战争后至清王朝终结，虽然社会形态发生了某些变化，但终究没有发生根本性的转折，文学观念与表现内容上萌生了一些新的因素，但只是古代文学最后的余波遗响，还不能算作真正意义上的现代文学。与此相关联，本书是按时间顺序展开论述的，尽管主观上想努力理清海洋小说演变发展的历史脉络，但没有将书名为"中国古代海洋小说史"，而加以"论稿"二字，是因为"小说史"需要全面考察每一时段的政治、经济、文化、政策、出版状况、对外交流等，这是著者目力识见所不及的。本书的重心在于对海洋小说形态与演变轨迹的分析清理，更多属于文学的"内部研究"。

## 三

本书写作中涉及与需要解决的还有以下几点。

首先，考察的海洋小说中不乏出色或者杰出的作品，但更多的是一般化甚至平庸化的作品。名作当然是一个时代文学成就的醒目标杆，值得深入研究，但并不能因此而鄙视忽略大量的一般化平庸化作品，否则文学史就变成了几部（或几篇）名作的展览场了。名作不是凭空产生的，常常是在大量平均价较低的作品的基础上，经过几十年（甚至数百年）的积累才有可能孕育出来。后者对前者的启示营养作用绝不可低估，况且有了后者，才能多方位地展示某一历史时段文学的不同风貌与复杂关系，更全面地呈现社会历史与人的精神图景。也即是说，要处理好宏观与微观、整体与局部的关系，不将具体作品看成是孤立的个体，而是整体中的有机部分，不是静止的，而是动态的转换过程。

其次，一般的文学史著作因为涉及面铺得较开，力量平均使用，对具体的文学作品很难作细致深入的分析，往往只是篇名的罗列，内容的扼要介绍，艺术特征的简单归纳。由于一些著者审美与艺术感知力的局限，一部文学史常常成为理念、概念的演绎场，机械枯燥，毫无生气。本书始终以文学作品为考察中心，在比较鉴别中呈现作品的不同风貌与艺术特性，还作品以充沛淋漓的生命元气。文学史不是一架巨型的空壳，作品正是它的细节和血肉。当然也不是纯粹的文本细读和艺术鉴赏，而是给以准确的把握，精当的评判。

再次，中国古代小说从神话传说始，中经汉魏两晋南北朝的志怪志人小说，唐传奇小说，宋代的拟话本小说，直到明、清的各类章回体长篇小说，经过了十分漫长的演变过程，形成了自身固有的具有民族特性的思维形态与艺术结构，因此，对中国古代小说的评价与分析，一般不宜以现当代引入的国外（主要是欧美）文艺理论来机械地搬用套用，以免造成方枘圆凿式的尴尬。譬如中国古代小说受圆型时间观影响，多以时间的先后顺序展开，而少见西方小说中时空、意识的错乱变替；中国古代小说绝大部分采用第三人称，较少采用第一人称；中国古代小说中的人物心理基本上是自洽自足的，较少西方小说中人物的精神错乱与痛苦忏悔；中国古代小说最常见的结尾是大团圆，而西方小说更喜欢采用悲剧式结尾；等等。这些都与民族的历史积淀、价值取向、接受心理密切相关，不能简单地评判其间的优劣。对待中国古代海洋小说也应如此观。因为这是两种完全不同的评价尺度。说得直白些，还是中国的归中国，外国的归外国，古代的归古代，现当代的归现当代。

古代海洋小说中有相当部分的优秀作品，值得人们付出心血去阅读研究。"而优秀的文学作品又具备了开放的艺术结构，各人都从里面领会他自己的意义，内涵的丰富性必然带来意义解读的多重性，最大程度地满足读者的'期待视野'。"[1] 从优秀的海洋小说中可以挖掘非常丰富的内在意蕴，历史的、经济的、宗教的、社会风俗的，当然，更有精神的变迁，人性的光芒，审美意义上的理想追求。

在临近退休的最后三年里，勉力完成这样一部著作，也算是了却了一桩心愿。数十年间写诗，写散文，写论文，写书，包括上课，全是围绕文学展开的。这辈子就做了这么一件自己喜欢的事，不管是成是败，是得是失，总可聊以自慰的吧？时光无情，时光也有情。

---

[1] 李松岳：《论斯坦倍克〈珍珠〉对人类生存境遇的寓言化书写》，《外国文学研究》2010年第4期。

# 第一章 先秦:海洋小说的萌蘖期

从人类产生到春秋战国时期,历史走过了漫长而神秘的时光。有多少先人们的歌吟与故事,都消散在大风和烟尘里,直到文字出现,才留下了一些供后人了解和遥想的古老记录。而神话和传说是先人创造的最灿烂动人的文学遗产,流淌着先人的思想情感,对世界的想象,对生命的期望。之后在诸子散文和历史散文中,则出现了大量寓言故事,蕴含着深刻的智慧。先秦时期的神话传说、寓言故事与今人对小说的理解相差甚远,但却是小说历史发展中精彩的开局,其中涉及海洋题材的作品则成为中国古代海洋小说的滥觞和源头。

## 第一节 神话传说与海洋

神话主要由想象与虚拟构成,也即是人类童年时期好奇与智力的产物,传说则多少带上了历史与事实的影子,但两者无法彻底分离,往往是你中有我,彼此渗透。

神话传说主要反映几个方面的内容,一是有关宇宙产生、人类诞生的,如盘古开天地、女娲补天等;二是颂扬征服自然的超凡英雄,如大禹、后羿、夸父、精卫等;三是记录原始部落之间的战争杀伐,如黄帝与炎帝、蚩尤,共工与颛顼,大禹与三苗等;四是记述人类的创造发明,如神农尝百草、仓颉造字、燧人氏钻火等。

中国古籍里包含了大量虽不成系统（与古希腊神话传说比），却也是异彩缤纷的片段式的神话传说，如《禹贡》《黄帝说》《穆天子传》《吕氏春秋》《淮南子》等。其中不少文字是关于海洋的，可以《山海经》为代表。《山海经》作者不可考，一般认为是先秦至秦汉时不同时代人创作增补而成，多记海内外山川神祇异物等，鲁迅认为是"古之巫书"。涉海文字主要见于《海内经》、《海外经》和《大荒经》中，譬如关于四海之神的传说：

> 东海之渚中有神，人面鸟身，珥两黄蛇，践两黄蛇，名曰禺䝞。黄帝生禺䝞，禺䝞生禺京。禺京处北海，禺䝞处东海，是惟海神。（《大荒东经》）

> 南海渚中有神，人面，珥两青蛇，践两赤蛇，名曰不廷胡余。（《大荒南经》）

> 西海陼中有神，人面鸟身，珥两青蛇，践两赤蛇，名曰弇兹。（《大荒西经》）

海神统领四海，模样怪异，喜欢与蛇为伴，神秘而恐怖。
也写到海的神话及海中许多奇异的传说：

> 汤谷上有扶桑，十日所浴，在黑齿北，居水中。有大木，九日居下枝，一日居上枝。（《海外东经》）

> 大荒之中有山，名曰孽摇頵羝，上有扶木，柱三百里，其叶如芥。有谷，曰温源谷。汤谷上有扶木，一日方至，一日方出，皆载于乌。（《大荒东经》）

## 第一章 先秦：海洋小说的萌蘖期

东海中有流波山，入海七千里。其上有兽，其状如牛，苍身而无角，一足，出入水则必风雨，其光如日月，其声如雷，其名曰夔。黄帝得之，以其皮为鼓，橛以雷兽之骨，声闻五百里，以威天下。(《大荒东经》)

有鱼偏枯，名曰鱼妇，颛顼死即复苏。风道北来，天乃大水泉，蛇乃化为鱼，是为鱼妇。颛顼死即复苏。(《大荒西经》)

其中第一次出现了关于西王母的传说：

西海之南，流沙之滨，赤水之后，黑水之前，有大山，名曰昆仑之丘。有神人面虎身，有尾，皆白，处子。其下有弱水之渊环之。其外有炎火之山，投物辄然。有人戴胜，虎齿豹尾，穴处，名曰西王母。此山万物尽有。(《大荒西经》)

《山海经》还通过丰富的玄想，描述了海外远国异民的诸多情状：

列姑射在海河洲中。
射姑国在海中，属列姑射，西南，山环之。
大蟹在海中。
陵鱼人面手足鱼身，在海中。
大鯾居海中。
明组邑居海中。(《海内北经》)

东海之外（有）大壑，少昊之国。少昊孺帝颛顼于此，弃其琴瑟。有甘山者，甘水出焉，生甘渊。(《大荒东经》)

> 东海之外，大荒之中，有山名曰大言，日月所出。有波谷山者，有大人之国。有大人之市，名曰大人之堂。……有小人国，名靖人。（《大荒东经》）

> 大荒之中有山名曰合虚，日月所出。有中容之国，帝俊生中容，中容人食兽、木实，使四鸟：豹虎熊罴。（《大荒东经》）

> 羽民国在其东南，其为人长头，身生羽。（《海外南经》）

> 大人国在其北，为人大，坐而削船。（《海外东经》）

《山海经》中提到的海内外国家达一百多个，绝大多数是一种大胆的假想，无法证实，却也强烈表达了先人对遥远世界的向往和好奇。

《山海经》中也涉及了人类与大海发生密切关系的诸多现象，这部分内容最贴近历史与人类真实的生活：

> 海内有两人，名曰女丑。女丑有大蟹。（《大荒东经》）

> 有人名曰张弘，在海上捕鱼，海中有张弘之国，食鱼，使四鸟。（《大荒南经》）

> 有人焉，鸟喙有翼，方捕鱼于海。（《大荒南经》）

以上记载证明人类很早就造出船，在大海上闯荡，靠捕鱼为生了。

还有部落之间的战争："大荒之中，有山名曰祝融，海水南入焉。有人曰凿齿，羿杀之。"（《大荒南经》）

大禹治水的壮举："洪水滔天，鲧窃帝之息壤以堙洪水，不待帝命。帝

令祝融杀鲧于羽郊。鲧复生禹,帝乃命禹卒布土以定九州。"(《海内经》)

在后世流传最广、影响最大的要数《山海经·北次三经》中"精卫填海"的故事:

> 发鸠之山,其上多柘木。有鸟焉,其状如乌,文首、白喙、赤足,名曰精卫,其名自詨;是炎帝之少女名曰女娃。女娃游于东海,溺而不返,故为精卫,常衔西山之木石以堙于东海。

"精卫填海"传说已具备小说的多方面因素:有环境衬托,外貌描写,动作描写,初步的性格特征,还有补叙的手法,头尾完备,而其中所蕴含的悲剧精神则可引发后人多元化的解读。

除《山海经》外,涉海神话与传说,还可举出《列子》中的例子。一是描述列姑射山的:

> 列姑射山在海河洲中。山上有神人焉,吸风饮露,不食五谷;心如渊泉,形如处女;不偎不爱,仙圣为之臣;不畏不怒,愿悫为之使;不施不惠,而物自足;不聚不敛,而己无愆。阴阳常调,日月常明,四时常若,风雨常均,字育常时,年谷常丰;而土无札伤,人无夭恶,物无疵厉,鬼无灵响焉。(《列子·黄帝》)

文中较早出现了仙山上神人形象,而且是在大海中。

另一是描述渤海中的五座神山:

> 汤又问:"物有巨细乎?有修短乎?有同异乎?"革曰:"渤海之东不知几亿万里,有大壑焉,实惟无底之谷,其下无底,名曰归墟。八纮九野之水,天汉之流,莫不注之,而无增无减焉。其中有五山焉:一曰岱舆,二曰员峤,三曰方壶,四曰瀛洲,五曰蓬莱。其山高

下周旋三万里,其顶平处九千里。山之中间相去七万里,以为邻居焉。其上台观皆金玉,其上禽兽皆纯缟。珠玗之树皆丛生,华实皆有滋味,食之皆不老不死。所居之人皆仙圣之种;一日一夕飞相往来者,不可数焉。而五山之根无所连箸,常随潮波上下往还,不得暂峙焉。仙圣毒之,诉之于帝。帝恐流于西极,失群仙圣之居,乃命禺强使巨鳌十五举首而戴之。迭为三番,六万岁一交焉。五山始峙。而龙伯之国有大人,举足不盈数步而暨五山之所,一钓而连六鳌,合负而趣,归其国,灼其骨以数焉。于是岱舆、员峤二山流于北极,沉于大海,仙圣之播迁者巨亿计。……"(《列子·汤问》)

写神山与仙人,又写大海的动荡壮阔,极尽华丽的夸张,而大人国中龙伯钓鳌的典故极为著名。

综上所述,以《山海经》为代表的涉海神话传说,虽然还不能视为一般意义上的小说,重于记事而少描写,缺少对话与行为展开,人物性格和形象也不鲜明,且多片段短制,但多方面展示了先民积淀的文化心理,为后世小说创作提供了丰富的素材,尤其是"神话宏大的时空观念也具有想象和叙事框架的意义。一方面有天界、人间、幽冥的三界设计,另一方面又有对殊方绝域的幻想,这使得神话和有关小说的叙事空间比一般的写实小说更广大、更灵活"①。神话传说超越时空的宏伟奔放的想象力、对世界大胆而新奇的构造设置,对后世创作具有极大的启示和影响,不管是仙道小说、志怪小说、唐宋传奇小说,还是明清的神魔小说、英雄传奇小说,都留有古代神话传说的鲜明烙印。

## 第二节 寓言故事与海洋

一切叙事文学都离不开故事,或者说"讲故事"是人类天生具有的欲

---

① 刘勇强:《中国古代小说史叙论》,北京大学出版社2007年版,第46页。

望和本领。当然,要成为文学化的故事,除了讲述的诸多技巧,故事也必须包含一定的思想容量。随着战国中期思想大解放时代的到来,诸子及策士为了增强论辩的力量和效果,大量运用讲故事的形式,来阐明某个观点和主张,这就是寓言。与神话传说比较,寓言当然也需要想象力,但它更多取材于社会现实,更具有鲜明的现实针对性。阅读寓言故事,第一层次是它的故事性,要新鲜,生动,具有鉴赏性和娱乐性;第二层次才是核心,即它所隐藏的意义内涵,否则就流于通俗故事的表面化了。

《列子》《庄子》《韩非子》等书的作者,都是运用寓言故事的高手,并常将海洋作为故事的背景与题材。《列子·黄帝》中关于"沤鸟"的描述就是很生动的一则寓言故事:

> 海上之人有好沤鸟者,每旦之海上,从沤鸟游,沤鸟之至者百住而不止。其父曰:"吾闻沤鸟皆从汝游,汝取来,吾玩之。"明日之海上,沤鸟舞而不下也。故曰:至言去言,至为无为;齐智之所知,则浅矣。

儿子对海鸥是"好""游",父亲则是"取""玩",海鸥对两者的表现也完全不同:一是"至者百住而不止",一则"舞而不下",故事用了对比手法,推崇道家的"无为"而摈弃世俗的"齐智"。

再举《韩非子·说林上》中的一段文字:

> 鲁穆公使众公子或宦于晋,或宦于荆。犁鉏曰:"假人于越而救溺子,越人虽善游,子必不生矣。失火而取水于海,海水虽多,火必不灭矣,远水不救近火也。今晋与荆虽强,而齐近,鲁患其不救乎!"

这一则寓言故事采用取譬手法,以越人善游而子不生、海水灭火而火不灭来表达一国处理政治与外交关系应采取的策略方法。

《吕氏春秋·异用》中的寓言故事则颂扬了仁义爱心的怀柔感召力量：

汤见祝网者，置四面，其祝曰："从天坠者，从地出者，从四方来者，皆离吾网。"汤曰："嘻！尽之矣。非桀其孰为此也！"汤收其三面，置其一面。更教祝曰："昔蛛蝥作网罟，今之人学纾。欲左者左，欲右者右，欲高者高，欲下者下，吾取其犯命者。"汉南之国闻之，曰："汤之德及禽兽矣。"四十国归之。

其他著作也善用寓言，如《战国策·齐策一》"靖郭君将城薛"里的一段：

君不闻海大鱼乎？网不能止，钩不能牵；荡而失水，则蝼蚁得意焉。今夫齐，亦君之水也。君长有齐阴，奚以薛为？失齐，虽隆薛之城到于天，犹之无益也。

以原本自由的海大鱼因失水而遭蝼蚁嘲笑，来劝说人不可失去根本的依靠。

大量涉及海洋类寓言故事的是《庄子》。《庄子》一书以其超迈脱俗的精神追求、汪洋恣肆的飞扬文采和恢宏奇谲的艺术形态，成为先秦诸子散文的翘楚。庄子具有浓厚的海洋情结，其寓言常以大海为背景，大海的动荡壮阔、变化万端，正与他精神的自由往来相契合，或者说，大海成了庄子驰骋雄放想象、寄寓哲学思想最理想的载体。

先看《外物》篇中的"任公子钓大鱼"：

任公子为大钩巨缁，五十犗以为饵，蹲乎会稽，投竿东海，旦旦而钓，期年不得鱼。已而大鱼食之，牵巨钩，锱没而下，骛扬而奋鬐，白波若山，海水震荡，声侔鬼神，惮赫千里。任公子得若鱼，离而腊之，自制河以东，苍梧以北，莫不厌若鱼者。已而后世辁才讽说之徒,皆惊而相告也。夫揭竿累,趣灌渎,守鲵鲋,其于得大鱼难矣,饰小说以干县令,其于大达亦远矣,是以未尝闻任氏之风俗,其不可与经于世亦远矣。

任公子投竿东海钓大鱼,开篇便气势非凡,雄心不俗。而大鱼吞钩后的狂怒力量足可以令人心惊胆裂;然后引得那些宵小之徒到处相传,却只能用小绳竿在小河里钓点小鱼。庄子是以两者相比较,说明"小道"与"大道"的本质区别。值得注意的是,庄子在此处第一次提出了"小说"的概念,尽管指的是琐屑的言谈、浅薄的道理,但在文学史上意义重大。

关于钓鱼,庄子也说到了自己:

庄子钓于濮水。楚王使大夫二人往先焉,曰:"愿以境内累矣!"庄子持竿不顾,曰:"吾闻楚有神龟,死已三千岁矣,王巾笥而藏之庙堂之上。此龟者,宁其死为留骨而贵乎?宁其生而曳尾于涂中乎?"二大夫曰:"宁生而曳尾涂中。"庄子曰:"往矣!吾将曳尾于涂中。"(《秋水》)

楚王请庄子去当官,庄子以神龟"死骨留而贵"还是"生而曳尾于涂"让请他的大夫做出选择,巧妙地拒绝了对方的邀请,表达了自己安于贫困、鄙薄仕途的淡泊心志。

《秋水》篇中"望洋兴叹"的寓言非常有名:

秋水至时,百川灌河;泾流之大,两涘渚崖之间不辩牛马。于是焉河伯欣然自喜,以天下之美为尽在己。顺流而东行,至于北海,东面而视,不见水端。于是焉河伯始旋其面目,望洋向若而叹曰:"野语有之曰,'闻道百,以为莫己若'者,我之谓也。且夫我尝闻少仲尼之闻而轻伯夷之义者,始吾弗信;今我睹子之难穷也,吾非至于子之门则殆矣，吾长见笑于大方之家。"

这则寓言既有对秋水壮美景观和东海阔大无端的描述，又有河伯由此产生的感叹和反省，写得曲折有致。从表层看，是深感于"生有涯而知无涯"，恐怕还包含更深的哲理。

庄子的寓言经常以动物作为描述的主要角色。其一是鸟：

> 昔者，海鸟止于鲁郊，鲁侯御而觞之于庙，奏"九韶"以为乐，具太牢以为膳。鸟乃眩视忧悲，不敢食一脔，不敢饮一杯，三日而死。此以己养养鸟也，非以鸟养养鸟也。（《至乐》）

鲁侯把海鸟当作神鸟，给它酒和肉，还奏隆重的"九韶"之乐，结果海鸟不吃不喝，终于饿死。要害在于对海鸟的习性一无所知，即"以己养养鸟"，"非以鸟养养鸟"。

而最为恢宏奇异的是鲲鱼变成的大鹏形象了：

> 北冥有鱼，其名为鲲。鲲之大，不知其几千里也；化而为鸟，其名为鹏。鹏之背，不知其几千里也；怒而飞，其翼若垂天之云。是鸟也，海运则将徙于南冥。南冥者，天池也。……"鹏之徙于南冥也，水击三千里，抟扶摇而上者九万里，去以六月息者也。"（《逍遥游》）

另一段文字有所变化：

> 穷发之北，有冥海者，天池也。有鱼焉，其广数千里，未有知其修者，其名为鲲。有鸟焉，其名为鹏，背若泰山，翼若垂天之云。抟扶摇羊角而上者九万里，绝云气，负青天，然后图南，且适南冥也。

两段文字以非凡的想象力，描述了大鹏鸟展翅雄飞，水击三千里，旋起巨大风暴直上九万里的雄姿和气魄，具有极强的艺术感染力，其巨型的形象与充满动感的节奏，既给人以高度的审美愉悦，又将心灵带向无限空阔的宇宙，从而洗去世俗的一切宵小和鄙琐。

为衬托大鹏鸟的不同凡响，庄子在寓言中又巧妙地置入了它的对立面，即"大"与"小"的对比，唯其大愈显出小，反过来，因为小而愈衬出大，可见艺术构思上的匠心。接第一段文字，看见大鹏鸟背负青天飞向南冥，"蜩与学鸠笑之曰：'我决起而飞，抢榆枋，时则不至，而控于地而已矣；奚以之九万里而南为？'"蝉与麻雀体型小，能力小，志向小，只能越过树顶，又跌落于地面，却怀疑和嘲笑大鹏鸟的能力和抱负。第二段文字中出现的是斥鴳："斥鴳笑之曰：'彼且奚适也？我腾跃而上，不过数仞而下，翱翔蓬蒿之间，此亦飞之至也。而彼且奚适也？'"腾跃不过数仞，只能在草间低飞的小鴳鸟，自然有自知之明，却两次问"彼且奚适也？"，无论如何不能理解大鹏鸟的作为，因而发出轻薄的哂笑。它们的表现，正构成了喜剧性的反讽效果。

人们当然神往于大鹏鸟独与天地相往来的自由精神，鄙薄于蝉、麻雀、斥鴳们的浅陋无知，但是否体会到大鹏鸟不被世俗所理解、在高傲姿态中深藏的孤独和忧愤？人世中又何尝不是如此？庄子实在是在以鸟喻人世，甚至包括他自己。

其二是鱼鳖：

> 坎井之蛙……谓东海之鳖曰："吾乐欤！出跳梁乎井干之上，入休乎缺甃之崖；赴水则接腋持颐，蹶泥则没足灭跗。还虷、蟹与科斗，莫吾能若也。且夫擅一壑之水，而跨跱坎井之乐，此亦至矣。夫子奚不时来入观乎？"
>
> 东海之鳖左足未入，而右膝已絷矣。于是逡巡而却，告之海曰："夫千里之远，不足以举其大；千仞之高，不足以极其深……夫不为

顷久推移，不以多少进退者，此亦东海之大乐也。"

于是坎井之蛙闻之，适适然惊，规规然自失也。（《秋水》）

浅井里的青蛙对东海来的大鳖夸口自己多快活，可在栏杆边跳跃，在洞里休息，水里嬉戏，泥里行走，是井里唯一的主人，孑孓、小蟹、蝌蚪谁也比不上他。东海鳖想过去看看，根本进不去，于是对青蛙说大海有多大、多深，时间长短、雨量大小都不会使大海受到影响，住在大海里才算得上是真正的快乐。井底之蛙固然可笑可悲，好在从自夸到吃惊，并知道了自己的渺小。

再举"枯鱼之肆"：

庄周家贫，故往贷粟于监河侯。监河侯曰："诺！我将得邑金，将贷子三百金，可乎？"

庄周忿然作色曰："周昨来，有中道而呼者。周顾视车辙中，有鲋鱼焉。周问之曰：'鲋鱼来，子何为者邪？'对曰：'我，东海之波臣也，君岂有斗升之水活我哉？'周曰：'诺！我且南游吴、越之王，激西江之水而迎子，可乎？'鲋鱼忿然作色曰：'吾失我常与，我无所处，吾得斗升之水然活耳，君乃言此，曾不如早索我于枯鱼之肆！'"（《外物》）

寓言用第一人称，把自己摆了进去。当然不必当真，很可能是为了引出话题的构思。第一层讲庄周去向人借粮，对方假装慷慨，其实是拒绝的托词。但庄子不是等闲之辈，借第二层意思给予辛辣回击：鱼快干涸而死，却说要借遥远的西江之水来救它，这不是假慈悲吗？而且要救鱼，只需那么一点的"斗升之水"。怪不得鲋鱼要愤怒了：你早点在鱼市场上去找我吧！

《庄子》里的海洋类寓言故事，无论是河伯、大鹏、海鸟还是鱼鳖、井蛙,都被赋予了人的思想感情,喜怒哀乐,因而有血有肉,成为饱满鲜活的艺术形象。

先秦寓言故事,尤其是《庄子》中的寓言故事,对后世小说具有多方面的借鉴意义。一是取材广泛性,既有现实层面的人事,也有神话传说,更有自然界中的众多动物;二是形象大于思想,不直接说出题旨,而是用形象表达,巧妙而含蓄;三是拟人化的手法,寓言中的神和动物各有其形态、性格及思想,体现了物我同一的思想观念;四是大量对话的引入,既可刻画形象、表现性格,又推动故事情节的衍生发展。

# 第二章 两汉魏晋南北朝：海洋小说的塑型期

在中国小说发展史上，两汉魏晋南北朝是一个非常重要的时期。一方面，开创了小说叙事的多种形态，如仙道小说、博物类小说、志怪小说、志人小说等，尽管还缺乏高度自觉的创作意识，叙事相对简约，篇幅短小；另一方面，在小说艺术上作了探索总结，形成了一套具有民族特色，且行之有效的小说创作理论，对后世的小说产生了重大影响。可以说这一时期是中国古代小说的塑型期。

## 第一节 仙道小说与海洋

上古的神话传说中，主角多为神、人、兽三位一体的形象，其行为与力量远非世俗人可以比拟，是巨型的英雄；后人托名所作的《穆天子传》并非严格的历史著作，渗入了大量幻想虚拟性的内容。这些都成为汉魏兴起的仙道小说的滥觞。道家学说自春秋战国产生后，在秦汉时期得以广泛传播，宣扬神仙可学，道术可求。东汉后期印度佛教的传入，进一步提供了世人超越现实、开拓新的精神空间的可能性。加上历代帝王的追求长生不老，于是仙道小说勃兴便成为必然。正如鲁迅所说："中国本信巫，秦汉以来，神仙之说盛行，汉末又大畅巫风，而鬼道愈炽；会小乘佛教亦入中土，渐见流传。凡此，皆张皇鬼神，称道灵异，故自晋迄隋，特多鬼神志怪之书。"[①] 鲁迅说

---

① 鲁迅：《中国小说史略》，见《鲁迅全集》第九卷，人民文学出版社1982年版，第43页。

的是志怪小说，但其实鬼神产生的渊源是一样的。班固《汉书·艺文志》收神仙类书十种，称"神仙者，所以保性命之真而游求于其外者也。聊以荡意平心，同死生之域，而无怵惕于胸中。然而或者专以为务，则诞欺怪迂之文弥以愈多"。一方面指出企求"同生死之域"是人的本性，同时又指明仙道小说多"诞欺怪迂之文"。仙道小说作者一是通佛道的文人，二是方士。

求仙学道多与海洋有关。《史记·封禅书》载：

>自威、宣、燕昭使人入海求蓬莱、方丈、瀛洲。此三神山者，其传在渤海中，去人不远；患且至，则船风引而去。盖尝有至者，诸仙人及不死之药皆在焉……及至秦始皇并天下，至海上，则方士言之不可胜数。始皇自以为至海上而恐不及矣，使人乃赍童男女入海求之。船交海中，皆以风为解，曰未能至，望见之焉。其明年，始皇复游海上，至琅邪，过恒山，从上党归。后三年，游碣石，考入海方士，从上郡归。后五年，始皇南至湘山，遂登会稽，并海上，冀遇海中三神山之奇药。不得，还至沙丘崩。

《史记》常用小说笔法。这段文字记齐国君主与秦始皇对三神山及不死药的渴求，尤其是秦始皇，到死都没放弃追求"同生死之域"的欲念，其情至诚，但终归虚妄。

更早的《庄子·逍遥游》中对神人有过传神的写照：

>藐姑射之山，有神人居焉，肌肤若冰雪，绰约若处子。不食五谷，吸风饮露。乘云气，御飞龙，而游乎四海之外。其神凝，使物不疵疠而年谷熟。

这里的神人形象应是女性。而藐姑射山就在大海中。

也有将现实中人死后神化的,如东汉赵晔《吴越春秋》中伍子胥化为潮神的描述:

> 吴王乃取子胥尸,盛以鸱夷之器,投之于江中,言曰:"胥,汝一死之后,何能有知?"即断其头,置高楼上,谓之曰:"日月炙汝肉,飘风飘汝眼,炎光烧汝骨,鱼鳖食汝肉。汝骨变形灰,有何所见?"乃弃其躯,投之江中。子胥因随流扬波,依潮来往,荡激崩岸……(卷五《夫差内传》)

> 越王葬种于国之西山,楼船之卒三千余人,造鼎足之羡,或入三峰之下。葬七年,伍子胥从海上穿山胁而持种去,与之俱浮于海。故前潮水潘候者,伍子胥也;后重水者,大夫种也。(卷十《勾践伐吴外传》)

也是用了小说的笔法,算得上生动。

现在所见最早的仙道小说是汉代托名刘向的《列仙传》和郭氏的《汉武洞冥记》。《列仙传》中有仙人七十余,如黄帝、赤松子、彭祖等,也有人神恋爱与游仙故事;《汉武洞冥记》中的"洞冥"意指通过求仙得道,可洞见幽暗神秘的生死之理,而与海有关的是东方朔出身与遇仙的传说,不失为新奇:

> 东方朔,字曼倩。父张夷,字少平,妻田氏女。夷年二百岁,颜如童子。朔生三日,而田氏死,时景帝三年也。邻母拾而养之。年三岁,天下秘谶,一览暗诵于口,常指撝天下,空中独语。邻母忽失朔,累月方归,母答之。后复去,经年乃归。母忽见,大惊曰:"汝行经年一归,何以慰我耶?"朔曰:"儿至紫泥海,有紫水污衣,仍过虞渊湔浣,朝发中返,何云经年乎?"母问之:"汝悉是何处行?"朔曰:

"儿涮衣竟,暂息都崇堂。王公饴之以丹霞浆,儿食之太饱,闷几死,乃饮玄天黄露半合,即醒。"……朔以元封中游蒙鸿之泽,忽见王母采桑于白海之滨。俄有黄眉翁指阿母以告朔曰:"昔为吾妻,托形为太白之精,今汝此星精也。吾却食吞气已九千余岁,目是瞳子,色皆青光,能见幽隐之物。三千岁一反骨洗髓,两千岁一刻骨伐毛,自吾生已三洗髓,五伐毛矣。"(《汉武洞冥记》卷一)

东方朔是汉武帝朝中著名弄臣,见闻广博,又诙谐滑稽,借他以广神仙之道也就不足为奇了。

由于汉武帝文治武功,开拓疆域,与外国交流频繁,异域珍宝轶闻不断传入,又由于其喜好神仙封禅,求长生不老之术,于是文人方士常借武帝宣扬神仙之道,有了托名班固、葛洪的仙道小说《汉武故事》和《汉武内传》。两书主要记武帝求仙之事:

> 其年禅嵩里,祠后土,东临渤海,望祠蓬莱,仰天自誓,重要灵应,而终无感。春,还受计于甘泉,二月,起建章宫。夏五月,正历以正月为岁首,色尚黄,数用五,定官名、协律吕,此本王母意也。至太初二年三月,行幸河东,祠后土。以太初三年正月行幸,东巡海上。夏四月,还,修封泰山。以太初四年起明光宫,改号天汉。元年正月,行幸河东,祠后土。至天汉二年春,行幸东海,还,幸回中。三月,行幸泰山,修封祠明堂。至太始三年五月,行幸东海,山称万岁。冬,赐行所道户钱五千余,鳏寡孤独者,人帛一匹。太始四年三月,行幸泰山,祠西王母,求灵应。征和四年春,行幸东莱,临大海,清斋,祀王母、上元夫人求应亦不得。(《汉武内传》)

> 上欲浮海求神仙,海水暴沸涌,大风晦冥,不得御楼船,乃还。上乃言曰:"朕即位已来,天下愁苦,所为狂悖,不可追悔。自今有

妨害百姓费耗天下者，罢之。"田千秋奏请罢诸方士，斥遣之。上曰："大鸿胪奏是也。其海上诸侯及西王母驿悉罢之。"拜千秋为丞相。（《汉武故事》）

上篇记武帝对神仙之道的孜孜以求，下篇记武帝晚年的追悔。而武帝向西王母请不死之药的场景堪称精彩：

是夜漏七刻，空中无云，隐如雷声，竟天紫气。有顷，王母至，乘紫车，玉女夹驭，戴七胜，履玄琼凤文舄，青气如云，有二青鸟如乌，夹侍母旁。下车，上迎拜，延母坐，请不死之药。母曰："太上之药，有中华紫蜜，云山紫蜜，玉液金浆；其次药，有五云之浆，风实之子，玄霜绛雪……"因出桃七枚，母自啖二枚，与帝五枚。帝留核着前。王母问曰："用此何为？"上曰："此桃美，欲种之。"母笑曰，"此桃三千年一著子，非下土所植也。"留至五更，语谈世事……（《汉武故事》）

《汉武故事》《汉武内传》模仿《穆天子传》，托名东方朔的《神异经》《十洲记》专记异域殊方的山川地理，奇人异物，则是模仿《山海经》的。前者所记奇人，类似神仙风貌：

西海水上有人，乘白马朱鬣，白衣玄冠，从十二童子，驰马西海水上，如飞如风，名曰河伯使者。或时上岸，马迹所及，水至其处。所之之国，雨水滂沱。暮则还河。

西海之外有鹄国焉，男女皆长七寸。为人自然有礼，好经纶跪拜。其人皆寿三百岁。其行如飞，日行千里。百物不敢犯之，唯畏海鹄，过辄吞之，亦寿三百岁。此人在鹄腹中不死，而鹄一举千里。

西北海外有人，长二千里，两脚中间相去千里，腹围一千六百里。但日饮天酒五斗，不食五谷鱼肉，唯饮天酒。忽有饥时，向天仍饮。好游山海间，不犯百姓，不干万物，与天地同生，名曰无路之人，一名仁，一名信，一名神。

后者亦名《海内十洲记》，虽是地理博物类作品，但重在记述仙家故事。汉武帝闻海外有祖洲、瀛洲、玄洲等十洲，询问东方朔，东方朔自称"臣，学仙者耳，非得道之人"，为武帝详述十洲，并及沧海岛、方大洲、蓬莱山、昆仑山之仙阙福地，涉及太玄都、紫府宫、太帝宫、金墉城、鬼谷先生、太上真人、天帝君、西王母、三天君、上元夫人等，以及风生兽、火光兽、切玉刀、夜光杯、续弦胶、返魂树、反生香等异物，是典型的"好言神仙"的道家小说。兹引几段：

祖洲近在东海之中，地方五百里，去西岸七万里。上有不死之草，草形如菰苗，长三四尺，人已死三日者，以草覆之，皆当时活也，服之令人长生。昔秦始皇大苑中，多枉死者横道，有鸟如乌状，衔此草覆死人面，当时起坐而自活也。有司闻奏，始皇遣使者赍草以问北郭鬼谷先生。鬼谷先生云："此草是东海祖洲上，有不死之草，生琼田中，或名为养神芝。其叶似菰苗，丛生，一株可活一人。"始皇于是慨然言曰："可采得否？"乃使使者徐福发童男童女五百人，率摄楼船等入海寻祖洲，遂不返。福，道士也，字君房，后亦得道也。

生洲在东海丑寅之间，接蓬莱十七万里，地方二千五百里。去西岸二十三万里。上有仙家数万。天气安和，芝草常生。地无寒暑，安养万物。亦多山川仙草众芝。一洲之水，味如饴酪。至良洲者也。

瀛洲在东海中，地方四千里，大抵是对会稽，去西岸七十万里。

上生神芝仙草。又有玉石，高且千丈。出泉如酒，味甘，名之为玉醴泉，饮之，数升辄醉，令人长生。洲上多仙家，风俗似吴人，山川如中国也。

扶桑在东海之东岸，岸直，陆行登岸一万里，东复有碧海。海广狭浩污，与东海等。水既不咸苦，正作碧色，甘香味美。扶桑在碧海之中，地方万里。上有太帝宫，太真东王父所治处。地多林木，叶皆如桑。又有椹树，长者数千丈，大二千余围。树两两同根偶生，更相依倚。是以名为扶桑仙人。食其椹而一体皆作金光色，飞翔空玄。其树虽大，其叶椹故如中夏之桑也。但椹稀而色赤，九千岁一生实耳，味绝甘香美。地生紫金丸玉，如中夏之瓦石状。真仙灵官，变化万端，盖无常形，亦有能分形为百身十丈者也。

这些描述文字精美，想象丰富，画面感强。但总体看，除第一段外，缺具体的人物和行动，故事性较弱。

有人物故事描述详尽的是晋葛洪《神仙传》中有关仙女麻姑的文字：

汉孝桓帝时，神仙王远，字方平，降于蔡经家。将至一时顷，闻金鼓箫管人马之声，及举家皆见，王方平戴远游冠，着朱衣，虎头鞶囊，五色之绶，带剑，少须，黄色，中形人也。乘羽车，驾五龙，龙各异色，麾节幡旗，前后导从，威仪奕奕，如大将军。鼓吹皆乘麟，从天而下，悬集于庭，从官皆长丈余，不从道行。既至，从官皆隐，不知所在，唯见方平，与经父母兄弟相见。

独坐久之，即令人相访。经家亦不知麻姑何人也。言曰："王方平敬报姑，余久不在人间，今集在此，想姑能暂来语乎？"有顷，使者还。不见其使，但闻其语云："麻姑再拜，不见忽已五百余年，尊卑有叙，修敬无阶，烦信来，承在彼。登山颠倒。而先受命，当按行蓬莱，今便暂往。如是当还，还便亲觐，愿来即去。"如此两时间，麻姑至矣。来时亦先闻人马箫鼓声。既至，从官半于方平。麻姑至，蔡经亦举家见之。是好女子，年十八九许，于顶中作髻，余发垂至腰。其衣有文章，而非锦绮，光彩耀目，不可名状。入拜方平，方平为之起立。

坐定，召进行厨，皆金盘玉杯，肴膳多是诸花果，而香气达于内外。擘脯行之，如柏灵，云是麟脯也。麻姑自说云："接侍以来，已见东海三为桑田。向到蓬莱，水又浅于往者会时略半也。岂将复还为陵陆乎？"方平笑曰："圣人皆言海中复扬尘也。"（《麻姑传》）

神仙王方平到朋友蔡经家，想见麻姑，已有五百多年不见了，便派使者，麻姑从蓬莱仙山来见，只坐了一会，便说已看见"东海三为桑田"，这就是"沧海桑田"典故的由来。结尾也颇为有趣：

又麻姑鸟爪，蔡经见之，心中念言："背大痒时，得此爪以爬背，当佳。"方平已知经心中所念，即使人牵经鞭之。谓曰："麻姑，神人也，汝何思谓爪可以爬背耶？"但见鞭着经背，亦不见有人持鞭者。方平告经曰："吾鞭不可妄得也。"

蔡经看见麻姑手指，心里想叫麻姑为他搔背，立即被王方平知晓，以鞭击背，警戒凡人不可亵渎神仙。但所引文字出自宋代《太平广记》，不知是否有所增改。

王嘉《拾遗记》也是一部宣扬神仙方术之书，其中有关"沦波舟"的记载，可算是中国古代较早的科幻小说：

始皇好神仙之事，有宛渠之民，乘螺舟至。舟形似螺，沉行海底，而水不浸入，一名"沦波舟"。其国人长十丈，编鸟兽之毛以蔽

形。始皇与之语，及天地初开之时，了如亲睹。（卷四）

秦始皇求仙一直是后世小说的话题，南朝殷芸的《殷芸小说》卷一有记：

> 齐鬲城东有蒲台，秦始皇所顿处。时始皇在台下萦蒲系马，至今蒲生犹萦，俗谓之始皇蒲。始皇作石桥，欲过海观日出处。时有神人能驱石下海，石去不速，神人辄鞭之，皆流血，至今悉赤。阳城十一山石尽起东倾，如相随状，至今犹尔。秦皇于海中作石桥，或云：非人功所建，海神为之竖柱。始皇感其惠，乃通敬于神，求与相见。神云："我形丑，约莫图我形，当与帝会。"始皇乃从石桥入海三十里，与神人相见。左右巧者潜以脚画神形。神怒曰："速去。"即转马，前脚犹立，后脚随崩，仅得登岸。

将史料、传说、实景融为一体，可视作野史笔记之滥觞。

南朝的《洞仙传》也载有秦始皇派徐福入海求仙药事：

> 徐福，字君房，不知何许人也。秦始皇时，大宛中多枉死者横道，数有鸟如乌状，衔草覆死人面，皆登时活，有司奏闻。始皇使使者赍此草，以问北郭鬼谷先生。先生云："是东海中祖洲上不死之草，生琼田中，一名养神芝。其叶似菰生不丛，一株可活一人。"始皇于是乃谓："可索得。"因访求精诚道士徐福，发童男童女各五百人，率楼船等入海。寻祖洲，不返，不知所在。逮沈羲得道黄老，遣福为使者，乘白虎车；度世君司马生乘龙车，侍郎薄延乘白鹿车，俱来迎。

徐福东渡故事亦见《史记·秦始皇本纪》，但较简略，本篇增加了鸟衔不死草活人、与鬼谷先生的问答、徐福得道后乘白虎车等情节，更曲折离奇，引人遐想。

《拾遗记》中的"西海之槎"，由船、海连接起星月天河，境界便突然阔大壮丽：

> 尧登位三十年，有巨查（槎）浮于西海。查上有光，夜明昼灭。海人望其光，乍大乍小，若星月之出入矣。查常浮绕四海，十二年一周天，周而复始，名曰贯月查，亦谓挂星查。羽人栖息其上，群仙含露以漱，日月之光则如暝矣。虞夏之季，不复记其出没。游海之人，犹传其神伟也。（卷一）

借乘槎游四海出入星月之中，表现人类对浩瀚宇宙的好奇和探索。晋朝张华《博物志》中"浮槎去来"的故事对此有更具体的描述：

> 旧说云天河与海通。近世有人居海渚者，年年八月有浮槎去来，不失期，人有奇志，立飞阁于查上，多赍粮，乘槎而去。十余日中，犹观星月日辰，自后茫茫忽忽，亦不觉昼夜。去十余日，奄至一处，有城郭状，屋舍甚严。遥望宫中多织妇，见一丈夫牵牛渚次饮之。牵牛人乃惊问曰："何由至此？"此人具说来意，并问此是何处，答曰："君还至蜀郡访严君平则知之。"竟不上岸，因还如期。后至蜀，问君平，曰："某年月日有客星犯牵牛宿。"计年月，正是此人到天河时也。（《杂说》）

"人有奇志"者乘槎上天河，观星月日辰，茫茫忽忽，不觉昼夜，写路途之遥，天河之阔，然后见织女，并惊动牵牛丈夫。这应是"牛郎织女"民间传说较完整的版本。至于回来后询问严君平，是为增加故事的真实性。

仙道小说融神话传说、历史掌故、民间轶闻于一炉，是想象性创造的产物，作为虚构性的小说，自然也不必考证其虚假或真实。再者，仙道小说所描述的福地洞天，世俗中人对长生不老的追求，虽然不免于虚妄，也不必笼统加以苛责或讥讽，从积极方面看，恰恰表达了人类对时间无限而生命有限这一永恒困境的突破和超越。

## 第二节　博物类小说中的海洋风貌

所谓"博物类小说"，是以《山海经》为写作模式，既记奇人异事、神仙故事，又记山川地理、草木虫鱼、飞禽走兽等，内容广博而芜杂，作者多识见，又富有强烈的好奇心和想象力。两汉魏晋南北朝时期的小说还没有从其他文类中独立出来，连作者也缺乏明确的小说意识，所以还未出现专门的小说集子，往往是将小说和其他文类混在一块。因此，考察博物类小说时可以将范围扩大一些，那些不以博物著称的书中也往往包含有博物类的作品。

先来看《神异经》描述的海洋风貌：

> 东海之外荒海中，有山焦炎而峙，高深莫测，盖禀至阳之为质也。海中激浪投其上，瞚然而尽。计其昼夜，瞚摄无极，若熬鼎受其洒汁耳。

> 大荒之东极，至鬼府山、臂沃椒山，脚巨洋海中，升载海日。盖扶桑山有玉鸡，玉鸡鸣则金鸡鸣，金鸡鸣则石鸡鸣，石鸡鸣则天下之鸡悉鸣，潮水应之矣。

> 东海沧浪之洲，生强木焉，洲人多用作舟楫。其上多以珠玉为戏物，终无所负。其木方一寸，可载百许斤。纵石镇之不能没。

一写潮水击打荒山的情景，一写扶桑山玉鸡、金鸡、石鸡叫而海日出的奇景，一写沧浪洲人以强木作舟楫。又有写大鸟的：

> 北海有大鸟，其高千尺，头文曰天，胸文曰侯。左翼文曰鹥，右翼文曰勒。头向东正海中央捕鱼。或时举翼而飞，其羽相切如风雷也。

《汉武洞冥记》也有海洋生物及贡品的记载：

> 善苑国尝贡一蟹，长九尺，有百足四螯，因名百足蟹。煮其壳，胜于黄胶，亦谓之螯胶，胜凤喙之胶也。（卷三）

> 有丹虾，长十丈，须长八尺，有两翅，其鼻如锯。载紫桂之林，以须缠身急流，以为栖息之处。马丹尝折虾须为杖，后弃杖而飞，须化为丹，亦在海傍。（卷四）

> 吠勒国贡文犀四头，状如水兕。角表有光，因名明犀。置暗中，有光影，亦曰影犀。织以为簟，如锦绮之文。此国去长安九千里，在日南。人长七尺，被发至踵，乘犀象之车。乘象入海底取宝，宿于鲛人之舍，得泪珠。则鲛所泣之珠也，亦曰泣珠。（卷二）

第三则先描述文犀，再写吠勒国人形貌，尤其是"乘象入海底取宝，宿于鲛人之舍，得泪珠"十分奇异，引人遐想。

再来看晋代崔豹《古今注》中的记述：

> 水君，状如人乘马，众鱼皆导从之。一名鱼伯，大水乃有之。

人马，有鳞甲如大鲤鱼，但手足耳目鼻与人不异尔。见人良久，乃入水中。

鲸鱼者，海鱼也。大者长千里，小者数十丈。一生数万子，常以五月六月就岸边生子。至七八月，导从其子还大海中，鼓浪成雷，喷沫成雨，水族惊畏，皆逃匿莫敢当者。其雌曰鲵，大者亦长千里，眼为明月珠。

末一段写到鲸鱼产子，导其子还大海的情景令人感动；对鲸与鲵形体与游动的夸张描写极有气势。

《海内十洲记》对海洋风物的描写篇幅最长，角度更多，内容也更丰富：

蓬丘，蓬莱山是也。对东海之东北岸，周回五千里。外别有圆海绕山，圆海水正黑，而谓之冥海也。无风而洪波百丈，不可得往来。上有九老丈人，九天真王官，盖太上真人所居。唯飞仙有能到其处耳。

玄洲在北海之中，戌亥之地，方七千二百里，去南岸三十六万里。上有太玄都，仙伯真公所治。多丘山，又有风山，声响如雷电。对天西北门上，多太玄仙官宫室，宫室各异，饶金芝玉草。乃是三天君下治之处，甚肃肃也。

炎洲在南海中，地方二千里，去北岸九万里。上有风生兽，似豹，青色，大如狸。张网取之，积薪数车以烧之，薪尽而兽不然，灰中而立，毛亦不焦。斫刺不入，打之如灰囊。以铁锤锻其头，数十下乃死。而张口向风，须臾复活；以石上菖蒲塞其鼻，即死。取其脑和菊花服之，尽十斤，得寿五百年。又有火林山，山中有火光兽，大如鼠，毛长三四寸，或赤，或白，山可三百里许，晦夜即见此山林，乃是此兽光照，状如火光相似。取其兽毛，以缉为布，时人号为火浣布，此是也。国人衣服垢污，以灰汁浣之，终无洁净。唯火烧此衣服，两盘饭间，振摆，其垢自落，洁白如雪。亦多仙家。

方丈洲在东海中心，西南东北岸正等，方丈方面各五千里。上专是群龙所聚，有金玉琉璃之宫，三天司命所治之处。群仙不欲升天者，皆往来此洲，受太玄生箓，仙家数十万。耕田种芝草，课计顷亩，如种稻状，亦有玉石泉，上有九源丈人宫主，领天下水神，及龙蛇巨鲸阴精水兽之辈。

长洲一名青丘，在南海辰巳之地。地方各五千里，去岸二十五万里。上饶山川及多大树，树乃有二千围者。一洲之上，专是林木，故一名青丘。又有仙草灵药，甘液玉英，靡所不有。又有风山，山恒震声。有紫府宫，天真仙女游于此地。

元洲在北海中，地方三千里，去南岸十万里。上有五芝玄涧，涧水如蜜浆，饮之长生，与天地相毕。服此五芝，亦得长生不死，亦多仙家。

流洲在西海中，地方三千里，去东岸十九万里。上多山川积石，名为昆吾。冶其石成铁，作剑光明洞照，如水精状，割玉物如割泥。亦饶仙家。

涉及的有仙山的地理位置，形状，波浪，金芝玉草，泉水，大树，风生兽，火光兽，冶剑的昆吾石等，当然也有仙人的居所。这些并非都是亲见的真实风貌，更多是想象的产物，因而奇特新鲜、炫人眼目。

王嘉《拾遗记》对传说中的三神山有较细致描述，兹选二：

蓬莱山亦名防丘，亦名云来，高二万里，广七万里。水浅，有细石如金玉，得之不加陶冶，自然光净，仙者服之。东有郁夷国，时有金雾。诸仙说此上常浮转低昂，有如山上架楼，室常向明以开户牖，及雾灭歇，户皆向北。其西有含明之国，缀鸟毛以为衣，承露而饮，终天登高取水，亦以金、银、仓环、水精、火藻为阶。有冰水、沸水，饮者千岁。有大螺名裸步，负其壳露行，冷则复入其壳。生卵着石则软，取之则坚。明王出世，则浮于海际焉。有葭，红色，可编为席，温柔如罽毲焉。有鸟名鸿鹅，色似鸿，形如秃鹙，腹内无肠，羽翮附骨而生，无皮肉也。雄雌相眄则生产。南有鸟，名鸳鸯，形似雁，徘徊云间，栖息高岫，足不践地，生于石穴中，万岁一交则生雏，千岁衔毛学飞，以千万为群，推其毛长者高骞万里。圣君之世，来入国郊。有浮筠之簳，叶青茎紫，子大如珠，有青鸾集其上。下有沙砺，细如粉，柔风至，叶条翻起，拂细沙如云雾。仙者来观而戏焉，风吹竹叶，声如钟磬之音。（《蓬莱山》）

方丈之山，一名峦雉。东有龙场，地方千里，玉瑶为林，云色皆紫。有龙，皮骨如山阜，散百顷，遇其蜕骨之时，如生龙。或云："龙常斗此处，膏血如水流。膏色黑者，著草木及诸物如淳漆也。膏色紫光，著地凝坚，可为宝器。"燕昭王二年，海人乘霞舟，以雕壶盛数斗膏，以献昭王。王坐通云之台，亦曰通霞台，以龙膏为灯，光耀百里，烟色丹紫，国人望之，咸言瑞光，世人遥拜之。灯以火浣布为缠。山西有照石，去石十里，视人物之影如镜焉。碎石片片，皆能照人，而质方一丈，则重一两。昭王舂此石为泥，泥通霞之台，与西王母常游居此台上。常有众鸾凤鼓舞，如琴瑟和鸣，神光照耀，如日月之出。台左右种恒春之树，叶如莲花，芬芳如桂，花随四时之色。

昭王之末，仙人贡焉，列国咸贺。王曰："寡人得恒春矣，何忧太清不至。"恒春一名"沉生"，如今之沉香也。有草名濡荾，叶色如绀，茎色如漆，细软可萦，海人织以为席荐，卷之不盈一手，舒之则列坐方国之宾。莎萝为经。莎萝草细大如发，一茎百寻，柔软香滑，群仙以为龙、鹄之辔。有池方百里，水浅可涉，泥色若金而味辛，以泥为器，可作舟矣。百炼可为金，色青，照鬼魅犹如石镜，魑魅不能藏形矣。（《方丈山》）

两座仙山皆为大海围绕，有金、银、水精、火藻、冰水、沸水、大螺、鸿鹅、葭、竹叶、玉瑶、龙膏、照石、莎萝、沉香等，并引入燕昭王与西王母游居的传说，可谓琳琅满目，美不胜收。

再引南朝宋刘敬叔《异苑》中的几条记述：

> 晋时，钱塘浙江有樟竹桁大船。每有乘者，辄漂荡摇扬而不可禁。常鸣鼓钱塘江头，凌浪如故。惟船吏章粤能相制伏。及粤死，遂废去。（卷二）

> 扶南国治生，皆用黄金。傲船东西远近雇一斤。时有不至所届，欲减金数，船主便作幻，诳使船底砥折，状欲沦滞海中，进退不动。众人惶怖，还请赛，船合如初。（卷九）

> 晋惠帝时，人有得一鸟毛，长三丈，以示张华。华惨然叹曰："所谓海凫毛也。此毛出，则天下土崩矣。"果如其言。（卷四）

一条写钱塘江上已废去的樟竹桁大船，一条写扶南国船主作幻索黄金，第三条写三丈长的海凫毛，预示天下大乱，有志怪小说味。

博物类小说的代表是晋代张华的《博物志》，在当时和后世影响很大。

书中涉及海洋题材的作品不少，除前面引述的神话传说"浮槎来去"外，多记异人异物及风俗。

记异人：

> 有一国亦在海中，纯女无男。又说得一布衣，从海浮出，其身如中国人衣，两袖长二丈。又得一破船，随波出在海岸边，有一人项中复有面，生得，与语不相通，不食而死。其地皆在沃沮东大海中。（卷二）

> 南海外有鲛人，水居如鱼，不废织绩，其眼能泣珠。（卷二）

> 呕丝之野，有女子方跪，据树而呕丝，北海外也。（卷二）

所记之人地域不同，面目各异，类似《山海经》。其中"鲛人泣珠"可能是关于美人鱼的最早描述，美丽凄楚；"有一国亦在海中"是一则有一定长度的完整故事。

记风俗：

> 越之东有骇沐之国，其长子生则解而食之，谓之宜弟。父死则负其母而弃之，言鬼妻不可与同居。（卷五）

> 荆州极西南界至蜀，诸民曰獠子，妇人妊娠七月而产。临水生儿，便置水中。浮则取养之，沉便弃之，然千百多浮。既长，皆拔去上齿牙各一，以为身饰。（卷二）

> 毌丘俭遣王颀追高句丽王宫，尽沃沮东界，问其耆老，言国人常乘船捕鱼，遭风吹，数十日，东得一岛，上有人，言语不相晓。其俗

常以七夕取童女沉海。（卷五）

"长子生则解而食之"、"父死则负其母而弃之"、"临水生儿"、"七夕取童女沉海"等一些习俗无法考其真伪，但不可能全是想象，这些习俗实在是很古老了。最后一则也是完整的故事，《太平广记》文字略有不同：问其耆老："海东有人不？"耆老言："国人尝乘船捕鱼……"

记异鱼：

南海有鳄鱼，状似鼍，斩其头而干之，去齿而更生，如此者三乃止。（卷三）

东海有牛体鱼，其形状如牛，剥其皮悬之，潮水至则毛起，潮去则毛伏。（卷三）

东海有物，状如凝血，从广数尺，方员，名曰鲊鱼，无头目处所，内无藏，众虾附之，随其东西。人煮食之。（卷三）

有些鱼本身并不怪异，如鳄鱼，但作者写得神奇，说鳄鱼已斩头风干，去齿却能三次活转；东海中的牛体鱼是什么鱼也无法对应，说剥皮后悬挂，还能随潮水变化而感应。这些都不是实情，而是小说笔法了。

东晋郭璞《玄中记》也是博物类小说的代表，记有不少海洋奇闻和物产：

朱梧县：其民服役，依海际居。产子，以沙石自拥。不食米，止资鱼以为生气。

天下之强者，东海之沃焦焉：水落之而不已。沃焦者，山名也，在东海南，方三万里，海水灌之而即消，故水东南流而不盈也。

天下之弱者，有昆仑之弱水焉：鸿毛不能起也。

天下之大物，北海之蟹；举一螯能加于山，身故在水中。

东南之大者，巨鳌焉：以背负蓬莱山，周回千里。巨鳌，巨龟也。

东方之东海，有大鱼焉：行海者一日逢鱼头，七日逢鱼尾，其产则三百里水为血。

东海有蛇丘之地，险，多渐洳，众蛇居之，无人民。蛇或人头而蛇身。

东海之东，有树名为白蒙，其汁可为脂，色白如脂，味甘。

珊瑚出大秦国西海中，水生中石上。初生白，一年黄，三年赤，四年虫食败。

南朝梁任昉的《述异记》也是一部有名的博物类著作，如记上古的神话：

昔盘古氏之死也，头为四岳，目为日月，脂膏为江海，毛发为草木。吴楚间说：盘古氏夫妻，阴阳之始也。今南海有盘古氏墓，亘三百余里，俗云后人追葬盘古氏之魂也。桂林有盘古氏祠，今人祝祀，南海中盘古国，今人皆以盘古为姓。（卷上）

关于殊方异闻的记载：

大食王国在西海中。有一方石，石上多树，干赤叶青，枝上总生小儿，长六七寸，见人皆笑，动其手足。头著树枝，使摘一枝，小儿便死。（卷上）

博物类小说对海洋风貌作了多角度的描述，展现了人们关于海洋的想象方式、时空观念和认知水平。需要指出的是，所举的一些事例往往与仙道小说相交合，众多记述异人异事的文字也为当时和后来的志怪小说准备了丰富的材料，因此，一些论著将两者都列入了志怪小说的范畴。

## 第三节　志怪小说与海洋题材

上文说到一些论著将仙道小说与记述异人奇事的文字一并纳入志怪小说范畴。但笔者认为志怪小说乃在一个"怪"字，因怪而异，因异而惊，常常使人怀一种恐惧心理，又困惑难解；志怪小说也写神灵，但更多是鬼怪精魅一类的异物，且其所记之事多取自世俗人生，与日常生活密切相关，而非凭空虚构。而仙道小说描述的是神仙生活及世人对潇洒出世的境界的追求，带来的完全是一种想象产生的精神愉悦，而非恐惧惊讶；同样，记述异人奇事的小说可以满足人们的好奇，开阔见闻，也不必一定与现实人生发生关系。譬如托名陶渊明的《搜神后记》中的"白水素女"常被视作志怪小说，其实是天河仙女藏于大螺垂爱贫苦男子的美丽传说，是一篇典型的仙道小说。

关于志怪小说在魏晋南北朝勃兴的原因，一般认为有以下几点：一是巫风、方术的兴盛传播，在社会各阶层中有广泛影响，人们自然会借鬼怪故事寄托精神上的企求；二是佛教的传播、佛经的翻译，因果报应、轮回转世等观念深入人心，人们相信"人死精神不死、灵魂永存"；三是文人和方士为吸引读者，大力搜罗神话传说、旧籍轶闻、现实怪象以及民间故事，虽如鲁迅所说"盖当时以为幽明虽殊途，而人鬼乃皆实有，故其叙述异事，与记载人间常事，自视固无诚妄之别矣"①，也有自娱娱人的游戏功能。

其实在《山海经》等书中就有一些志怪类的记述，所以《山海经》也被视为志怪小说之祖。东汉应劭《风俗通义·佚文》中的"哀牢夷"是一篇比较完整的涉海志怪小说：

> 哀牢夷者，其先有妇人名沙壹，居于牢山，尝捕鱼水中，触沉木，若有感，因怀妊十月，产子男十人。后沉木化为龙，出水上。沙壹忽闻龙语，曰："若为我生子，今悉何在？"九子见龙惊走，独小子不能去，背龙而坐，龙因舐之。其母鸟语，谓背为九，谓坐为隆，因名子曰九隆。及后长大，诸兄以九隆能为父所舐而黠，遂共推以为王。

妇人有姓名，住址，捕鱼水中，这些都是生活中实有的。但因触沉木怀妊生子，鸟语，沉木化龙寻找十子，小儿因龙父舐而被推为龙王，则是非现实的怪异之事了。

题魏文帝曹丕的《列异传》也写到仙女麻姑：

> 神仙麻姑降东阳蔡经家，手爪长四寸。经意曰："此女子实好佳手，愿得以搔背。"麻姑大怒。忽见经顿地，两目流血。

此段文字与《太平广记》引葛洪《麻姑》篇不同，是麻姑严厉惩罚心意不正的蔡经对她的不尊敬，令人恐惧，所以也可视为志怪一类小说。

另有一则：

> 吴时长沙邓卓为神，遣马迎之。见物在下，纷纷如雪。卓问持马

---

① 鲁迅：《中国小说史略》，见《鲁迅全集》第九卷，人民文学出版社1982年版，第43页。

者,曰:"此海上白鹤飞也。"一人便取鹤子数枚与卓。

三国孙权时的康泰有《吴时外国传》,以奉使海南诸国的经历介绍海外奇文异事:

> 扶南之先,女人为主,名柳叶。有摸跌国人,字混慎,好事神,一心不懈,神感至意,夜梦人赐神弓一张,教载贾人舶入海。混慎晨入庙,于神树下得弓,便载大船入海,神回风,令至扶南。柳叶欲劫取之,混慎举弓而射焉,贾船通度,柳叶惧伏,混慎因至扶南。

> 鳄鱼大者,长二三丈,有四足,似守宫,常吞食人。扶南王范寻敕捕取,置沟寻有所忿者,缚以食鳄。若罪当死,鳄便食之。如其不食,便解放,以为无罪。

前一段写商人好事神而得神赐之弓,挫败柳叶劫取图谋,顺利渡海到扶南国;后一段写扶南王怪异的行为:以鳄鱼是否吞食人作为有罪无罪的依据。

一些志怪小说采自史书及民间传说,以揭露统治者的残暴,如晋王嘉《拾遗记》中的"怨碑":

> 昔始皇为冢,敛天下瑰异,生殉工人。倾远方奇玉于冢中,为江海川渎及列山岳之形。以沙棠沉檀为舟楫,金银为凫雁,以琉璃杂宝为龟鱼。又于海中作玉象、鲸鱼,衔火珠为星,以代膏烛,光出墓中,精灵之伟也。又列灯烛如皎日焉。先所埋工匠于冢内,至被开时皆不死。工人于冢内琢石,为龙凤仙人之像,及作碑辞赞……

秦始皇陵内的布置,司马迁《史记》有载,此处又加入了作者想象,极为宏富壮丽，而打开时见生埋工人还在陵内琢石雕刻，则令人匪夷所思，这正是志怪小说的写法。

志怪小说的表现重心在于对鬼魂的慕想，鬼魂与现实生活割不断的纠缠。先看南朝宋郭季产《集异记》中的"照诞"：

> 会稽照诞入海采菜，于山上暴之。夜，忽见群鬼张目切齿，欲来击诞；诞奋力砍之，见鬼悉披靡。乃就诞乞少许紫菜；诞不为与。

故事虽短，但结构完整，还有细节描绘，而鬼也如人世贫者，只为了讨一些紫菜充饥。

任昉《述异记》中也有两则与鬼妖有关的故事：

> 南海小虞山中，有鬼母能产天地鬼，一产十鬼，朝产之，暮食之。今苍梧有鬼姑神是也。（卷上）

> 晋安郡有一书生谢端，性介洁，不染声色，曾于海岸观涛，得一大螺，大如一石米斛。割之，中有美女，曰："予天汉中白水素女，天帝矜卿纯正，令为君作妇。"端以为妖，呵责谴之。女叹息，升云而去。（卷上）

前者是根据《神异经》中"食鬼"故事变化出来的"鬼母"故事，十分奇诞；后者是对《搜神后记》中"白水素女"传说的改写，农夫变成了书生，地点改为海岸，得到海螺，中有美人，却被视为女妖，遭到呵责，仙女只好叹息而去，完全改写了原型故事的主旨。

描写阴阳交流的还有南朝宋刘敬叔《异苑》中的"漆棺老姥"：

> 海陵如皋县东城村边海岸崩坏，见一古墓。有方头漆棺，以朱题

上云："七百年堕水。元嘉二十载三月坠于悬嶽,和盖从潮漂沉,辄溯流还依本处。"村人朱护等异而启之,见一老姥,年可七十许。皤头著袿,鬓发皓白,不殊生人。钗髻衣服,粲然若新。送葬器物,枕履悉存。护乃赍酒脯,施于柩侧。尔夜,护妇梦见姥云:"向获名贶,感至无已。但我墙屋毁发,形骸飘露。今以值一千,乞为治护也。"置钱便去。明觉,果得。即用改殓,移于高阜。

海岸古墓漆棺中的老姥已死了七百年,开启后却"不殊生人","粲然若新";老姥还在梦中托人料理迁墓之事,迁墓者也得到千钱,读来阴气森森。

刘义庆《幽明录》有一篇记人与海神交往的志怪故事:

吴兴徐长凤与鲍南海神有神明之交,欲授以秘术,先谓徐宜有纳誓,徐誓以不仕。于是受箓。常见八大神在侧,能知来见往,才识日异。县乡翕然有美谈,欲用为县主簿。徐心悦之,八神一朝不见其七,余一人,倨傲不如常。徐问其故,答云:"君违誓,不复相为,使身一人留卫箓耳!"徐仍还箓,遂退。(卷三)

一人向南海神发誓不做官,海神授以秘术,声誉日隆,便想做官,海神指责他违反誓言,便交还誓书断交,故事怪诞,或含有对世人热衷仕途的嘲讽。

南朝齐祖冲之《述异记》则有蟹被食后复仇的记载:

出海口北行六十里,至腾屿之南溪,有淡水,清澈照底,有蟹焉:筐大如笠,脚长三尺。宋元嘉中,章安县民屠虎取此蟹食之,味美过常。虎其夜梦一少妪语之曰:"汝啖我,知汝寻被啖不?"屠氏明日出行,为虎所食,余,家人殡瘗之,虎又发棺啖之,肌体无遗。此

水今犹有大蟹，莫敢复犯。（卷上）

又有鲛鱼化人的传闻：

芦塘有鲛鱼，五日一化，或为美异妇人，或为男子，至于变乱尤多。郡人相戒，故不敢有害心，鲛亦不能为计。后为雷电杀之，此塘遂涸。（卷上）

东晋郭璞《玄中记》中的"狗民国"将历史与奇闻糅为一体：

狗封氏者：高辛氏有美女，未嫁。犬戎为乱，帝曰："有讨之者，妻以美女，封三百户。"帝之狗名槃护，三月而杀犬戎，以其首来。帝以为不可训民，乃妻以女，流之会稽东南二万一千里，得海中土，方三千里，而封之。生男为狗，生女为美女。封为狗民国。

六朝时佛教盛行，也反映在志怪小说中。如南朝齐佛教徒王琰《冥详记》中的描述：

晋徐荣者，琅琊人。尝至东阳，还经定山，舟人不惯，误堕洄澓中。游舞涛波，垂欲沉没。荣无复计，唯至心呼观世音。斯须间，如有数十人齐力引船者，踊出澓中，还得平流。沿江还下，日已向暮，天大阴暗，风雨甚骏，不知所向，而涛波转盛。荣诵经不辍口。有顷，望见山头火光赫然，回柂趋之，径得还浦。举船安稳。既至，亦不复见光。同旅异之，疑非人火。明旦问浦中人："昨夜山上是何火光？"众皆愕然曰："昨风雨如此，岂如有火理，吾等并不见。"然后了其为神光矣。

## 第二章　两汉魏晋南北朝：海洋小说的塑型期

又如由北朝入隋的侯白《旌异记》中一段：

> 西晋愍帝建兴元年，吴郡吴县松江沪渎口，渔者萃焉。遥见海中有二人现，浮游水上，渔人疑为海神，延巫祝备牲牢以迎之，风涛弥盛，骇惧而返。复有奉五斗米道王老之徒曰："斯天师也。"复共往接，风浪如初。有奉佛居士吴县朱膺闻之，叹曰："将非大觉之垂降乎？"乃洁斋，共东灵寺帛尼及信佛者数人至渎口，稽首迎之，风波遂静。浮江二人，随潮入浦，渐近渐明，乃知石像……

心呼观世音，船就脱困，有火光引路；信佛者迎接，风浪平息，佛像漂至，无非是说佛法广大，佛经灵验，立意显露，有主题先入之弊。

干宝的《搜神记》是魏晋志怪小说的代表作，今传二十卷，二百余条，该书对旧有材料进行加工再创作，又广泛搜集传说故事与近世之事，加上想象虚构，如《晋书·干宝传》所说"既博采异同，遂混虚实"，文学色彩浓烈，而干宝在《搜神记序》中说此书"足以发明神道之不诬也"。

《搜神记》涉海题材的小说多与"鱼"有关：

> 成帝鸿嘉四年秋，雨鱼于信都，长五寸以下。至永始元年春，北海出大鱼，长六丈，高一丈，四枚。哀帝建平三年，东莱平度出大鱼，长八丈，高一丈一尺，七枚，皆死。灵帝熹平二年，东莱海出大鱼二枚，长八九丈，高二丈余。京房《易传》曰："海数见巨鱼，邪人进，贤人疏。"（卷六）

> 古巢，一日江水暴涨，寻复故道，港有巨鱼，重万斤，三日乃死，合郡皆食之。一老姥独不食。忽有老叟曰："此吾子也。不幸罹此祸，汝独不食，吾厚报汝。若东门石龟目赤，城当陷。"姥日往视。有稚子讶之，姥以实告。稚子欺之，以朱傅龟目；姥见，急出城。有

青衣童子曰:"吾龙之子。"乃引姥登山,而城陷为湖。(卷二十)

槀离国王侍婢有娠,王欲杀之。婢曰:"有气如鸡子,从天来下,故我有娠。"后生子,捐之猪圈中,猪以喙嘘之;徙至马枥中,马复以气嘘之。故得不死。王疑以为天子也,乃令其母收畜之,名曰东明。常令牧马。东明善射,王恐其夺己国也,欲杀之。东明走,南至施掩水,以弓击水。鱼鳖浮为桥,东明得渡。鱼鳖解散,追兵不得渡。因都王夫余。(卷十四)

第一则记天下雨鱼、数次见海出大鱼,有时间地点,似真实可信,奇的是将自然现象与"邪人进,贤人疏"的社会现实相联系,含有讥讽警示之意;第二则记一老姥不食万斤巨鱼,为报恩,龙子引老姥登山躲过灾难,似为东海"塌东京"民间传说之本源;第三则叙事较曲折,写国王侍婢所生之子苦难的人生经历,得猪、马、鱼鳖照看,终于大难不死,立国为王。

"曹公船"故事也颇奇特:

濡须口有大船,船覆在水中,水小时便出见,长老云:"是曹公船。"尝有渔人,夜宿其旁,以船系之;但闻筝笛弦歌之音,又香气非常。渔人始得眠,梦人驱遣,云:"勿近官妓。"相传云:"曹公载妓,船覆于此,至今在焉。"(卷十六)

曹公载妓游乐而船倾覆之地,渔人竟然闻到香气听到筝笛弦歌之音,梦中又有人相告"勿近官妓",似乎含有戒示之意。

作者还善于通过小生物与人的关系展开叙事:

吴富阳县董昭之,尝乘船过钱塘江,中央,见有一蚁,着一短芦,走一头,回复向一头,甚惶遽。昭之曰:"此畏死也。"欲取着船。船中人骂:"此是毒螫物,不可长,我当蹋杀之。"昭意甚怜此蚁,因以绳系芦,着船,船至岸,蚁得出。其夜梦一人,乌衣,从百许人来,谢云:"仆是蚁中之王。不慎堕江,惭君济活。若有急难,当见告语。"历十余年,时所在劫盗,昭之被横录为劫主,系狱余杭。昭之忽思蚁王梦,缓急当告,今何处告之。结念之际,同被禁者问之。昭之具以实告。其人曰:"但取两三蚁,着掌中,语之。"昭之如其言。夜,果梦乌衣人云:"可急投余杭山中,天下既乱,赦令不久也。"于是便觉。蚁啮械已尽。因得出狱,过江,投余杭山。旋遇赦,得免。(卷二十)

董昭之乘船过钱塘江,救了蚁中之王,十余年后入狱,得蚁王指点,并得蚁咬断枷锁出狱,又获大赦,真是怪事奇事。本篇立意不算高,但细节生动,叙述绵密,又点明地点,增加了真实性。

《搜神记》中涉海的志怪小说篇幅不算长,但大多叙事曲折生动,善用对话展开情节,既有真实的时间地点,又有新鲜的观察视角;取材基本来自现实生活,又加入了玄思怪想,将现实与艺术创造较好地结合起来,最能体现魏晋时期志怪小说的风貌。

志怪小说是中国古代文言小说发展中极重要的一环,尽管不少作品还只是"丛残小语"、"粗陈梗概",但毕竟出现了不少堪称优秀的小说,其穿越冥界与现世、物质与灵魂的想象方式、叙事艺术上的多方面探索,形成了古代小说的基本范式,为唐代传奇乃至更后的小说奠定了重要基础。

## 第四节 志人小说中的海洋因子

东汉以来,士大夫特重品评人物的优劣高下,声誉佳者常以"孝廉"、"方正贤良"之名为朝廷征辟走上仕途。魏晋以后,更推崇人物的风度、气质、谈吐，一个人声名如何，往往决定于片言只语之间。加之政治环境险恶，士大夫为避身远祸，又普遍接受老庄与佛教思想，变清议为清谈，专以玄言玄理为务，行为疏放，摆出一副高蹈出世的姿态。于是，专记人物言行、风貌及轶事的小说大量出现，成就可观，成为魏晋南北朝时期与志怪小说相对应的另一种文学景观，如鲁迅所言，"世之所尚，因有撰集，或者掇拾旧闻，或者记述近事，虽不过丛残小语，而俱为人间言动，遂脱志怪之牢笼也"①。

这些作品从题材上可分为笑话、琐言、琐闻三类，有些学者称之为轶事小说，但不管是哪类内容，重点都在人物刻画，人物是中心，所以笔者取鲁迅先生的说法，称之为"志人小说"。

志人小说中涉海题材不算多，但也自有其风貌。先来看东晋郭澄之《郭子》中的两段：

> 王东海初过江，登琅琊山，叹曰："我由来不愁，今日直欲愁。"太傅云："当尔时，形神俱往。"（卷二）

> 王安期为东海太守，小吏盗池中鱼，纲纪推之，王曰："与众共之，鱼何足吝。"（卷二）

第一则写登琅琊山望海，"形神俱往"，产生茫茫愁思，没交代愁什么，但总是由于海的阔大浑茫引发的人生感慨；第二则写小吏盗鱼，太守并未以纲纪惩罚，而以轻松幽默对待。

比较曲折生动的是刘道真的故事：

> 刘道真少时，渔钓而恣于草泽，善歌啸，闻者无不留连。有一老姁，识其非常人，甚乐其歌啸，乃杀独进之。道真食独尽，了不谢。

---

① 鲁迅：《中国小说史略》，见《鲁迅全集》第九卷，人民文学出版社1982年版，第60页。

妪见其不饱，又进一狖，又食半，余半还之。后道真为吏部郎，妪儿为小令史，道真乃超用之。儿不知所由，问母而后知之；于是赍牛酒以诣道真。道真笑曰："去！去！无可复相报者。"

刘道真后为安北将军，此篇先言其少时渔钓为生，善歌啸见其志向不凡，而老妪怜之惜之，道真食后不谢，性格爽直；后言其富贵后提携老妪儿子，但儿子刻意逢迎，道真讨厌拒绝。一切还是顺其自然为好。

祖冲之的《述异记》也载有钓鱼事：

> 漆澄豫章人，有志干绝伦。尝乘船钓鱼，俄顷盈舟；既而有物出水，粗鳞黑色，长如十丈，不见头尾。阖船惊怖，澄独色不变。（卷上）

海上钓鱼见怪物（应是大鱼一类），船上人人惊骇，只有漆澄色不变，泰然自若，对应其"有志干绝伦"，即要做不平凡的大事业。

《殷芸小说》一则故事别有意味：

> 管宁避难辽东还，泛海遭船倾没，乃思其愆过曰："吾曾一朝科头，三晨晏起。今天怒猥集，过必在此。"（卷五）

管宁以品性高洁著称，从所乘船在海上倾没一事中反思自己平时的过失，认为是"天怒猥集"，可见其律己之严了。

东晋裴启的《语林》所记涉及汉魏至东晋的帝王将相、达官贵人、文人墨客等各类人物，而重在描述人物的生活、思想、人生志向和精神面貌。

如有名的"雪夜访戴"的美谈：

> 王子猷居山阴,大雪夜眠觉;开室酌酒,四望皎然,因起彷徨,咏左思《招隐》诗。忽忆戴安道,时戴在剡溪,即便夜乘小船就戴;经宿方至,既造门,不前便返;人问其故,曰:"吾本乘兴而来,兴尽而返,何必见戴。"

大雪,眠觉,酌酒,彷徨咏诗,景与情相融;忆老友,乘船造访,情之所至;整整一夜水路才到,又掉头而返。一切皆随兴所欲,顺其自然,毫无功利之心。而这正是魏晋人所追求的潇洒自适的人生境界。

与海相关的是"石崇与王恺争豪"的描述:

> 石崇与王恺争豪,穷极绮丽,以饰车服。晋武帝,恺甥也,每助恺。以珊瑚高二尺许,枝柯扶疏,世间罕比。恺以示崇,崇视讫,以铁如意击之,应手瓦碎。恺声色俱厉,崇曰:"此不足恨。"乃命取珊瑚,有三尺光彩溢目者六七枚。恺怅然自失。

王恺是晋武帝外甥,一心与石崇比富,拿出珍藏的大珊瑚,不料被石崇一下击碎。王恺声色俱厉,但石崇随便拿出几枚更稀奇的大珊瑚送与王恺,使王恺"怅然自失"。此段文字细节精准,有动作,神情,语言,又前后对比,有张有弛,很是扣人心弦。故事既揭露了统治者的穷奢极欲,又证明当时海洋中包括珊瑚在内的各种珍奇已被普遍当作装饰和鉴赏品,并成为显示身份和财富的一种标志。这一点可以《语林》中的另一段文字佐证:

> 王大将军(王敦)每酒后,辄咏"老骥伏枥,志在千里,烈士暮年,壮心不已"。便以如意击珊瑚唾壶,壶尽缺。

《语林》比《世说新语》早出一百年,具有承上启下的作用。《世说新语》中的不少题材取自此书,"雪夜访戴"、"石崇与王恺争豪"等故事更是直接为《世说新语》所采用,只作了细微改动。

刘义庆的《世说新语》是魏晋南北朝志人小说的集大成者。此书涉及两汉、魏和两晋三百年间士族阶层的琐闻轶事,特别是东晋的一百年,人物数百人,以记名士言行为重点,真实记录了士大夫阶层的思想和生活。刘义庆是南朝刘宋宗室,又是清谈家和佛教徒,《宋书》说他"性简素,寡嗜欲",这也决定了《世说新语》"清玄博雅"的艺术风格。

《世说新语》中涉及海洋的小说,一是记言:

> 佛图澄与诸石游,林公曰:"澄以石虎为海鸥鸟。"(《言语》)

> 毕茂世云:"一手持蟹螯,一手持酒杯,拍浮酒池中,便足了一生。"(《任诞》)

> 张季鹰辟齐王东曹掾,在洛,见秋风起,因思吴中菰菜羹、鲈鱼脍,曰:"人生贵得适意尔,何能羁宦数千里以要名爵?"遂命驾便归。(《识鉴》)

前一则写晋高僧佛图澄与后赵国石勒等人交往,高僧道林点出佛图澄和石勒从弟石虎的关系是"为海鸥鸟"。此处借用《列子·黄帝》中"海上之人有好沤鸟者"的典故,是说两者之间没有什么利害冲突。第二则道出嗜酒的平内长史毕茂世的人生追求:只要有蟹有酒,就值得过一生,这也是相当一部分魏晋名士疏放(或颓废)性情的写照。第三则写故乡的菰菜和鲈鱼引发思乡之情,便决定回归,体现了鄙视名爵、崇尚自然、追求适意人生的价值取向。

二是通过对话刻画人物:

> 虞啸父为孝武侍中，帝从容问曰："卿在门下，初不闻有所献替。"虞家富春，近海，谓帝望其意气。对曰："天时尚暖，䱒鱼虾鲏未可致，寻当有所上献。"帝抚掌大笑。(《纰漏》)

晋孝武帝说虞啸父在职位上没什么建树，虞啸父家近海，误以为皇上是在向他索要海产品，就说现在还不是各种鱼虾及制成品上市的时候，到时一定送来。皇帝听后拍手大笑。君臣之间因误会而起的一则故事，写得幽默风趣。

> 蔡司徒渡江，见彭蜞，大喜曰："蟹有八足，加以二螯。"令烹之。既食，吐下委顿，方知非蟹。后向谢仁祖说此事，谢曰："卿读《尔雅》不熟，几为《劝学》死！"(《纰漏》)

彭蜞外形似蟹，比蟹小，产于南方江河或海边。蔡邕《劝学》中有"蟹有八足，加以二螯"之句，《尔雅》中也有介绍彭蜞的文字。北方人只看外表，误认彭蜞为蟹，"大喜"，"烹之"，食后大吐委顿，向谢安堂弟、镇西将军谢尚说起此事，谢尚嘲笑他没好好读《尔雅》，机械套用《劝学》，差一点丢了性命！文字不多，却写得有波澜，又引入典籍，能广见闻。

> 陶公少时作鱼梁吏，尝以坩鲊饷母。母封鲊付使，反书责侃曰："汝为吏，以官物见饷，非唯不益，乃增吾忧也。"(《贤媛》)

陶侃曾负责拦截水流捕鱼的工作，经常派人为母亲送腌制的鱼，这本是孝，但母亲拒绝，写信批评儿子借公徇私，说当母亲的为你担心啊！一个方正有操持的母亲形象跃然而出，所以《世说新语》把此则故事归入"贤媛"门类。

追忆亲人之情的描写也颇为动人：

  郭景纯过江，居于暨阳，墓去水不盈百步。时人以为近水，景纯曰："将当为陆。"今沙涨，去墓数十里皆为桑田，其诗曰："北阜烈烈，巨海混混；垒垒三坟，唯母与昆。"（《术解》）

郭璞母亲的坟墓离海很近，别人认为应当迁移。郭璞说沧海也要变为桑田，并作诗：北边的山崖啊高峻险阻，浩瀚的大海啊巨浪滚滚；连绵重叠的坟墓啊，埋着我的母亲和兄长！这里有郭璞对亲人痛彻的思念，又表达了对时光流逝、世事变易的无穷感慨。

三是于具体记事中写人物：

  苏峻乱，诸庾逃散。庾冰时为吴郡，单身奔亡。民吏皆去，唯郡卒独以小船载冰出钱塘口，蘧篨覆之。时峻赏募觅冰，属所在搜检甚急。卒舍船市渚，因饮酒醉，还，舞棹向船曰："何处觅庾吴郡？此中便是！"冰大惶怖，然不敢动。监司见船小装狭，谓卒狂醉，都不复疑。自送过浙江，寄山阴魏家，得免。后事平，冰欲报卒，适其所愿。卒曰："出自厮下，不愿名器。少苦执鞭，恒患不得快饮酒，使其酒足余年，毕矣。无所复须。"冰为起大舍，市奴婢，使门内有百斛酒，终其身。时谓此卒非唯有智，且亦达生。（《任诞》）

这是一则战乱中的故事。吴郡内史庾冰单身逃亡，一郡卒冒险以船将庾冰送出钱塘江口，中途遇敌方追索，都是郡卒巧妙对付。事后庾冰要报答，郡卒不愿做官，只求快活，说："恒患不得快饮酒，使其酒足余年，毕矣。"郡卒是一个急公好义、藐视富贵的游侠类形象，虽非名士也值得赞颂，作者评论其"非唯有智，且亦达生"。

谢安是东晋名臣，因在"淝水之战"中击败前秦保存社稷而名垂史册。《世说新语》的"雅量"门类中有"泛海戏"的故事：

> 谢太傅盘桓东山时，与孙兴公诸人泛海戏。风起浪涌，孙、王诸人色并遽，便唱使还。太傅神情方王，吟啸不言。舟人以公貌闲意说，犹去不止。既风转急，浪猛，诸人皆喧动不坐。公徐云："如此，将无归？"众人即承响而回。于是审其量，足以镇安朝野。

本来是一次轻松的出海游玩，不料风起浪涌，众人神色惊慌，提议返航，而谢安毫不在意，"吟啸不言"。船夫便继续划船前行。风更急，浪更大，众人更是喧哗难安。这时谢安才慢慢说：怎么样，回去？众人急忙响应。通过一件小事，足以见证谢安的心襟气度，自信镇定，也难怪他能安定天下了。

自然，谢安的性情也是复杂多面的：

> 谢太傅于东船行，小人引船，或迟或速，或停或待。又放船从横，撞人触岸，公初不呵谴，人谓公常无嗔喜。曾送兄征西葬还，日莫雨驶，小人皆醉，不可处分，公乃于车中手取车柱撞驭人，声色甚厉。夫以水性沈柔，入隘奔激，方之人情，固知迫隘之地，无得保其夷粹。（《尤悔》）

54

谢安出行，仆人驾船快慢不定，又任船只浮泛，不加控制，以致撞人触岸，但谢安始终没有呵斥他们，于是有人认为谢安不会发怒也不会高兴。但小说中插叙了一段往事：谢安之兄死后还葬，因为天晚雨急，驾车者都喝醉了，车就无法掌控。于是谢安拿车柱撞击车夫，表情严厉，大声斥责。原来谢安并非"无嗔喜"。作者以水作譬，水平常沉静柔顺，但一入狭窄的地方，便变为奔涌激荡，人的性情也如此，遇到不一样的事，便会有不一样的心境，很难始终保持平和纯正。不过，作者把故事归入"尤悔"门类，还是有所批评的。

最后来比较一下《世说新语》中"石崇与王恺争豪"故事与《语林》所记的异同：

> 石崇与王恺争豪，并穷绮丽以饰舆服。武帝，恺之甥也，每助恺。尝以一珊瑚树高二尺许赐恺，枝柯扶疏，世罕其比。恺以示崇，崇视讫，以铁如意击之，应手而碎。恺既惋惜，又以为疾己之宝，声色甚厉。崇曰："不足恨，今还卿。"乃命左右悉取珊瑚树，有三尺、四尺，条干绝世，光彩溢目者六七枚，如恺许比甚众。恺惘然自失。（《汰侈》）

加点的文字是对《语林》本文的增补。原文"应手瓦碎"的"瓦"来得突兀；在"声色甚厉"前加的句子，既写出王恺对至爱之物被击碎的可惜，又误以为是石崇嫉妒自己，才会有"声色俱厉"；"今还卿"，完全是一种无所谓的口气；"命左右悉取"的珊瑚不少都是"条干绝世"，而"如恺许比甚众"，再一次炫耀自己，压倒对方；最后改"怅然自失"为"惘然自失"，"怅然"只是失意，而"惘然"则是心神不定，茫然无措，受刺激的程度更深。可见《世说新语》对前人作品并非一味抄袭，而是作了精心的改造。

《世说新语》以白描为主，精练生动，只言片语即可使人物的性格趣味跃然纸上；以刻画人物形象为中心，不但写其形，更在赋其神，韵致高远；善于观察，注重细节的鲜活饱满；寓褒贬于对话、景物和人物行为中，含蓄曲折。《世说新语》开创了文言小说的新体例，被后世视为笔记小品文的典范，一直到明清，模仿之作从未断绝。

志人小说的一大贡献是将表现领域从神话传说和鬼怪精灵的虚拟空间拉回到现实人生，有浓烈的生活气息，并将人物性格与精神生动精微的揭示作为创作重心。自然，由于篇幅短小，往往只截取某个片段；艺术构造不免简略，难以腾挪变化，描述更广阔复杂的社会生活。

# 第三章 唐代:海洋小说的成熟期

唐代不但是诗歌的黄金时代,也是中国古代小说走向成熟的时代,其标志便是唐代传奇小说的产生。唐代传奇小说创作具有高度的自觉性,无论是题材内容上,还是艺术营构上,较之以前的小说,均有转折性的重大发展,并成为不可超越的文学经典。唐代的志怪与杂俎虽承接汉魏六朝遗风,但已脱出"丛残小语"、"粗陈梗概",篇幅有所扩大,叙事也更为从容舒展。

## 第一节 涉海传奇小说

传奇是笔记小说的一种,承接历代史传文学、魏晋南北朝的志怪小说,偏重于描述奇闻奇事。唐代商业经济和都市生活十分发达,传奇所述内容投合文人、市民嗜奇猎艳的心理和遣兴娱乐的需要;唐代市民文艺,特别是"变文俗讲"和"说话"也直接影响传奇的内容和形式;古文运动倡导的自由流畅的散文化语言,为传奇的叙事写情提供了条件;而唐代佛道盛行,民间崇信鬼神妖狐,也为传奇创作提供了大量奇异的题材。因此传奇虽源出志怪,但经过改造,成为一种新的文学体裁而盛极一时。

关于"传奇"的得名,唐代陈瀚《异闻录》载元稹《莺莺传》,题为"传奇",但一般认为是唐代裴铏创作《传奇》,并以此作为小说集的书名,此书盛行于宋代,故宋人将唐代描述志怪神仙的小说均称为传奇。唐代传奇小说题材多样,一是写功名富贵不能长久,如沈既济的《枕中记》、李公佐的《南柯太守传》;二是写神怪故事(与龙女的遇合),如李朝威的《柳毅传》、佚名的《灵应传》;三是写爱情故事,如蒋防的《霍小玉传》、白行简的《李娃传》、元稹的《莺莺传》、陈玄祐的《离魂记》;四是写侠义故事,如杜光庭的《虬髯客传》、李公佐的《谢小娥传》。它们都是单篇,代表了唐代传奇小说的最高水平。

与江河海洋有关的传奇小说,或隐或显都留有志怪小说的痕迹,即写的都是奇闻奇事,只不过小说的主角或叙述者换成了凡人。《古镜记》是现存唐传奇中最早的作品,作者是初唐诗人王绩之兄王度。小说记述"王度"得到一面具有灵性的神奇古镜,四处出游去降妖伏怪、治病驱邪。开篇交代得到古镜的经过及古镜的不凡:

> 隋汾阴侯生,天下奇士也。王度常以师礼事之。临终,赠度以古镜,曰:"持此则百邪远人。"度受而宝之。镜横径八寸,鼻作麒麟蹲伏之象,绕鼻列四方,龟龙凤虎,依方陈布。四方外又设八卦,卦外置十二辰位,而具畜焉。辰畜之外,又置二十四字,周绕轮廓,文体似隶,点画无缺,而非字书所有也。侯生云:"二十四气之象形。"承日照之,则背上文画,墨入影内,纤毫无失。举而扣之,清音徐引,竟日方绝。嗟乎,此则非凡镜之所同也。宜其见赏高贤,自称灵物……今度遭世扰攘,居常郁快,王室如毁,生涯何地,宝镜复去,哀哉!今具其异迹,列之于后,数千载之下,倘有得者,知其所由耳。大业七年五月,度自御史罢归河东,适遇侯生卒,而得此镜。至其年六月,度归长安。至长乐坡,宿于主人程雄家。雄新受寄一婢,颇甚端丽,名曰鹦鹉。度既税驾,将整冠履,引镜自照。鹦鹉遥见,即便叩头流血,云:"不敢住。"度因召主人问其故,雄云:"两月前,有一客携此婢从东来。时婢病甚,客便寄留,云:还日当取。比不复来,不知其婢由也。"度疑精魅,引镜逼之。便云:"乞命,即变形。"度即掩

镜，曰："汝先自叙，然后变形，当舍汝命。"婢再拜自陈云："某是华山府君庙前长松下千岁老狸，大形变惑，罪合至死。"……

小说交代大业七年五月，"度"自御史罢归河东，适遇侯生，得到古镜，大业八年四月在台直，年冬兼著作郎，九年秋出兼芮城令，十年借古镜与弟弟王绩，十三年六月王绩回到长安还古镜给王度。可以看出《古镜记》的自叙色彩很重，以古镜为线索，描叙了作者的一些生平事迹。有趣的是，"王度"既是作者，又是小说里的人物，真人假事或者在真人真事的基础上渗入适当的虚构，本来就是中国古代小说的一种写作方法，但《古镜记》是较早用第一人称的，增加了小说的艺术真实性。至于古镜，不但造型奇特，而且灵异非常：日没而晦，日出精朗，合阴阳之妙；与宝剑处一室，古镜吐光照耀一室，而宝剑无复光彩；胡僧望王度壁上碧光连日，便知有绝世宝物，作法能使古镜照见腑藏，埋于泥下而不晦，等等。在除妖降怪上，一照便使千年老狐现形，悬镜于树上杀巨蛇，月夜伏精怪，化为龟和猴，于水中杀蛟，灭化为三女子的鼠狼精；再是用古镜治愈大饥之年百姓疾病，无不写得活灵活现，形神毕肖。

小说后半部分补叙王度之弟王绩持镜远游途中的所见所遇，其中涉及海洋的一段如下：

> 游江南，将渡广陵扬子江，忽暗云覆水，黑风波涌，舟子失容，虑有覆没。绩携镜上舟，照江中数步，明朗彻底；风云四敛，波涛遂息。须臾之间，达济天堑。跻摄山麹芳岭，或攀绝顶，或入深洞。逢其群鸟，环人而噪；数熊当路而蹲；以镜挥之，熊鸟奔骇。是时利涉浙江，遇潮出海，涛声振吼，数百里而闻。舟人曰："涛既近，未可渡南。若不回舟，吾辈必葬鱼腹。"绩出镜照，江波不进，屹如云立。四面江水，豁开五十余步；水渐清浅，鼋鼍散走。举帆翩翩，直入南浦。然后却视，涛波洪涌，高数十丈，而至所渡之所也。

乘船于钱塘江出海的情景，写得声势骇人，惊心动魄，而全赖古镜一照，波涛不进，龙鱼散去，安然到达去处。

结尾也很奇诡：

> 夜梦镜谓绩曰："我蒙卿兄厚礼，今当舍人间远去，欲得一别，卿请早归长安也。"绩梦中许之。及晓，独居思之，恍恍发悸，即时西首秦路。今既见兄，绩不负诺矣。终恐此灵物亦非兄所有。数月，绩还河东。大业十三年七月十五日，匣中悲鸣，其声纤远，俄而渐大，若龙咆虎吼，良久乃定。开匣视之，即失镜矣。

古镜既然是偶得，又必然要失去，让人生发无限感叹。作者特别注明失镜是"大业十三年七月十五日"，即隋王朝灭亡前夕，而且古镜在"匣中悲鸣"，是否隐含着对天下之乱的预示（或者是隋朝灭亡后的伤悼）？也回应了小说前面说的"今度遭世扰攘，居常郁怏，王室如毁，生涯何地"的喟叹。或者说作者是借古镜以表达治理天下的愿望，而古镜的失去也是愿望的破灭。

《古镜记》是由志怪发展到传奇的过渡性作品，其围绕古镜描述的许多灵异事迹未脱志怪流风，但小说巧妙地将众多片段严密连缀起来，情节丰富，又有波澜；采用第一人称，记述家世、仕途经历，虚实相生；充分运用对话，结构上又用补叙手法；文字华美流畅；特别是在描述古镜的过程中，始终贯穿着王度的活动，注意刻画人物的形象。因此，与六朝志怪比较，《古镜记》有了很大进步，显示出"有意为小说"的自觉。

张说的《梁四公记》在艺术营构上与《古镜记》相似，是几个故事的有机连缀。小说写四个奇人于梁天监年间谒见梁武帝，"帝问三教九流及汉朝旧事，了如目前"。其中的杰公见闻极广，无所不知，如对异域风俗物产的描述：

明年冬，扶南大舶从西天竺国来，卖碧玻璃镜，面广一尺五寸，重四十斤，内外皎洁。置五色物于其上，向明视之，不见其质。问其价，约钱百万贯文。帝令有司算之，倾府库偿之不足。其商人言："此色界天王有福乐事，天澍大雨，众宝如山，纳之山藏，取之难得。以大兽肉投之藏中，肉烂粘宝，一鸟衔出，而即此宝焉。"举国不识，无敢酬其价者。以示杰公，公曰："上界之宝信矣。昔波罗尼斯国王有大福，得获二宝镜，镜光所照，大者三十里，小者十里。至玄孙福尽，天火烧宫，大镜光明，能御灾火，不至焚爇。小镜光微，为火所害，虽光彩昧暗，尚能辟诸毒物，方圆百步，盖此镜也。时王卖得金二千余斤，遂入商人之手。后王福薄，失其大宝，收夺此镜，却入王宫。此王十世孙失道，国人将谋害之。此镜又出，当是大臣所得。其应入于商贾，其价千金，倾竭府库不足也。"因命杰公与之论镜，由是信伏。更问："此是瑞宝，王令贷卖，即应大秦波罗奈国、失罗国诸国王大臣所取。汝辈胡客，何由得之？必是盗窃至此耳。"胡客逡巡未对。俄而其国遣使追访至梁，云其镜为盗所窃，果如其言。

大鸟衔肉取宝的情节是为突出宝镜的贵重，而杰公对此镜的来历了如指掌，娓娓道来，后果如其所言，是商人盗窃所得。

小说又叙震泽（太湖）中洞庭南山有洞穴，人掉入后走到龙宫，守门的小蛟龙不让进去，此人出洞后禀报梁武帝，梁武帝问杰公，杰公介绍说：

此洞穴有四枝，一通洞庭湖西岸，一通蜀道青衣浦北岸，一通罗浮两山间穴谿，一通枯桑岛东岸，盖东海龙王第七女掌龙王珠藏，小龙千数卫护此珠。龙畏蜡，爱美玉及空青而嗜燕。若遣信使，可得宝珠。

武帝为得宝，招募合浦郡两兄弟到龙宫探看。杰公命他们携带龙脑香、制龙石，身上涂蜡，带五百枚烧燕给守门的小蛟和龙女，龙女很高兴；又送上美玉做的函，空青做的缶，龙王回赠三颗大珠、七颗小珠、一石杂珠。梁武帝得珠后，杰公一一说明：

> 三珠，其一是天帝如意珠之下者，其二是骊龙珠之中者。七珠，二是虫珠，五是海蚌珠，人间至之者。杂珠是蚌蛤等珠，不如大珠之贵。

《梁四公记》类似六朝的博物类小说，可广见闻，但小说缺乏现实内容和人生寄托，也不太注意人物形象的塑造，艺术上并不出色。不过，其对龙王龙女，特别是对东海龙宫的新奇描述，展现了丰富的想象力，有一定的开拓性意义。

龙人遇合是唐传奇小说非常重要的题材。佚名的《灵应传》是一则龙女拒婚复仇的故事，开篇说"泾州之东二十里，有故薛举城。城之隅有善女湫，广袤数里，蒹葭丛翠，古木萧疏。其水湛然而碧，莫有测其浅深者。水族灵怪，往往见焉。乡人立祠于旁，曰九娘子神。岁之水旱被禳，皆得祈请焉"。一日，节度使周宝听报九娘子来谒，只见：

> 言犹未终，而视祥云细雨，异香袭人。俄有一妇人，年可十七八，衣裙素淡，容质窈窕，凭空而下，立庭庑之间。容仪绰约，有绝世之貌。侍者十余辈，皆服饰鲜洁，有如妃主之仪。顾步徘翔，渐及卧宝。……

于是相见，九娘子自叙家世申诉冤抑之怀：

> 妾家世会稽之鄮县，卜筑于东海之潭。桑榆坟陇，百有余代。其

> 后遭世不造,瞰宝贻灾。五百人皆遭庚氏焚炙之祸,纂绍几绝。不忍戴天,潜遁幽岩,沉冤莫雪。至梁天监中,武帝好奇,召人通龙宫,入柘桑岛,以烧燕奇味,结好于洞庭君宝藏主第七女,以求异宝。寻闻家仇庚毗罗自鄞县白水郎弃官解印,欲承命请行,阴怀不道,因使得入龙宫,假以求货,覆吾宗嗣……

原来九娘子是龙女,丈夫是象郡石龙少子,遭天谴早亡,父母强逼她再嫁朝那小龙的季弟,她严辞拒绝,朝那神兴兵逼她就范,她要求周宝发兵救援。周宝将已死士兵名录交与九娘子,又派郭将郑承符,郑承符战死,几天后还魂醒来,自述九娘子命他领兵作战,设伏打败朝那,活捉主帅,终于报了仇。

《灵应传》篇幅较长,主要由人物的自述展开故事,时间顺序十分明确,线索交代清晰,某些描写也算华美生动,但内容相对单薄,人物形象也不够丰满。

沈亚之的《湘中怨辞》写太学生郑生路遇受兄嫂虐待而想投河的女子氾人,就领回家同居。其实女子也是龙女。几年后龙女告诉郑生:"我湘中蛟宫之娣也,谪而从君。今岁满,无以久留君所,欲为诀耳。"十几年后,郑生在岳阳楼上望见江中船上有一个十分像氾人的女子:

> 有画舻浮漾而来,中为彩楼,高百尺余,其上施帏帐,栏笼画饰。帷褰,有弹弦鼓吹者,皆神仙娥眉,被服烟霓,裾袖皆广长。其中一人起舞,含嚬凄怨,形类氾人。舞而歌曰:"溯青山兮江之隅。拖湘波兮袅绿裾。荷卷卷兮未舒。匪同归兮将焉如!"舞毕,敛袖,翔然凝望。楼中纵观方怡。须臾,风涛崩怒,遂迷所往。

此文篇幅简短,辞藻华美,是典型的诗化小说,结尾写得恍兮惚兮,神秘扑朔,犹如一场迷离短促的春梦。

如果要在唐代传奇中选出一篇最优秀的作品，笔者认为应是李朝威的《柳毅传》，而《柳毅传》写的也是龙女与凡人遇合的奇事。作者构造了龙宫传书的情节，让书生柳毅和龙女由相识相知到相爱，过程颇为曲折。水神托人传书的故事，在六朝志怪小说如《搜神记》《异苑》中并不少见。唐代也有，《太平广记》收录的《广异记》中载：

> 开元初，有三卫自京还青州。至华岳庙前，见青衣婢，衣服故恶，来白云："娘子欲见。"因引前行。遇见一妇人，年十六七，容色惨悴，曰："己非人，华岳第三新妇，夫婿极恶。家在北海，三年无书信，以此尤为岳子所薄。闻君远还，欲以尺书仰累，若能为达，家君当有厚报。"遂以书付之。其人亦信士也，问北海于何所送之。妇人云："海池上第二树，但扣之，当有应者。"言讫诀去。及至北海，如言送书，扣树毕，忽见朱门在树下，有人从门中受事。人以书付之。……

女子乃北海龙王之女，三年没与父母联系，又受夫家虐待，便托人传信，龙王接信大怒，发兵讨伐。

《柳毅传》比《广异记》晚出，很可能对前者有所借鉴，但李朝威已是全新的创作，增加了柳毅与龙女之间的爱情，大力刻画了各种人物形象，将神怪与爱情、婚姻、侠义等内容有机结合，构成了一个内涵丰富、美丽动人的传奇故事，艺术性也有了质的飞跃。

把《柳毅传》归入涉海题材小说，是因为龙女虽然是洞庭龙王之女，但洞庭龙王之弟是钱塘江龙王，而钱塘江直通大海，还因为柳毅与龙女结合，又居住在南海，最终得道成仙。江河海洋本来就是相通的，在古人观念里常常是混同的地理空间。

不去说《柳毅传》情节如何曲折变化，标志小说主要成就的乃是作者自觉地以人物为中心，着力塑造了众多鲜活饱满的艺术形象。先来看龙女形象。小说开篇写柳毅偶遇龙女，龙女的哀怨自诉：

> 唐仪凤中，有儒生柳毅者，应举下第，将还湘滨。念乡人有客于泾阳者，遂往告别。至六七里，鸟起马惊，疾逸道左，又六七里，乃止。见有妇人，牧羊于道畔。毅怪视之，乃殊色也。然而蛾脸不舒，巾袖无光，凝听翔立，若有所伺。毅诘之曰："子何苦而自辱如是？"妇始楚而谢，终泣而对曰："贱妾不幸，今日见辱问于长者。然而恨贯肌骨，亦何能愧避，幸一闻焉。妾，洞庭龙君小女也。父母配嫁泾川次子，而夫婿乐逸，为婢仆所惑，日以厌薄。既而将诉于舅姑，舅姑爱其子，不能御。迫诉频切，又得罪舅姑。舅姑毁黜以至此。"言讫，歔欷流涕，悲不自胜。又曰："洞庭于兹，相远不知其几多也？长天茫茫，信耗莫通。心目断尽，无所知哀。闻君将还吴，密通洞庭。或以尺书，寄托侍者，未卜将以为可乎？"

龙女"蛾脸不舒，巾袖无光"、"楚而谢"、"泣而对"而且"恨贯肌骨"，原来是父母包办，嫁与泾川龙王次子，丈夫不务正业，为婢仆所惑，对她日益冷淡，受尽虐待，"言讫，歔欷流涕，悲不自胜"。当柳毅表示愿意为她传书时，龙女"悲泣且谢"，当柳毅说"他日归洞庭，幸勿相避"时，龙女回答是"宁止不避，当如亲戚耳"，对柳毅的帮助由感激而生爱慕。后龙女父母"欲配嫁与濯锦小儿某，遂闭户剪发，以明无意。虽为君子弃绝，分无见期；而当初之心，死不自替。他日父母怜其志，复欲驰白于君子。值君子累娶，当娶于张，已而又娶于韩。迨张、韩继卒，君卜居于兹，故余之父母乃喜余得遂报君之意。今日获奉君子，咸善终世，死无恨矣！"

龙女坚决拒绝再嫁，既是受够了包办婚姻的苦楚，更是由于对柳毅怀有感情，等柳毅妻子亡故后，才得以结合，真是真情不改，一片痴心。小说通过对话，写出了终成眷属后龙女细致的心理活动。可以看出，小说中的龙女不像别的作品里的神女来去飘忽，与人的遇合也莫名其妙，而是洗去了怪异的一面，完全可视作实现中的妇女形象。她的遭遇在那个时代具有极大的普遍性，而与柳毅的结合既不是一见钟情，也不是屈从依附，而是完全建立在感激和信任基础上，这样一个受尽苦难，又勇于反抗包办婚姻、坚定追求纯真爱情的妇女形象，不能不发出特有的光彩，打动读者的心。

唐代爱情小说中的男主角形象多是软弱被动的，但柳毅的形象却是积极主动的。他一听说龙女的遭遇，慨然而言："吾义夫也。闻子之说，气血俱动，恨无毛羽，不能奋飞……"立即答应为龙女传书，见出疾恶如仇、豪爽刚毅的性格；当钱塘君在酒席上提出把龙女许配给他，柳毅立刻严正以告：

> 毅肃然而作，欻然而笑曰："诚不知钱塘君翦困如是！毅始闻跨九州，怀五岳，泄其愤怒；复见断金锁，掣玉柱，赴其急难：毅以为刚决明直，无如君者。盖犯之者不避其死，感之者不爱其生，此真丈夫之志。奈何箫管方洽，亲宾正和，不顾其道，以威加人？岂仆之素望哉！若遇公于洪波之中，玄山之间，鼓以鳞须，被以云雨，将迫毅以死，毅则以禽兽视之，亦何恨哉！今体被衣冠，坐谈礼义，尽五常之志性，负百行之微旨，虽人世贤杰，有不如者，况江河灵类乎？而欲以蠢然之躯，悍然之性，乘酒假气，将迫于人，岂近直哉！且毅之质，不足以藏王一甲之间，然而敢以不伏之心，胜王不道之气。惟王筹之！"

柳毅表示自己是路见不平，仗义为龙女报信诉冤，根本没有私心夹杂其间，而婚姻大事是十分严肃之事，决不屈服于外在的威逼胁迫。

但当龙女在酒席上拜谢又殷勤告别时，柳毅不免"殊有叹恨之色"，说明对龙女不是没有感情，等到结合后，又向龙女作了真诚表白。柳毅不是只有刚强正直的一面，内心也有丰富的情感变化，使得这一艺术形象因饱满而有了立体感。

钱塘君的形象也算得上鲜明突出。当柳毅来到龙宫传书，宫中皆恸哭，洞庭君"疾告宫中，无使有声，恐钱塘所知"，又向柳毅介绍钱塘君曾一怒而使尧遭洪水九年，近来又与天将失和，被上帝囚拘于此，可见其勇猛刚烈。这是侧写，其出场场景写得极具声威：

> 语未毕，而大声忽发，天坼地裂，宫殿摆簸，云烟沸涌。俄有赤龙长千余尺，电目血舌。朱鳞火鬣，项掣金锁，锁牵玉柱，千雷万霆，激绕其身，霰雪雨雹，一时皆下。乃擘青天而飞去。

原来他是替侄女报仇去了。一战归来：

> 然后回告兄曰："向者辰发灵虚，已至泾阳，午战于彼，未还于此。中间驰至九天，以告上帝。帝知其冤，而宥其失，前所谴责，因而获免。然而刚肠激发，不遑辞候，惊扰宫中，复忤宾客。愧惕惭惧，不知所失。"因退而再拜。君曰："所杀几何？"曰："六十万。""伤稼乎？"曰："八百里。""无情郎安在？"曰："食之矣。"

虽然杀伐过度，甚至把虐待龙女的无情郎吃了，过于鲁莽，也见出其疾恶如仇的禀性。当他出于好意要把龙女许配给柳毅，被柳毅严辞拒绝后，连忙道歉，自称唐突冒犯，请求原谅，与柳毅"遂为知心友"。

无论是人物形象的塑造，情节的曲折转换，还是符合性格的对话运用，含有浓烈情感的文字，《柳毅传》都体现了较高的艺术水准，算得上真正成熟的文言短篇小说。《柳毅传》对后世影响很大，仿写之作不少，宋代有《柳毅大圣乐》，元代有尚仲贤《柳毅传书》杂剧，明代有许自昌《桔浦记》、黄维楫《龙绡记》传奇，清李渔又把它和《张生煮海》合而为一改编成《蜃中楼》，等等。

爱情题材的传奇还有陈鸿的《长恨歌传》。陈鸿与白居易是朋友，白居易写有长诗《长恨歌》，两者都取材于并不久远的唐玄宗与杨玉环的情爱悲剧。小说结尾写道：

> 元和元年冬十二月，太原白乐天自校书郎尉于盩厔，鸿与琅邪王质夫家于是邑，暇日相携游仙游寺，话及此事，相与感叹。质夫举酒于乐天前曰："夫希代之事，非遇出世之才润色之，则与时消没，不闻于世。乐天，深于诗，多于情者也。试为歌之，如何？"乐天因为《长恨歌》。意者不但感其事，亦欲惩尤物，窒乱阶，垂于将来者也。歌既成，使鸿传焉。世所不闻者，予非开元遗民，不得知；世所知者，有《玄宗本纪》在。今但传《长恨歌》云尔。

交代三人游玩途中说及李、杨之事，王质夫请白居易写《长恨歌》，写完后，陈鸿再写《长恨歌传》，"不但感其事，欲惩尤物，窒乱阶，垂于将来者也"，即探讨开元天宝间治与乱的因由，吸取历史教训，并责罪于杨玉环，称之为"尤物"。从结构与立意上看，传奇和诗歌大致相同，但很难说是谁借鉴了谁，或者说有可能是共同商讨的。当然，《长恨歌》比《长恨歌传》更有名，流传也更广。最好是将两者结合对比着看，各有各的特色。

小说前半部分描述杨贵妃的"殊色尤态"，"善巧便佞"，得到玄宗的专宠，杨家一门荣华富贵，权势熏天，再写安史之乱，杨贵妃死于马嵬坡下，而玄宗"时移事去，乐尽悲来。每至春之日，冬之夜，池莲夏开，宫槐秋落，梨园弟子，玉琯发音，闻《霓裳羽衣》一声，则天颜不怡，左右歔欷。三载一意，其念不衰。求之梦魂，杳不能得"。小说最精彩的是后半部分，即方士到海上仙山寻见杨贵妃，杨贵妃托传信物给玄宗：

> 适有道士自蜀来,知上皇心念杨妃如是,自言有李少君之术。玄宗大喜,命致其神。方士乃竭其术以索之,不至。又能游神驭气,出天界,没地府以求之,不见。又旁求四虚上下,东极天海,跨蓬壶。见最高仙山,上多楼阙,西厢下有洞户,东向,阖其门,署曰:"玉妃太真院。"方士抽簪扣扉,有双鬟童女,出应其门。方士造次未及言,而双鬟复入。俄有碧衣侍女又至,诘其所从。方士因称唐天子使者,且致其命。碧衣云:"玉妃方寝,请少待之。"于时云海沉沉,洞天日晓,琼户重闱,悄然无声。

方士上天入地都找不到,终于在东海蓬壶找到了杨玉环所住的仙宫。对仙山宫殿楼阁的描述,在两汉以来的仙道小说中已屡见不鲜,接着,得道成仙的杨玉环出场了:

> 方士屏息敛足,拱手门下。久之,而碧衣延入,且曰:"玉妃出。"见一人冠金莲,披紫绡,佩红玉,曳凤舄,左右侍者七八人。揖方士,问:"皇帝安否?"次问天宝十四载已还事。言讫,悯然。指碧衣取金钗钿合,各析其半,受使者曰:"为我谢太上皇,谨献是物,寻旧好也。"方士受辞与信,将行,色有不足。玉妃固征其意。复前跪致词:"请当时一事,不为他人闻者,验于太上皇,不然,恐钿合金钗,负新垣平之诈也。"玉妃茫然退立,若有所思,徐而言曰:"昔天宝十载,侍辇避暑于骊山宫。秋七月,牵牛织女相见之夕,秦人风俗,是夜张锦绣,陈饮食,树瓜华,焚香于庭,号为'乞巧'。宫掖间尤尚之。时夜殆半,休侍卫于东西厢,独侍上。上凭肩而立,因仰天感牛女事,密相誓心,愿世世为夫妇。言毕,执手各呜咽。此独君王知之耳。"因自悲曰:"由此一念,又不得居此。复堕下界,且结后缘。或为天,或为人,决再相见,好合如旧。"因言:"太上皇亦不久人间,幸惟自安,无自苦耳。"使者还奏太上皇,皇心震悼,日日不

豫。其年夏四月，南宫晏驾。

杨玉环问皇帝身体及旧事，很是"悯然"，恍若隔世，取金钗钿合送玄宗，"寻旧好"。方士提出请玉环说一件秘事以证明确实见到了她，杨玉环说了天宝十载秋七月与玄宗在骊山宫度七夕时的情景："上凭肩而立，因仰天感牛女事，密相誓心，愿世世为夫妇。言毕，执手各鸣咽。此独君王知之耳。"并期待"复堕下界，且结后缘。或为天，或为人，决再相见，好合如旧"。既已成仙，又追念旧情，似乎相悖，但也见证了生死不能阻隔的爱的力量。

小说前半段类似史实，客观冷静，后半段文采斐然，充满浓烈的抒情意味，前后转换自然，显示了布局上的严谨；从主旨上看，前半段多有讥讽指摘，后半段则大力颂扬，与白居易《长恨歌》一样，出现了立意上的矛盾，即理智与情感的冲突，最终在情感上原谅理解了李杨之间的情爱。"传奇"就是写不一般的人事，后半部分突然转为对海上仙山和成仙的杨玉环的描述，正是为了将凡俗的情爱提升到生死相依、永不衰朽的神圣的境界，让人发出无限的感叹和联想。

唐传奇的作者是自觉、有意识地进行创作的，即把创作看成表达自我理想、实现自我人生价值的艺术活动而苦心经营，而不是一时的遣兴游戏，也不像六朝的许多小说只是据事实录。通过丰富的想象和艺术虚构，对生活进行再创造，是唐传奇走向成熟的主要标志，所以明代胡应麟说"至唐人乃作意好奇，假小说以寄笔端"（《少室山房笔丛》卷三十六），鲁迅也说："小说亦如诗，至唐代而一变，虽尚不离于搜奇记逸，然叙述婉转，文辞华艳，与六朝之粗陈梗概者较，演进之迹甚明，而尤显者乃在是时则始有意为小说。"[①] 唐传奇盛兴于中唐，至晚唐渐趋衰落，后世传奇之作甚众，但终究无法超越。

而动荡莫测的海洋打开了唐传奇作家驰骋艺术想象力的广阔空间，为

---

① 鲁迅：《中国小说史略》，见《鲁迅全集》第九卷，人民文学出版社1982年版，第70页。

小说增添了神奇迷人的恒久魅力。

## 第二节　涉海志怪与杂俎

上节涉及的都是唐传奇中代表性的单篇作品，本节涉及的是传奇集中的涉海小说，不过，虽名曰传奇集，其实并不纯粹，譬如牛僧孺有名的《玄怪录》，所记基本是神奇怪异之事，志怪味极浓，不过写得曲折生动，类近传奇而已；另外，不少集子则将不同文体的作品放在一块，有传奇兼志怪的，也有历史琐闻、轶事杂录、时事笔记等，繁驳陆离，可称之为"杂俎"，即使是"杂俎"，也多采传说，渲染附会，"仍以传奇为骨"（鲁迅语），难以明确区分体类。总体上看，这些小说同样显示出唐人"作意好奇"的写作特征，内容丰富，文采可观。

先看第一类的小说。牛肃《纪闻》是唐前期志怪和传奇兼而有之的小说集，内中有一篇写新罗长人的故事：

> 天宝初，使赞善大夫魏曜使新罗，策立新王，曜年老，深惮之。有客曾到新罗，因访其行路。客曰："永徽中，新罗日本皆通好，遣使兼报之。"使人既达新罗，将赴日本国，海中遇风，波涛大起，数十日不止，随波漂流，不知所届，忽风止波静，至海岸边，日方欲暮，时同志数船，乃维舟登岸，约百有余人。岸高二三十丈，望见屋宇，争往趋之。

唐使者去新罗，将赴日本，"波涛大起，数十日不止，随波漂流，不知所届"，可见当时中外海路交通的艰辛，所以"深惮之"。下文情节陡转，令人恐惧：

> 有长人出，长二丈，身具衣服，言语不通，见唐人至，大喜。于

是遮拥令入室中，以石填门而皆出去。俄有种类百余，相随而到，乃简阅唐人肤体肥充者，得五十余人，尽烹之，相与食啖，兼出醇酒，同为宴乐，夜深皆醉，诸人因得至诸院。后院有妇人三十人，皆前后风漂为所虏者，自言男子尽被食之，唯留妇人，使造衣服。汝等今乘其醉，何为不去，吾请道焉。众悦，妇人出其练缕数百匹负之，然后取刀，尽断醉者首，乃行至海岸。岸高，昏黑不可下，皆以帛系身，自缒而下，诸人更相缒下，至水滨，皆得入船。及天曙，船发，闻山头叫声，顾来处已有千余矣，络绎下山，须臾至岸，既不及船，虩吼振腾，使者及妇人并得还。

唐使等百余人被长人所俘，选体肥者五十余人"尽烹之，相与食啖，兼出醇酒，同为宴乐"，竟然发生大规模吃人的惨事，最后还是被劫的妇女杀死醉者，用布匹结成绳子，黑夜悬缒而下，到达海岸，乘船脱险。

小说意在强调海路出使的险恶，但长人烹食数十人的恐怖描述，史书并无记载，是否出自作者的离奇想象？有趣的是，古希腊史诗《奥德修纪》中也有类似的长人故事。

牛僧孺历任显职，性喜志怪，借小说炫示意想之奇，笔墨之妙，其《玄怪录》中有涉海的《叶天师》，夸饰道士法术之高超：

> 开元中，道士叶静能讲于明州奉化县兴唐观。自升座也，有老父白衣而髯者，每先来而后去，必迟迟然，若有意欲言而未能者。讲将罢去，愈更淹留。听徒毕去，师乃召问，泣拜而言，自称鳞位，曰："有意求哀，不敢自陈，既蒙下问，敢不尽其诚恳，位实非人，乃宝藏之龙也。职在观南小海中，千秋无失，乃获稍迁，苟或失之，即受炎沙之罚，今九百余年矣。胡僧所禁且三十春，其僧虔心，有大咒力，今忧午日午时，其术即成，来喝水干，宝无所隐。弟子当死，不敢望荣迁，然千载之炎海，诚不可忍。惟仙师哀之，必免斯难，不敢

忘德。"师许之，乃泣谢而去。

"有老父白衣而髯者"听叶天师讲法，"每先来而后去，必迟迟然，若有意欲言而未能者"，召问，才知是海龙王，"千秋无失，乃获稍迁"，不料来了胡僧，有大咒力，要使海水干涸，宝无所藏，海龙王便要受"炎沙之罚"，求天师救助。天师慨然应允：

> 师恐遗忘，乃大书其柱曰："午日午时救龙。"其日赴食于邑人，既回，方憩，门人忽读其柱曰："'午日午时救龙'，今方欲午，吾师正憩，岂忘之乎？"将入白，师已闻，遽问曰："今何时？"对曰："顷刻未午耳。"仙师遽使青衣门人执墨符，奔往海一里余，见黑云惨空，毒风四起，有婆罗门仗剑，乘黑云，持咒于海上，连喝，海水寻减半矣。青衣使亦随声堕焉。又使黄衣门人执朱符，奔马以往，去海一百余步，又喝，寻堕，海水十涸七八矣。有白龙跳跃浅波中，喘喘焉。又使朱衣使执黄符以往，僧又喝之，连喝不堕，及岸，则海水才一二尺，白龙者奋鬣张口于沙中。朱衣使投符于海，随手水复。婆罗门抚剑而叹曰："三十年精勤，一旦术尽，何道士之多能哉！"拗怒而去。既而，空海恬然，波停风息，前堕二使，亦渐能起，相与偕归，具白于师。

怕忘事，天师大书其柱，显出其一诺千金的认真。遣青衣、黄衣、朱衣门人投符于水，与胡僧比拼法术，最后胡僧技穷，海水复满。此篇立意不见有什么高明之处，只是题材有传奇性，但动作、对话及形象颇为生动鲜活。

情节更为曲折，且写到外国商人活动的，是张读《宣室志》里的《消面虫》。小说中的太学生陆颙，自幼嗜面，有南越胡僧"航海梯山来中华，将观文物之光"，以酒食、金缯交好陆颙，太学生都说胡人好利，必有所图，事实也是：

> 既坐，胡人挈颙手而言曰："我之来，非偶然也，盖欲富君耳，幸望知之。且我所祈，于君固无害，于我则大惠也。"颙曰："谨受教。"胡人曰："吾子好食面乎？"曰："然。"又曰："食面者，非君也，乃君肚中一虫耳。今我欲以一粒药进君，君饵之，当吐出虫。则我以厚价从君易之，其可乎？"颙曰："若诚有之，又安有不可耶？"已而胡人出一粒药，其色光紫，命饵之。有顷，遂吐出一虫，长二寸许，色青，状如蛙。胡人曰："此名消面虫，实天下之奇宝也。"颙曰："何以识之？""吾尝见宝气亘天，起于太学中，故我特访而取之。然自一月余，清旦望之，见其气移于渭水上，果君迁居焉。夫此虫禀天地中和之气而生，故好食面，盖以麦自秋始种，至来年夏季方始成实，受天地四时之全气，故嗜其味焉。君宜以面食之，可见矣。"颙即以面斗余致其前，虫乃食之立尽。颙又问曰："此虫安所用也？"胡人曰："夫天下之奇宝，俱禀中和之气。此虫乃中和之粹也。执其本而取其末，其远乎哉？"既而以函盛其虫，又金篋扃之，命颙致于寝室。谓颙曰："明日当自来。"及明旦，胡人以十辆车辇金玉绢帛约数万献于颙，共持金函而去。颙自此大富，治园田为养生具，日食果肉，衣鲜衣，游于长安中，号豪士。

原来陆颙肚中虫吃面，胡僧让陆颙吃药，吐出虫，说虫是天下奇宝，并说了一通其中的奥秘，又送给陆颙数万金玉绵帛。但此虫究竟是怎样宝物，仍留下悬念，直到海上探宝才道出了谜底：

> 颙曰："吾子能与我偕游海中乎？我欲探海中之奇宝以夸天下，而吾子岂非好奇之士耶？"颙既以甚富，素享闲逸自遂，即与群胡俱至海上。胡人结宇而居，于是置油膏于银鼎中，构火其下，投虫于鼎

中，炼之，七日不绝燎。忽有一童，分发，衣青襦，自海水中出，捧白玉盘，盘中有径寸珠甚多，来献胡人。胡人大声叱之。其童色惧，捧盘而去。仅食顷，又有一玉女，貌极冶，衣霞绡之衣，佩玉珥珠，翩翩自海中而出，捧紫玉盘，中有珠数十，来献胡人。胡人叱之，玉女捧盘而去。俄有一仙人，戴碧瑶冠，被霞衣，捧绛帕籍，籍中有一珠，径二寸许，奇光泛空，照数十步。仙人以珠献胡人。胡人笑而受之。喜谓颙曰："至宝来矣。"即命绝燎。自鼎中收虫，置金函中。其虫虽炼之且久，而跳跃如初。胡人吞其珠，谓颙曰："子随我入海中，慎无惧。"颙即执胡人佩带，从而入焉。其海水皆豁开数步，鳞介之族，俱辟易而去。乃游龙宫，入蛟室，奇珍怪宝，惟意所择。才一夕，而其获甚多。胡人谓颙曰："此可以致亿万之资矣。"已而又以珍贝数品遗颙。径于南越货金千镒，由是益富。其后竟不仕，老于闽越，而甲于钜室也。

将虫拿到海边在银鼎里用油煎七日，海里出来小童捧出白玉盘，装径寸大珠，但胡人不理，又出来玉女捧着紫玉盘，装着几十颗珍珠，胡人仍不要，最后仙人捧出二寸大珠，光照几十步，胡人才要，吞入腹中。两人入海，海水分开，进入龙宫，随意选取奇珍异宝，价值亿万，陆颙也成了大富翁。

从消面虫引出这样奇特的故事，真佩服作者的奇思妙想。小说几次转折，层层推进，特别是巧用悬念，有很强的吸引力。张读的高祖是唐著名传奇《游仙窟》的作者张鹭，祖父张荐写有《灵怪集》，外祖父又是《玄怪录》作者牛僧孺，所以张读擅作传奇也就不奇怪了。

李冗《独异记》中的一则故事也是在现实生活基础上渗入传奇志怪成分的小说：

大历中，将作少匠韩晋卿女，适尚衣奉御韦隐。隐奉使新罗，行及一程，怆然有思，因就寝，乃觉其妻在帐外，惊问之。答曰："愍君涉海，志愿奔而随之，人无知者。"隐即诈左右曰："俗纳一妓，将侍枕席。"人无怪者。及归，已二年。妻亦随至。隐乃启舅姑，首其罪。而室中宛存焉。及相近，翕然合体。其从隐者，乃魂也。

描述夫妻之间的感情再平常不过，但小说写丈夫出使新罗，妻子涉海相随，日夜陪侍，两年后回国，丈夫主动向舅姑告罪，而随来的女人与家中妻子合为一体，原来是妻子的魂魄化为另一女子从夫出使。篇幅虽短，却写得曲折有致。

段成式是元和末年宰相段文昌之子，早有文名，知识广博，其《酉阳杂俎》是仿晋张华《博物志》体例扩展而来，内容涉及仙佛、志怪、人事、动植物、酒食、寺庙、考证等，是名副其实的"杂俎"集，其中涉海题材甚众。《鳞介》篇介绍了数十种海产品，有井鱼、乌贼、鲛鱼、马头鱼、石斑鱼、飞鱼，还有鲎、螃蟹、玳瑁、螺蚌、牡蛎、蛤蜊等。《境异》篇则是对异域人民、地理、风俗传说的想象性描绘：

> 突厥之先曰射摩舍利海神，神在阿史德窟西。射摩有神异，又海神女每日暮以白鹿迎射摩入海，至明送出，经数十年。后部落将大猎，至夜中，海神谓射摩曰："明日猎时，尔上代所生之窟，当有金角白鹿出。尔若射中此鹿，毕形与吾来往；或射不中，即缘绝矣。"至明入围，果所生窟中有金角白鹿起，射摩遣其左右固其围，将跳出围，遂杀之。射摩怒，遂手斩呵尔首领，仍誓之曰："自杀此之后，须人祭天。"即取呵尔部落子孙斩之以祭也。至今，突厥以人祭纛，常取呵尔部落用之。射摩既斩呵尔，至暮还，海神女报射摩曰："尔手斩人，血气腥秽，因缘绝矣。"

王子年《拾遗记》言，晋武时，因墀国使言，东方有解形之民，能先使头飞南海，左手飞东山，右手飞西泽，至暮，头还肩上，两手遇疾风，飘于海水外。

近有海客往新罗，吹至一岛上，满山悉是黑漆匙箸。其处多大木，客仰窥匙箸，乃木之花与须也。因拾百余双还，用之肥不能使，后偶取搅茶，随搅而消焉。

第一则叙突厥人祭蠹风俗的来历，有一定的故事性，其余两则过于简略。当然，篇幅短小，也可以有生动描写，如《物革》篇说南孝廉"善斫鲙，縠薄丝缕，轻可吹起"，以此为客人炫技，结果"忽暴风雨，雷震一声，鲙悉化为胡蝶飞去。南惊惧，遂折刀，誓不复作"。

以下两篇则称得上质量上乘的短篇小说。一是写长须国的：

大定初，有士人随新罗使，风吹至一处，人皆长须，语与唐言通，号长须国。人物茂盛，栋宇衣冠，稍异中国。地曰扶桑洲，其署官品有正长、戢波、目役、岛逻等号。士人历谒数处，其国皆敬之。忽一日，有车马数十，言大王召客，行两日，方至一大城，甲士守门焉。使者导士人入伏谒，殿宇高敞，仪卫如王者。见士人拜伏，小起，乃拜士人为司风长，兼驸马。其王甚美，有须数十根。士人威势烜赫，富有珠玉，然每归见其妻则不悦。其王多月满夜则大会。后遇会，士人见姬嫔悉有须，因赋诗曰："花无蕊不妍，女无须亦丑。丈人试遣总无，未必不如总有。"王大笑曰："驸马竟未能忘情于小女颐颔间乎？"经十余年，士人有一儿二女。（《诺皋记上》）

此篇从"风吹至一处"开始，较早开启了古代海洋小说"偶遇风暴—流落孤岛—岛上奇遇—终于回归"的叙事模式。此段写到士人在长须国人皆敬之，被国王任为官员、驸马，"威势烜赫，富有珠玉"，并娶妻生

子,有大中华的优越感,也是士人渴望显达的心理反映。故事的新奇处在下文:

> 忽一日,其君臣忧戚,士人怪问之。王泣曰:"吾国有难,祸在旦夕,非驸马不能救。"士人惊曰:"苟难可弭,性命不敢辞也。"王乃令具舟,令两使随士人,谓曰:"烦驸马一谒海龙王,但言东海第三汊第七岛长须国,有难求救。我国绝微,须再三言之。"因涕泣执手而别。士人登舟,瞬息至岸。岸沙悉七宝,人皆衣冠长大。士人乃前,求谒龙王。龙宫状如佛寺所图天宫,光明迭激,目不能视。龙王降阶迎士人,齐级升殿,访其来意。士人具说,龙王即令速勘。良久,一人自外白曰:"境内并无此国。"士人复哀祈,言长须国在东海第三汊第七岛。龙王复叱使者细寻勘,速报。经食顷,使者返,曰:"此岛虾合供大王此月食料,前日已追到。"龙王笑曰:"客固为虾所魅耳。吾虽为王,所食皆禀天符,不得妄食,今为客减食。"乃令引客视之,见铁镬数十如屋,满中是虾。有五六头色赤,大如臂,见客跳跃,似求救状。引者曰:"此虾王也。"士人不觉悲泣,龙王命放虾王一镬,令二使送客归中国。一夕至,登舟回顾二使,乃巨龙也。

国王哭求士人解救国难,登舟谒见海龙王。原来长须国王乃是海中虾王,而海龙王专以虾为食,"王泣曰"、"士人不觉悲泣"、"龙王笑曰",写音貌性状颇为生动,而海龙王也有怜悯之心,最终放了虾王,并派二巨龙送士人回到中国。小说将志怪和传奇较好地融为了一体。

关于吴洞女叶限金履的故事,写得更为曲折动人:

> 南人相传,秦汉前有洞主吴氏,土人呼为吴洞。娶两妻,一妻卒,有女名叶限,少惠,善淘金,父爱之。末岁父卒,为后母所苦,常令樵险汲深。时尝得一鳞二寸余,赬鬐金目,遂潜养于盆水。日日

长,易数器,大不能受,乃投于后池中。女所得余食,辄沉以食之。女至池,鱼必露首枕岸,他人至,不复出。其母知之,每伺之,鱼未尝见也,因诈女曰:"尔无劳乎,吾为尔新其襦。"乃易其弊衣。后令汲于他泉,计里数百也。母徐衣其女衣,袖利刃行向池呼鱼,鱼即出首,因斫杀之。鱼已长丈余,膳其肉,味倍常鱼,藏其骨于郁栖之下。逾日,女至向池,不复见鱼矣,乃哭于野。忽有人被发粗衣,自天而降,慰女曰:"尔无哭,尔母杀尔鱼矣!骨在粪下,尔归,可取鱼骨藏于室,所须第祈之,当随尔也。"女用其言,金玑衣食随欲而具。及洞节母往,令女守庭果。女伺母行远,亦往,衣翠纺上衣,蹑金履。母所生女认之,谓母曰:"此甚似姊也。"母亦疑之,女觉遽反,遂遗一只履为洞人所得。母归,但见女抱庭树眠,亦不之虑。(《支诺皋上》)

小说采自少数民族的传说。叶限是洞主女儿,母亲死了,但父亲爱她,后来父亲也死了,叶限"为后母所苦"。她养了一条鱼,对鱼很好,"女至池,鱼必露首枕岸",后母嫉妒,"因斫杀之","膳其肉","藏其骨"。叶限大哭,神告诉她藏骨的地方。小说写到了叶限身世的凄凉,与鱼的感情,也写出了后母的刻薄寡恩。叶限因为参加"洞节",遗落一只金履,命运突然发生了转折:

其洞邻海岛,岛中有国名陀汗,兵强,王数十岛,水界数千里。洞人遂货其履于陀汗国,国主得之,命其左右履之,足小者履减一寸。乃令一国妇人履之,竟无一称者。其轻如毛,履石无声。陀汗王意其洞人以非道得之,遂禁锢而拷掠之,竟不知所从来,乃以是履弃之于道旁,即遍历人家捕之,若有女履者,捕之以告。陀汗王怪之,乃搜其室,得叶限,令履之而信。叶限因衣翠纺衣,蹑履而进,色若天人也。始具事于王,载鱼骨与叶限俱还国。其母及女即为飞石击死,洞人哀之,埋于石坑,命曰懊女冢。洞人以为媒祀,求女必应。陀汗王至国,以叶限为上妇。一年,王贪求,祈于鱼骨,宝玉无限。逾年,不复应。王乃葬鱼骨于海岸,用珠百斛藏之,以金为际,至徵卒叛时,将发以赡军。一夕,为海潮所沦。成式旧家人李士元所说。士元本邕州洞中人,多记得南中怪事。

遗落的金履被洞人货于海中的陀汗国,"其轻如毛,履石无声",国王派人四处搜寻鞋的来历,只有叶限配得上金履,并"以叶限为上妇"。小说又写到鱼骨报恩,"祈于鱼骨,宝玉无限",但第二年再求,"不复应",所藏百斛珠"为海潮所沦",似乎隐含对人心贪婪的警示。美丽善良的叶限终于从丑小鸭变成了白天鹅,堪称中国版的"灰姑娘"童话。小说既无志怪的荒诞,也与一般的传奇不同,更贴近现实生活,对世情有深切体味,而结体严谨,环环相扣,情节几经转折,波澜迭生,显示了较高的艺术水准。

苏鹗《杜阳杂编》中的涉海小说,则多描述外国进贡的奇珍异宝:

> 大历中,日林国献灵光豆、龙角钗,其国在海东北四万里。国西南有怪石,方数百里,光明澄澈,可鉴人五藏六腑,亦谓之仙人镜。其国人有疾,辄照其形,遂知起于某藏腑,即自采神草饵之,无不愈焉。灵光豆,大小类中国之绿豆,其色殷红,而光芒长数尺。本国人亦呼为诘多珠。和石上菖蒲叶煮之,即大如鹅卵,其中纯紫,秤之可重一斤。上啖一丸,香美无比,而数日不复言饥渴。龙角钗类玉而绀色,上刻蛟龙之形,精巧奇丽,非人所制。上因赐独孤妃。与上同游龙舟,池有紫云,自钗上而生,俄顷满于舟楫。上命置之掌内,以水喷之,遂化为二龙,腾空东去。(卷上)

> 遇西域有进美玉者二,一圆一方,径各五寸,光彩凝冷,可鉴毛

发。时玄解方坐于上前，熟视之曰："此一龙玉也，一虎玉也。"上惊而问曰："何谓龙玉、虎玉耶？"玄解曰："圆者龙也，生水中，为龙所宝，若投之水，必虹霓出焉。方者虎也，生于岩谷，为虎所宝，若以虎毛拂之，即紫光迸逸而百兽慑服。"上异其言，遂令试之，各如其说。询得玉之由，使人曰："一自渔者得，一自猎者获。"上因命取龙虎二玉，以锦囊盛之于内府。玄解将还东海，亟请于上，上未之许。过宫中刻木作海上三山，彩绘华丽，间以珠玉。上因元日，与玄解观之，指蓬莱曰："若非上仙，无由得及此境。"玄解笑曰："三岛咫尺，谁曰难及？臣虽无能，试为陛下一游以探物象妍丑。"即踊体于空中，渐觉微小，俄而入于金银阙内，左右连声呼之，竟不复有所见。上追思叹恨，仅成羸疹。因号其山为藏真岛，每诘旦，于岛前焚凤脑香以崇礼敬。后旬日，青州奏云，玄解乘黄牝马过海矣。（卷中）

甚至也进贡才艺特异的女子：

永贞元年，南海贡奇女卢眉娘，年十四，称本北祖帝师之裔，自大足中流落于岭表。幼而慧悟，工巧无比，能于一尺绢上绣《法华经》七卷，字之大小不逾粟粒，而点画分明，细于毛发。其品题章句，无有遗阙。更善作飞仙盖，以丝一缕分为三缕，染成五彩，于掌中结为伞盖五重，其中有十洲三岛、天人玉女，台殿麟凤之象而外，执幢捧节之童，亦不啻千数。其盖阔一丈，秤之无三数两。自煎灵香膏傅之，则虬硬不断。上叹其工，谓之神助。因令止于宫中，每日但食胡麻饭二三合。至元和中，宪宗皇帝嘉其聪慧而奇巧，遂赐金凤环以束其腕。知眉娘不愿住禁中，遂度以黄冠，放归南海，仍赐号曰逍遥。及后神迁，香气满室。弟子将葬，举棺觉轻，即彻其盖，惟有藕屦而已。后入海人往往见乘紫云游于海上。是时罗浮处士李象先作《卢逍遥传》。（卷中）

此类作品所记乃唐代宗后十朝旧事,所以与皇宫相关,反映出当时中外交流的广泛,但多系传闻,又渗入想象,实非信史。

一些小说则以"漂流孤岛—经历奇遇"的模式展开:

处士元藏幾,自言是后魏清河孝王之孙也,隋炀帝时官奉信郎。大业元年,为过海使判官,遇风浪坏船,黑雾四合,同济者皆不救,而藏幾独为破木所载,殆经半月,忽达于洲岛间。洲人问其从来,藏幾具以事对。洲人曰:"此乃沧浪洲,去中国已数万里。"乃出菖蒲酒、桃花酒饮之,而神气清爽焉。其洲方千里,花木常如二三月,地土宜五谷,人多不死。亦出凤凰、孔雀、灵牛、神马之属。又产分蒂瓜,瓜长二尺,其色如椹,一颗二蒂。有碧枣丹栗,皆大如梨。其洲人多衣缝掖衣,戴远游冠,与之语中华事,则历历如在目前。所居或金阙银台,玉楼紫阁,奏萧韶之乐,饮香雾之醑。洲上有久视山,山下出澄绿水,其泉阔一百步,亦谓之流绿渠。虽投之金石,终不沉没,故洲人以瓦铁为船舫。又有良金池,可方数十里,水石沙泥,皆如金色,其中有四足鱼。又有金莲花,洲人研之如泥,以间彩绘,光影焕烁,与真金无异,但不能入火而已。更有金茎花,其花如蝶,每微风至,则摇荡如飞,妇人竞采之以为首饰。且有语曰:"不戴金茎花,不得在仙家。"又有强木,造舟楫,其上多饰珠玉以为游戏。强木,不沉木也,方一寸,重百斤,巨石缒之,终不能没。藏幾淹驻既久,忽思中国,洲人遂制凌风舸以送之。激水如箭,不旬日即达于东莱。问其国,乃皇唐也;询年号,则贞元也;访乡里,则榛芜也;追子孙,皆疏属也。自隋大业元年至贞元末,殆二百年矣。有二鸟大小类黄鹂,每翔鬻空中,藏幾呼之则至,或令衔珠,或令授人语,乃谓之传信鸟,本出沧浪洲也。藏幾工诗好酒,混俗无拘检,数十年间遍游无定,人莫知之。惟赵归真常与藏幾弟子九华道士叶通微相遇,遂得其实。归真往往以藏幾之异备奏于上,上令谒者赍手诏急征,及至中路，忽然亡去。谒者惶怖，即上疏具言其故。上览疏，咨嗟曰："朕不能如明皇帝以降异人。"后有人见藏幾泛小舟于海上者，至今江表道流，大传其事焉。（卷下）

元和五年，内给事张惟则自新罗使回，云于海上泊洲岛间，忽闻鸡犬鸣吠，似有烟火，遂乘月闲步。约及一二里，则见花木台殿，金户银阙。其中有数公子，戴章甫冠，着紫霞衣，吟啸自若。惟则知其异，遂请谒见。公子曰："汝何所从来？"惟则具言其故。公子曰："唐皇帝乃吾友也。汝当旋去，为吾传语。"俄而命一青衣捧金龟印以授惟则，乃置之于宝函。复谓惟则曰："致意皇帝。"惟则遂持之还舟中，回顾旧路，悉无踪迹。金龟印长五寸，上负黄金，玉印面方一寸八分，其上曰："凤芝龙木，受命无疆。"惟则达京师，即具以事进。上曰："朕前生岂非仙人乎？"及览龟印，叹异良久，但不能谕其文尔。因命缄以紫泥玉锁，致于帐内。其上往往见五色光，可长数尺。是月寝殿前连理树上生灵芝二株，宛如龙凤。上因叹曰："凤芝龙木，宁非此验乎？"（卷中）

小说中的人物或因泊洲岛间，或因遇风船坏，于是上岸，遇见奇人、奇物、奇事，其主旨并非有意刻画人物性格、形象，或表现现实生活，而在于描述非现实的另一空间，类似博物小说或仙道小说。

至于下面的故事，则更多志怪遗风了：

上好食蛤蜊，一日左右方盈盘而进，中有擘之不裂者，上疑其异，乃焚香祝之。俄顷自开，中有二人，形眉端秀，体质悉备，螺髻璎珞，足履菡萏，谓之菩萨。上遂置之于金粟檀香合，以玉屑覆之，赐兴善寺，令致敬礼。至会昌中毁佛舍，遂不知所在。（卷中）

历史琐闻类的集子中也有不少涉海类小说。李肇《唐国史补》有关于南海的几条杂记：

> 舟人言鼠亦有灵，舟中群鼠散走，旬日必有覆溺之患。（"舟中鼠有录"条）

> 海上居人，时见飞楼如缔构之状甚壮丽者；太原以北，晨行则烟霭之中，睹城阙状如女墙雉堞者，皆天官书所说气也。（"天官所书气条"）

> 南海人言：海风四面而至，名曰飓风。飓风将至，则多虹霓，名曰飓母。然三五十年始一见。（"虹霓飓风母"条）

> 或曰雷州春夏多雷，无日无之。雷公秋冬则伏地中，人取而食之，其状类彘。又云与黄鱼同食者，人皆震死。亦有收得雷斧、雷墨者，以为禁药。（"人食雷公事"条）

"叙舟楫之利"条描述了江海船舶运输的状况：

> 凡东南郡邑无不通水，故天下货利，舟楫居多，转运使岁运米二百万石输关中，皆自通济渠（即汴河也）入河而至也。江淮篙工不能入黄河。蜀之三峡、河之三门、南越之恶溪、南康之赣石，皆险绝之所，自有本处人为篙工。大抵峡路峻急，故曰"朝发白帝，暮彻江陵"，四月、五月为尤险时……扬子、钱塘二江者，则乘两潮发櫂，舟船之盛，尽于江西，编蒲为帆，大者或数十幅，自白沙溯流而上，常待东北风，谓之潮信。
> 
> 七月、八月有上信，三月有鸟信，五月有麦信。暴风之候，有抛

车云,舟人必祭婆官而事僧伽。江湖语云:"水不载万。"言大船不过八九千石。然则大历、贞元间,有俞大娘航船最大,居者养生送死嫁娶悉在其间;开巷为圃,操驾之工数百,南至江西,北至淮南,岁一往来,其利甚博,此则不啻载万也。洪、鄂之水居颇多,与邑殆相半。凡大船必为富商所有,奏商声乐,从婢仆,以据柂楼之下,其间大隐,亦可知矣。

水运是国家经济的命脉。此篇具体生动地描述了东南水运的发达,水路的险恶,船工的习俗,船只的规模,以及大船商的富奢生活,是有关唐代水上运输有价值的史料。

"师子国海舶"条则反映了外国海船与中国的商贸往来:

南海舶,外国船也,每岁至安南、广州。师子国舶最大,梯而上下数丈,皆积宝货。至则本道奏报,郡邑为之喧阗。有蕃长为主领,市舶使籍其名物,纳舶脚,禁珍异,蕃商有以欺诈入牢狱者。舶发之后,海路必养白鸽为信。舶没,则鸽虽数千里亦能归也。

师子国船"梯而上下数丈,皆积宝货",每年运货来安南、广州交易。从海船的规模,专设的市舶使及管理人员,以及制定的法律看,唐时中外的海上贸易已经相当发达;而白鸽数千里送信报告海难一事,很有海上生活的特色。

题材多样化是这类小说的一大特点。张鷟《朝野佥载》中的《符凤妻》刻画了一个刚烈女子的形象:

符凤妻,字玉英,有节操,美而艳,以事徙儋州。至海南,逢獠贼,凤死之。妻被胁为非礼,英曰:"今遭不幸,妾非敢惜身,以一妇人奉拾余男子,君焉用之。请推一长者为匹,妾之愿也。"贼然之。

英曰:"容待妆饰讫,引就船中,不亦善乎?"有顷,盛装束罢,立于船头,谓诸贼曰:"不谓今朝奄逢仓卒,宁为玉碎,不为瓦全。"言讫,投于海。群贼惊救之,不获。

夫妻被贬南海,夫死于贼手,符凤妻假装应允贼首,待盛装毕,决然投海而死,表现出她的智慧、勇敢和对尊严的维护。小说也从一个侧面反映了当时社会的动荡。

范摅《云溪友议》中的《夷君诮》是一则讽刺性故事:

登州贾者马行馀转海拟取昆山路,适桐庐,时遇西风,而吹到新罗国。新罗国君闻行馀自中国而至,接以宾礼,乃曰:"吾虽夷狄之邦,岁有习儒者举于天阙,登第荣归,吾必禄之且厚,乃知孔子之道,被于华夏乎!"因与行馀论及经籍。行馀避位曰:"庸陋贾竖,长养虽在中华,但闻土地所宜,不识诗书之义。熟诗书、明礼律者,其唯士大夫乎,非小人之事也。"遂乃言辞,扬舲背扶桑而去。新罗君讶曰:"吾以中国之人尽闲典教,不谓尚有无知之俗欤。"行馀还至乡井,自以贪吝百味好衣,愚昧不知学道,为夷狄所嗤,况于英哲也。

又是被风吹至新罗国。新罗国君听说马行馀来自中华,对中华文化礼义极为崇敬,便想与他谈论诗书经籍,不料马行馀不学无术,说"熟诗书、明礼律者,其唯士大夫乎,非小人之事也",令新罗国君大为惊讶。

由唐入五代的王仁裕的《玉堂闲话》中,有篇断狱的小说:

刘崇龟镇南海之岁,有富商子少年而白皙,稍殊于稗贩之伍,泊船于江。岸上有门楼,中见一姬年二十馀,艳态妖容,非常所睹,亦不避人,得以纵其目逆。乘便复言,某黄昏当诣宅矣。无难色,颔之微哂而已。既昏暝,果启扉伺之。此子未及赴约,有盗者径入行窃。

见一房无烛，即突入之。姬即欣然而就之。盗乃谓其见擒，以庖刀刺之，遗刀而逸。其家亦未之觉。商客之子旋至，方入其户，即践其血，汰而仆地。初谓其水，以手扪之，闻鲜血之气。未已，又扪着有人卧，遂走出，径登船。一夜解维，比明，已行百余里。其家迹其血至江岸，遂陈状之。主者讼，穷诘岸上居人，云：某日夜，有某客船一夜径发。即差人追及，械于圄室，拷掠备至，具实吐之，唯不招杀人。其家以庖刀纳于府主矣。

小说先叙述富商子弟见一姬有姿色，以目传情，晚上去约见，女子已为盗窃者所杀，富商子弟害怕，连夜开船逃走，官府追上，严刑拷打，虽不承认杀人，仍难免死罪。写的是一桩冤案。此题材在唐人小说中少见，可视为宋代以后公案小说的先声。

最后提及的是刘崇远《金华子杂编》中人和海龟的趣事：

龟直中纹，名曰千里。其近首横纹之第一级，左右有斜理，皆接于千里者，龟王之纹也。今取常龟验之，莫有也。徐太尉彦若之赴广南，将渡小海，忽于浅濑中得一小琉璃瓶子，大如婴儿之拳，其内有一小龟子，长可一寸，往来旋转其间，略无暂已，瓶口极小，不知所入之由也，因取而藏之。其夕，忽觉船一舷压重，及晓视之，即有众龟层叠乘船而上，其人大惧，以将涉海，虑蹈不虞，因取所藏之瓶子，祝而投于海中，众龟遂散。既而话于海船之胡人。胡人曰："此所谓龟宝也，希世之灵物。"惜其遇而不能得，盖薄福之人不胜也。苟或得而藏于家，何虑宝藏之不丰哉！胡人叹惋不已。

人于航海途中得一装有小乌龟的瓶子而藏之，结果有无数乌龟一层层爬上船来，快要将船压翻了，连忙投瓶于海，乌龟马上散去。后来告诉海上胡人，胡人说"此所谓龟宝也，希世之灵物"，并叹惋不已。小说意在证明海龟也有灵性和情义，明显属于志怪一类作品。

　　唐传奇集和杂俎中的涉海小说大多有特色，有一些算得上是精品。它们表现手法各异，特别是在题材上的多样化开拓，从不同侧面扩大丰富了单篇代表性传奇小说海洋叙事的领域，也即是说，只有将它们放在一块考察，才能看清唐代海洋小说的总体风貌和艺术成就。以传奇为代表的唐代小说，标志着中国古典小说的成熟。"唐代小说，代表中国小说史上的一个高峰……唐代传奇是处在从汉魏杂事小说到宋元以后通俗小说的中间阶段，是从古体小说发展到近体小说的桥梁，是中国小说演进的第二阶段。"[①] 而唐代海洋小说正是这座高峰不可或缺的一部分。

---

① 程毅中：《唐代小说史》，人民文学出版社2011年版，第19页。

# 第四章 宋元：海洋小说的守成期

宋代是中国古代文学发展中极为重要的时期。撇开作为古代文学又一高峰的宋词不说，小说方面，由于城市经济高度繁荣，市民阶层不断壮大，以唐代主要宣扬佛经的"变文"、"俗讲"为基础，发展出新的文学体裁——"话本小说"，标志着中国古代小说的根本性转变，从此白话小说成为古代小说的主流，又从白话短篇小说发展为章回体的长篇小说，并奠定了中国古代小说的民族形式和风格。

但宋代白话小说中几乎看不到直接涉及海洋题材的作品，所以论及宋代涉海题材作品，考察的对象仍是文言小说。元代文学的主要成就在戏曲方面。就海洋小说而言，宋、元两代尽管数量不少，但缺乏具有独特艺术光彩的标志性作品，总体成就不高，只能算是守成期。

## 第一节 志怪小说与海洋

宋代志怪小说承接唐五代的题材和手法，大多情节曲折，有一定的传奇性。先来看由南唐入宋为官的徐铉《稽神录》中的"渔人"：

瓜村有渔人妻，得劳瘦疾，转相传染，死者数人。或云："取病者生钉棺中，弃之，其病可绝。"顷之，其女病，即生钉棺中，流之于江，至金山，有渔人见而异之，引之至岸，开视之，见女子犹活，

因取置渔舍中，每得鳗鳖鱼以食之，久之病愈，遂为渔人之妻，至今尚无恙。（卷三）

人得劳瘵疾，治愈的方法竟然是"生钉棺中，弃之"，病者终于得救，成为渔人妻，很是荒唐无稽。

文莹的《玉壶清话》载有和徐铉有关的怪异之事：

徐常侍得罪邠，平日尝走书托洪州永新都官胡克顺曰："仆必死于邠。君有力，他日可能致我完躯，转海归葬故国，侍先子于泉下，即故人厚恩也。"未几，果遣讣来告。顺感其预托，创巨舟，费厚费，亲自往邠迎之。舟出海隅一巨邑，忘其名，邑有东海大帝祠，帐殿严盛，祷享填委。时索湘典邑，舟未至，铉先谒之，称江南放叟徐铉。湘素闻其名，悚敬迎拜。冠服严伟，笑谈高逸，曰："仆得罪于邠，幸免囚置，放归故里，舣舟邑下，因得拜谒，仍有少恳拜闻，迨晚再谒。"语讫，失之，湘大骇。未久，津吏申："有徐常侍灵柩船到岸。"湘大感动，亟往舟，抚其孤曰："先公有真容否？"曰："有。"遂张之于津亭，果适之来谒者。湘设席感动，置醴俎，再拜以奠。迨暝，果至，曰："适蒙厚飨，多谢，实已之幸。盖少事，不得已须至拜叩。仆在江南为学士日，里旧赍一宝带，托仆投执政，变一巨狱。仆时颇有势焰，执政不敢违。然事不枉法，以赃名挂身，恐旅榇过庙，帝所不容。君宰封社，庙籍乡版，皆隶于君。君为吾祷之，帝必无难。"湘感其诚告，为之洁沐，过己事。斋心冥祷讫，令解纤过庙，恬然无纤澜之惊。薄暮，果再至，饰小怀敕为谢，其敕题曰："铉专谢别东坡索君贤者，含喜再拜。"欻然而去。湘再开其敕，旋为灰飞。湘颇怀"东坡"之疑，后果为左谏议大夫。（卷十）

小说写得颇为离奇：徐铉死前托人"转海归葬故国"，灵魂化身与生前一样，与人谈笑，题字，又叙说过往被诬之事，很有神异色彩。

状写灵验故事在北宋是一种普遍现象，如五代吴越王之子钱易《南部新书》中的一则：

> 雷州之西，有雷公庙。彼中百姓，每年配纳雷鼓雷车。人有以黄鱼彘肉同食者，立遭雷震，人皆敬而惮之。每大雷后，人多于野中拾得黑石，谓之"雷公墨"。扣之铿铿然，光莹如漆。又于霹雳处或土木中，收得如楔如斧者，谓之"霹雳楔"。与儿带，皆辟惊邪，与孕妇人磨服为催生药，皆有应验。（卷七）

再举两则：

> 承天寺普贤院，有盘沟大圣，身长尺许。人有祷祈，置之掌上，吉则拜，凶则否，人皆异之。推所从来，乃盘沟村中有渔者，尝遇一僧云："何不更业？"渔者云："它莫能之。"僧云："吾教汝塑泗州像，可以致富。"渔者云："人不欲之，则奈何？"僧云："吾授汝一法。"遂以千钱与之，令像中各置一钱，所售之直，亦以千钱为率。渔者如所教，竟求买之，果获千缗。今寺中所藏，乃其一也，岂非僧伽托此以度人耶？（《中吴纪闻》卷五）

> 慧感夫人，旧谓之圣姑，或以为大士化身，灵异甚著。祝安上通守是邦，事之尤谨，每有水旱，惟安上祷祈立验。后以剡荐就除台守，既至钱唐，诘旦欲绝江，梦一白衣妇人告之曰："来日有风涛之险。"既觉，颇异之，卒不渡。至午，飓风倏起，果覆舟数十，独安上得免。一夕，盗入祠中，窃取其幡。平旦庙史入视之，见一人以幡缠其身，环走殿中，因执以问，答曰："某实盗也，夜半幸脱，已逾城至家矣。今不知潜至于此，神之威灵使然，敢不伏辜。"建炎间，

## 第四章　宋元：海洋小说的守成期

贼虏将至城下，有一居民平昔谨于奉事，梦中告之曰："城将陷矣，速为之所。谨勿以此告人，佛氏所谓劫数之说，不可逃也。"不数日，兵果至。其他神验不一。后加封慧感显祐善利夫人，今参政范公作记。（《中吴纪闻》卷四）

两则故事出自龚明之的《中吴纪闻》。无论是盘沟大圣授渔人以致富之术，还是大士化身的慧感夫人的预言，都说明宋人对佛道及鬼神的崇拜有广泛的民众基础，故事也多采自民间的轶闻传说。

秦再思《洛中见异》中的"归皓溺水"，对海龙王的描述也来自虚构性的想象：

归皓，钱塘人也。天成四年，泛海来贡，忽值风涛，船悉破溺。皓抱一木，随波三日，抵一岛，乃舍木登岸。见二道士手读，就拜礼之，道士曰："得非归皓乎？"又拜。忽一人自水中曰，"海龙王请二尊师斋。"乃与皓同往。既出，命朱衣吏送皓还。吏引入一院，谓皓曰："侍郎元无名字，除进奉外，人数姓名并已收付逐司。"皓请见其子，吏曰："亦系大数，固难得回。"乃速召吴越溺人归侍郎一行暂来。俄见一行二百余人俱至厅前，见皓咸拜，为之流涕。又令取溺水簿示皓，果皓一人不在其数。朱衣令取进奉物列于庭，印封如故，即令十余辈送皓出。既出，食顷，则见身乘小舸，并进奉物及表函等皆泊于岸上。小舸虽漏而不溺，访其处，曰："此莱州界也。"旋有巡海人军辇运于岸上，小舸寻自焚灭，皓后谢病隐居，年八十卒。侍郎盖承制所授兵部郎中耳。

小说也是用"飘落海岛—岛上奇遇"模式，不过遇风者是随受海龙王邀请的两道士一同去龙宫，龙王查溺水当死者名录，而归皓不在其中，便奉物并用船送归。点明"此蓬莱州界"及"巡海人军"，意在表明此事的可信性，这也是宋志怪小说常用的手法。小说虽短，却写得颇为曲折。

刘斧《青琐高议》也写到海龙王，但内容殊异：

> 熙宁八年，广西五溪蛮獠相结交趾，大侵边幅，擅杀守令，连陷数州，被害者众。朝廷选命将帅，数道而进，意在破五溪之巢穴于交州之种落，系其主以归献祖庙。一日，海边有战舰数十艘舣岸下，旌旗晖映，铙歌震川。海民曰："不闻官兵之来，何遽有此？"乃相与问云："君等官军乎？"对曰："非也。吾乃广利王之兵，为朝廷先驱三日，当杀彼贼。"少顷，艘离岸，入于烟波，乃无所见。洎大军临海，尽歼丑类之先锋，压当梁之仆木，交趾匍匐请命焉。（《广利王记》）

广利王派水军助朝廷平定蛮獠与交趾的侵略，忠心可嘉，既有时间、地点，又是海边居民亲眼所见，真假难辨。

一些志怪小说对海中宝物及海产品的描述也异于平常：

> 白鹿洞道士许筠，世传许旌阳之族，能持《混胎丈人摄魔还精符》按摩起居，以济人疾。含神内照，恬然无欲。忽一越人来谒曰："吾有至宝在怀。今垂死，欲求一人付之。举世皆贪夫，无堪受者；欲沉于海，又所不忍。"出一丸石，如碧玉鸡卵，以赠筠，且曰："古传扶桑山有玉鸡，鸣则金鸡鸣，金鸡鸣则石鸡鸣，石鸡鸣则人间鸡悉鸣矣。此石鸡卵也。张骞又曰'瑟母'。出扶桑山，流落海北岸，能噙宝玉屑，但五金砂及宝矿，碎而成屑，以卵环搅，宝末尽黏其上，不假淘汰。"筠得之，漫于金沙浣取试，搅金屑如碎麸，尽缀于卵。取烹之，皆良金也。日取百铢。筠曰："吾此学不贪为宝，此物丧真，于道益远。"瘗于钟山之中，后竟无得者。（文莹《玉壶清话》卷十）

越人也是奇士，叙海中至宝来历及神奇，自己却不要，授与道士，道士便

"日取百铢",但有感于越人"举世皆贪夫"的感叹,道人自省,将宝埋入山中,"后竟无得者"。小说明显隐含着对世道人心的讽喻。

对鱼类的描述也带有志怪味,如写河豚:

> 河豚瞑目切齿,其状可恶,治不中度多死。弃其肠与子,飞鸟不食,误食必死。登州濒海,人取其白肉为脯,先以海水净洗,换海水浸之,暴于日中,以重物压其上,须候四日乃去所压之物,傅之以盐,再暴乃成。如不及四日,则肉犹活也。太守李大夫尝以三日去所压之物,俄顷,肉自盆中跃出,乃知沦之不熟,真能杀人也。(孔仲平《孔氏谈苑》卷一)

同一题材,不同作者写来也不一样,如朱彧《萍州可谈》叙巨鱼"海哥"的故事,是一种常态化的民间娱乐活动:

> 元祐间,有携海鱼至京师者,谓之海哥。都人竞观,其人以槛置鱼,得金钱则呼鱼,应声而出,日获无算。贵人家传召不少暇。……海哥,盖海豹也。有斑文如豹而无尾,凡四足,前二足如手,后二足与尾相纽如一。登、莱傍海甚多,其皮染绿,可作鞍鞯。当时都下以为珍怪,蠢然一物,了无他能,贵人千金求一视唯恐后……

但在王明清的《玉照新志》中,将海哥不见与"黄河大决,水入都门,坏民室宇数百家"联系起来:

> 嘉祐末,有人携一巨鱼来京师,而能人言,号曰"海哥",炫耀于市井间。豪右左戚争先快睹,亦尝召至禁中。由是缠头赏赉,所获盈积。常自声一辞云:"海哥风措。被渔人下网打住。将在帝城中,每日教言语。甚时节、放我归去?龙王传语,这里思量你,千

回万度。螃蟹最恓惶，鲇鱼尤忧虑。"李氏园作场，跃入池中，不复可获。是岁，黄河大决，水入都门，坏民室宇数百家。已而昭陵升遐。（卷六）

将海里生物的生死与灾祸相联系的志怪式描述，还有刘斧《青琐高议》中的"巨鱼记"：

> 嘉祐年，余侍亲通州狱吏，秋八月十七日，天气忽昏晦，海风泯泯至，而雨随之。是夜潮声如万鼓，势若雷动，潮逾中堰，辛闻阴风海水中，若有数千人哭泣声。及晓，有巨鱼卧堰下，长百余丈，望之隆隆然如横堤。困卧沙中，喘喘待死，时复横转，遂成泥沼，然或有气，沙雨交飞。后三日乃死，额有朱书尚存焉。此地人莫有识此鱼者，身肉数万斤，皆不可食，但作油可照夜。次年通人大疫，十没四五。巨鱼死，亦非佳瑞也。

北宋灭亡，宋室南迁，文人大量集中于江浙一带，而南方人民多信巫鬼，加上一些皇帝的喜好，志怪小说呈现繁荣景象。在此着重论析两部代表性的志怪小说集《睽车志》和《夷坚志》。

《睽车志》作者郭彖，南宋高宗、孝宗时人。书名取自《易·睽》中的"载鬼一车"语，表明是志怪小说。书中与海有关的，一是鬼故事：

> 四明人郑邦杰，以泛海贸迁为业，往来高丽、日本。一夕舟行，闻铙鼓声自远而至，既而渐近，则见一舟甚长，旌旗闪烁，两舷坐数十百人，啸呼鼓棹疾进，渐近，若畏人。舟径没水半里所，复出鼓棹如前。舟师云，此谓鬼划舡，盖前后溺死者所为，见之者不利。邦杰乃还。（卷三）

资圣寺在海盐县西,本普明院。旧记晋将军戴威舍宅为寺,司徒王询建为光兴寺。天禧二年赐今名。寺有宝塔,极高峻,层层用四方灯点照。东海行舟者皆望此为标的焉,功为甚宏。有海滨业户某,与兄弟泛舟入洋口接鲜,风涛骤恶,舟相悉坏,俱溺于海而死。其家日夕号泣。一夕梦其夫归曰:我未出海时,先梦神告曰:来日有风波之厄,不可往。吾不信,遂死于此。初坠海时,弹指随波已去数百里,神欲救我不可及。今在海潮鬼部中极苦,每日潮上,皆我辈推拥而来。他佛事祭享,皆为诸鬼夺去,我不可得,独有资圣塔灯光明,功德浩大耳。其妻因鬻家货,入寺设灯,次夕又梦夫来谢云:今得升一等矣。(卷三)

前一则写海上商贸者往来于高丽、日本,见一船旌旗闪烁,坐数十百人,呼喊疾驰,又怕近人,船工说是海上溺死鬼在划船,看见不吉利,于是商人不再出海;后一则写溺死者托梦于妻子,说自己在鬼部中,每天推潮,若要免除苦役,只有去寺庙做功德,妻子依其言,鬼魂果然获升一等。事虽荒诞不经,但也反映出民间对人鬼相通、打破阴阳阻隔的强烈渴望。

二是宣扬佛法的广大慈悲:

　　绍兴辛未岁,四明有巨商泛海,行十余日,抵一山下。连日风涛不能前。商登岸闲步,绝无居人,一径极高峻。乃攀蹑而登,至绝顶,有梵宫焉。彩碧轮奂,金书扁额,字不可识。商人游其间,阒然无人,惟丈室一僧独坐禅榻。商前作礼,僧起接坐。商曰:"舟久阻风,欲饭僧五百,以祈福佑。"僧曰诺,期以明日。商乃还舟。如期造焉,僧堂之履已满矣,盖不知其所从来也。斋毕,僧引入小轩,焚香瀹茗,视窗外竹数个,干叶如丹。商坚求一二竿曰:"欲持归中国,为伟异之观。"僧自起斩一根与之。商持还,即得便风,就舟口裁其竹为杖,每以刀锲削,辄随刃有光,益异之。前至一国,偶携其杖登岸，有老叟见之惊曰："君何自得之？请易箄珠。"商贪其赂而与焉。叟曰："君亲至普陀落伽山，此观音坐后旃檀林紫竹也。"商始惊悔，归舟中，取削叶余札宝藏之。有久病医药无效者，取札煎汤饮之，辄愈。（卷四）

又是"遇风上岛"的叙事模式，叙巨商泛海连日风涛，上岸遇见一老僧，求竹竿归中国途中，一老叟出珠宝购去，说是普陀洛伽山观音大士紫竹林所产，有人病，取竹叶煎汤服，无不痊愈。小说不像一般宣扬佛教的作品直奔主题，有较强的可读性。

三是意外获宝的记述：

秀州海盐县渔户杨刺旗，尝寝渔舟，夜梦被人擒去，刺其面为旗，惊寤而面颊犹痛。俄而天晓，亟起就舡舷照之，初无迹，第见鱼虾拥出水面，团结成块。掷网尽得之，中有一物如鼎状，持归刮洗泥垢，则纯金也，因是致富。秀人至今呼为杨刺旗家。（卷二）

华亭陆四官庙，一名陆司空。元和初，有盐船数十艘于庙前泊。夜中雨过，有光如火，或吐或吞。船人窥之，见一物长数丈，大如屋梁，口弄一团火。以竹篙抑之，惊入草际，光遗在地，乃一珠径寸。以衣裹之，光透出。乃脱亵服裹之，光始不见。后至扬州卖之，获数万缗。（卷三）

一写渔人被人擒去刺面，临舷照之，见鱼虾拥出一物，刮去污泥得纯金；一写盐船泊于庙前，夜见一灵物口吐火游于草丛，遗落大珠，人获而卖数万缗。这些怪异描述也是人们渴望一夜致富心理的折射。

《睽车志》里涉海的志怪小说，大多注重细节描写，形象生动，语言也精练，但往往是一事一记，篇幅简短，容量较单薄，总体成就不高。

《夷坚志》为洪迈晚年遣兴之作，书名取自《列子·汤问》中"夷坚闻而志之"一语，夷坚是博闻之人，能记怪异之事。洪迈学识渊博，此书卷帙浩繁，内容很是芜杂，除志怪外，涉及轶闻、掌故、民俗、方言、医药等。《夷坚志》涉及海洋的小说十余篇，题材多样，比较新鲜的是关于异域生活风俗的虚拟性描述：

泉州僧本偶说其表兄为海贾，欲往三佛齐。法当南行三日而东，否则值焦上．船必糜碎。此人行时偶风迅，船驶既二日半，意其当转而东，即回柂，然已无及，遂落焦上，一舟尽溺。此人独得一木，浮水三日，漂至一岛畔。度其必死，舍木登岸，行数十步，得小径，路甚光洁，若常有人行者。久之，有妇人至，举体无片缕，言语啁哳不可晓，见外人甚喜，携手归石室中，至夜与共寝。天明，举大石室其外，妇人独出，至日晡时归，必赍异果至，其味珍甚，皆世所无者。留稍久，始听自便。如是七八年，生三子。一日，纵步至海际，适有舟抵岸，亦泉人以风误至者，乃旧相识，急登之，时妇人继来，度不可及，呼其人骂之，极口悲啼，扑地，气几绝，其人从蓬底举手谢之，亦为掩涕。此舟已张帆，乃得归。（《岛上妇人》）

明州人泛海，值昏雾四塞，风大起，不知舟所向。天稍开，乃在一岛下。两人持刀登岸，欲伐薪，望百步外有筱篱。入其中，见蔬茹成畦，意人居不远。方蹲踞摘菜，忽闻拊掌声。视之，乃一长人。高出三四丈，其行如飞。两人急走归，其一差缓，为所执。引指穴其肩成窍，穿以巨藤，缚诸高树而去。俄顷间，首戴一镬复来。此人从树杪望见之，知其且烹己，大恐，始忆腰间有刀，取以斫藤，忍痛极力，仅得断。遽登舟斫缆，离岸已远。长人入海追之，如履平地，水才及腹。遂至前执船，发劲弩射之，不退。或持斧斫其手，断三指，落船中，乃舍去。指粗如椽。（《长人国》）

绍兴二十年七月，福州甘棠港有舟从东南漂来，载三男子、一妇人、沉檀香数千斤。其一男子，本福州人也，家于南台，向入海，失舟，偶值一木浮行。得至大岛上，素喜吹笛，常置腰间。岛人引见其主。主凤好音乐，见笛大喜，留而饮食之，与屋以居，后又妻以女。在彼十三年，言语不相通，莫知何国，而岛中人似知为中国人者，忽具舟约同行。经两月，乃得达此岸。甘棠寨巡检，以为透漏海舶，遣人护至闽县。县宰丘铎文昭，招予往视之，其舟刳巨木所为，更无缝罅。独开一窍出入，内有小仓，阔三尺许，云女所居也。二男子皆其兄，以布蔽形，一带束发，跣足。与之酒，则跪坐，以手据地如拜者，一饮而尽。女子齿白如雪，眉目亦疏秀，但色差黑耳。予时以郡博士被檄考试临漳，欲俟归日细问之。既而县以送泉州提舶司未反。予亦终更罢去，至今为恨云。（《无缝船》）

三篇小说都是按"漂至孤岛—岛上奇遇"线索展开，这种模式前文已多次提及，已成为海洋叙事的一种固定形态，以后还将不断出现。但不同于仙道小说的是，小说中的人物上岛后遇见的并不是仙人仙女，也不是寻到宝物致富，而是实实在在的海岛居民，以及他们的日常生活、风俗习惯。《岛上妇人》中妇人"举体无片缕"，语言不通，看见男人便携至石室共寝，白天出去采野果，完全是原始人的情状。尽管生子，外来者终于离开，妇人"骂之，极口悲啼，扑地，气几绝"，其情可悯可怜。《长人国》则是历险经历，长人野性十足，对外来闯入者满怀敌意，外来者只得狼狈奔逃得脱。《无缝船》写船漂来一舟及三男一女，沉香木数千斤，似是海上经商者，在岛上生活十余年，终归闽县，而"其舟刳巨木所为，更无缝罅。独开一窍出入，内有小仓，阔三尺许，云女所居也。二男子皆其兄……"正是海上人家生活的真实写照。

《夷坚志》也写到溺水之鬼的苦楚：

明州兵士沈富,父溺钱塘江死。时富方五六岁,其母保养之,数被疾祟。访诸巫,皆云父为厉,母沥酒祷之,曰:"尔死,唯一子,吾恃以为命,何数数祸之,有所须,当梦告我。"是夕,见梦曰:"我死为江神所录,为潮部鬼,每日职推潮,劳苦痛至。须草履并杉板甚急,宜多焚以济用,年满方求代脱去矣。"母如其言,焚二物与之,富自是不复病矣。(《潮部鬼》)

类似情节在《睽车志》中也有,题材类同是古代小说中常见的现象,不同在于此篇小说中的鬼魂因为推潮之苦而作祟使儿子患病,有些不通情理了。

鬼神相通,所以《夷坚志》也有灵验及报应之类的描述:

绍兴三十二年七月十三日,温州大风震地,居人屋庐,及松江舟楫,吹荡漂溺不胜计。净居尼寺三殿屹立,其二压焉。天庆观钟楼亦仆,唯江心寺在水中央。山巅二塔甚高峻,独无所损。先是两日,有巨商檥舟寺下,梦神告曰:"后日大风雨,为害不细,可亟以舟中之物它徙。吾今夕赴麻行水陆会,会罢,即来寺后守塔矣。"商人如其戒,麻行者,村中地名也,继往侦问,果有设水陆于兹夕者。初郡有妇人,年可四十许,无所居,每乞食于市,语言不常,夜则寄宿于净居金刚之下。诸尼皆怜之,不忍逐。风作之前日,指泥像语人曰:"身躯空许大,只恐明日倒了。"去弗宿,已而果然。(《温州风灾》)

钱塘江潮,八月十八日最大,天下伟观也。临安民俗,太半出观。绍兴十年秋前二夕,江上居民或闻空中语曰:"今年当死于桥者数百,皆凶淫不孝之人。其间有名而未至者,当分遣促之,不预此籍,则斥去。"又闻应者甚众。民怪骇不敢言。次夜,跨浦桥畔人,梦有来戒者云:"来日勿登桥,桥且折。"旦而告其邻数家。所梦皆略同，相与危惧。比潮将至，桥上人已满。得梦者从傍伺之，遇亲识立于上者，密劝之使下，咸以为妖妄，不听。须臾潮至，奔汹异常，惊涛激岸，桥震坏入水，凡压溺而死数百人。既而死者家来，号泣收殓。道路指言其人，尽平日不逞辈也。乃知神明罚恶，假手致诛，非偶然尔。(《钱塘潮》)

上篇写温州近海，多风灾，大水漫浸，巨商泊船寺前，有神告其如何避风，神又化作一乞食妇人，显其灵验；下篇不写钱塘潮如何壮观，而是写观潮者中淹死的数百人，皆是平日"凶淫不孝之人"，原来是神明惩恶所致。

题材较新鲜的还有叙述海寇掠杀的：

绍兴八年，丹阳苏文璀为福州长乐令，获海寇二十六人。先是，广州估客及部官纲者，凡二十有八人，共傲一舟。舟中篙工柁师人数略相敌，然皆劲悍不逞。见诸客所赍物厚，阴作意图之。行七八日，相与饮酒，大醉，悉害客，反缚投海中，独留两仆使执爨。至长乐境上，双橹折。寇魁使二人往南台市之，因泊浦中以待，时时登岸为盗，且掠居人妇女入船，无日不醉。两仆逸其一，径诣县告焉。尉入村未返，文璀发巡检兵，自将以往。行九十里与盗遇，会其醉，尽缚之。还至半道，逢小舟双橹横前，叱问之，不敢对，又执以行，无一人漏网者。时张子戬给事为帅，命取舟检索，觉柁尾百物萦绕，或入水视之，所杀群尸并萃其下，僵而不腐，亦不为鱼鳖所伤。张公叹异，亟为殓葬。盗所得物才三日，元未之用也。(《长乐海寇》)

小说叙述海寇如何将乘客灌醉杀死，又上岸抢掠妇女财物，后一仆告当地官府，趁海寇酒醉尽缚之，又擒获一盗船，而先前被寇所杀之尸也不为鱼鳖所伤……这已不是志怪，而是源于现实生活的小说了。

## 第四章 宋元：海洋小说的守成期

写海洋自然要写到鱼类，如《海大鱼》：

> 漳州漳浦县敦照盐场，在海旁。将官陈敏至其处，从渔师买沙鱼作线，得一鱼，长二丈余，重数千斤，剖及腹，一人偃然横其间，皮肤如生，盖新为所吞也。又绍兴十八年，有海鳛乘潮入港，潮落不能去。卧港中，水深丈五尺。人以长梯架巨舟，登其背，犹有丈余。时岁饥，乡人争来剖割。是日所取无虑数百担。鳛兀不动。次日有剜其目者，方觉痛，转侧水中。旁舟皆覆，幸无所失亡。取约旬日方尽，赖以济者甚众。其脊骨皆中米白用。

小说对大鱼之大作了夸张式渲染：其一，剖开鱼肚，见被吞人"偃然横其间"；其二，人以长梯架舟，犹不能爬上鱼脊，割肉百担鱼似仍不动，剜其目才痛，一动"旁舟皆覆"……描述可谓生动精彩。

下面一篇则明显是志怪式的描写了：

> 赵丞相居朱崖时，桂林帅遣使臣往致酒米之馈，自雷州浮海而南。越三日，方张帆早行，风力甚劲，顾见洪涛间红旗靡靡，相逐而下，极目不断，远望不可审，疑为海寇或外国兵甲。呼问舟人，舟人摇手令勿语，愁怖之色可掬。急入舟，被发持刀，出篷背立，割其舌，出血滴水中，戒使臣者，使闭目坐船内。凡经两时顷，闻舟人相呼曰："更生更生。"乃言曰："朝来所见，盖巨鳛也，平生未尝睹。所谓红旗者，鳞鬣耳。世所传吞舟鱼何足道！使是鳛与吾舟相值在十数里之间，身一展转，则已沦溺于鲸波中矣。吁！可畏哉！"是时舟南去，而鳛北上，相望两时，彼此各行数百里，计其身，当千里有余。庄子鲲鹏之说，非寓言也。时外舅张渊道为帅云。（《海中红旗》）

题目很容易让读者以为是写人在海上的活动，其实是写大鳛鱼的。桂林帅的使臣自雷州浮海而南，见洪涛中红旗飘飘而过，以为是海寇或外国兵甲，而舟人"摇手令勿语，恐怖之色可掬"，持刀割舌血滴水中（可能是一种辟邪习俗），待两时顷后才相呼"更生更生"。"红旗"者，是巨鳁耸起的鳞鬣。作者感叹庄子的鲲鹏之说不是寓言，而是实有。小说写得极有气势，紧张诡异的气氛营造是其最出色的地方。

鲁迅评《夷坚志》"大都偏重事状，少所铺叙"[①]，但从涉海小说看，于事状之外多有生动精到的描绘，一些作品也有铺叙，注重情节的变化转折。至于常在小说中标明年代、地点、人名，并在结尾处写上"某某人说"，意在增加故事的真实性，也是宋代志怪小说的一个特点。《夷坚志》是宋代志怪小说中影响最大的一种。

概言之，宋代志怪小说承继六朝以降志怪传统有余而创新不足，总体成就并不突出。但也有自己的特点，题材广泛，一定程度上扩展了小说的表现领域。古代文言小说自唐之后日趋式微，直到蒲松龄的《聊斋志异》才放出异彩，也是文学史的事实。

## 第二节　涉海传奇与笔记小说

宋代传奇直接承续唐代传奇而来，多有借鉴，但与唐传奇最大的区别，在于唐传奇更多反映当时的社会现实，而宋代传奇多以前代旧事为题材，譬如写隋炀帝的《迷楼记》《海山记》《开河记》，写唐玄宗的《杨太真外传》《骊山记》《温泉记》，另有《赵飞燕别传》《绿珠传》《梅妃传》等。当然也有取材现实生活的，主要描写男女恋情与妓女生活，如张实的《流红记》、柳师尹的《王幼玉传》、秦醇的《谭意哥传》、无名氏的《李师师外传》等，这一类作品的艺术成就高于第一类题材的作品。

宋代传奇涉及海洋题材的很少，上面所举的小说中只有《赵飞燕别

---

① 鲁迅：《中国小说史略》，《鲁迅全集》第九卷，人民文学出版社1982年版，第101—102页。

## 第四章 宋元：海洋小说的守成期

传》和《杨太真外传》有所涉及，前者叙赵飞燕死后，皇后梦中问汉成帝"昭义安在？""帝曰：'以数杀吾子，今罚为巨龟，居北海之阴水穴间，受千岁冰寒之苦。'后北鄙大月王猎于海，见一巨龟出于水上，首犹贯玉钗，颙望波上，惓惓有恋人之意。"后者描述杨玉环在仙山与玄宗所遣使者见面传情的情形，但情节完全与唐代陈鸿的《长恨歌传》相雷同。宋代与海有关的传奇，主要收录在北宋刘斧的《青琐高议》一书中，此书是一部选编、自撰合成的集子，几篇传奇有缺作者姓名的，是否刘斧所作也难以确定。

《异鱼记》记渔人蒋庆救龙女而得到回报：

> 嘉祐岁中，广州渔者夜网得一鱼，重百斤，舟载以归。泊晓视之，人面龟身，腹有数十足，颈下有两手如人手。其背似鳖，细视项有短发甚密，脑后又有一目，胸腹五色，皆绀碧可爱。众渔环视，莫能知其名。询诸渔人，亦无识者。众谓杀之不祥，渔人荷而归，求人辨之。置于庭下，以败席覆之。夜切切有声，渔者起，寻其声而听之。其声出于败席之下，其音虽细，而分明可辨，乃鱼也。渔者蹑足附耳听之，云："因争闲事离天界，却被渔人网取归。"渔者不觉失声，则鱼不复言。渔者以为怪，欲弃之，且倡言于人。
> 
> 有市将蒋庆知而求之于渔者，得之，以巨竹器荷归，复致于轩楹间，以物覆之。中夜则潜足往听之，鱼言云："不合漏泄闲言语，今又移来别一家。"至晓不复言。明日，庆他出，妻子环而观之，鱼或言曰："渴杀我也。"观者回走，急求庆而语之，庆曰："我载之以巨盆，汲井水以沃之。"及暮，鱼又言曰："此非吾所食。"庆询渔者，鱼出于海，海水至咸，庆遣仆取海水养之。是夜庆与妻又听之，鱼曰："放我者生，留我者死。"妻谓庆曰："亟放出，无招祸也。"庆曰："我不比人，安惧？"竟不放。
> 
> 更后两日，庆乘醉执刀临鱼而祝曰："汝能言，乃鱼之灵者。汝

今明言告我，我当放汝归海。汝若默默，则吾以刀屠汝矣。"鱼即言曰："我龙之幼妻也，因与龙竞闲事，我忿然离所居至近岸，不意入于渔网中。汝若杀我，无益。放我，当有厚报。"庆即以小舟载入海，深水而放之。后半年，庆游于市，有执美珠货者，庆爱之，问其价，货者曰："五百缗。"庆以为廉，乃酧之半。货者许诺曰："我识君，君且持珠归，吾明日就君之第取其直。"乃去，后竟不来。庆归，私念："此珠可直数千金，吾既得甚廉，又不来取直，何也？"异日复见货珠人，庆谓来取价，其人曰："龙之幼妻使我以珠报君不杀之恩也。"其人乃远去。

此事人多传闻者，余见庆子，得其实而书之也。

渔者网一鱼，模样怪异，人莫识之，尤异者是鱼每到夜晚就会说话，人人以为怪，于是卖给了蒋庆，细心照料，再以小舟载入海而放生。原来是龙王幼妻，因与龙王争吵至近岸入于网中。后来龙妻派使者化身为人，于街头贱卖美珠给蒋庆，报不杀之恩。小说虽写龙妻，但并无恐怖之气，让人觉得亲近，十分贴近现实生活。小说叙事顺畅，转接自然，语言趋于通俗，主要情节由对话构成，可见构思上的匠心。

《高言》叙述的是一个名叫高言的人因杀人而走窜诸国的惊险经历。高言性格如其名，"好高视大，论言狂讦，直攻人过，不顾名节"，认为友人给钱太少，杀三人而逃，走入胡地，被迫娶妻，受尽苦寒，终于盗马南走二万里，至海上广州：

会有大舶入大食，吾愿执役从焉。舶离岸，海水滔滔，有紫光色，惟见四远天耳。鲸鲵出没，水怪万状，二年方抵大食。地气大热，稻岁再熟。王金冠，身佩金珠璎珞，有佛脑骨藏于中宫。人亦好斗，驱象而战。百羊生于地中，人知羊将生，乃筑墙环之，羊脐于地，人挞马而奔驰叫呼，羊惊脐断，便逐水草。大食南有林明国，大

## 第四章 宋元：海洋小说的守成期

食具舟欲往，吾又从之，一年方至。国地气热甚于大食，稻一岁数熟。人皆裸，惟用布蔽形。盛暑则以石灰涂屋坚密，引水其上，四檐飞注如瀑布，激气成凉风，其人机巧可知也。王坐金车，有刑罚：杀人者复杀之，折人者复折之；他犯小过者，罚布一尺，归之王。王之宫极富，以金砖甃地，明珠如栀李者莫知其数，沉香如薪，亦用以爨。林明国曾发船，十年不及南岸而回。中间有一国，莫知其名，人长数寸，出必联络。禽高数尺，时食其人，故出必联络耳。闻东南有女子国，皆女子，每春月开自然花，有胎乳石、生池、望孕井，群女皆往焉。咽其石，饮其水，望其井，即有孕，生必女子。舟人取小人数人载回，中道而死。海中有大石山，山有大木数十本，枝上皆生小儿。儿头著木枝，见人亦解动手笑焉。若折枝，儿立死。乃折数枝归，国王藏于宫中。吾往林明国六年，又闻东南日庆国，林明有船往焉，吾又从之。既至，结发如鸟雀，王坐石床上，无礼义乱杂，最为恶秽。争斗好狠，妇女动即相杀戮。无刑罚，犯罪，王与人共破其家而夺之。南有山，远望日照之如金，至则皆硫黄也。硫黄山之南，皆大山焉。火燃山昼夜不息，火中有鼠，时出火边，人捕之，织其毛为布造衣。有垢污则火中燃之即洁也。吾得数尺存焉。吾厌彼，复还。会有船归林明，吾登其船，娶妇方生一子逾岁，奔而呼吾。回国舟已解，知吾意不还，执子而裂杀之。自林明回大食，航海二年方抵广。吾不埋黄沙之下，免藏江鱼之腹，奔走二十年，身行至者四国。溪行山宿，水伏蒿潜，寒热饥苦，集于一身。以逃死，幸得余息，复见华风。间心自明，再游都辇，复观先子丘垅。身再衣币帛，口重味甘鲜。有人唾吾面，扼吾喉，拊吾背，吾且俯首受辱，焉敢复贼害人命乎！"

余惊其人奔窜南北，身践数国，言所游地，人物诡异，因具直书之，且喜其人知过自新云耳。

小说主人公乘船出海,先到大食国,又到林明国、女子国、日庆国,见识了那里的地理山川,风俗习惯,法律制度以及物产珍宝,又娶妻生子,但"吾厌彼,复还",妻竟然"执子而裂杀之",终于"航海二年方抵广"。小说对异域诸国的描述,很像博物类的作品。高言二十年的海外经历,可谓丰富又惊险,使他对人生及自身有了新的感悟:"有人唾吾面,扼吾喉,拊吾背,吾且俯首受辱,焉敢复贼害人命乎!"但结尾的"且喜其人知过自新"却未免画蛇添足,减弱了历险带来的人生沧桑感。主人公从第三人称转为第一人称,自叙历险经历见闻是这篇传奇艺术上的特色。

比较有名,也更符合传奇特点的是《王榭传》,又名《风涛飘入乌衣国》,作者不可考。小说依据唐代刘禹锡绝句《乌衣巷》演绎而成,叙述王榭航海燕子国的一段奇事。此篇也是按照此前常见的"遇风涛漂流—岛上奇遇"的模式展开:

唐王榭,金陵人。家巨富,祖以航海为业。一日,榭具大舶,欲之大食国。行逾月,海风大作,惊涛际天,阴云如墨,巨浪走山,鲸鳌出没,鱼龙隐现,吹波鼓浪,莫知其数。然风势益壮,巨浪一来,身若上于九天;大浪既回,舟如堕于海底。举舟之人,兴而复颠,颠而又仆。不久舟破,独榭一板之附又为风涛飘荡。开目则鱼怪出其左,海兽浮其右,张目呀口,欲相吞噬,榭闭目待死而已。

三日,抵一洲,舍板登岸。行及百步,见一翁媪,皆皂衣服,年七十余。喜曰:"此吾主人郎也,何由至此?"榭以实对。乃引到其家。坐未久,曰:"主人远来,必甚馁。"进食,口肴皆水族。月余,榭方平复,饮食如故。翁曰:"□吾国者必先见君。向以郎口倦,未可往,今可矣。"榭诺。

翁乃引行三里,过阛阓民居,亦甚烦会。又过一长桥,方见宫室台榭,连延相接,若王公大人之居。至大殿门,阍者入报。不久,一妇人出,服颇美丽。传言曰:"王召君入见。"王坐大殿,左右皆女人

## 第四章 宋元：海洋小说的守成期

立。王衣皂袍，乌冠。榭即殿阶。王曰："君北渡人也，礼无统制，无拜也。"榭曰："既至其国，岂有不拜乎？"王亦折躬劳谢。王喜，召榭上殿，赐坐，曰："卑远之国，贤者何由及此？"榭以："风涛破舟，不意及此，惟祈王见矜。"曰："君舍何处？"榭曰："见居翁家。"王令急召来。翁至，□曰："此本乡主人也，凡百无令其不如意。"王曰："有所须但论。"乃引去，复寓翁家。

王榭"祖以航海为业"，"具大舶，欲之大食国"，应是做海上贸易商人。开篇对海上风暴与险境的描写颇为动人耳眼；然后登岸，碰上翁媪，给以食住，又引见国王。传奇往往不脱男女情事，下文便写一美色女子，王榭陈说自己"万里一身，怜悯孤苦"，老人便把女子许配与他。问其国，说是"乌衣国"，见女子"常饮燕"，"多泪眼畏人"。据说龙喜饮燕子血，女子应是龙女。女子说"恐不久睽别"，为离愁别绪伏下埋笔：

王召榭，宴于宝墨殿，器皿陈设俱黑，亭下之乐亦然。杯行乐作，亦甚清婉，但不晓其曲耳。王命玄玉杯劝酒，曰："至吾国者，古今止两人，汉有梅成，今有足下。愿得一篇，为异日佳话。"给笺，榭为诗曰：

基业祖来兴大舶，万里梯航惯为客。今年岁运顿衰零，中道偶然罹此厄。巨风迅急若追兵，千叠云阴如墨色。鱼龙吹浪洒面腥，全舟灵葬鱼龙宅。阴火连空紫焰飞，直疑浪与天相拍。鲸目光连半海红，鳌头波涌掀天白。桅樯倒折海底开，声若雷霆以分别。随我神助不沉沦，一板漂来此岸侧。君恩虽重赐宴频，无奈旅人自凄侧。引领乡原涕泪零，恨不此身生羽翼！

王览诗欣然，曰："君诗甚好，无苦怀家，不久令归。虽不能羽翼，亦令君跨烟雾。"宴回，各人作□诗。女曰："末句何相讥也？"榭亦不晓。

不久,海上风和日暖,女泣曰:"君归有日矣。"王遣人谓曰:"君某日当回,宜与家人叙别。"女置酒,但悲泣不能发言。雨洗娇花,露沾弱柳,绿惨红愁,香消腻瘦。榭亦悲感。女作别诗曰:

　　从来欢会惟忧少,自古恩情到底稀。
　　此夕孤韩千载恨,梦魂应逐北风飞。

又曰:"我自此不复北渡矣。使君见我非今形容,且将憎恶之,何暇怜爱?我见君亦有疾妒之情。今不复北渡,愿老死于故乡。此中所有之物,郎俱不可持去,非所惜也。"令侍中取丸灵丹来,曰:"此丹可以召人之神魂,死未逾月者,皆可使之更生。其法用一明镜致死者胸,昆仑玉盒盛之,即不可逾海。"适有玉盒,并付以系榭左臂,大恸而别。

王曰:"吾国无以为赠。"取笺,诗曰:

　　昔向南溟浮大舶,漂流偶作吾乡客。
　　从兹相见不复期,万里风烟云水隔。

榭辞拜,王命取飞云轩来。既至,乃一乌毡兜子耳。命榭入其中,复命取化羽池水,洒之其毡乘。又召翁妪扶持。榭回,王戒榭曰:"当闭目,少息即至君家。不尔即堕大海矣。"榭合目,但闻风声怒涛,既久开目,已至其家。坐堂上,四顾无人,惟梁上有双燕呢喃。榭仰视,乃知所止之国,燕子国也。

*108*

此部分是小说中心场景和高潮,开宴会,作诗,叙离别之苦,赠起死追魂的丸灵丹,取化羽池水洒于毡上,送王榭渡海归家,见梁上双燕,"乃知所止之国,燕子国也"。

小说结尾围绕燕子,互递信息,但终于音讯断绝,令人惆怅不已。

《王榭传》艺术上值得肯定的,一是布局缜密,多次暗示设伏,以"燕子"穿针引线,一气呵成;二是环境描写精当,尤其善于营造浓烈的氛围衬托内心情感;三是文辞优美流畅,有韵味。但缺点也明显,短短篇

## 第四章 宋元：海洋小说的守成期

幅中放入六首诗，虽然别致，对叙事为主的小说来说，必然会减弱情节的展开推进速度；人物形象大多苍白，面目模糊。更主要的是故事容量的欠亏，情节刚刚铺开，就写到了离别，过于匆忙，如果把诗歌删去，篇幅更短，没有多少内容。

张邦基《墨庄漫录》中也有类似《王榭传》模式展开的小说，叙宋代明州士人陈生赴京师，从定海求附大贾之舟，欲航海至通州而西：

> 时同行十余舟。一日，正在大洋，忽遇暴风，巨浪如山，舟失措。俄视前后舟覆溺相继也，独相寄之舟，人力健捷，张篷随风而去，欲葬鱼腹者屡矣。凡东行数日风方止，恍然迷津，不知涯，盖非常日所经行也。俄闻钟声舂容，指顾之际，见山川甚迩，乃急趋焉，果得浦溆，遂维碇近岸。陈生惊悸稍定，乃登岸，前有径路，因跬步而前。左右皆佳木荟蔚，珍禽鸣弄。行十里许，见一精舍，金碧明焕，榜曰"天宫之院"。遂瞻礼而入。长廊幽闲，寂无欢哗。堂上一老人据床而坐，庞眉鹤发，神观清曜，方若讲说。环侍左右皆白袍乌巾，约三百余人，见客皆惊，问其行止。告以飘风之事。恻然悯之，授馆于一室，悬锦帐，乃馈客焉。器皿皆金玉，食饮精洁，蔬茹皆药苗，极甘美而不识名。老人自言我辈皆中原人，自唐末巢寇之乱，避地至此，不知今几甲子也。中原天子今谁氏，尚都长安否。陈生为言自李唐之后，更五代，凡五十余年，天下泰定。今皇帝赵氏，国号宋，都于汴，海内承平，兵革不用，如唐虞之世也。老人首肯叹嗟之，又命二弟子相与游处。因问二人此何所也，老人为谁，曰："我辈号处士，非神仙，皆人也。老人唐丞相裴休也。弟子凡三等，每等一百人，皆授学于先生者。"复引登山观览，崎岖而上，至于峻极，有一亭，榜曰"笑秦"，意以秦始皇遣徐福求三山神药为可笑也。二人遥指一峰，突兀干霄，峰顶积雪皓白，曰："此蓬莱岛也。山脚有蛟龙蟠绕，故异物畏之，莫可犯干也。"

陈生等"欲葬鱼腹者屡矣",终于登岸,闻钟声而行山间,遇见一老僧与三百余弟子,自言"我辈皆中原人,自唐末巢寇之乱,避地至此,不知今几甲子也"。并有一"笑秦亭",笑秦始皇遣徐福求三山神药的虚妄。小说写的不是神仙福地,而是避难者的世外桃源。陈生等想还家,老人便送他们去蓬莱岛上游赏:

> 时夜已暝,晓见日轮晃曜,傍山而出。波声先腾沸,汹涌澎湃,声若雷霆,赤光勃郁,洞贯太虚。顷之天明,见重楼复阁,翠飞云外,迨非人力之所为。但不见有人居之,唯瑞雾葱茏而已。同来处士云:"近世常有人迹至此,群仙厌之,故超然远引鸿濛之外矣。唯吕洞宾一岁两来,卧听松风耳。"乃复至老人所,陈生求归甚力。老人曰:"当送尔归。"山中生人参甚大,多如人形,陈生欲乞数本,老人曰:"此物为鬼神所护惜,持归经涉海洋,恐贻祸也。山中良金美玉,皆至宝也,任尔取之。"老人再三教告,皆修心养性为善远恶之事,仍云:"世人慎勿卧而语言,为害甚大。"又云:"《楞严经》乃诸佛心地之本,当循习之。"陈生再拜而辞。复令人导之登一舟,转盼之久,已至明州海次矣。时元祐间也。比至里门,则妻子已死矣。皇皇无所之,方悔其归,复欲求往,不可得也,遂为人言之。后病而狂,未几而死,惜哉!予在四明,见郡人有能言此事者。又闻舒信道常记之甚详,求其本不获,乃以所闻书之。(卷三)

小说对蓬莱岛作虚化处理,并说仙岛常有凡人至,"群仙厌之,故超然远引鸿濛之外矣。唯吕洞宾一岁两来,卧听松风耳"。常有凡人至,恐怕也是为了躲避战乱吧?结尾写到陈生回家,妻已死,才后悔回来,"复欲求往,不可得也",并因为违反老僧告诫而与人说了前事,"后病而狂,未几而死"。小说避开一般化的遇仙题材,写战乱避难的凡人,具有现实感,也不像其他类似的小说,往往安排一个娶美女、得丹药珍宝成仙或致富的结局，而是让主人公狂病而死，这是小说的优异处。

"宋代传奇，尽管文笔尚有可观，但并无特色，只不过承袭和模仿唐人小说而已。"① 这种评价大致恰当，是就一般情形而言，如上述涉海传奇的艺术水准当在平均线上，值得一读。

笔记体小说早已有之，著名的如《西京杂记》《世说新语》等，而后世时有增益，范围逐渐扩展，名称也颇繁多，如丛谈、杂俎、琐言、漫钞、随笔等，概括起来，主要有小说故事类笔记、历史琐闻类笔记和考据辨证类笔记，内容驳杂，不拘类别，形式多样，随时记录，长短不一，所以往往生动活泼，富有情趣。宋代笔记类作品十分兴盛，尤其是历史琐闻类笔记，正如明人所编《五朝小说》中说的："唯宋则出士大夫手，非公余纂录，即林下闲谭。所述皆生平父兄师友相与谈说，或履历见闻、疑误考证；故一语一笑，想见先辈风流。其事可补正史之亡，裨掌故之阙。"

这些笔记里有不少涉及海洋题材的作品。记录个人经历而别具一格的，是苏轼一些精短有韵味的笔记，如《蓬莱阁记所见》：

> 登州蓬莱阁上，望海如镜面，与天相际。忽有如黑豆数点者，郡人云："海舶至矣。"不一炊久，已至阁下。

寥寥不足四十字，地点、人物、景色历历在目，不可谓不精练，而船于镜海面上飞驰而来，也见出作者心胸之畅快。

苏轼为人耿介，一肚子不合时宜，几遭贬谪，其笔记、书信对比亦有记述。兹举两则：

> 吾始至南海，环视天水无际，凄然伤之，曰："何时得出此岛耶？"已而思之，天地在积水中，九州在大瀛海中，中国在少海中，有生孰不在岛者？覆盆水于地，芥浮于水，蚁附于芥，茫然不知所

---

① 刘叶秋：《历代笔记概述》，北京出版社2011年版，第99—100页。

济。少焉水涸，蚁即径去，见其类，出涕曰："几不复与子相见，岂知俯仰之间，有方轨八达之路乎？"念此可以一笑。

戊寅九月十二日，与客饮薄酒小醉，信笔书此纸。(《在儋耳书》)

予自海康适合浦，遭连日大雨，桥梁尽坏，水无津涯。自兴廉村泽行院以下，乘小舟至官寨。闻自此以西皆涨水，无复桥船。或劝乘蜑舟并海即白石。是日，六月晦，无月。碇宿大海中，天水相接，疏星满天。起坐四顾太息，吾何数乘此险也！已济徐闻，复厄于此乎？过子在傍鼾睡，呼不应。所撰《易》、《书》、《论语》皆以自随，世未有别本。抚之而叹曰："天未丧斯文，吾辈必济。"已而果然。七月四日合浦记。时元符三年也。(《书合浦舟行》)

第一则记作者初到海南，困于茫茫海天，恐怕不能出岛，"凄然伤之"。但苏轼毕竟是豁达潇洒之人，想到天地、九州、中国都在水中，人类都在岛中，又以蚂蚁出水得救自我期许必有脱困之日，于是一笑，饮酒小醉而书之。第二则记从广东雷州乘船去广西合浦县的经过：连日大雨，水无津涯，航于海中，"四顾太息"，叹自己命运多厄，儿幼又不懂世事，所喜随带之书皆在，乃信"天未丧斯文，吾辈必济"，终于到达合浦。

这些笔记与书信记事，写景，抒命运感慨，完全可视作精短的小说，而且读来格外亲切，如见其人。

考据辩证类的涉海笔记小说，如刘斧《青琐高议》中的"鳄鱼新说"：

余尝读《唐书·韩文公传》云：公元和十四年，谪官潮州刺史。公至，患鳄鱼为害，公作文以牲投恶溪之潭。翌日，群鳄相随而徙于海，才三十里而止。余甚疑焉。夫古之善政所感，虎去他州，蝗不入境者有之矣。以公之文学政事，宜乎驱鳄鱼而去；其言三十里而止，卒不能入三十里内，余惑焉。

熙宁二年，余有故至海上，首询其事，又欲识鳄之状。会有老渔详言其实云："鳄之大者数千斤，小者亦不下数百斤。水而伏，山而孕，卵而化。其形蟹目鼍角，龙身鳖足，用尾取物，如象之用鼻焉。苍黄玄紫，其色不一。方其幼者，居山腰岩腹之下。其卵百余，大小不一，能为鳄者率二三，他皆或鼋或鳖。鳄之游于水，他鱼不可及。溯流顺水，俱无他鱼。羊豕猪犬之游于岸者，鳄潜其下，引尾取而食之。民被其害。"余又问老渔："韩公遣鳄而鳄去，止于三十里乎？"渔曰："熟闻大父言云：韩公亲为文，遣衙吏史济临恶溪之岸，陈牲读文。不久，一巨鳄出岸下，济惧，尽以牲文投水中，遽往。回视鳄，衔其文而去。是夜大雷，苍云蔽溪，水穷于溪者无患焉。史云三十里者，举其迹而言也。"

一日，渔者得一乳鳄于海上，长不满三尺，其状皆如老渔之说。鳞角间有芒刺，手不可触，其状固可惧，况其大者乎？

先交代写作缘起是读《唐书》所载韩愈作祭文驱鳄鱼一事引发的疑问，但并不是从书本上考证，而是到海上去，询问老渔民，听其介绍鳄鱼外貌脾性，为害之烈，最终证实史书所载不虚。当然，韩愈所写的《祭鳄鱼文》更多是文人的夸饰，本篇所证实的史事也不足为信，不过是小说家者言罢了。

此类笔记小说的代表是沈括的《梦溪笔谈》。沈括识见广博，此书涉及文学艺术、科学技术、历史掌故、地理沿革等众多门类，后世主要看重其学术价值，但在考证中常用文学笔法，有生动形象的描绘，其中有不少涉海题材的作品。兹引录若干：

登州海中时有云气，如宫室台观、城堞人物、车马冠盖，历历可见，谓之"海市"。或曰蛟蜃之气所为，疑不然也。欧阳文忠曾出使河朔，过高唐县，驿舍中夜有鬼神自空中过，车马人畜之声，一一可辨。其说甚详，此不具纪。问本处父老云："二十年前尝昼过县，亦历历见人物。"土人亦谓之海市，与登州所见大略相类也。(《海市蜃楼》)

这是关于自然现象的，以登州和北方都出现"海市"景观，质疑是"蛟蜃之气所为"的看法。

钱塘江，钱氏时为石堤，堤外又植大木十余行，谓之"混柱"。宝元、康定间，人有献议取混柱，可得良材数十万。杭帅以为然。既而旧木出水，皆朽败不可用，而混柱一空，石堤为洪涛所激，岁岁摧决。盖昔人埋柱，以折其怒势，不与水争力，故江涛不能为害。杜伟长为转运使，人有献说，自浙江税场以东，移退数里为月堤，以避怒水。众水工皆以为便，独一老工以为不然，密谕其党曰："移堤则岁无水患，若曹何所衣食？"众人乐其利，乃从而和之。伟长不悟其计，费以巨万，而江堤之害仍岁有之。近年乃讲月堤之利，涛害稍稀。然犹不若混柱之利，然所费至多，不复可为。(《钱塘江堤混柱》)

这是关于防波堤建造的。

国初，两浙献龙船，长二十余丈，上为宫室层楼，设御榻，以备游幸。岁久腹败，欲修治，而水中不可施工。熙宁中，宦官黄怀信献计，于金明池北凿大澳，可容龙船，其下置柱，以大木梁其上，乃决水入澳，引船当梁上，即车出澳中水，船乃笕于空中；完补讫，复以水浮船，撤去梁柱；以大屋蒙之，遂为藏船之室，永无暴露之患。(《凿澳修船》)

这是中国有关船坞的最早记录之一。

还有对海洋生物的考辨与描写：

嘉祐中，海州渔人获一物，鱼身而首如虎，亦作虎文，有两短足在肩，指爪皆虎也，长八九尺，视人辄泪下。舁至郡中，数日方死。有父老云："昔年曾见之，谓'海蛮师'。"然书传小说未尝载。(《海蛮师》)

按照所描述特征，"海蛮师"可能是哺乳动物海豹。

《岭表异物志》记鳄鱼甚详。予少时到闽中，时王举直知潮州，钓得一鳄，其大如船，画以为图，而自序其下。大体其形如鼍，但喙长等其身，牙如锯齿。有黄、苍二色，或时有白者。尾有三钩，极铦利，遇鹿豕即以尾戟之以食。生卵甚多，或为鱼，或为鼍、鼋，其为鳄者不过一二。土人设钩于大豕之身，筏而流之水中，鳄尾而食之，则为所毙。(《鳄鱼》)

吴人嗜河豚鱼，有遇毒者，往往杀人，可为深戒。据《本草》："河豚味甘温，无毒，补虚，去湿气，理腰脚。"因《本草》有此说，人遂信以为无毒，食之不疑，此甚误也。《本草》所载河豚，乃今之鲂鱼，亦谓之鳁鱼，非人所嗜者，江、浙间谓之回鱼者是也。吴人所食河豚有毒，本名侯夷鱼。《本草》注引《日华子》云："河豚有毒，以芦根及橄榄等解之。肝有大毒。又为鲂鱼、吹肚鱼。"此乃是侯夷鱼，或曰胡夷鱼，非《本草》所载河豚也，引以为注，大误矣。《日华子》称"又名规鱼"，此却非也，盖差互解之耳。规鱼浙东人所呼。又有生海中者，腹上有刺，名海规。吹肚鱼南人通言之，以其腹胀如吹也。南人捕河豚法，截流为栅，待群鱼大下之时，小拔去栅，使随流而下，日莫猥至，自相排蹙，或触栅，则怒而腹鼓，浮于水上，渔

人乃接取之。(《河豚》)

两篇笔记介绍鳄鱼、河豚鱼的不同名称、形态习性及捕捉方法，并纠正了一些不确切的认识。

这些笔记既可长人见识，又有描写，对话，一定的故事性，所以读来别有趣味。

而描述高丽人乘船来中国的"海上来客"则纯粹是小说了：

> 嘉祐中，苏州昆山县海上有一船桅折，风飘抵岸。船中有三十余人，衣冠如唐人，系红鞓角带，短皂布衫。见人皆恸哭，语言不可晓。试令书字，字亦不可读。行则相缀如雁行。久之，自出一书示人。乃唐天祐中告授毛罗岛首领陪戎副尉制，又有一书，乃是上高丽表，亦称毛罗岛，皆用汉字。盖东夷之臣属高丽者，船中有诸谷，唯麻子大如莲的，苏人种之，初岁亦如莲的，次年渐小，数年后只如中国麻子。时赞善大夫韩正彦如昆山县事，召其人，犒以酒食，食罢，以手捧首而鞠，意若欢感。正彦使人为其治桅，桅旧植船木上，不可动。工人为之造转轴，教其起倒之法，其人又喜，复捧首而鞠。

历史琐闻类笔记中也有一些海洋小说。王谠《唐语林》有一则精短的故事：

> 兵部李约员外尝江行，与一商胡舟楫相次。商胡病，因邀相见，以二女托之，皆绝色也。又与一珠，约悉唯唯。及商胡死，财宝巨万，约悉籍其数送官，而以二女求配，始殓商胡，约自以夜光含之，人莫知也。后死商胡有亲属来理资财，约请官司发掘检之，夜光果在。其密行皆此类也。(卷一《德行》)

外国商人应是跨海而来,在中国经商,死而托女,巨万财宝送官。小说以特写镜头突出夜光珠的神奇珍贵。

中外海上贸易的情形,在朱彧《萍洲可谈》中有较详尽的描述:

北人过海外,是岁不还者,谓之"住蕃";诸国人至广州,是岁不归者,谓之"住唐"。广人举债总一倍,约舶过回偿,住蕃虽十年不归,息亦不增。富者乘时畜缯帛陶货,加其直与求债者,计息何啻倍蓰。广州官司受理,有利债负,亦市舶使专敕,欲其流通也。(《住蕃住唐》)

广州蕃坊,海外诸国人聚居,置蕃长一人,管勾蕃坊公事,专切招邀蕃商入贡,用蕃官为之,巾袍履笏如华人。蕃人有罪,诣广州鞫实,送蕃坊行遣。缚之木梯上,以藤杖挞之,自踵至顶,每藤杖三下折大杖一下。盖蕃人不衣裈裤,喜地坐,以杖臀为苦,反不畏杖脊。徒以上罪则广州决断。蕃人衣装与华异,饮食与华同。或云其先波巡尝事瞿昙氏,受戒勿食猪肉,至今蕃人但不食猪肉而已。又曰汝必欲食,当自杀自食,意谓使其割己肉自啖。至今蕃人非手刃六畜则不食,若鱼鳖则不问生死皆食。其人手指皆带宝石,嵌以金锡,视其贫富,谓之指环子,交阯人尤重之,一环直百金,最上者号猫儿眼睛,乃玉石也,光焰动灼,正如活者,究之无他异,不知佩袭之意如何。有摩娑石者,辟药虫毒,以为指环,遇毒则吮之立愈,此固可以卫生。(《蕃坊蕃商》)

海南诸国,各有酋长,三佛齐最号大国,有文书,善算。商人云,日月蚀亦能预知其时,但华人不晓其书尔。地多檀香、乳香,以为华货。三佛齐舶赍乳香至中国,所在市舶司以香系榷货,抽分之外,尽官市。近岁三佛齐国亦榷檀香,令商就其国主售之,直增数倍,蕃民莫敢私鬻,其政亦有术也。是国正在海南,西至大食尚远,华人诣大食,至三佛齐修船,转易货物,远贾辐凑,故号最盛。(《三佛齐》)

三则笔记述了外国商人的衣食住行、贸易品种、税收债贷、犯罪处罚以及中国当地官府的管理等,并以三佛齐国为例,可以想见当时中外海上交流的盛况。

因为经商致富,广州一带富人便大量使用一种称为"鬼奴"的劳力:

广中富人,多畜鬼奴,绝有力,可负数百斤。言语嗜欲不通,性淳不逃徙,亦谓之野人。色黑如墨,唇红齿白,发卷而黄,有牝牡,生海外诸山中。食生物,采得时与火食饲之,累日洞泄,谓之换肠。缘此或病死,若不死,即可畜。久畜能晓人言,而自不能言。有一种近海野人,入水眼不眨,谓之昆仑奴。(《鬼奴》)

《东海神庙》则反映了沿海居民的风俗信仰:

东海神庙在莱州府东门外十五里,下瞰海咫尺,东望芙蓉岛,水约四十里。岛之西水色白,东则色碧,与天接。岛上有神庙,一茅屋,渔者至彼则还。屋中有米数斛,凡渔人阻风,则宿岛上,取米以为粮;得归,便载米偿之,不敢欺一粒。稍北与北蕃界相望,渔人云,天晴时夜见北人举火,度之亦不甚远。一在蓬莱阁西,后枕溟海。

涉及海洋信仰的,还有张邦基《墨庄漫录》中造访昌国宝陀山的记录:

予在四明时,舶局日同官司户王璪粹昭,郡檄往昌国县宝陀山观音洞祷雨,归为予言宝陀山去昌国两潮,山不甚高峻,山下居民百许家，以鱼盐为业，亦有耕稼。有一寺，僧五六十人。佛殿上有频伽鸟二枚，营巢梁栋间，大如鸭颊。毛羽绀翠，其声清越如击玉。每岁生子必引去，不知所之。山有洞，其深罔测，莫得而入。洞中水声如考数百回鼓鼙，语不相闻。其上复有洞穴，日光所射，可见数十步外，菩萨每现像于其中。粹昭既致州郡之命，因密祷愿有所睹。须臾见栏楯数尺，皆碧玉也，有刻镂之文，为□路如世间宫殿所造者；已而复现纹如珊瑚者亦数尺，去人不远，极昭然也。久之，于深远处见菩萨像，但见下身如腰，而上即晦矣，白衣璎珞，了了可数，但不见其首。寺僧云：顷有见其面者，乃作红赤色，今于山上作塑像，正作此色，乃当时所现者。三韩外国诸山在杳冥间，海舶至此，必有祈祷。寺有钟磬铜物，皆鸡林商贾所施者，多刻彼国之年号，亦有外国人留题颇有文采者。僧云：祷于洞者，所视之相多不同，有见净瓶者、璎珞者、善财者、桥梁者，亦有无所睹者。洞前大石下有白玉晶莹，谓之菩萨石。粹昭平生倔强，至是颇信向云。（卷五）

普陀山自唐代辟为观音道场，声名渐播。此篇介绍普陀山地理、居民营生，特别是对佛像的庄严灿烂和灵异有生动描述，并写到中外船舶至此必有祈祷，而造访者本来不信佛，"至是颇信向云"。

历史琐闻类笔记也有写人物的，类志人小说的体例：

慎东美字伯筠，秋夜待潮于钱塘江，沙上露坐，设大酒樽，怀一杯，对月独饮，意象傲逸，吟啸自若。顾子敦适遇之，亦怀一杯，就其樽对酌。伯筠不问，子敦亦不与之语。酒尽，各散去。伯筠工书，王逢原赠之诗，极称其笔法，有曰："铁索急缠蛟龙僵。"盖言其老劲也。东坡见其题壁，亦曰："此有何好，但似篾束枯骨耳。"伯筠闻之，笑曰："此意逢原已道了。"（陆游《老学庵笔记》卷四）

一人秋夜坐沙上，等钱塘江潮上涌，对月饮酒，啸吟自若，碰上另一人，也饮酒，互不相问，"酒尽，各散去"，自闲自在，开怀遣兴，颇有魏晋风度。

  吴兴莫汲子及，始受世泽为铨试魁，既而解试、省试、廷对，皆居前列，一时名声籍甚。后为学官，以语言获罪，南迁石龙。地并海，子及素负迈往之气，暇日具大舟，招一时宾友之豪，泛海以自快。将至北洋，海之尤大处也，舟人畏不敢进。子及大怒，胁之以剑，不得已从之。及至其处，四顾无际。须臾，风起浪涌，舟掀簸如桔槔。见三鱼，皆长十余丈，浮弄日光。其一若大鲇状，其二状类尤异，众皆战栗不能出语。子及命大白连酌，赋诗数绝，略无惧意，兴尽乃返。其一绝云："一帆点破碧落界，八面展尽虚无天。柂楼长啸海波阔，今夕何夕吾其仙。"（周密《齐东野语·莫子及泛海》）

莫子及获罪居海边，与朋友"泛海以自快"，别人害怕，莫子及持剑相逼；遇风浪，观怪鱼，"众皆战栗不能出语"，而莫子及饮酒赋诗，"兴尽乃返"，其意气胆量不同常人，使人想起《世说新语》中意态从容的谢安。

  也有军国大事的记录，如王明清《挥麈第三录》卷一中关于南宋高宗登船涉险、从四明到越州的经历：

  建炎己酉秋七月，车驾在金陵……乃决吴越之行……（十一月）二十六日，次越州城下……十二月五日，车驾至四明……朝廷召集海舟甚急……十五日，大雨……车驾遂登舟，至定海……十九日，车驾至昌国县……二十五日……乃议移舟之温、台……二十六日，启行。自是连日南风，舟行虽稳，而日仅行数十里云。二十九日，岁除。庚戌正月一日，大风，碇海中。二日，北风稍劲，晚泊台州港口。三日早，至章安镇，驻舟……十五日，胡人再犯余姚……十八日，移舟离章安镇……十九日,晚,雷雨又作。二十日,泊青澳门。二十一日,泊温州港口……自后不复记录,闻行在已驻温州矣……

金兵追击,警讯频传,风雨兼程,时间的紧密,地点的转换,写尽了漂亡于岛海间的凄惶艰辛,也是国家动荡、时代裂变的真实写照。此类记录往往掺杂野史与民间传闻,而非官方记录,所以也可当作历史小说来读。

总体来看,宋代笔记小说继承前人传统,又有所发展,文笔灵动,不拘一格;特别是反映社会生活面的广泛,触及前代作品没有表现过的题材,为后人研究宋代社会提供了不少有价值的资料。

## 第三节 金、元海洋题材小说概貌

辽与金在诗词、戏曲方面有一定成就,戏曲在元代则是与唐诗、宋词并列,成为中国文学史上最辉煌的篇章之一。但在小说方面则处于衰落不振的状态。元朝统一中国后,由宋、金入元的官僚文士,大多隐居不仕,以著述自娱,既喜搜集志怪,又结合自身经历,追述前朝轶闻或记录本朝杂事。所以考察这一时期的海洋题材小说,也以志怪和琐记随笔为主要对象。

志怪小说方面,金元好问的《续夷坚志》是较有名的一部。元好问是金、元之间的大诗人,入元后隐居著述,本书是晚年之作,内容与体例都仿宋代洪迈的《夷坚志》。其中的涉海作品,一是写神仙灵异的,如《麻姑乞树》:

宁海昆仑山石落村刘氏,富于财,尝于海滨浮百丈鱼,取骨为梁,构大屋,名曰"鲤堂"。堂前一槐,阴蔽数亩,世所罕见。刘忽梦女官自称麻姑,问刘乞树槐修庙。刘梦中甚难之。既而曰:"庙去此数里,何缘得去?"即漫许之。及寤,异其事,然亦不之信也。后

> 数十日，风雨大作，昏晦如夜。人家知有变，皆入室潜遁。须臾开霁，惟失刘氏槐所在。人相与求之麻姑庙，此树已卧庙前矣。

财主刘氏取大鱼骨为屋梁，神仙麻姑梦中乞刘氏园中槐树修庙，刘氏不肯。于是"风雨大作，昏晦如夜"，麻姑已取树至庙。

《广宁山龙斗》也是：

> 甲辰乙巳岁，广宁夏五六月间大阴晦，雷雨环作，声不断。夜望间山上白气直与海接，须臾雨下，终夜不息。平明，水没村落，死者无限，大崖高数百尺，皆荡为平土。下漫石，石上有杵白痕，不知何代为冈垒所覆压也。山颠龙斗处，留迹数十，所印泥，鳞甲爪痕，有长五六十尺者，有长百余尺者。意群龙聚斗于此，土人遭此大变。

小说善于营造声势氛围，后面才点出巨龙互斗。

二是写人与鱼、蟹之间的怪异之事：

> 参知政事魏子平嗜食鱼，厨人养鱼百余头，以给常膳。忽梦群鱼集其身，挥斥不去，复梦为鱼所鲠，痛不能出，闷乱久之，乃寤，自是不食鱼。（《魏相梦鱼》）

> 东平薛价，阜昌初进士，尝令鱼台，嗜食糟蟹。凡造蟹，厨人生揭蟹脐，纳椒一粒，盐一捻，复以绳十字束之。填入糟瓮，上以盆合之，旋取食。薛一日梦昨所获强寇劫狱而去，夜半惊寤。索烛召吏将问之。烛至，乃见糟蟹蹒跚满前，不知何从出也。薛自此不食蟹。外曾孙东平贾显之说。（《介虫之变》）

人嗜食鱼、蟹，而鱼、蟹群起反抗，使人从此不敢食。小说赋予海生物奇特的灵性。

三是从鱼的形状和名称，推想前人"制器象物"的原理，如《碑子鱼》：

> 海中有鱼，尾足与龟无异，背上聚一壳，如碑石植立之状。潮退则出岸上曝壳，十百为群，闻人声，则爬沙入海。海滨人谓之碑子鱼。或鱼或兽，未可必也。旧说蒲牢海兽，遇鲸跃则吼，其声如钟。今人铸钟作蒲牢形，刻撞钟槌为鲸，于二者有取焉。盖古人制器象物，如舟车弧矢杵臼之属，初不漫作，特后人不能尽知之耳。然则碑表之制，将亦有所本耶？抑人见鱼形似，傅会为名也。

还有写海岛居民的生活情状，如《海岛妇》：

> 王内翰元仲集录：近年海边猎人航海求鹘，至一岛。其人穴居野处，与诸夷特异，言语绝不相通。射之中，则扣血而笑。猎者见男子则杀之，载妇人还。将及岸，悉自沉于水。他日再往，船人人执一妇，始得至其家。妇至此不复食，有逾旬日者，皆自经于东冈大树上。

《夷坚志》中也有同名小说，但此篇叙岛人"射之中，则扣血而笑"，"猎者见男子则杀之，载妇人还"，而妇人"至此不复食"，自尽于大树上，则是新奇处，风俗也更荒蛮原始。

这些小说语言精练，描述也颇为生动，但都是一事一记，篇幅简短，缺少铺展和波澜。

仿《夷坚志》的还有元代吴元复的《湖海新闻夷坚续志》。宣扬佛教是其中的重要内容：

杭州有一老妪，年六十余，尝诵《金刚经》，诵毕佩带于身。咸淳己巳中秋，到江头观潮，值潮头最高，澎湃冲击，吸没百余人，妪亦与焉。已而潮回，乃独送此妪于江之滨，俨然存活。人问之，则曰："见潮神观簿，言我曾诵《金刚经》有功，送回阳世。"视之衣襟皆湿，惟所佩之经独干。（《江神送妪》）

　　史丞相当国，京尹选大蛤蜊一盘以献。是夜公见盘中一蛤蜊有光，取而视之，独异其他，劈而不裂。公疑异之，取而致几上，焚香祝之。俄顷蛤自裂开，中有二人，形眉端秀，体格悉备。螺髻璎珞，足履莲花，与人世所事佛像一般。公遂以诸香木刻成岩殿，以安其神，加以金玉为饰，光耀夺目，令众僧送入佛寺安奉，后不知所终。（《蛤蜊显圣》）

老妪与众人被钱塘江潮吞没，因其常诵《金刚经》，江神就送回阳世；蛤蜊裂开，现出观音佛像，构思奇特，前人也曾写过，此篇略有扩展而已。
　　也宣扬道教法术的高明：

　　大德戊戌年，盐管州州南濒古塘，塘距海三十里，地横皆斥卤，比年潮汐冲啮，盐场陷焉。海势侵逼州治，州以事闻于省府，复加修筑塘岸二百余丈，不三日复圮，皆谓水怪为害，非人力能复。省咨都省闻奏，钦奉玉音，礼请卅八代天师驰驿诣杭州。时合省官僚，以五月朔就佑圣观建醮五昼夜。醮毕，天师遣法师乘船，投铁符于江。初则铁符跳跃浪中，食顷方沉，风雷电雾旋绕于中。明日视之，沙涨日增，堤岸复旧，江心突起。沙洑中有异物，为雷殛死于上，广二丈长许，状如鼋，有壳。省府闻奏于朝，崇锡旌赏。（《天师斩鼋》）

　　宋嘉熙庚子，杭州潮水不退，赵与欢尹京，奏乞召张天师议治。

既至，连日做法，水如故。遂考照，云有蛟三条为祟：一是济王，因史相废其为太子，以理宗代之，怨望致死；一是毕岳，乃武学生，因作诗负罪；一是一宫人，因不肯裸体下莲池捉木刻金龙，遭钟覆火煅而死。理宗云："奈何？"天师奏乞设黄箓大斋以荐拔之方可。于是洁大内崇修。方移文水府，而潮即退。后华岳与宫人事寂无所闻，但理宗每与周国公主闲行，见前有著红乾背子者，曰："此必是济邸。"盖亦心疑见鬼。（《天使退潮》）

两篇小说都写杭州水灾，将潮水侵入归罪于鼋和蛟龙，于是斩杀鼋，又设斋，水患全消，故事很是荒诞不经。

宣扬道教，自然涉及神仙之事：

张亶，熙宁中梦行入空中，闻天风海涛声振林木，徐见海中楼阙金碧，琼琚琅佩者数百人，揖亶，出纸请赋诗。细视笔砚，皆碧玉色，且戒之曰："此间文章，要似起鸾凤，与织女机杼分巧，过是乃人间语耳。"亶成一绝曰："天风吹散赤城霞，染出连云万树花。误入醉乡迷去路，旁人应笑忘还家。"有仙人曰："子诗绝佳，未免近凡。"饮酒一杯，极甘寒，忽觉身堕万仞山而觉。（《梦游仙府》）

台州士人陈梦协，平生隐居不出仕。宋咸淳中，偶遇商人浮海，求从之，以从观览。一日，遭飓风，漂至海中一山下。见山上乔松不可以万计，望山巅只露些子阁楼，岸侧有小茅庵，榜以"雪溪"两字。檐下坐一老人，旁侍小童。陈与长揖，老人问曰："汝何人而至此？"陈具以实告，老人曰："既往天台，今叶梦鼎安乐否？"陈答曰："已拜相。"老人曰："烦拜意，亟投黄扉之荣，早寻绿野之乐。更逾十数年，宋鼎移矣，恐有后患。"陈曰："先生是何神仙？"老人曰："止可与言旧日同舍生，今主海上雪溪。"与茶一瓯，抚手曰："快循岸去,便可寻船。"陈归,不敢与他人言,密以告叶。后叶罢相归乡,朝廷再召不赴者以此。信知大事神仙知之久矣。(《浮海遇仙》)

上篇叙梦中入仙府,与仙人赋诗饮酒,类似灵感来临时的创作状态;下篇仍按"风涛漂流—岛上奇遇"模式展开,仙人托语于朝廷拜相的老友,预言宋代将亡,早作退身之计,后果应验。可见到宋代,儒道释三教已呈并行不悖、互相融汇之趋势。

也有商人意外获宝的描述,如《蜈蚣孕珠》:

元贞年间,广中有一人为商,财本消折,归至四洋海滨,见雷击大蜈蚣一条,长五六尺,收入担中。晚宿旅邸小房,名商巨贾辐辏于彼。是夕,主人设宴,坐上皆富商,而小客亦预席。求酒数行,遍问所携之贷。众以宝对,小客不敢言,恐旁人窃笑。忽有回回人在,谓曰:"小房内祥光巨天,必有异宝。"强之开房而观,不获已,开担,止有蜈蚣一条,诸商皆笑。独波斯曰:"此是也。"于是延之上坐,为更敝衣而礼遇之。此早问其直,小商不知价,索银二千两。波斯慨酬之,各立文约。遂取蜈蚣出来,仅拾头上一宝珠,皮则弃之。且曰:"此至宝也。若尽欲我五船财赋,亦所不较。"小商归置,大富也。

一人泛海经商,消折了财本,拣了一条大蜈蚣,宿于旅店,众商人比富,都嘲笑他。只有一波斯商人识宝,以低价买去,商人也大富。此篇有内容,结构也有起伏变化。

《湖海新闻夷坚续志》中的海洋小说,篇幅有一定增长,也注意到结构上的设计,但取材一般化,立意也较浅显。

元代周致中的《异域录》则仿《山海经》体例,专门描述异域诸国风土人情,带有很大的志怪成分。兹引录若干则与海相关的记述:

## 第四章 宋元:海洋小说的守成期

在大海岛中,岛方千里,即倭国也。其国乃徐福所领童男女始创之国。时福所带之人,百工技艺、医巫卜筮皆全。福因避秦之暴虐,已有遁去不返之意,遂为国焉。而中国诗书遂留于此,故其人多尚作诗写字。自唐方入中国为商,始有奉胡教者王,乃髡发为桑门,穿唐僧衣。其国人皆髡发,孝服则留头。(《日本国》)

其国人性与禽兽同,在东南海上,多野岛,蛮贼居之,号麻罗奴。商舶至其国,群起擒之,以巨竹夹而烧食,人头为食器。父母死,则召亲戚挝鼓共食其尸肉,非人类比也。(《近佛国》)

国在海中,民多作商尚利,其名姓皆以中国儒名称呼。其风俗男子皆割阴嵌八宝,人方以女妻之。海中有一岛,岛中之树,其花须一匙二箸,状如黑漆,人用之饮食,其油腻不能污,若搅茶则化。(《暹罗国》)

其国边海,天气暖甚,出乳香树,逐日用刀斫树皮取乳。每年春末有飞禽自天而降,如白丝鹑,肥而味佳。有大鱼高二丈余,长十丈余,人不敢食,刳膏为油,肋可作屋桁,脊骨可作门扇,骨节为舂臼。又有龙涎成块泊岸,人竞取为货卖。(《大食勿拔国》)

其国在南海之中,自广州发舶,取正南,半月可至。诸番水道之要冲,以木栅为城国,人多姓蒲。缚蒲浮水,而官兵服药,刀剑不能伤人。其国地面忽有一穴出,生牛数万,人取食之,后用竹木窒其穴,乃记产犀牛、珠玑、异宝、香药之类。(《三国齐佛》)

国在海岛上。人将死,亲戚歌舞送于郭外。有鸟如鹅,飞来万数,家人避之,其鸟食肉尽,乃去。即烧骨沉水,谓之鸟葬。梁武帝

时曾入贡。(《顿逊国》)

其国乃纯阴之地,在东南海上,水流数年一泛,莲开长丈许,桃核长二尺。昔有舶舟飘落其国,群女携以归,无不死者。有一智者夜盗船得去,遂传其事。女人遇南风,裸形感风而生。其国无男,照井而生。曾有人获至中国。(《女人国》)

上述七则记录有一定的描写,片段的故事,涉及诸国的地理位置、人民的衣食住行、风俗习惯、气候物产等,多是真假参半,夹杂着许多怪异的传说;有些国家实有,有些如女人国则不可考。至于书中提及的后眼国、狗国、穿胸国、羽民国、三首国一类,更是小说家言。

这些记述基本上代表了当时多数中国人对海外民族的认知水平。由于不甚了解,更无缘实地考察,才会引发丰富而奇异的想象。

笔记体小说内容颇杂。一类是游历记行。如金代王寂的《鸭江行部志》:

壬子,行复州道中。辰、巳间风大作,飞沙折木,对目不辨牛马。所幸者,自北而南,若打头风,则决不能行也。午,后风势转恶,予怪而问诸里巷耆旧云:"飘风不终朝,何抵暮尚尔?"耆旧云:"此地濒海,每春秋之交,时有恶风,或至连日,所以禾黍垂成,多有所损,固亦不足怪也。"昔东坡先生赋飓风,亦谓海南有之,大抵海气阴惨,朝氛暮霭,虽晴霁亦昏然,况大块一噫,崩涛怒浪,贾勇其旁,宜其不可当也。此岂亦飓风之余种耶?乃作诗以记其事:"昨霄月晕如手遮,今日黄云翻炮车。初闻窸窣动高树,渐觉飞砂卷平路。沧溟浪滚三山摇,恐是海若诛鲸鳌。昏昏日转更作恶,瘦马侧行吹欲倒。津吏告侬无渡河,枯[河]连海翻惊波。"是夕,宿于复之宝严寺。

因是内地人,遇连日大风而不解,问当地耆旧,回答是地近海,自然多风。又联想到苏东坡贬谪海南时对风涛的描述,并作诗记其事。

元代刘郁的《西使记》则重在描述人民与物产,类似博物小说:

国西即海,海西有富浪国。妇人衣冠,如世所画菩萨状。男子胡服皆善,寝不去衣,虽夫妇亦异处。有大鸟,驼蹄苍色,鼓翅而行,高丈余,食火,其卵如升许。其失罗子国,出珍珠。其王名袄思阿塔卑云。西南海也,采珠盛以革囊,止露两手,腰絙石,坠入海,手取蛤并泥沙,贮于囊中。遇恶虫,以醋噀之,即去。既得蛤满囊,撼絙,舟人引出之,往往有死者。……珊瑚,出西南海,取以铁网,高有至三尺者。兰赤,生西南海……撒八儿出西海中,盖鲭蜩之遗精,鲛鱼食之吐出,年深结成,价如金……龙种马,出西海中,有鳞角。牝马有驹,不敢同牧,骟马引入海,不复出。

二是记中外交流的。如元代王恽《中堂事记》中关于外国使者访问元上都的记载:

是日,发郎国遣人贡献卉服诸物。其使自本土达上都已逾三年,说其国在回纥极西徼,常昼不夜,野鼠出穴,乃是入夕。人死,众竭诚吁天,间有苏者。蝇蚋悉自木出。妇人颇妍美,男子例碧眼黄发。所经途有二海,一则逾月,一则期月可度。其舡艘大可载五十百人。其所献盏斝,盖海鸟大卵,分而为之。酌以凉醑即温,岂世所谓温凉盏者耶?上嘉其远来,回赐金帛甚渥。

书中对高丽世子与元朝群臣的对答有较详细的描述:

酒数行,语既不通,其问答各以书相示。丞相史公首问曰:"汝国,海中所臣者凡几处?军旅有无见征戍者?掌兵者何人?官号何名?"参政李藏用对曰:"掌兵者金氏。"史曰:"岂[复]犹以莫利支为名乎?"曰:"此名废去已久,其官亦皆带枢府、兵部之号。"史曰:"闻汝国亦尝与宋人通好,然乎?"曰:"但商舶往来耳。"平章王曰:"汝国今岁亦收成?"曰:"仰赖圣恩,雨旸时若,溥沾丰稔。"又曰:"闻汝国用宋人正朔,然乎?"曰:"第商人私有赍至本方者,实不为用耳。"……至元七年,朝廷遣平章赵璧、郎中宋道徙王都于海西岸,江华岛一炬为焦土矣。

借宴会上问答,介绍高丽国的交通商舶、四季收成、官僚体制、科举教育等,也明显流露出元朝群臣的高傲心态。派官员"徙王都于海西岸,江华岛一炬为焦土矣"则是对附属国的粗暴干涉。

三是杂事与人物的记述。元代郑元祐的《遂昌山人杂录》描述钱塘江潮,写人的生死有命:

> 杭人贺良卿,官至海道万户府照磨。自言其年十五六时,革履行縢,手执小黑伞。八月十八日,与乡曲五六人,同往钱塘江观潮,临水涘而观者如织。忽一人捶良卿背两拳,良卿急翻身摔捶者,则同前观潮之人,皆为怒潮泼去。死生有命,岂偶然哉。

陶宗仪笔记名著《辍耕录》中的"溺水不跃"颂扬一个女子的刚烈气节:

> 漳州龙溪县澳里人陈端才之妻蔡氏三玉。后至元间,本处寇起,掠其里。里媪集其中妇女同舟避难,寇追及,三玉亟以水渍衣。寇视三玉有姿色,欲先污之。三玉绐曰:"衣湿,更求衣。"间寇取衣,投水死。寇曰:"溺者必跃。"以长竿络钩,俟其跃而举之。尸竟不跃。

## 第四章 宋元:海洋小说的守成期

寇退,三玉之父端广,舟次上流,尸逆流附父舟,捽之不去。移舟溯河而上,尸从之上者三。父异甚,视,则其女也。夫三玉,一妇人耳,宁死不辱,出于天性,宜其贞爽不昧如此。

"乌蜑户"描述的是地位低卑的采珠人的情状:

广海采珠之人,悬緪于腰,沉入海中,良久得珠,撼其緪,舶上人挈出之。葬于鼋鼍蛟龙之腹者,比比有焉。有司名曰乌蜑户。蜑,音但。仁宗登极,特旨放免。时敬公威卿为江西行省参知政事,俾该管掾史立案,令广东帅府抄具乌蜑户一一籍贯姓名,置册申解它省。官曰:"中书咨文无是,恐不必也。"公曰:"万一申明旧典,庶不害及良民。"未几,太后中使至,人咸服公先见之明。

书中也有志怪小说,如"误堕龙窟":

徐彦璋云:"商人某,海舶失风,漂至山岛,匍匐登岸,深夜昏黑,偶坠入一穴,其穴险峻,不可攀缘。比明,穴中微有光,见大蛇无数,蟠结内。始甚惧,久,稍与之狎,蛇亦无吞噬意。所苦饥渴不可当,但见蛇时时舐石壁间小石,绝不饮啖,于是商人亦漫尔取小石噙之,顿忘饥渴。一日,闻雷声隐隐,蛇始伸展,相继腾升,才知其为神龙,遂挽蛇尾得出,附舟还家。携所噙小石数十至京城,示识者,皆鸦鹘等宝石也。乃信神龙之窟多异珍焉。自此贷之致富。"彦璋亲见商人,道其始末如此。

小说也采用"漂流历险"的模式。人误堕龙窟,龙并不食人,借神龙升天时挽其尾出而生;龙舔过的数十颗小石子都是宝石,此人因而致富,很是刺激惊险。

元姚桐寿《乐郊私语》中的"澉浦市舶"记官府对外国商人的苛刻税收，致使番商提刀伤人，题材新鲜：

> 澉浦市舶司，前代不设，惟宋嘉定间置有骑都尉监本镇，及鲍郎盐课耳。国朝至元三十年，以留梦炎议置市舶司。初议番舶货物十五抽一，惟泉州三十取一，用为定制。然近年长吏巡徼上下求索，孔窦百出，每番船一至，则众皆欢呼，曰："亟治厢廪，家当来矣。"至什一取之，犹为未足。昨年番人愤愤，至露刃相杀，市舶勾当，死者三人，主者隐匿不敢以闻。射利无厌，开衅海外，此最为本州一大后患也。

元长谷真逸《农田余话》则写到海寇受招安后的不法横行，从一个侧面反映出社会的动荡：

> 朱清太仓人，张瑄居上海。二人本海寇，元初就招安，即为导攻崖山，谙识海道，漕运江南粮，不旬日达燕，遂有功朝廷。付金银牌，而许其便宜除授。凡任船水手得力者，皆投朱张。富过封君，珠宝番赁，以钜万万计。每岁海运诈称没于风波，私自转入外番货卖，势倾朝野。江淮之间，田土屋宅，鬻者必售于二家，他人不敢得也。（卷下）

写人也有可观之处。如《乐郊私语》中的两则：

> 州濒海，盐为国利，然亡命得以私贩擅之，每操兵飞棹，往来贾贩，虽吏兵莫之敢撄。至正丁酉，滦城范廉卿以荫补芦沥巡检。其为人恂恂儒者，顾长骑射，无论鸟兽，不及飞窜，虽海涂上跳鱼子蟹之细捷，射之百不失一。夜每悬火竿上，去竿三百步，从暗中射火，无不灭也。于是亡命心惧，毋敢于州北私贩，境内为之肃然。先是，本

## 第四章 宋元：海洋小说的守成期

路推官陈春以平反盐狱数百人见称，至是本路大僚曰："使巡官人人如范，何必陈司理平反也。"（"范巡检"条）

州诗人陈彦廉好作怪体，兼善绘事。其母庄本闽人，父思恭商于闽，溺死海中，庄誓不嫁，携彦廉归本州抚育，遂成名士。彦廉有才名，交往多一时高流，最与黄公望子久亲昵。彦廉居硖石东山，终身不至海上，以父溺海故也。子久岁一诣之，至则必到海上观涛，每拉彦廉同往不得。已偕至城郭，黄乞与同看，陈涕泣曰："阳候吾父仇也，恨不能如精卫以木石塞此，何忍以怒眼相见？"子久亦为之动容，不看而返，因为作《仇海赋》以纪其事。（"陈彦廉"条）

一写神射手范巡检"夜每悬火竿上，去竿三百步，从暗中射火，无不灭也"，于是盐贩子很惧怕，"境内为之肃然"；一写诗人终身不到海上，挚友很喜欢到海上观涛，邀其同去总被拒绝，一问，才知道其父死于海里，所以把大海视作了仇敌。

书中的"也先不花"更为生动风趣：

潘从事泽民尝为余言：本州达鲁花赤也先不花，本北人，以至正三年至海上。时方八月，秋涛大作，潮声夜吼，震撼城市。不花初至，闻此，夜不敢卧，起问门者。门者熟睡，呼之再三，始从梦中答曰："潮上来也。"及觉，知是官问，惧其答迟，连声曰"祸到也，祸到也"，狂走而出。不花误听，遂惊跳入内，呼其妻曰："本冀作达鲁花赤，荣耀县君，不意今夕共作此州水鬼。"遂夫妇号泣，合门大恸。外巡徼闻哭传报，州正佐官皆颠倒衣裳来救，以为不花遭大变故也。因急扣门，不花愈令坚闭，庶水势不得骤入。同僚益急，遂破扉倒墙而入，见不花夫妇及奴婢皆升屋大呼救我，同家询知，不觉共为绝倒。乃知唐人"潮声偏惧初来客"为真境也。不花今为参知政事。

也先不花初到海上,"潮声夜吼","夜不敢卧",因门人梦中说"潮上来也",误听"祸到也",于是惊慌万状,夫妇哭泣大恸,使同僚"共为绝倒"。也先不花是元朝显贵,本篇描形绘神,语带讥讽,是需要很大勇气的。

写得曲折有致的,还有《辍耕录》中的"飞云渡":

> 飞云渡风浪甚恶,每有覆舟之患。有一少年子,放纵不羁,尝以所生年、月、日、时就日者问平生富贫寿夭,有告曰:"汝之寿莫能逾三旬。"及遍叩它日者,言亦多同。于是意谓非久于人世,乃不娶妻,不事生产作业,每以轻财仗义为志。
>
> 尝俟船渡傍,见一丫鬟女子,徘徊悲戚,若将赴水,少年亟止之,问曰:"何为轻生如此?"答曰:"我本人家小婢,主人有姻事,暂借亲眷珠子耳环一双,直钞三十余锭,今日送还,竟于中途失去,宁死耳,焉敢归?"少年曰:"我适拾得,但不审果是汝物否?"方再三磨问颗数、装束,实是,遂同造主人。主人感谢,欲赠以礼,辞不受。既而主人怒此婢,遣嫁业梳剃者,所居去渡所咫尺间。期岁,少年与同行二十有八人将过渡,道遇一妇人,拜且谢,视之,乃失环女也,因告其故于夫,屈留午饭。余人先登舟,俄风涛大作,皆葬鱼腹。盖少年能救人一命,而造物者亦救其一命以答之。后少年以寿终。渡在温之瑞安。

先写少年因别人言其"寿莫能逾三旬","不娶妻,不事生产作业,每以轻财为志",次写其在渡口救得一欲投水女子,再写一年后得救女子留其晚饭,而同行者登舟遇风涛大作,皆葬鱼腹,少年最终得享天年,说明寿命并不由天,而在修为积德。

四是记述前朝及当代的史事。蒋子正《山房随笔》有记南宋末抗元名将张世杰的事迹:

## 第四章 宋元：海洋小说的守成期

"曾闻海上铁斗胆，犹见云中金甲神"，乃陆枢密君实挽张郢州世杰诗也。张公拥德祐、景炎、祥兴于海上，各拥兵南北岸。一夕，大风雨，皆不利。张舟覆而薨。翌早，获尸，棺殓焚化。其胆如斗大，而焚不化，诸军感动。忽云中见金甲神人，且云："今天亡我，关系不轻，后身当出恢复矣。"此诗全篇不传，忠义英烈，虽亡，尤耿耿也。

从挽诗引出张世杰海上抗元史事，再写其死后胆大如斗，焚而不化，再写其化为金甲神人告将士大宋必有恢复的一天，极写英雄末路的耿耿忠心，富有传奇色彩。

《辍耕录》中的"金鳌山"也是记南宋史事：

吾乡于佩远先生演《题金鳌山》诗曰："金鳌之山金碧浮，重玄宝坊居上头。钟声夜渡海门月，树色远揽丰山秋。龙伯国人真妙手，掣此巨灵镇江口。丹丘逸士来跨之，石洼为尊江当酒。黄须天子七宝鞭，黄头渔郎棹江船。百年尘迹果何在，芒砀云去山苍然。历试诸难固天造，中兴开国何草草。腹心有疾日月昏，英雄无声天地老。两宫不归汴水流，此地空传帝子游。惜无健笔驱风雨，一洗江山万古愁。"此诗至今脍炙人口。山枕海，属临海县章安镇。初，宋高宗在潜邸日，泰州人徐神翁，云能知前来事，群阉言于徽宗，召至，以宾礼接之。一日，献诗于帝曰："牡蛎滩头一艇横，夕阳西去待潮生。与君不负登临约，同上金鳌背上行。"及两宫北狩，匹马南渡，建炎庚戌正月三日，帝航海，次章安镇，滩浅阁舟，落帆于镇之福济寺前以候潮，顾问左右曰："此何山？"曰："金鳌山。"又问："此何所？"曰："牡蛎滩。"因默思神翁之诗，乃屏去警跸，易衣徒步登岸，见此诗在寺壁间，题墨若新，方信其为异人也。时住持僧方升坐，道祝圣之词。帝趾忽前，闻其称赞之语，甚喜，戒左右勿惊怖，而谛听之。少焉，千乘万骑毕集，终知为六飞临幸。野僧初不闲礼节，恐怖失措，从行有司，教以起居之仪。山下曰黄椒村，村之妇女闻天子至，咸来瞻拜龙颜，欢声如雷，曰："不图今日得睹天日。"帝喜，敕："夫人各自遂便。"故至今村妇皆曰夫人，虽易世，其称谓尚然不改。《宋史》但载御舟幸章安镇，而不见金鳌之详，偶与张善初话乡中旧事，因笔之。善初，章安人也。

此篇所叙宋高宗出奔海上途中，候潮于金鳌山与牡蛎滩，看壁上所题之诗，与僧人及村人相见时的情景，虽有历史影子，却多是民间传说。

书中还有"浙江潮"条，描述宋奉表及国玺降元的轶事：

明年正月甲申，丞相伯颜驻军皋亭山，宋奉表及国玺以降。遣千户囊加歹等入城慰谕。令居民门首各贴"好投拜"三字。及闻益王广王如婺州，即命分兵屯守诸门。范文虎安营浙江沙洳，太皇太后望祝曰："海若有灵，当使波涛大作，一洗而空之。"潮汐三日不至，军马晏然。文虎，吕文焕婿，安庆守臣降于我者。

宋朝大势已去，而皇太后还寄希望于神灵，祝"海若有灵，当使波涛大作，一洗而空之"。但"潮汐三日不至，军马（元军）晏然"。国祚之兴亡，惟在人事，信哉！

《农田余话》有一则有关元末张士诚的记录：

张氏有国时，浙间一夕，月明四五鼓之间，水皆腾涌，池塘溪堑之内皆然。松江上海邑中坠一海鱼，长二丈，名曰阔霸，考诸白孔六帖，鱼坠于市，灭亡之象。（卷下）

月明四五鼓之间，水皆沸腾，有大海鱼落于市中，在古人看来都是张士诚败亡的迹象,后张士诚果然为朱元璋所灭。

这些所谓的"史事",并非严格意义上的历史记录,更多采自民间的故事传闻,再加上作者的想象文饰,也是小说家言。

金、元的涉海小说,志怪一类明显受魏晋南北朝志怪影响,又模仿宋代同类作品,并无创见,一些小说仍停留于"残丛小语",内容单一,立意浅显;而笔记类小说数量不少,可以陶宗仪的《辍耕录》为代表,有一定的创作自觉性,亦多可观之处。

# 第五章　明代：海洋小说的繁荣期

从宋代话本小说开始，白话取代了文言而成为主流。但宋、元话本小说还处于白话小说初期，其大面积的实践与推进则是在明代，无论短篇还是章回体长篇小说，都呈现出蓬勃发展的繁荣景象，并标志着白话小说的成熟。小说的题材也从描写奇人异事转向五光十色的现实人生，展现了繁复丰富的世俗人生画卷，散发着浓郁的时代气息。特别是明代中叶，由于市民阶层的不断壮大，以李贽为代表的个性解放思潮的影响，作家们表现出对人的充分尊重，对"人欲"的大胆肯定，将笔触伸向了更为广阔的生活空间。

就海洋小说而言，明代第一次出现了以商人为主要角色的海洋经商小说，观念意识与审美取向获得重大突破；神魔小说综合前人的经验不断发展创造，开出了新的境界；传奇相对单薄，但笔记小说十分发达，题材广泛，尤其是对时代重大问题的关注，体现出强烈的忧患意识，这在前代文学中是很少见的。

## 第一节　海洋经商小说

明代之前的志怪、传奇及笔记小说中也涉及海商，但都是一笔带过，只是一个引子，描写的重心是遇风涛沉船后上岸（岛）的见闻经历，或遇到神仙，或意外得宝致富，或一场短暂的艳遇，或死里逃生等，究其原因，恐怕一是对海洋经商不熟悉，二是中国社会长期实行"重农抑商"国策而导致对商人及商业行当的鄙视与偏见。明代的海洋经商小说第一次将商人作为小说的中心人物，甚至是受推崇的正面角色，既反映出明代社会商品经济的日益发展，金钱（资本）对社会生活巨大的掌控能力，也是对不合时宜的传统道德观、价值观的大胆颠覆。

最早描述海洋经商活动的是蔡羽的文言短篇小说《辽阳海神传》。蔡羽生活于明世宗嘉靖时，由国子生授南京翰林院孔目，吴兴（今江苏苏州市）人，以诗闻名。《辽阳海神传》开篇介绍徽商程宰与兄来辽阳经商的经历：

> 程宰士贤者，徽人也。正德初元，与兄某，挟重赀商于辽阳。数年，所向失利，辗转耗尽。徽俗，商者率数岁一归，其妻孥宗党，全视所获多少为贤不肖，而爱憎焉。程兄弟既皆落莫，羞惭惨沮，乡井无望，遂受佣他商，为之掌计于糊口。二人联屋而居，抑郁愤懑，殆不聊生。至戊寅秋，又数年矣。

这里透出的信息不少：徽人多以经商为生；跨海经商，路途遥远，多年不归；徽人常以金钱多少评价一个人的贤与不肖；程宰兄弟经商失利，折了老本；兄弟俩在别人手下打工糊口，无法归家。开头这样写，是为了与后面的转折形成巨大反差。而转折是海神的降临：

> 少顷，又闻空中车马喧闹，管弦金石之音。自东南来，初犹甚远，须臾已入室矣。回眸窃视，则三美人，皆朱颜绿鬓，明眸皓齿，约年二十许；冠帔盛饰，若世所图画后妃之状，遍体上下，金翠珠玉，光艳互发，莫可测识；容色风度，夺目惊心，真天人也。前后左右，侍女数百，亦皆韶丽。或提炉，或挥扇，或张盖，或带剑，或持节，或捧器币，或秉花烛，或挟图书，或列宝玩，或荷旌幢，或拥衾

褥，或执巾帨，或奉盘匜，或擎如意，或举肴核，或陈屏障，或布几筵，或奏音乐。虽纷纭杂沓，而行列整齐，不少错乱。……独留同坐美人，相与解衣登榻，则帷褥衾枕，皆极珍奇，非向之故物矣。程虽骇异，殊亦心动。美人徐解发绾髻，黑光可鉴，殆长丈余。肌肤滑莹，凝脂不若。侧身就程，丰若有余，柔若无骨。程于斯时，神魂飘越，莫知所为矣。已而交会才合，丹流浃藉。若喜若惊，若远若近，娇怯婉转，殆弗能胜，真处子也。

这段海神与凡人交会的描写，在古代小说中并不少见，带有很浓的传奇色彩。海神告诉程宰："吾非仙也，实海神也，与子有夙缘甚久，故相就耳"，并允诺"虽不能有大益于郎，亦可致郎身体康胜，资用稍足。倘有患难，亦可周旋"。于是，在海神的指点帮助下，程宰的生意陡然起色，每每获胜：

时己卯初夏，有贩药材者，诸药已尽，独余黄檗、大黄各千余斤不售，殆欲委之而去。美人谓程："是可居也，不久大售矣。"程有佣值银十余两，遂尽易而归。其兄谓弟失心病风，诟骂不已。数日疫疠盛作，二药他肆尽缺，即时踊贵，果得五百余金。又有荆商贩彩缎者，途间遭湿热蒸，发斑过半，日夕涕泣。美人谓程："是亦可居也。"遂以五百金获四百余匹。兄又顿足不已，谓弟福薄，得此非分之财，随亦丧去，为之悲泣。商伙中无不相谷窃笑者。月余，逆藩宸濠反于江西，朝廷急调辽兵南讨，师期促甚，戎装衣帜，限在朝夕，帛价腾踊。程所居者遂三倍而售。庚辰秋，有苏人贩布三万余者，已售十八矣，尚存粗者十二。忽闻母死，急欲奔丧。美人又谓程："是亦可居也。"程往商价，苏人获利已厚，归计又急，只取原值而去。盖以千金易六千余匹云。明年辛巳三月武宗崩，天下服丧。辽既绝远，布非土产，价遂顿高。又获利三倍。如是屡屡，不能悉记。四五年间，展转数万，殆过昔年所丧十倍矣。

先是吃进药材，数日后疫疠发作，价格上涨，再是囤积彩缎，碰上战事，朝廷急需戎装旗帜，三倍而售，又趁商人母死归家，吃进布匹，恰逢皇帝死，天下服丧，又获利三倍……四、五年间，程宰获利已超过当初亏损的十倍。这里表面上都是海神的先见之明，实际上点明了经商成功的奥秘，即及时获取商业信息，有准确的市场预测，一有机会，就要果断出手，也就是说，海神教给程宰的，是经商的普遍性的运作规律。小说还几次提到海神告诫程宰为人经商都要诚实勤劳，不可企望不劳而获：

> 一日，市有大贾售宝石二颗，所谓硬红者，色若桃花，大于拇指，价索百金。程偶见之。是夜言及，美人抚掌曰："夏虫不可语冰，信哉。"言绝即异宝满室。珊瑚有高丈许者，明珠有如鹅卵者，五色宝石有如栲栳者，光艳烁目，不可正视。转瞬间又忽空空矣。是后相狎既久，言及往年贸易耗折事，不觉嗟叹。美人又抚掌曰："方尔欢适，便以俗事婴心，何不洒脱若是耶？虽然，郎本业也，亦无足异。"言绝即金银满前，从地及栋，莫知其数，指谓程曰："子欲是乎？"程歆艳之极，欲有所取。新人引箸夹食前肉一脔，掷程面问曰："此肉可黏君面否？"程言："此是他肉，何可黏吾面也。"美人笑指金银："此是他物，何可为君有耶？君欲取之，亦无不可。但非分之物，不足为福，适取祸耳，吾安忍祸君也。君欲此物，可自经营，吾当相助耳。"

面对满室异宝，程宰大为心动，这是人之常情。但海神以肉不能贴面为喻，告诫程宰："此是他物，何可为君有耶？君欲取之，亦无不可。但非分之物，不足为福，适取祸耳。"最后告别时又不断叮嘱："子亦宜宅心清净，力行善事，以副吾望。身虽与子相远，子之动作，吾必知之。万一堕落，自干天律，吾亦无如之何矣。"而程宰也遵守了海神的告诫。这里实际上也表明了作者对诚实经商、勤劳致富的充分肯定，力图纠正无商不奸、唯利是图的偏见，算得上是一种历史的进步。

小说值得称道的另一方面，是对海神与程宰情爱缠绵细致的描述。不同于前往仙女与凡人交合的忽然而来，飘忽而去，如一场短暂的春梦，小说中的海神，对程宰深情专一，不但生活上照顾，又有做人做事上的劝告，还有经商上的细心指点；分别后又帮助程宰解脱了三次困厄。这样厮守相爱竟有七年之久。试举分别一段：

一夕，程忽念及乡井，谓美人曰："仆离家二十年矣，向因耗折，不敢言旋。今蒙大造，丰饶过望。欲暂与兄归省坟墓，一见妻子，便当复来，永奉欢好。期在周岁，幸可否之。"美人欷歔叹曰："数年之好，果尽此乎！郎宜自爱，勉图后福。"言讫，悲不自胜。程大骇曰："某告假归省，必当速来，以图后会。何敢有负恩私，而夫人乃遽弃捐若是耶？"美人泣曰："大数当然，非关彼此。郎适所言，自是数当永诀耳。"言犹未已，前者同来二美人及诸侍女仪从，一时皆集。箫韶迭奏，会宴如初。美人自起酌酒劝程，追叙往昔。每吐一言，必泛滥哽咽。程亦为之长恸，自悔失言。两情依依，至于子夜。诸女前启："大数已终，法驾备矣。速请登途，无庸自戚。"美人犹执程手泣曰："子有三大难近矣，时宜警省，至期吾自相援。过此以后，终身清吉，永无悔吝，寿至九九，当候子于蓬莱三岛，以续前盟……后会迢遥，勉之，勉之。"叮咛频复，至于十数。程斯时神志俱丧，一辞莫措，但零涕耳。既而，邻鸡群唱，促行愈急，乃执手泣诀而去。犹复回盼再四，方忽寂然。于时，蟋蟀悲鸣，孤灯半灭，顷刻之间，恍如隔世。亟启户出观，见曙星东升，银河西转，悲风萧飒，铁马叮当而已。

双方叙离别之情，确是发乎真心，一唱三叹。并且海神期望程宰寿终后"当候子于蓬莱三岛，以续前盟"，印证前面所说的双方前生有夙缘并非虚言。而"蟋蟀悲鸣，孤灯半灭，顷刻之间，恍如隔世"的气氛营造，留下了悠长深切的余音。"清灵莹洁的海神竟俯身相就于满身铜臭味的商贾，这样的情节在历来的小说故事中可是从来没有过，而且这篇以商贾为主人公的作品还描写得颇有情致……"① 情爱故事既是对商人社会地位与吸引力的大力推崇，又丰富充实了小说的内在意蕴。

《辽阳海神传》以题材新颖和描写的细致动人，在明代广为传诵，并为后人所改写，如凌濛初的白话小说《叠居奇程宰得助　三救厄海神显灵》，除了开头的诗和议论，"看官，听小子据着传闻，敷演出来"的话本特征，介绍"徽州风俗，以商贾为第一等业生，科第反而次着"，以及将结尾提到前面，基本上是原作的白话翻译，当然也进一步扩大了《辽阳海神传》的影响。

也是在明代中叶以后，一些文人开始整理、出版宋元以来单篇流传的小说话本，又着手模拟小说话本进行自觉的创作，这种白话短篇小说就是拟话本。拟话本是真正意义上的短篇小说，标志着古代白话短篇小说进入了繁荣辉煌的新时期，而冯梦龙的"三言"和凌濛初的"二拍"代表了拟话本小说的最高成就。

冯梦龙，长州（今江苏吴县）人，少有才气，但多次应试不第，五十七岁补贡生，六十一岁出任福建寿宁知县，思想上深受李贽等反对伪道学、肯定人欲、尊重个性思想的影响。"三言"即《喻世明言》、《警世通言》和《醒世恒言》的总称，共一百二十篇，大多对是宋元话本和明代文人拟话本的润色和扩展。"三言"中的《施润泽滩阙遇友》《沈小官一鸟害七命》《新桥市韩五卖春情》《徐老仆义愤成家》《蒋兴哥重会珍珠衫》等都与商人生活有关，而最著名且以海洋为行商背景的小说是《杨八老越国奇逢》。

---

① 陈大康：《明代小说史》，人民文学出版社2007年版，第275页。

与《辽阳海神传》传奇性叙写不同,《杨八老越国奇逢》完全是世俗社会中的故事,描述倭寇作乱的元朝一个普通商人曲折离奇的人生经历。杨八老祖上在闽、广为商,家道中落,不得不出去谋生:

> 一日,杨八老对李氏商议道:"我年近三旬,读书不就,家事日渐消乏。祖上原在闽、广为商,我欲凑些资本,买办货物,往漳州商贩,图几分利息,以为赡家之资。不知娘子意下如何?"李氏道:"妾闻治家以勤俭为本,守株待兔,岂是良图?乘此壮年,正堪跋涉;速整行李,不必迟疑也。"八老道:"虽然如此,只是子幼妻娇,放心不下。"李氏道:"孩儿幸喜长成,妾自能教训,但愿你早去早回。"当日商量已定。择个吉日出行,与妻子分别,带个小厮,叫做随童;出门搭了船只,往东南一路进发。昔人有古风一篇,单道为商的苦处:
>
> 人生最苦为行商,抛妻弃子离家乡。飡风宿水多劳役,披星戴月时奔忙。水路风波殊未稳,陆程鸡犬惊安寝。平生豪气顿消磨,歌不发声酒不饮。少资利薄多资累,匹夫怀璧将为罪。偶然小恙卧床帏,乡关万里书谁寄?一年三载不回程,梦魂颠倒妻孥惊。灯花忽报行人至,阃门相庆如更生。男儿远游虽得意,不如骨肉长相聚。请看江上信天翁,拙守何曾阙生计?

杨八老抛妻别子,按祖上经商路线,往东南沿海。借古风一篇,作者道尽了为商生涯的艰辛苦楚,也暗示了杨八老匪夷所思的人生遭际。杨八老到了漳浦,赁屋而居,专待收买番禺货物,房东老妈妈见其志诚老实,将守寡的女儿许配于他,一年后生下儿子,三年后回家探亲,路上遇到倭乱,人生从此发生巨变:

> 又走了两个时辰,约离城三里之地,忽听得喊声震地。后面百姓们都号哭起来,却是倭寇杀来了。众人先唬得脚软,奔路不动。杨八

## 第五章　明代：海洋小说的繁荣期

老望见傍边一座林子，向刺斜里便走，也有许多人随他去林丛中躲避。谁知倭寇有智，惯是四散埋伏。林子内先是一个倭子跳将出来，众人欺他单身，正待一齐奋勇敌他。只见那倭子把海叵罗吹了一声，吹得呜呜的响。四围许多倭贼，一个个舞着长刀，跳跃而来，正不知那里来的。有几个粗莽汉子，平昔间有些手脚的，拚着性命，将手中器械，上前迎敌。犹如火中投雪，风里扬尘，被倭贼一刀一个，分明砍瓜切菜一般。唬得众人一齐下跪，口中只叫饶命。

原来倭寇逢着中国之人，也不尽数杀戮。掳得妇女，恣意奸淫；弄得不耐烦了，活活的放他去。也有有情的倭子，一般私有所赠。只是这妇女虽得了性命，一世被人笑话了。其男子但是老弱，便加杀害；若是强壮的，就把来剃了头发，抹上油漆，假充倭子。每遇厮杀，便推他去当头阵。官军只要杀得一颗首级，便好领赏。平昔百姓中秃发癞痢，尚然被他割头请功；况且见在战阵上拿住，那管真假，定然不饶的。这些剃头的假倭子，自知左右是死，索性靠着倭势，还有挨过几日之理，所以一般行凶出力。那些真倭子，只等假倭挡过头阵，自己都尾其后而出。所以官军屡堕其计，不能取胜。昔人有诗，单道着倭寇行兵之法，诗云："倭阵不喧哗，纷纷正带斜。螺声飞蛱蝶，鱼贯走长蛇。扇散全无影，刀来一片花。更兼真伪混，驾祸扰中华。"杨八老和一群百姓们，都被倭奴擒了。好似瓮中之鳖，釜中之鱼，没处躲闪，只得随顺以图苟活。随童已不见了，正不知他生死如何。到此地位，自身管不得，何暇顾他人？

莫说八老心中愁闷。且说众倭奴在乡村劫掠得许多金宝，心满意足。闻得元朝大军将到，抢了许多船只，驱了所掳人口下船，一齐开洋，欢欢喜喜，径回日本国去了。原来倭奴入寇，国王多有不知者。乃是各岛穷民，合伙泛海，如中国贼盗之类，彼处只如做买卖一般。其出掠亦各分部统，自称大王之号。到回去，仍复隐讳了。劫掠得金帛，均分受用；亦有将十分中一二分，献与本岛头目，互相容隐。如被中国人杀了，只作做买卖折本一般。所掳得壮健男子，留作奴仆使唤。剃了头，赤了两脚，与本国一般模样；给与刀仗，教他跳战之法。中国人惧怕，不敢不从。过了一年半载，水土习服，学起倭话来，竟与真倭无异了。

以往小说中很少涉及倭寇，而引入倭乱这一新的元素，与海洋、经商三者融合，更增添了小说情节的奇特变异，并大大拓展了作品的叙事空间。小说假设的是元代，其实从明代中叶后，中国东南沿海的倭患日益严重，小说描述的倭乱也正是现实的真实反映。

杨八老被掳到日本，整整待了十九年，"水土习服，学起倭话来，竟与真倭无异了"。但"每夜私自对天拜祷：'愿神明祐我杨复，再转家乡，重会妻子。'"机会终于来了，日本国年岁荒歉，众倭又来侵掠，也带了杨八老等中国人同行：

> 原来倭寇飘洋，也有个天数，听凭风势：若是北风，便犯广东一路；若是东风，便犯福建一路；若是东北风，便犯温州一路；若是东南风，便犯淮扬一路。此时二月天气，众倭登船离岸，正值东北风大盛。一连数日，吹个不住，径飘向温州一路而来。那时元朝承平日久，沿海备御俱疏。就有几只船，几百老弱军士，都不堪拒战，望风逃走。众倭公然登岸，少不得放火杀人。杨八老虽然心中不愿，也不免随行逐队。这一番，自二月至八月，官军连败了数阵，抢了几个市镇。转掠宁绍，又到余杭，其凶暴不可尽述。各府、州、县写了告急表章，申奏朝廷。旨下兵部，差平江路普花元帅领兵征剿。这普花元帅足智多谋，又手下多有精兵良将。奉命克日兴师，大刀阔斧，杀奔浙江路上来。前哨打探：倭寇占住清水闸为穴。普花元帅约会浙中兵马，水陆并进。那倭寇平素轻视官军，不以为意。谁知普花元帅手下，有十个统军，都有万夫不当之勇。军中多带火器，四面埋伏，一

等倭贼战酣之际,埋伏都起,火器一齐发作,杀得他走头没路,大败亏输。斩首千余级,活捉二百余人。其抢船逃命者,又被水路官兵截杀,也多有落水死者。普花元帅得胜,赏了三军,犹恐余倭未尽,遣兵四下搜获。真个是:饶伊凶暴如狼虎,恶贯盈时定受殃。

作者对海上风势走向颇为熟悉。元军防备松散,常被倭寇打得望风而逃(这里是否隐含着对明朝难以平倭的担忧?),但元军终于大胜。于是杨八老们躲入顺济庙中,害怕被当作倭寇捕杀。小说的后半段叙述杨八老命运的又一大转折:旧日的仆人王兴在将军手下做事,众人叫冤,解到绍兴郡丞处审察,郡丞正是杨八老的大儿子,问起情由,才知杨八老是自己的父亲。于是父子相认,夫妻团聚,终于苦尽甘来。这是典型的大团圆结局。人们常常不满意于中国古代作品中屡屡出现的此类结局,以为不如西方文学中的悲剧来得深刻,不能说没有道理,但对大团圆结局也不可一概否定,如杨八老者,吃尽人生的大苦,给他美好的结局,何尝不是对苦难的补偿,并给人以活下去的希望?

  小说重点不是叙述杨八老如何经商,又如何亏本或发财致富,而是写他遭遇了怎样离奇独特的人生经历,从悲剧到喜剧,大起大落,一波三折,而一切都由经商引发,又跟海洋跟倭乱有关,一句话,是对乱世中一个普通商人命运的深切同情和关怀,而之所以引起人们的关注,也是与商品经济繁荣发展对社会生活的影响愈来愈大,商人社会地位的不断上升,以及人们思想观念的逐步解放密切相关。应当指出的是,小说序诗"荣枯贵贱如转丸,风云变幻诚多端。达人知命总度外,傀儡场中一例看",及结尾的"死生有命,富贵在天,荣枯得失,尽是八字安排,不可强求",云云,虽是对人生变幻无定的感叹,抱着一种达观冷静的心态,也在一定程度上削弱了小说的思想深度。

  凌濛初,浙江乌程(今浙江吴兴)人,早年有过风流文士的浪荡生活,五十五岁任上海县丞,六十三岁升为徐州通判,因抵抗李自成的农民军而呕血以终。"二拍"即《初刻拍案惊奇》《二刻拍案惊奇》,是模仿"三言"的拟话本集子,大多根据旧素材作生发创造,"往往本事在原书中不过数十百字,记叙琐闻,了无意趣,在小说则清谈娓娓,文逾数千,抒情写景,如在耳目;化神奇于臭腐,易阴惨为阳舒,其功力实亦等于创作"[①]。

"二拍"也有一些涉及商人经商活动的小说,如《乌将军一饭必酬》《赠芝麻识破假衫》《叠居奇程宰得助 三救厄海神显灵》等,后者是描述海洋经商活动的,但基本是蔡羽《辽阳海神传》的白话翻译,《转运汉遇巧洞庭红 波斯胡指破鼍龙壳》则是独立创作的海洋经商小说。小说叙述破产商人文若虚随商船出海,因巧遇而意外发财的故事。文若虚是明朝成化年间苏州人,不喜营生,坐吃山空,花光了祖上遗产,便与人做卖北京扇子的生意,连本钱也亏空了,别人就替他起个混名叫"倒运汉",受尽嘲笑。但幼年时曾有人相他有巨万之富。于是想去碰碰运气:

> 一日,有几个走海泛货的邻近,做头的无非是张大、李二、赵复甲、钱乙一班人,共四十余人,合了伙将行。他晓得了,自家思忖道:"一身落魄,生计皆无。便附了他们航海,看看海外风光,也不枉人生一世。况且他们定是不却我的,省得在家忧柴忧米的,也是快活。"正计较间,恰好张大踱将来。原来这个张大名唤张乘运,专做海外生意,眼里认得奇珍异宝,又且秉性爽慨,肯扶持好人,所以乡里起他一个混名,叫张识货。文若虚见了,便把此意一一与他说了。张大道:"好,好。我们在海船里头不耐烦寂寞,若得兄去,在船中说说笑笑,有甚难过的日子?我们众兄弟料想多是喜欢的。只是一件,我们多有货物将去,兄并无所有,觉得空了一番往返,也可惜了。待我们大家计较,多少凑些出来助你,将就置些东西去也好。"文若虚便道:"多谢厚情,只怕没人如兄肯周全小弟。"张大道:"且说说看。"一竟自去了。

---

① 孙楷第:《三言二拍源流考》,见《沧州集》,中华书局2009年版,第103页。

文若虚缺少本钱，随商船出海也没想做什么大生意，只是去见识一下海外风物，碰碰运气，刚好看见满街的洞庭红橘子，便卖了百余斤，"在船可以解渴，又可分送，答众人助我之意"，未料到得一国，行情极好：

> 开得船来，渐渐出了海口，只见：银涛卷雪，雪浪翻银。湍转则日月似惊，浪动则星河如覆。三五日间，随风漂去，也不觉过了多少路程。忽至一个地方，舟中望去，人烟凑聚，城郭巍峨，晓得是到了甚么国都了。舟人把船撑入藏风避浪的小港内，钉了桩橛，下了铁锚，缆好了。船中人多上岸，打一看，原来是来过的所在名曰吉零国。原来这边中国货物拿到那边，一倍就有三倍价。换了那边货物，带到中国也是如此。一往一回，却不便有八九倍利息，所以人都拼死走这条路。众人多是做过交易的，各有熟识经纪、歇家、通事人等，各自上岸找寻发货去了，只留文若虚在船中看船。路径不熟，也无走处。
>
> 正闷坐间，猛可想起道："我那一篓红橘，自从到船中，不曾开看，莫不人气蒸烂了？趁着众人不在，看看则个。"叫那水手在舱板底下翻将起来，打开了篓看时，面上多是好好的。放心不下，索性搬将出来，都摆在甲板上面。也是合该发迹，时来福凑。摆得满船红焰焰的，远远望来，就是万点火光，一天星斗。岸上走的人，都拢将来问道："是甚么好东西呵？"文若虚只不答应。看见中间有个把一点头的，拣了出来，掐破就吃。岸上看的一发多了，惊笑道："原来是吃得的！"就中有个好事的，便来问价："多少一个？"文若虚不省得他们说话，船上人却晓得，就扯个谎哄他，竖起一个指头，说："要一钱一颗。"那问的人揭开长衣，露出那兜罗锦红裹肚来，一手摸出银钱一个来，道："买一个尝尝。"文若虚接了银钱，手中等等看，约有两把重。心下想道："不知这些银子，要买多少，也不见秤秤，且先把一个与他看样。"拣个大些的，红得可爱的，递一个上去。只见那

个人接上手，撷了一撷道："好东西呵！"扑的就劈开来，香气扑鼻，连旁边闻着的许多人，大家喝一声采。那买的不知好歹，看见船上吃法，也学他去了皮，却不分囊，一块塞在口里，甘水满咽喉，连核都不吐，吞下去了。哈哈大笑道："妙哉！妙哉！"又伸手到裹肚里，摸出十个银钱来，说："我要买十个进奉去。"文若虚喜出望外，拣十个与他去了。那看的人见那人如此买去了，也有买一个的，也有买两个、三个的，都是一般银钱。买了的，都千欢万喜去了。

原来在吉零国，橘子是稀奇货，好看又好吃，买者很多，文若虚趁机涨价，全部卖光了。同行者都很羡慕，并劝文若虚用中国货换些本地的土产珍奇，带回中国必能赚大利，文若虚怕折本不肯。但更大的运气还在后头：

众人事体完了，一齐上船，烧了神福，吃了酒开洋。行了数日，忽然间天变起来。但见：乌云蔽日，黑浪掀天。蛇龙戏舞起长空，鱼鳖惊惶潜水底。朦艟泛泛，只如栖不定的数点寒鸦；岛屿浮浮，便似及不煞的几双水鹅。舟中是方扬的米簸，舷外是正熟的饭锅。总因风伯太无情，以致篙师多失色。那船上人见风起了，扯起半帆，不问东西南北，随风势漂去。隐隐望见一岛，便带住篷脚，只看着岛边使来。看看渐近，恰是一个无人的空岛。但见：树木参天，草莱遍地。荒凉径界，无非些兔迹狐踪；坦迤土壤，料不是龙潭虎窟。混茫内，未识应归何国辖；开辟来，不知曾否有人登。

船上人把船后抛了铁锚，将桩橛泥犁上岸去钉停当了，对舱里道："且安心坐一坐，候风势则个。"那文若虚身边有了银子，恨不得插翅飞到家里，巴不得行路，却如此守风呆坐，心里焦躁。对众人道："我且上岸去岛上望望则个。"众人道："一个荒岛，有何好看？"文若虚道："总是闲着，何碍？"众人都被风颠得头晕，个个是呵欠连天，不肯同去。文若虚便自一个抖擞精神，跳上岸来，只因此一去，有分教：十年败壳精灵显，一介穷神富贵来。若是说话的同年生，并时长，有个未卜先知的法儿，便双脚走不动，也挂个拐儿随他同去一番，也不枉的。

船遇风，在一个荒岛边抛锚，众人待在船里候风，文若虚趁空闲独自上岛，也不过是好奇，却无意中得了宝贝：

却说文若虚见众人不去，偏要发个狠板藤附葛，直走到岛上绝顶。那岛也若不甚高，不费甚大力，只是荒草蔓延，无好路径。到得上边打一看时，四望漫漫，身如一叶，不觉凄然掉下泪来。心里道："想我如此聪明，一生命蹇。家业消亡，剩得只身，直到海外。虽然侥幸有得千来个银钱在囊中，知他命里是我的不是我的？今在绝岛中间，未到实地，性命也还是与海龙王合着的哩！"正在感怀，只见望去远远草丛中一物突高。移步往前一看，却是床大一个败龟壳。大惊道："不信天下有如此大龟！世上人那里曾看见？说也不信的。我自到海外一番，不曾置得一件海外物事，今我带了此物去，也是一件希罕的东西，与人看看，省得空口说着，道是苏州人会调谎。又且一件，锯将开来，一盖一板，各置四足，便是两张床，却不奇怪！"遂脱下两只裹脚接了，穿在龟壳中间，打个扣儿，拖了便走。走至船边，船上人见他这等模样，都笑道："文先生那里又跎了纤来？"文若虚道："好教列位得知，这就是我海外的货了。"众人抬头一看，却便似一张无柱有底的硬脚床。吃惊道："好大龟壳！你拖来何干？"文若虚道："也是罕见的，带了他去。"众人笑道："好货不置一件，要此何用？"有的道："也有用处。有甚么天大的疑心事，灼他一卦，只没有这样大龟药。"又有的道："医家要煎龟膏，拿去打碎了煎起来，也当得几百个小龟壳。"文若虚道："不要管有用没用，只是希罕，又不费本钱便带了回去。"当时叫个船上水手,一抬抬下舱来。初时山下空阔,还只如此;舱中看来,一发大了。若不是海船,也着不得这样狼抗东西。众人大家笑了一回,说道:"到家时有人问,只说文先生做了偌大的乌龟买卖来了。"文若虚道:"不要笑我,好歹有一个用处,决不是弃物。"随他众人取笑,文若虚只是得意。取些水来内外洗一洗净,抹干了,却把自己钱包行李都塞在龟壳里面,两头把绳一绊,却当了一个大皮箱子。自笑道:"兀的不眼前就有用处了?"众人都笑将起来,道:"好算计!好算计!文先生到底是个聪明人。"

捡到了一只大乌龟壳,文若虚根本不知道是个宝物,只是觉得稀奇,还受到同行善意的嘲笑。几天后船到福建,到一个波斯商人店里吃酒,然后发货讲价,坐次是按货单上有奇珍异宝为先,文若虚自觉羞惭坐在末位。但第二天波斯商人到船上拜客,一见乌龟壳做的箱子,回来立马让文若虚坐了第一位:

  主人走了进去,须臾出来,又拱众人到先前吃酒去处,又早摆下几桌酒,为首一桌,比先更齐整。把盏向文若虚一揖,就对众人道:"此公正该坐头一席。你每枉自一船货,也还赶他不来。先前失敬失敬。"众人看见,又好笑,又好怪,半信不信的一带儿坐下了。酒过三杯,主人就开口道:"敢问客长,适间此宝可肯卖否?"文若虚是个乖人,趁口答应道:"只要有好价钱,为甚不卖?"那主人听得肯卖,不觉喜从天降,笑逐颜开,起身道:"果然肯卖,但凭吩咐价钱,不敢吝惜。"文若虚其实不知值多少,讨少了,怕不在行;讨多了,怕吃笑。忖了一忖,面红耳热,颠倒讨不出价钱来。张大便与文若虚丢个眼色,将手放在椅子背上,竖着三个指头,再把第二个指空中一撇,道:"索性讨他这些。"文若虚摇头,竖一指道:"这些我还讨不出口在这里。"却被主人看见道:"果是多少价钱?"张大捣一个鬼道:

"依文先生手势,敢像要一万哩!"主久呵呵大笑道:"这是不要卖,哄我而已。此等宝物,岂止此价钱!"众人见说,大家目睁口呆,都立起了身来,扯文若虚去商议道:"造化!造化!想是值得多哩。我们实实不知如何定价,文先生不如开个大口,凭他还罢。"文若虚终是碍口识羞,待说又止。众人道:"不要不老气!"主人又催道:"实说说何妨?"文若虚只得讨了五万两。主人还摇头道:"罪过,罪过。没有此话。"扯着张大私问他道:"老客长们海外往来,不是一番了。人都叫你张识货,岂有不知此物就里的?必是无心卖他,奚落小肆罢了。"张大道:"实不瞒你说,这个是我的好朋友,同了海外玩耍的,故此不曾置货。适间此物,乃是避风海岛,偶然得来,不是出价置办的,故此不识得价钱。若果有这五万与他,够他富贵一生,他也心满意足了。"主人道:"如此说,要你做个大大保人,当有重谢,万万不可翻悔!"遂叫店小二拿出文房四宝来,主人家将一张供单绵料纸折了一折,拿笔递与张大道:"有烦老客长做主,写个合同文书,好成交易。"张大指着同来一人道:"此位客人褚中颖,写得好。"把纸笔让与他。褚客磨得墨浓,展好纸,提起笔来写道:

立合同议单张乘运等,今有苏州客人文实,海外带来大龟壳一个,投至波斯玛宝哈店,愿出银五万两买成。议定立契之后,一家交货,一家交银,各无翻悔。有翻悔者,罚契上加一。合同为照。

又是作揖、敬酒,又是打听价格,并立即签订合同,交付金银,可见波斯商人虽然重利,但并不蒙混欺骗。但到底是什么样的宝物,小说并不直接点明,故意设置悬念,直到最后才揭出谜底:

文若虚满心欢喜,同众人走归本店来。主人讨茶来吃了,说道:"文客官今晚不消船里去,就在铺中住下了。使唤的人铺中现有,逐渐再讨便是。"众客人多道:"交易事已成,不必说了。只是我们毕竟有些疑心，此壳有何好处，值价如此？还要主人见教一个明白。"文若虚道："正是，正是。"主人笑道："诸公枉了海上走了多遭，这些也不识得！列位岂不闻说龙有九子乎？内有一种是鼍龙，其皮可以幔鼓，声闻百里，所以谓之鼍鼓。鼍龙万岁，到底蜕下此壳成龙。此壳有二十四肋，按天上二十四气，每肋中间节内有大珠一颗。若是肋未完全时节，成不得龙，蜕不得壳。也有生捉得他来，只好将皮幔鼓，其肋中也未有东西，直待二十四肋完全，节节珠满，然后蜕了此壳变龙而去。故此是天然蜕下，气候俱到，肋节俱完的，与生擒活捉、寿数未满的不同，所以有如此之大。这个东西，我们肚中虽晓得，知他几时蜕下？又在何处地方守得他着？壳不值钱，其珠皆有夜光，乃无价宝也！今天幸遇巧，得之无心耳。"众人听罢，似信不信。只见主人走将进去了一会，笑嘻嘻的走出来，袖中取出一西洋布的包来，说道："请诸公看看。"解开来，只见一团绵裹着寸许大一颗夜明珠，光彩夺目。讨个黑漆的盘，放在暗处，其珠滚一个不定，闪闪烁烁，约有尺余亮处。众人看了，惊得目睁口呆，伸了舌头收不进来。

小说最后写文若虚拿出银子慷慨施于众人，众人夸文若虚"存心忠厚，所以该有此富贵"，又感叹"可见人生分定，不必强求"，结尾诗也道"运退黄金失色，时来顽铁生辉"，与《杨八老越国奇逢》一样，意在证明人生穷达的不可预测与变幻无常。总体看，小说的上部分写得比较平实，下部分更出色，曲折转换，波澜迭生，有很强的可读性。而将重点放在描述海外贸易的状况，是对同类题材的大胆开拓，在明代小说中也是唯一的一篇。

表面看，文若虚致富带有很大的偶然性，小说并没有写他经商的诀窍与手段，但实际上有一定的必然性：洞庭红的俏卖，是因为在外国是新鲜货；独上荒岛，是文若虚有冒险精神；文若虚原本只有几两银子，却敢于随商船出海闯荡，显示了过人的胆识，而胆识与冒险精神正是商业活动中必不可少的素质；还有人际关系的融洽，宅心忠厚，慷慨乐施，这些都是成功的因素。

明代海洋经商小说不只以上三篇，但足以代表这类小说的风貌。无论是海神帮助凡人经商成功，还是乱世中商人的奇特经历，或者因巧遇而意外致富，都表明了商业经济在社会生活中的支配性力量，商人地位的不断提升，同时也反映出人类与海洋的关系愈来愈紧密，对海洋的认识达到了一个新的高度。

## 第二节 神魔小说与海洋

"神魔小说"的概念，是鲁迅在《中国小说史略》中首次提出的："且历来三教之争，都无解决，互相容受，乃曰'同源'，所谓义利邪正善恶是非真妄诸端，皆混而又析之，统于二元，虽无专名，谓之神魔，盖可赅括矣。"[①] 鲁迅重在分析宗教思想对小说创作的影响，而小说所表现的内容则较复杂，一些学者也有不同的命名。笔者认为鲁迅的提法基本上抓住了要点，所以仍采用"神魔小说"的概念，特指明、清两代在儒、释、道三教同源思想影响下出现的表现神怪题材的白话章回小说。

其实这类题材的小说并非明、清特有，神话传说、仙话小说、志怪小说及宋元话本等都是神魔小说的渊源，有或隐或显的承接关系，只在是明代特殊的社会土壤里才呈现出极为兴盛的文学景观。一是统治者利用宗教作为巩固政权的工具，大力倡扬"三教合一"的思想，加上皇帝也热衷于求神拜佛，访仙问道，妖妄之说到处蔓延；二是社会各阶层，尤其是市民阶层对神怪幻想作品广泛需求，而民间有关的故事传闻又为创作提供了丰富的素材；三是明中叶后印刷业空前繁荣，书商为了谋利，大力编撰、出版通俗小说，将文学转化为文化产品，进一步刺激了这类小说的创作和传播。明代神魔小说中与海洋有关，或以海洋为中心展开叙述的，主要是

---

① 鲁迅：《中国小说史略》，见《鲁迅全集》第九卷，人民文学出版社1982年版，第154页。

《西游记》、《八仙出处东游记》和《三宝太监西洋记通俗演义》。

　　一般认为《西游记》的作者是吴承恩，淮安府山阳（今江苏淮安）人，少时即有文名，但屡试不第，四十岁才补为贡生，五十一岁任长兴县丞，后归乡里，贫老而终。玄奘取经的史事，除《大唐西域记》外《太平广记》等书都有描述，元末还有《西游记平话》，戏曲中也有反映，《西游记》正是在前人基础上作了大胆想象和精心构思，建构起一个神奇的艺术世界，塑造出光彩照人的艺术形象。《西游记》中与海洋有关的描述，主要在开始部分。开篇的《灵根育孕源流出　心性修持大道生》展现了一个无限久远宏大的海洋世界：

　　　　感盘古开辟，三皇治世，五帝定伦，世界之间，遂分为四大部洲：曰东胜神洲，曰西牛贺洲，曰南赡部洲，曰北俱芦洲。这部书单表东胜神洲。海外有一国土，名曰傲来国。国近大海，海中有一座名山，唤为花果山。此山乃十洲之祖脉，三岛之来龙，自开清浊而立，鸿蒙判后而成。真个好山！有词赋为证，赋曰：

　　　　势镇汪洋，威宁瑶海。势镇汪洋，潮涌银山鱼入穴；威宁瑶海，波翻雪浪蜃离渊。水火方隅高积土，东海之处耸崇巅。丹崖怪石，削壁奇峰。丹崖上，彩凤双鸣；削壁前，麒麟独卧。峰头时听锦鸡鸣，石窟每观龙出入。林中有寿鹿仙狐，树上有灵禽玄鹤。瑶草奇花不谢，青松翠柏长春。仙桃常结果，修竹每留云。一条涧壑藤萝密，四面原堤草色新。正是百川会处擎天柱，万劫无移大地根。

　　时间由远及近，视角从大到小，集中于大海中的花果山，词赋描述中的花果山下面浪涛汹涌，上面怪石奇峰，百鸟鸣啼，仙桃常结，蛟龙出没，好一处极美的世外仙境。

　　于是小说中的灵魂人物孙悟空诞生了：

## 第五章 明代：海洋小说的繁荣期

> 那座山正当顶上，有一块仙石。其石有三丈六尺五寸高，有二丈四尺围圆。三丈六尺五寸高，按周天三百六十五度；二丈四尺围圆，按政历二十四气。上有九窍八孔，按九宫八卦。四面更无树木遮阴，左右倒有芝兰相衬。盖自开辟以来，每受天真地秀，日精月华，感之既久，遂有灵通之意。内育仙胞。一日迸裂，产一石卵，似圆球样大。因见风，化作一个石猴。五官俱备，四肢皆全。便就学爬学走，拜了四方。目运两道金光，射冲斗府。

一块奇异的仙石内孕育仙胞，"盖自开辟以来，每受天真地秀，日精月华，感之既久，遂有灵通之意"，突然迸裂，迎风化作石猴，而且"眼运金光，射冲斗府"，惊动天府中的玉皇大帝。小说极写孙悟空出世的灵异不凡，是天地日月精华所孕育，也预示着孙悟空必将做出一番惊天动地的大事业。

孙悟空是神、人、兽三位一体的形象，渴望有广大的神通，千端的变化，跳出轮回的长生不老……小说写到孙悟空的忧虑：

> 美猴王享乐天真，何期有三五百载。一日，与群猴喜宴之间，忽然忧恼，堕下泪来。众猴慌忙罗拜道："大王何为烦恼？"猴王："我虽在欢喜之时，却有一点儿远虑，故此烦恼。"众猴又笑道："大王好不知足！我等日日欢会，在仙山福地，古洞神洲，不伏麒麟辖，不伏凤凰管，又不伏人王拘束，自由自在，乃无量之福，为何远虑而忧也？"猴王道："今日虽不归人王法律，不惧禽兽威服，将来年老血衰，暗中有阎王老子管着，一旦身亡，可不枉生世界之中，不得久注天人之内？"

便有了访道求仙的艰辛历程：

也是他运至时来，自登木筏之后，连日东南风紧，将他送到西北岸前，乃是南赡部洲地界。持篙试水，偶得浅水，弃了筏子，跳上岸来。只见海边有人捕鱼、打雁、穵蛤、淘盐。他走近前，弄个把戏，妆个𧈢虎，吓得那些人丢筐弃网，四散奔跑。将那跑不动的拿住一个，剥了他的衣裳，也学人穿在身上，摇摇摆摆，穿州过府，在市廛中，学人礼，学人话。朝餐夜宿，一心里访问佛仙神圣之道，觅个长生不老之方。……

猴王参访仙道，无缘得遇，在于南赡部洲，串长城，游小县，不觉八九年余。忽行至西洋大海，他想着海外必有神仙，独自个依前作筏，又飘过西海，直至西牛贺洲地界。登岸遍访多时，忽见一座高山秀丽，林麓幽深。他也不怕狼虫，不惧虎豹，登山顶上观看。……

小说第三回《四海千山皆拱伏　九幽十类尽除名》描述孙悟空闯入龙宫取金箍棒，则又是别开生面的另一番场景。涉及海龙王及龙宫的小说不在少数，但从来没有过如此具体生动的描述：

好猴王，跳至桥头，使一个闭水法，捻着诀，扑的钻入波中，分开水路，径入东洋海底。正行间，忽见一个巡海的夜叉，挡住问道："那推水来的，是何神圣？说个明白，好通报迎接。"悟空道："吾乃花果山天生圣人孙悟空，是你老龙王的紧邻，为何不识？"那夜叉听说，急转水晶宫传报道："大王，外面有个花果山天生圣人孙悟空，口称是大王紧邻，将到宫也。"东海龙王敖广即忙起身，与龙子龙孙、虾兵蟹将出宫迎道："上仙请进，请进！"直至宫里相见，上坐献茶毕，问道："上仙几时得道，授何仙术？"悟空道："我自生身之后，出家修行，得一个无生无灭之体。近因教演儿孙守护山洞，奈何没件兵器。久闻贤邻享乐瑶宫贝阙，必有多余神器，特来告求一件。"龙王见说，不好推辞，即着鳜都司取出一把大捍刀奉上。悟空道："老

## 第五章　明代：海洋小说的繁荣期

孙不会使刀，乞另赐一件。"龙王又着鲤太尉，领鳝力士，抬出一捍九股叉来。悟空跳下来，接在手中，使了一路，放下道："轻，轻，轻！又不趁手！再乞另赐一件。"龙王笑道："上仙，你不曾看这叉，有三千六百斤重哩！"悟空道："不趁手，不趁手！"龙王心中恐惧，又着鲮提督、鲤总兵抬出一柄画杆方天戟。那戟有七千二百斤重。悟空见了，跑近前接在手中，丢几个架子，撒两个解数，插在中间道："也还轻，轻，轻！"老龙王一发害怕道："上仙，我宫中只有这根戟重，再没什么兵器了。"悟空笑道："古人云，愁海龙王没宝哩！你再去寻寻看。若有可意的，一一奉价。"龙王道："委的再无。"

　　正说处，后面闪过龙婆、龙女道："大王，观看此圣，决非小可。我们这海藏中那一块天河定底的神珍铁，这几日霞光艳艳，瑞气腾腾，敢莫是该出现遇此圣也？"龙王道："那是大禹治水之时，定江海浅深的一个定子，是一块神铁，能中何用？"龙婆道："莫管他用不用，且送与他，凭他怎么改造，送出宫门便了。"老龙王依言，尽向悟空说了。悟空道："拿出来我看。"龙王摇手道："扛不动，抬不动！须上仙亲去看看。"悟空道："在何处？你引我去。"龙王果引导至海藏中间，忽见金光万道。龙王指定道："那放光的便是。"悟空撩衣上前，摸了一把，乃是一根铁柱子，约有斗来粗，二丈有余长。他尽力两手挝过道："忒粗忒长些，再短细些方可用。"说毕，那宝贝就短了几尺，细了一围。悟空又颠一颠道："再细些更好。"那宝贝真个又细了几分。悟空十分欢喜，拿出海藏看时，原来两头是两个金箍，中间乃一段乌铁，紧挨箍有镌成的一行字，唤做"如意金箍棒一万三千六百斤"。心中暗喜道："想必这宝贝如人意！"一边走，一边心思口念，手颠着道："再短细些更妙！"拿出外面，只有丈二长短，碗口粗细。

小说写到了龙宫里的众多角色：夜叉，龙子龙孙，虾兵蟹将，鳜都司，鳝力士，龙婆，龙女，当然主角是龙王，各有分工，俨然是人间社会的翻版。而取金箍棒的经过也一波三折：先是奉上大捍刀，再抬出九股叉，都太轻，最后才遇到大禹治水时定江海深浅的一块神铁，奇异的是神铁这几日"霞光艳艳，瑞气腾腾"，又能长能短，能粗能细，天定是为孙悟空准备的，也只有在孙悟空手中才能发挥它最大的功力。孙悟空并不满足，又向海龙王索要披挂装束：

> 你看他弄神通，丢开解数，打转水晶宫里，唬得老龙王胆战心惊，小龙子魂飞魄散，龟鳖鼋鼍皆缩颈，鱼虾鳖蟹尽藏头。悟空将宝贝执在手中，坐在水晶宫殿上，对龙王笑道："多谢贤邻厚意。"龙王道："不敢，不敢！"悟空道："这块铁虽然好用，还有一说。"龙王道："上仙还有甚说？"悟空道："当时若无此铁，倒也罢了，如今手中既拿着他，身上更无衣服相趁，奈何？你这里若有披挂，索性送我一副，一总奉谢。"龙王道："这个却是没有。"悟空道："一客不犯二主，若没有，我也定不出此门。"龙王道："烦上仙再转一海，或者有之。"悟空又道："走三家不如坐一家，千万告求一副。"龙王道："委的没有，如有即当奉承。"悟空道："真个没有，就和你试试此铁！"龙王慌了道："上仙，切莫动手，切莫动手！待我看舍弟处可有，当送一副。"悟空道："令弟何在？"龙王道："舍弟乃南海龙王敖钦、北海龙王敖顺、西海龙王敖闰是也。"悟空道："我老孙不去，不去！俗语谓赊三不敌见二，只望你随高就低的送一副便了。"老龙道："不须上仙去。我这里有一面铁鼓，一口金钟，凡有紧急事，擂得鼓响，撞得钟鸣，舍弟们就顷刻而至。"悟空道："既是如此，快些去擂鼓撞钟！"真个那鼍将便去撞钟，鳖帅即来擂鼓。少时，钟鼓响处，果然惊动那三海龙王。须臾来到，一齐在外面会着。敖钦道："大哥，有甚紧事，擂鼓撞钟？"老龙道："贤弟！不好说！有一个花果山什么天生圣人，早间来认我做邻居，后要求一件兵器，献钢叉嫌小，奉画戟嫌轻，将一块天河定底神珍铁，自己拿出手，丢了些解数。如今坐在

宫中，又要索什么披挂。我处无有，故响钟鸣鼓，请贤弟来。你们可有什么披挂，送他一副，打发出门去罢了。"敖钦闻言，大怒道："我兄弟们点起兵，拿他不是！"老龙道："莫说拿，莫说拿！那块铁，挽着些儿就死，磕着些儿就亡，挨挨儿皮破，擦擦儿筋伤！"西海龙王敖闰说："二哥不可与他动手，且只凑副披挂与他，打发他出了门，启表奏上上天，天自诛也。"北海龙王敖顺道："说的是。我这里有一双藕丝步云履哩。"西海龙王敖闰道："我带了一副锁子黄金甲哩。"南海龙王敖钦道："我有一顶凤翅紫金冠哩。"老龙大喜，引入水晶宫相见了，以此奉上。悟空将金冠、金甲、云履都穿戴停当，使动如意棒，一路打出去，对众龙道："聒噪，聒噪！"四海龙王甚是不平，一边商议进表上奏不题。

这回是龙王推脱，孙悟空强要，龙王只好敲钟召来南海、北海、西海三位龙王弟弟，交出金冠、金甲、云履，穿戴停当，加上金箍棒，孙悟空的外在形象也就完成了。"四海龙王甚是不平，一边商议进表上奏"，为下面的冲突埋下伏笔。闯龙宫取宝的情节有对话，有生动的描写，龙王的奉承、恐惧，内心的不平都写得真实可信，孙悟空的热爱自由、顽皮的猴性（童心）也得到初步展现，而"打转水晶宫"、"使动如意棒，一路打出去"，更体现了孙悟空天不怕、地不怕的叛逆精神。以大海为广阔背景的孙悟空的活动，仅仅是《西游记》艺术世界的序幕，也是孙悟空战胜妖魔鬼怪、完成非凡使命的开始。

《西游记》开拓了中国古代神魔小说的新境界，确立了这一门类作品在长篇小说中的独立地位。

《西游记》深受三教合一思想的影响，譬如第四十六回，孙悟空就对东迟国王说过："望你把三教归一，也敬僧，也敬道，也养育人才，我保你江山永固。"嘉靖年间吴元泰创作的《八仙出处东游记》也涉及佛教，但主要是道教。八仙是道教中的神仙。有关八仙成仙得道的事迹，民间有广泛流传,唐段成式的《酉阳杂俎》、宋刘斧的《青琐高议》等都有记载,元代杂剧《争玉板八仙过沧海》直接取材于八仙过海闹龙宫的传说。《八仙出处东游记》是综合了民间传说、宗教故事及前人的文学作品而创作的,属于由民间故事演化而来的神魔小说,先叙八仙得道成仙的事迹,中间叙吕洞宾助辽国萧太后与杨家将对阵,汉钟离助宋破阵并召回吕洞宾,与海洋有关的是小说的最后部分,即八仙在赴蟠桃会的归途中经过东海,与海龙王发生的冲突争斗。

先来看冲突的由来:

却说八仙来至东海,停云观望。只见潮头汹涌,巨浪惊人。洞宾言曰:"今日乘云而过,不见各家本事。试以一物投之水面,各显神通而过如何?"众曰:"可。"铁拐即以铁拐投水中,自立其上乘风逐浪而渡。钟离以拂尘投水中而渡。果老以纸驴投水中而渡。洞宾以箫管投水中而渡。湘子以花篮投水中而渡。仙姑以竹罩投水中而渡。采和以拍板投水中而渡。国舅以玉版投水中而渡。

却说龙王在宫议事,忽见水面一派白光,照耀水晶诸宫,透明天地。龙王不知何故,急令太子摩揭巡视。太子得令,即带兵将,绕海巡视,只见采和脚踏玉板,浮海而过。太子曰:"我在龙宫,万宝俱备,未见如此物之奇妙可爱者,求之决不可得,不如使人夺之。"乃命手下向前夺其玉板,连采和皆没于海中。太子将采和囚在幽室,持宝归宫。一时宫殿光明,如添日月,龙王大喜,设宴庆贺。

且说众仙登岸,不见采和,等待多时,杳无踪迹,众仙惊讶。铁拐曰:"此必龙王作怪,还当寻之。"果老曰:"吾谓酒后不必逞兴,不意果有此祸。"钟离谓洞宾曰:"此事系汝创议,今采和之失,须当汝往寻之,我等先往会上专听消息。"洞宾应声,前往海滨遍寻不得,乃高声叫曰:"龙王好好送人还我,如其不然,举火烧干汝海。"有夜叉闻得,报知太子曰:"有人在岸叫骂,若不还人与他,便将此海烧干。"太子听罢大怒,即出海上问曰:"何人大胆,在此放肆出言?"洞宾曰:"吾乃上仙吕纯阳也。因道友蓝采和没汝海中,故来寻回,可报龙王,急送还我。"太子曰:"不还汝将如何?"洞宾曰:"举火烧干汝海。"太子曰:"休得狂言,可速回去,不然连汝擒下。"洞宾大怒,拔剑赶去。太子复入水中去了。洞宾乃把火葫芦投入海中,须臾变出千百葫芦,烧得水面皆红,海中鼎沸。龙王问曰:"外面如何喧嚷?"左右禀道:"前者太子夺得玉板,并擒其人,囚于幽室,今吕纯阳在外要人,太子不还,彼将葫芦烧红水面,大众惊恐,所以喧嚷。"龙王曰:"既夺其物,不当更囚其人,传令即放还之。"左右送采和上岸,正遇洞宾,略言被擒之故。洞宾收了葫芦,与采和同见仙友商议去了。

原来是众仙酒后逞兴,各试本事,以物投海中而渡,惊动龙王,令太子巡视,夺了蓝采和玉板,并囚禁了蓝采和。吕洞宾以火烧海,龙王送还采和,但不还玉板,采和大哭,洞宾为其报仇。于是再战:

  洞宾与战数合,太子败走海中。仙姑把竹罩放海中罩住,太子走不能脱。复鼓勇向前来战。洞宾大喝一声,将剑望空一掷,正中太子头额而死。虾兵蟹将逃奔,又被仙姑罩住,斩首无数。败兵报知龙王,言太子被杀。龙王大惊,急令二太子点兵点将鸣鼓来战。仙姑、洞宾向前挺身力斗。忽太子把枪一招,海中兵将四面围裹将来,把洞宾、仙姑皆围在垓心,一时冲突不出,洞宾着急,忙取飞剑望空掷去,化作千百万把,从上飞落,杀得四面围兵,鲜血淋漓,死者无数。二人冲出阵前,正遇二太子挺枪纵马来到,洞宾拔剑一挥,断其左臂,太子负痛逃入海中,余兵俱皆逃命。洞宾、仙姑亦自退去。彼时龙王正在探听消息,忽见太子断去其臂,奔回大叫一声,昏绝于地。左右扶起,半晌言曰:"可恨洞宾损吾二子,今吾切齿痛心,若不报复此仇，枉居王位！"乃即传令，尽起海中十万精兵，亲自督战，扫除仙党，以报二子之仇。令出，乃自披挂点兵去了……

言犹未了，只见尘头蔽日，喊杀连天，龙王引兵来到，列成阵势。龙王出阵，大骂洞宾，欲报二子之仇。钟离即令洞宾、湘子居左，采和、仙姑居右，铁拐、国舅殿后，果老管旗，但见我斗他不胜，便可摇旗，招动四面之兵。分遣已毕，钟离自作先锋，舞剑出到阵前。龙王见了，更不打话，提枪直取钟离。钟离挥剑骤马迎敌。二人战至五十余合，不分胜负。龙王阵上兵将，见战不下钟离，乱出助战。果老见了，摇动号旗，忽四面喊声大起，左有洞宾、湘子之兵杀到，右有采和、仙姑之兵杀到，后有铁拐、国舅之兵杀到，龙王正不知四面之兵多少，其兵不战而乱，自相践踏，死者无数。钟离督战愈急，龙王见势不利，落荒而走。钟离四处急追，龙王奔入海中。铁拐、洞宾放出葫芦之火，烧干海水，烟焰腾天。钟离又以拂尘蘸水洒之四方，仙姑又以竹罩盛水灌于葫芦之内，须臾之间，东洋火炽，竟成一片白地。龙王挈其妻子逃于南海，其他鱼龙等类皆为煨烬。八仙收兵，奏凯，皆入龙王水晶宫殿驻扎去了。

八仙杀龙王太子，伤龙王二太子，龙王起海中十万精兵复仇，又为八仙所败，东海被火烧成一片白地，八仙入龙王水晶宫驻扎。余下的故事叙东海龙王逃奔南海，南海龙王派使者约西海、北海龙王共同出兵，以四方之水灌溉，八仙推倒泰山填海；龙王上奏玉帝数八仙之罪，玉帝派赵元帅领天兵征讨八仙未果，玉帝又派关、温两将来擒八仙，八仙得孙悟空助战，大败天兵……结局是观音大士出来调解：

二人齐出，再至阵前，观音谓八仙、龙王曰："天下无久争而不和之理，若必力争，两必有伤，自古如此。吾等见过玉帝，特为汝和解，须当皆听吾言。"龙王、八仙曰："大士处得其平，无有不听。"

观音问："玉板何在？"龙王曰："烧海之时，又被八仙夺去。"观音令八仙取玉板至。八片之中，选其至美无暇二片，付与龙王，以偿二子之命。且慰之曰："汝子为此而死，今已死之，不可复生矣，惟将二物偿汝，留之宫中如见二子也。"龙王涕泣哽咽称谢。且禀曰："此事从命矣，但龙宫被塞，何处安身？"大士默然，请之于老君、如来。二人曰："前事处之当极，此事还要大士主张。"观音曰："此亦不难。"乃向前将手指一伸，便入海中一挑，把那泰山挑起，放在原处，海中殿宇景物如故。众皆悦服称贺。老君、如来曰："今日若非大士至此，吾二老全无主张矣。"于是二人领八仙、龙王至帝庭谢罪。帝曰："事如何处？"老君、如来曰："大士将玉板二片以偿龙王二子之命，复整理山海如故，众皆悦服矣。"玉帝命关云一望，见泰山益高，东洋益深。乃大笑曰："人言观音神通广大，至今果然。"乃召八仙、龙王曰："汝等无故扰乱乾坤，本当重罪；但看在老道、老佛分上，并皆从宽，龙王罚俸一年，八仙谪降一等，俱限一年，满足复常。"八仙、龙王谢罪，帝即命四将班师。老君三人辞别玉帝而出。龙王、八仙在外拜谢。三人乃一齐辞别，驾云各在本处而去。自此天渊迥别，天下太平。

诗曰：八仙踪迹居岛蓬，会罢蟠桃过海东；大士不为扶山海，龙王安得就深宫。

自后八仙屡屡出见人间，但凡人肉眼多不识得者。

孙悟空是崇奉三教合源的，才会出手助八仙打败天兵；八仙与海龙王的激烈争斗最终是由观音调和解决的，又是道教和释教合一的例证。自然，调和是暂时的，积下的怨仇很难化解，特别是海龙王一方，沿海民间就广泛流传着一句谚语：七男一女不同船。作者虽然是将八仙与海龙王的矛盾看作是神魔之间的争斗，但争斗的由来其实是一件很小的事情，看不出海龙王有多大的罪孽，只是为儿子报仇；也看不出八仙在多大程度上代表了正义，将东海烧成一片白地，生灵涂炭，也算不上善举。至于玉帝派天兵帮助海龙王征讨八仙，则更是不伦不类；当观音调解时，如来只是念"阿弥陀佛"，老君只说"也罢也罢"，全无是非可否，世故滑头，正如鲁迅说的"所谓义利邪正善恶是非真妄诸端，皆混而又析之"，这也往往是民间传说以及由此演化的作品的一大特点。小说对战事的描述，除展示双方的超常人手段，一般的过程也与人世间无异，并无精彩之处，倒是人物的塑造值得称道：作者没有将八仙写成太上忘情的化外之人，而是与普通人类似，有酒后的狂兴，受辱后的大哭，有强烈的复仇之心，尤其是吕洞宾，高声叫骂，火烧东海，不计后果，而且好色，观音就说"洞宾那生最是轻薄，我向在洛阳造桥，彼常多方调戏"，有真性情，便有人一样的弱点，这也是老百姓认可喜欢的八仙，因距离的拉近更加亲切了。可见《八仙出处东游记》是一部轻松有趣充满喜剧元素的小说。

另一类神魔小说，是历史上确有其人其事，但因民间传说与野史的演义，加上文人创作时的夸饰想象，于是变得神乎其神，扑朔迷离，离事实越来越远。罗懋登一百回的《三宝太监西洋记通俗演义》（又名《三宝开港西洋记》，简称《西洋记》），就是一部将历史幻想化的章回体长篇小说。作者主要活动在明万历年间，生平事迹不详，而郑和下西洋在永乐年间，是明代初年的重大事件，《明史·宦官传》有专门记载：郑和"云南人，世所谓三宝太监者也。永乐三年，命和及侪王景宏等通使西洋，将士卒二万七千八百余人，多赍金帛，造大船……自苏州刘家河泛海至福建，复自福建五虎门扬帆，首达占城，以次遍历诸国，宣天子诏，因给赐其君长，不服则以武慑之。先后七奉使，所历凡三十余国，所取无名宝物不可胜计，而中国耗费亦不赀。自和后，凡将命海表者，莫不盛称和以夸外蕃，故俗称'三保太监下西洋'为明初盛事云"。同时，跟随郑和下西洋者也留下了不少史料，如马欢的《瀛涯胜览》、费信的《星槎胜览》、巩珍的《西洋番国志》；郑和也写有《通番记》。在郑和活着或死后，有关下西洋的民间传说不在少数，史事逐渐被神秘化。《西洋记》取材于真人真事，自然参照了史料与民间传说，但不是历史演义小说，着重描述郑和在碧峰长老、张天使的协助下，一路降妖除魔，慑服诸国的经历，人神魔杂陈，儒佛道混同，既有神魔间的斗法，又有佛教的轮回转世，道教的仙符仙术，还有儒教的道德说教，内容纷杂，境界奇异。

郑和率船队西征从第十八回开始，在宣读了祭文后，小说以大量的数据展示了船队庞大的阵容与非凡的气势：

> 三宝老爷请过王尚书来，同时坐在帅府厅上，各将官依次参见，听候将令。三宝老爷道："咱们今日扬旌旆于辕门，捧九重之命令，洗甲兵于海峤，张万里之神威。任属巨肩，事非小可。你众将官听咱传示：每战船一只，捕盗十名，舵工十名，瞭手二十名，扳招十名，上斗十名，碇手二十名，甲长五十名，每甲长一名，管兵十名。每五船为一哨，每二哨为一营，每四营设一指挥官，统领指挥以上旧有职掌、座船、马船、粮船，执事照同。每战船器械，大发贡十门，大佛狼机四十座，碗口镜五十个，喷筒六百个，鸟嘴铳一百把，烟罐一千个，灰罐一千个，弩箭五千枝，药弩一百张，粗火药四千斤，鸟铳火药一千斤，弩药十瓶，大小铅弹三千斤，火箭五千枝，火砖五千块，火炮三百个，钩镰一百把，砍刀一百张，过船钉枪二百根，标枪一千枝，藤牌二百面，铁箭三千枝，大坐旗一面，号带一条，大桅旗十顶，正五方旗五十顶，大铜锣四十面，小锣一百面，大更鼓十面，小鼓四十面，灯笼一百盏，火绳六千根，铁蒺藜五千个。什物器用各船同。每日行船，以四帅字号船为中军帐，以宝船三十二只为中军营，环绕帐外。以坐船三百号分前、后、左、右四营，环绕中军营外。以战船四十五号为前哨，出前营之前。以马船一百号实其后。以战船四十五号为左哨，列于左，人字一撇，撇开去如鸟舒左翼。以粮船六十号从前哨尾起，斜曳开到左哨头止。又以马船一百二十号副于中。以战船四十五号为右哨，列于右，人字一捺，捺开去如鸟舒右翼。以粮

船六十号从前哨尾起，斜曳开到右哨头止。又以马船一百二十号实于中。以战船四十五号为后哨留后，分为二队如燕尾形。马船一百号当其前，以粮船六十号从左哨头起，斜曳收到后哨头止，如人有左肋。又以马船一百二十号实于中。以粮船六十号从右哨头起，斜曳收到后哨头止，如人有右肋。又以马船一百二十号实于中。昼行认旗帜，夜行认灯笼。务在前后相维，左右相挽，不致疏虞。敢有故纵违误军情，因而偾事者，即时枭首示众。"

以上描述并非无中生有的夸大，基本与历史记载相符，无论是船的建造技巧、吨位、数量，还是设置的航海仪器、武器、水兵的人数，都堪称当时世界上最庞大雄壮的船队，足以驰骋称雄于天下。

郑和船队到达三十九个国家，有些望风归顺，更多是武力慑服。如第三十三回《宝船经过罗斛国　宝船计破谢文彬》中的战事描述：

明日未牌时分，贼船蜂拥而来，先从西上来起，一片的火铳、火炮、火箭、火弹。只见天师船上木鱼儿连响了两下，飕地里一阵东风，无大不大，把些火器一会儿都刮将回去了。贼船看见不利于西，却又转到南上来，一片的火铳、火炮、火箭、火弹。左营大都督黄栋良备御。只见天师船上木鱼儿连响了三下，飕地里一阵北风，无大不大，把些火器一会儿都刮将回去了。贼船看见不利于南，却又转到东上来，一片的火铳、火炮、火箭、火弹。后营大都督唐英备御。只见天师船上木鱼儿狠地响了一下，飕地里一阵西风，无大不大，把些火器一会儿都刮将回去。贼船看见不利于东，却又转到北上来，一片的火铳、火炮、火箭、火弹。右营大都督金天雷备御。只见天师船上木鱼儿连响了四下，飕地里一阵南风，无大不大，把些火器一会儿又刮将回去。贼船四顾无门，看看的申牌时分，宝船上三声炮响。

却说贼船四顾无门，自知不利，望海中间竟走，这宝船肯放他走？望前走，前营的宝船带了连环，一字儿摆着个长蛇阵；望右走，后营的宝船带了连环，一字儿摆着个长蛇阵；望左走，左营的宝船带了连环，一字儿摆着个长蛇阵。望后走，右营的宝船带了连环，一字儿摆着个长蛇阵。天师听知这一段消息，又笑了三声，说道："果真的连环计在我船上，众将官好妙计哩！"却说宝船高大，连环将起来就是一座铁城相似，些些的贼兵走到那里去？天色又晚，宝船又围得紧，风又望崖上刮，崖上又是喊杀连声。贼船没奈何，只得傍崖儿慢慢的荡。只见宝船上三声炮响，后营里走出一只小船儿来，竟奔到贼船的帮里去。那小船上的人都是全装撺甲，拿枪的拿枪，拿刀的拿刀，舞棍的舞棍，舞杷的舞杷。贼船看出了他，等他来到百步之内，一齐火箭狠射将去，只见那些人浑身上是火。怎么浑身上是火？原来那船上的人却都是些假的，外面有盔甲，内囊子都是些火药、铅弹子，贼船上的火箭只可做他的引子。上风头起火，下风头是贼船，故此这等的一天大星火，一径飞上贼船上来。火又大，风又大，宝船上襄阳炮又大，把些贼船烧得就是个曲突徙薪无恩泽，焦头烂额为上客。也有烧死了的，也有跑下水的，也有跑上崖的。

这是以火攻取胜。对方用火铳、火炮、火箭、火弹进攻，这是以前海战中从未描述过的武器。但天师在船上敲起木鱼，风就转了，火就烧向敌方，加上船队的强大炮火，罗斛兵焉能不败？

更多的战事则是双方斗法决定胜负。如第四十一回《天师连阵胜火母　火母用计借火龙》：

火母只说天师也罩在里面，叫声："徒弟在那里？"王神姑说道："我在这里，师父呼唤，有何指挥？"火母道："天师今番罩住了在九天玄女的罩里。我越发着你做个卖疥疮药的，一扫光罢。"王神姑道："师父怎么叫做个一扫光？"火母道"我有六般宝贝，放下海去，海水焦枯。我如今趁天师不在，我去把个海来煎干了他，致使他的宝船不能回去。凡有走上崖的，你和咬海干各领一枝人马，杀的杀，拿的拿，教他只轮不返，片甲不还，却不是个卖疥疮药的一扫光？"

早有五十名夜不收打探得这一段情由，禀知元帅。元帅还不曾看见天师，只说是天师果真在罩里，连忙的求救国师。国师道："元帅尊重，贫僧自有主张。"元帅升帐。国师即时遣下金头揭谛、银头揭谛、波罗揭谛、摩诃揭谛，守住了九天玄女罩，不许毁坏诸人。又即时发下一道牒文，通知四海龙王。当有龙树王菩萨接住了燃灯古佛的牒文，即时关会四海龙，放开水官雪殿，取出冷龙千百条，各头把守水面，堤防火母煎海情由。又即时差下护法伽蓝韦驮尊天，今夜三更时分，云头伺候发落。

却说火母夜至三更，吩咐王神姑领一枝人马，守住旱寨，不许南兵救应水寨；吩咐咬海干领一枝人马，守住水寨，不许南兵跑入旱寨。自家驾起一道红云，来至海上，连忙的把个火箭、火枪、火轮、火马、火蛇、火鸦望半空一抛，实指望吊下海来，即时要煎干了海水。等了一会，只见个海水：

贝阙寒流彻，冰轮秋浪清。图云锦色净，写月练花明。

火母吃了一惊，心里想道："每常间我的宝贝丢下水去，水就滚将起来，今日越是宝贝下去，越是澄清，这却有些古怪哩！"那晓得半空中有个护法伽蓝韦驮尊天，轻轻的接将宝贝去了。况兼海水面上，又有冷龙千百条把守得定定儿的，故此越加宝贝下去，越加海水澄清。

再如七十一回《国师收银角大仙　天师擒鹿皮大仙》：

传令未毕，只听见扑冬的一声响，早已吊下一个血红的火老鸦来，恰好吊在"帅"字船桅杆上。远看之时，那里是个老鸦？只当是一块火团儿,照得上下通红,烟飞焰烈。二位元帅心上就吓一个死,生怕做成个赤壁鏖兵的故事。

只见国师叫上一声:"金头揭谛何在?"叫声未绝,猛空中就走出一个七长八大的天神来,手里拿出一道金箍头,走向前去,照着那个火鸦,轻轻的一箍,箍得那个火鸦哑一声叫,精光的一个老鸦。

光一个老鸦,却没有了身上的火,船上就不妨碍。二位元帅才然放心,说道:"多谢国师老爷神力扶持,真个狠是一场惊恐也!"

道犹未了,只听得扑冬的又是一声响:"帅"字船的檐杆上早已走下一个血红的火老鼠来,恰好是又走进到中军帐上去。远看之时,那里是个老鼠?只当得一块火秧儿,照得上下通红,烟飞焰烈。二位元帅心上又吓一个死,生怕做成个博望烧屯的故事。

只见国师又叫上一声:"银头揭谛何在?"叫声未绝,猛空中又走出一个七长八大的天神来,手里拿着一道银箍头,走向前去,照着那个火老鼠轻轻的一箍,箍得那个火鼠唷一声叫,精光一个老鼠。

光一个老鼠,却也没有身上的火,船上也不妨碍。二位元帅依然放心,说道:"多谢国师老爷神力扶持。真个又狠是一场惊恐也!"国师道:"只怕还有一场。"元帅道:"怎么是好?"

道犹未了,只听得又是扑冬的一声响,水里头走了一条血红的火蛇来,恰好是认得"帅"字船,钻进箬篷里面。远看之时,那里是条蛇?只当得一条火绳,照得上下通红,一会儿箬篷里烟飞火爆。二位元帅心上又吓一个死,生怕做成个火烧新野的故事。

只见国师又叫上一声:"波罗揭谛何在?"叫声未绝,猛空里又走出一个七长八大的天神来,手里拿着一道金刚箍,走向前去,轻轻的照着那条火蛇一箍,箍得那条火蛇嗞一溜烟,精光的一条大蛇。

光只是一条大蛇,却也没有了身上的火,箬篷儿又不妨碍。二位元帅依然放心,说道:"多谢佛爷爷之力。过了这一吓,想是平安了。"国师道:"只怕还有一吓。"二位元帅道:"事不过三。怎么三变之后,还有个甚么吓来?"

道犹未了,只听得扑冬的一声响,水里头又走上一个火龟来,恰好是也认得"帅"字船,径钻进船舱里面。远看之时,那里是个龟?只当得一个火盆,照得上下通红,船舱里面烟飞火爆。二位元帅心上又吓一个死,生怕做成个城门失火来。

只见好个国师,又叫上一声:"波罗僧揭谛何在?"叫声未了,猛空里走出一个七长八大的天神来,手里拿着一个金刚钻,走向前去,照着那个火龟轻轻的一钻,钻得个火龟一交跌,精光一个灵龟。

光只是一个灵龟,也却没有了身上的火,船舱里又得稳便。二位元帅又且放心,说到:"多谢佛力无边。过了这四场惊吓。想是平安么?"国师道:"此后却平安了。"

这些斗法的描写,很容易让人想到《西游记》《封神演义》等作品中的场景。自然,代表正义的一方(神及张天师、碧峰长老)必然战胜代表邪恶的一方(众多的魔:火母、王神姑、火老鸦、火老鼠、火蛇、火龟等)。

小说还通过人物的游历(其实也是军事侦察),介绍西洋诸国的风土人情。如第七十八回《宝船经过剌撒国　宝船经过祖法国》:

王明应声而去,做起法来,好不去得快也!起眼就是一个国。这个国是个甚么国?叠石为城,城门上高挂着一面牌,牌上写着"祖法儿国"四个大字。国王有官殿,砌罗股石为之,高有五七层,如宝塔之状。民居高可三四层。大则宴宾礼士,个则厨厕卧室,皆在其上。

王明进了城,端详了一会,心里想道:"我在元帅面前夸口而来,来到这里,须得一个好计较,才揬动得个番王。"眉头一蹙,计上心来。"也罢,且先拿出隐身草,沿街沿巷,细访他一番,就中却有个道理。"一手隐身草,一手撩衣,穿长街,抹短巷。只见满国中人物长大,体貌丰富,语言朴实。王明道:"倒好个地方。"又只见家家户户门前,都晒得是海鱼干儿。王明调转个舌头,妆成番子的话语,问说道:"晒这干做甚么?"番子道:"吃不尽的,晒来喂养牛马驼羊。"王明心里道:"是了,和昨日刺撒国一般。"

又行了一会,只见男子卷发,白布缠头,身上穿长衫,脚下穿翰鞋。女人出来,把块布兜着头,兜着脸,不把人瞧看。王明偏仔细看他看儿,只见女人头上有戴三个角儿的,有戴五个角儿的,甚至有戴十个角儿的。王明说道:"这却也是个异事。"又妆成个番话来,问说道:"女人头上这些角儿不太多了?"番子说道:"不多。有三个丈夫的,戴三个角。有五个丈夫的,就戴五个角。既是有十个丈夫的,少不得戴十个角,终不然替别人戴哩?"王明故意的说道:"我是刺撒国一个商客,自小儿在这里走一遭,却不曾看见哩!"番子道:"你小时节忘怀了。我国中男子多,女人少,故此兄弟伙里,大家合着一个老婆。若没有兄弟,就与人结拜做兄弟,不然那里去讨个婆娘。"王明心里想道:"新闻!新闻!这是夷狄之道,不可为训。"

又行了一会,只见街市上异样的香,阵似阵儿,扑鼻而过。王明说道:"这香也有个缘故。"又妆出个番子来,问说道:"街市上这个香是那里来的?"番子说直:"明日礼拜寺里香会。"王明又问道:"寺里香会,街市上可香会么?"番子道:"明日国王亲自出来香会,满国中无论老少,那一个不去拈香,那一个不去礼拜。今日那一家不熏衣服。禁得这等家家户户烧香,怕他街市上不香哩!"王明说道:"好了,就在礼拜寺里,是我的出场。"一手隐身草,竟找到礼拜寺里,拣个幽僻处所安了身。

到了明日早上,只听见笙箫、唢呐一片响。王明说道:"这决是国王来也。"一会儿,果真的前前后后摆列的,都是象驼、马队、牌手,簇拥着一顶大轿。到了寺门前,国王下来。头上缠的细白番布,身上穿的是青花细袖绢,外面罩的是金丝大红袍,脚穿的是乌靴衬袜。大开寺门,番王直进殿上,烧香礼拜。

对"番国"风土人情的描写，已不再像过去的小说多凭想象虚构，荒诞离奇，而是有所依据，更接近日常生活。这样的描写在小说中不止一处。

武力和怀柔双管齐下，于是西洋诸国无不宾服，纷纷前来朝见，送上各色珍奇：

> 又有各国来降：
>
> 邻国有故临国，人黑如漆，善战斗，好为寇盗，国王闻宝船在苏门答剌，进上：
>
> > 核鸡犀一对（即通天犀，用以盛米喂鸡，鸡啄之，至辄惊去），龙脑香二箱（状类云母，色如冰雪，香可闻十里）。
>
> 有默伽国，其先是个旷野之地，因为大食国有个祖师叫做蒲罗哞，徙居其地，取妻生一子，名字叫做司麻烟，生下地来，呱呱的哭了两三日，就把只脚照地上一顿。一顿不至紧，就涌出一股清泉来，日日长流，流成一个大井。井又有些灵验，甚么灵验，但凡飘洋的舟船遇着大风，把这个井水略洒几点，其风即止。国王闻中国宝船在苏门答剌，进上：
>
> > 金钢指环一对，摩勒金环一对。
>
> 有孤儿国，即花面王国，地方不广，人民止千余家。田少不出稻米，多以渔为业，风俗淳厚。男子俱从小时用墨刺面为花兽之状，猱头，赤着身子，止用单布围腰。妇女围花布、披手巾、椎髻脑后。却不盗不骄，颇知礼义。国王闻中国有宝船在苏门答剌，进上：
>
> > 割牛一头（角长四尺，十日一割，不割则死；人饮其血，寿五百岁，牛寿如之），龙脑香一箱。
>
> 其属国有勿斯里国，其地多旱，经八九十年，才见天雨一次。国中有一江神，最灵验。怎么灵验？每二三年，有一老者，头鬓尽白，从江中间挺然独立，国中人都来拜问他吉凶祸福。老者笑，则年岁丰稳稳，百事称意；老者愁，则年岁饥疫，百事不如意。国中有一个

塔，又灵验。怎见得灵验？塔顶有一面神镜，无论远近，但有刀兵之祸，先前照见。国王闻中国有宝船在苏门答剌，进上：

> 火蚕绵一百斤（絮衣一袭，止用一两，稍过度，则炎蒸之气，人不可当）。

有勿斯里国，国最小，民以捕渔为业。有天生树，其果名曰蒲芦；采食之，次年复生，名曰"麻茶泽"；三年再生，名曰"没石子"。国人多以为食。国王闻中国有宝船在苏门答剌，进上：

> 奄摩勒十盘（其味香酸，佳甚），波罗蜜五盘（大如斗，味佳）。

有吉慈尼国，其地极寒，春雪不消。产雪蛆，状如瓠子，其味甚美。人有热疾者，啖之即愈，如神。国王闻中国有宝船在苏门答剌，进上：

> 龙涎香五十斤。
>
> ……

二位元帅见了这些小国都来进贡，万千之喜！国王殷勤留住。元帅分遣左右先锋，前往西洋，经略各国。约有十日多些，右先锋刘荫领了南浡里国国王，亲来迎接，献上降表，又献上降书，书曰：

> 南浡里国国王卜失陀纳谨再拜奉书于大明国征西统兵招讨大元帅麾下：侧闻天启圣明，神资良弼，必有惩讨，以致升平。卜僻处夷荒，敢行悖乱？顿颡雷霆之下，潜身化育之中。氛祲尽消，仰太阳之普照；鲸鲵不作，见大海之无波。瞻恋之深，千百斯福。忭跃之至，倍万恒情！

送上贡品及降书的众多国家，很难全部考证其准确的地理方位，有些则可能是出自虚构。最后的结局自然是郑和大获成功，全胜而归。一般认为郑和七下西洋的主要目的不在与海外诸国的贸易往来，而在寻找建文帝的下落，再是扬大明王朝的国威，所以不可与西方哥伦布、麦哲伦等环球航行、发现新大陆相提并论。事实上，西洋诸国的贡品对明朝的经济并无大的作用，只是表示臣服的象征物，倒是明王朝为笼络怀柔诸国而花费巨大。

这里摘录的贡单降表，当然显示了郑和远征的赫赫声势与大明朝的强大威严，但写作者的心态与用意颇堪玩味。罗懋登所处的嘉靖与万历时，东南沿海的倭患日益严重，明朝国力日益衰微，无力彻底解决，日本的丰臣秀吉又出兵朝鲜，企图进一步染指中国，对明王朝构成重大威胁。郑和船队经过的不只是东南亚诸国海域，而是由西太平洋跨越印度洋，直达西亚与非洲东岸，在中国历史上第一次打破了探求未知世界的海洋屏障，其踏波劈浪的恢宏气势、慑服异域诸邦的强悍威力，不能不引发国人普遍的怀念与神往。也即是说，面对国势的颓丧，外患的紧迫，作者无疑是怀着一腔忧愤，期望于再次出现郑和下西洋式的盛事，重振国势与海上雄风。往好处说，是作者有强烈的忧患意识和民族自尊，往不好处说，不是为了更透彻地了解世界情势，而是借用历史盛景，膨胀华夏正统的优越感，在神魔斗法、剪除妖孽的虚幻光荣中，获得精神满足和心理平衡。事实是，郑和下西洋的壮举不过是昙花一现，明成祖以后，朝廷以花费甚靡而无利可获，取消了大规模的海上远航，郑和也在第七次下西洋途中病死于古里国。从此庞大的船队歇火抛锚，任凭风吹雨打，滩泥掩埋，终成一堆朽木。这是郑和们的悲剧，也是民族的悲剧。

《西洋记》不失为神魔小说中独具特色的作品，虽取材于史事却不拘泥于史事，而是通过大胆奇特的想象虚构，转化为纯粹的文学创作；一百回的长篇，叙事曲折多变，竭尽花样翻新之能事；立意也很鲜明，有强烈的时代特征，而非一般的游戏笔墨。但小说的缺陷也不少：以郑和船队的路线为顺序，每到一处写一处，结构较单一；内容庞杂混同，造成叙事上的枝叶散漫；对话较多，而人物形象塑造上着力太少，大多面目模糊，尤其是中心人物郑和，并未显示出作为统帅的独特性格和气质。

明代的神魔小说综合之前文学中怪异幻想的因素，以独特的艺术营构，在中国小说史上开出了别一番的境地；作者也大多具备自觉的创作意识，多样化的艺术追求。自然，与广阔动荡、变幻无常的海洋的有机融合，也是这类作品独具异彩的要素之一。

## 第三节　涉海传奇与笔记小说

明、清两代所说的"传奇"，专指承接宋、元南戏而创作的戏剧作品，有不少涉及海洋内容，如明代佚名《鸣凤记》中的"文华祭海"、王玉峰《焚香记》中的"陈情"，清代毕魏《竹叶舟》中的"归舟"、李渔《蜃中楼》中的"抗婚"、蒋士铨《香祖楼》中的"守情"、陈烺《海雪吟》中的"殉琴"、洪炳文《悬岙猿》中的"岛别"等。本节所说的"传奇"仍指唐传奇以来专写奇事异闻的文言短篇小说。此类小说在明代算得上繁荣，在题材的多样性与思想的深刻性方面较前代都有进一步的发展。不过与海洋有关的作品只是其中很小的一部分，艺术上也缺乏特色。笔记体小说数量众多，以历史及时事琐闻类为盛，志怪类作品也不少。

先来看冯梦龙编纂的加工《情史类略》中的传奇小说。一是《海王三》：

> 山阳有海王三者，始其父贾于泉南。航巨浸，为风涛败舟，同载数十人已溺，王得一板自托，任其簸荡，到一岛屿旁。遂涉岸，行山间。幽花异木，珍禽怪兽，多中土所不识。而风气和柔，不类丝矫，所至空旷，更无居人。王憩于大木下，莫知所届。忽见一女子至，问曰："汝是甚处人？如何到此？"王以"舟行遭溺"告。女曰："然则随我去。"女容貌颇秀美，发长委地，不梳掠，语言可通晓，举体无丝缕，朴叶蔽形。王不能测其为人耶？为异物耶？默念业堕他境，一身无归，亦将毕命豺虎，死可立待，不若姑就之。乃从而下山，抵一洞，深杳洁邃，晃耀常如正昼。盖其所处，但不设庖爨。女留与同居，朝夕饲以果实，戒使勿妄出。王虽无衣食可换，幸其地不甚觉寒

暑。度岁余，生一子。迨及周岁，女采果未还。王信步往水涯，适有客舟避风于岸屿，认其人，皆旧识也。急入洞，抱儿至，径登舟。女继来，度不可及，呼王姓名骂之，极口悲啼，扑地，气几绝。王从篷底举手谢之，亦为掩啼。此舟已张帆，乃得归楚。儿既长，楚人目为海王三。绍兴间犹存。

小说仍以前人屡用的"风涛败舟—上岛奇遇"的模式展开，追叙海王三的来历，乃是其父做生意漂流至一岛，遇上一"容貌颇秀美，发长委地"的女子，从其"举体无丝缕，朴叶蔽形"看，无疑是化外之域的原始部落人；与女同居，生下海王三；后其父碰上客舟，入洞抱儿登舟而归。"女继来，度不可及，呼王姓名骂之，极口悲啼，扑地，气几绝。王从篷底举手谢之，亦为掩啼"，此段文字生动鲜活，写出了内心的痛楚无奈。但此类故事情节多雷同，落入俗套。二是《鬼国母》：

建康巨商杨二郎，本以牙侩起家，数贩南海，往来十余年，累赀千万。淳熙中遇盗，同舟尽死，杨坠水得免，逢木抱之，浮沉两日，漂至一岛。登岸，信脚所之，入一洞中，男女多裸形，杂沓聚观。一最尊者，称为鬼国母，令引前问曰："汝愿住此否？"杨无计逃出，应曰："愿住。"母即命饔治室，合为夫妇，饮食起居与世间不异。或旬日，或半月，常有驶卒持书至曰："真仙邀迎国母，请赴琼室。"母往，其众悉从，杨独处洞中。它日，杨亦请行，母曰："汝凡人，不可。"杨累恳，母许之。飘然履虚，如蹑烟云。至一馆宇，优乐盘肴，极为丰洁。母正位而坐，引杨伏于桌帏，戒之屏息勿动。移时，庭中焚楮，哭声齐发，审听之，即杨之家人声也。乃从桌下出。家人皆以为鬼。惟妻泣曰："汝没于海中二年余，我为汝发丧行服，招魂卜葬，今夕除灵，故设水陆做道场，何由在此？人耶？鬼耶？"杨曰："我原不曾死。"具道所遇曲折，妻方信之。鬼母在外招呼，继以怒骂，然终不能相近。少顷寂然。杨乃调药补治，数年始复本形。

商贾遇盗坠水，抱木漂至一岛，被迫与鬼国母"合为夫妇"。奇怪的是鬼国母也与真仙交往，更奇怪的是杨二郎伏于桌子下，竟然听见了家人的哭泣，原来是在做水陆道场，召回了杨二郎的灵魂而复活，而鬼国母怒骂却不能相近，全篇鬼气森森，故事离奇又荒诞。

以上两篇传奇篇幅短小，叙事也简略。比较徐缓舒展的是瞿佑传奇小说集《剪灯新话》中的《水宫庆会录》：

> 至正甲申岁，潮州士人余善文于所居白昼闲坐，忽有力士二人，黄巾绣袄，自外而入，致敬于前曰："广利王奉邀。"善文惊曰："广利洋海之神，善文尘世之士，幽显路殊，安得相及？"二人曰："君但请行，毋用辞阻。"遂与之偕出南门外，见大红船泊于江浒。登船，有两黄龙挟之而行，速如风雨，瞬息已至。止于门下，二人入报。顷之，请入。广利降阶而接曰："久仰声华，坐屈冠盖，幸勿见讶。"遂延之上阶，与之对坐。善文局蹐退逊。广利曰："君居阳界，寡人处水府，不相统摄，可毋辞也。"善文曰："大王贵重，仆乃一介寒儒，敢当盛礼！"固辞。广利左右有二臣曰鼋参军、鳖主簿者，趋出奏曰："客言是也，王可从其所请，不宜自损威德，有失观视。"广利乃居中而坐，别设一榻于右，命善文坐。乃言曰："敝居僻陋，蛟鳄之与邻，鱼蟹之与居，无以昭示神威，阐扬帝命。今欲别构一殿，命名灵德，工匠已举，木石咸具，所乏者惟上梁文尔。侧闻君子负不世之才，蕴济时之略，故特奉邀至此，幸为寡人制之。"即命近侍取白玉之砚，捧文犀之管，并鲛绡丈许，置善文前。善文俯首听命，一挥而就，文不加点。其词曰：
>
> > 伏以天壤之间，海为最大；人物之内，神为最灵。既属香火之依归，可乏庙堂之壮丽？是用重营宝殿，新揭华名；挂龙骨以

为梁，灵光耀日；缉鱼鳞而作瓦，瑞气蟠空。列明珠白璧之帘栊，接青雀黄龙之舳舰。琐窗启而海色在户，绣闼开而云影临轩。雨顺风调，镇南溟八千余里；天高地厚，垂后世亿万斯年。通江汉之朝宗，受溪湖之献纳。天吴紫凤，纷纭而到；鬼国罗刹，次第而来。……

小说叙述元朝潮州士人余善文白昼闲坐，受南海龙王邀请来到龙宫，为龙王新修建的灵德殿作"上梁文"，受到隆重接待。而余善文"一挥而就，文不加点"，其所作文辞华美，骈散相间，竭尽歌功颂德之能事。于是广利王大喜，"发使诣东西北三海，请其王赴庆殿之会"。小说对三海龙王到来的场景描述很是壮观：

翌日，三神皆至，从者千乘万骑，神鲛毒蜃，踊跃后先，长鲸大鲲，奔驰左右，鱼头鬼面之卒，执旌旄而操戈戟者，又不知其几多也。是日，广利顶通天之冠，御绛纱之袍，秉碧玉之圭，趋迎于门，其礼甚肃。三神亦各盛其冠冕，严其剑珮，威仪极俨恪，但所服之袍，各随其方而色不同焉。

四海龙王之威武，俨然人间帝王。广利王对白衣文士十分尊崇，请其作词，又是歌舞，宴会，不亦乐乎：

已而酒进乐作，有美女二十人，摇明珰，曳轻裾，于筵前舞凌波之队，歌凌波之词曰……

舞竟，复有歌童四十辈，倚新妆，飘香袖，于庭下舞采莲之队，歌采莲之曲曰……

二舞既毕，然后击灵鼍之鼓，吹玉龙之笛，众乐毕陈，觥筹交错。于是东西北三神，共捧一觥，致善文前曰："吾等僻处遐陬，不闻典礼，今日之会，获睹盛仪，而又幸遇大君子在座，光采倍增，愿为一诗以记之，使流传于龙宫水府，抑亦一胜事也。不知可乎？"善文不可辞，遂献水宫庆会诗二十韵……

结局自然是喜剧：

诗进，座间大悦。已而，日落咸池，月生东谷，诸神大醉，倾扶而出，各归其国，车马骈阗之声，犹逾时不绝。明日，广利特设一宴，以谢善文。宴罢，以玻璃盘盛照夜之珠十，通天之犀二，为润笔之资，复命二使送之还郡。善文到家，携所得于波斯宝肆鬻焉，获财亿万计，遂为富族。后亦不以功名为意，弃家修道，遍游名山，不知所终。

广利王以珍宝作为润笔之资，余善文成为富翁，有了资本，才能"不以功名为意，弃家修道，遍游名山"了。小说对龙宫的描述很有想象力，也颠覆了海龙王怪异霸道的形象。小说的一大艺术特色是韵散结合，穿插了大量诗文，好处是使行文舒缓有致，回环往复，但在以叙事为主的小说中诗文过多，势必影响叙事节奏的推进，显得散漫拖沓。而余善文被龙王请去逞才使性、大作诗文，也是乱世中文人渴望发挥才能、受到重用的心态的反映。

传奇小说多写奇事异闻，但逐渐有向现实题材靠拢的趋势，如宋懋澄写杜十娘怒沉百宝箱的《负情侬传》，写蒋兴哥重会珍珠衫的《珍珠衫》，都是传奇的名篇。涉海传奇也有写现实的人事，如朱国祯《涌幢小品》中的《王长年》：

古称操舟者为长年。王长年，闽人，失其名。自少有胆勇，渔海上。嘉靖己未，倭薄会城大掠，长年为贼得，挟入舟。舟中贼五十余人，同执者男妇十余人，财物珍奇甚众。贼舟数百艘，同日扬帆泛海去。长年既被执，时时阳为好语媚贼，酋甚亲信之；又业已入舟，则尽解诸执者缚，不为防。长年乘间谓同执者曰："若等思归乎？能从吾计，且与若归。"皆泣曰："幸甚！计安出？"长年曰："贼舟还，将抵国，不吾备。今幸东北风利，诚能醉贼，夺其刀，尽杀之。因挽舵饱帆归，此时不可失也。"皆曰："善。"会舟夜碇海中，相与定计。令诸妇女劝贼酒，贼度近家，喜甚。诸妇更为媚歌唱。迭劝，贼叫跳欢喜，饮大醉，卧相枕藉。妇人收其刀以出，长年手执巨斧，余人执刀，尽斫五十余贼，断缆发舟。旁舟贼觉，追之。我舟人持磁器杂物奋击，毙一酋。长年故善舟，追不及，日夜乘风举帆，行抵岸。长年既尽割贼级，因私剜其舌，另藏之，挟金帛，并诸男妇登岸。

闽人王长年闯海为生，被倭寇挟入舟，设法取得贼酋信任，又让妇女劝酒灌醉贼众，杀贼五十余，断缆发舟，击退追敌，充分显示了他的胆勇和智谋。但抵岸后的遭遇更加凶险：

将归，官军见之，尽夺其级与金。长年秃而黄须，类夷人，并缚诣镇将所，妄言捕得贼舟首虏，生口具在，请得上功幕府。镇将大喜，将斩长年，并上功。镇将，故州人也。长年急，乃作乡语，历言杀贼奔归状。镇将嗒曰："若言斩贼级，岂有验乎？"长年探怀中藏舌示之。镇将验贼首，皆无舌，诸军乃大骇服。事上幕府，中丞某召至军门覆按，皆实。用长年为神将，谢不欲。则赐酒，鼓吹乘马，绕示诸营三日。予金帛遣归，并遣诸男妇，而论罪官军欲夺其功者。长年今尚在，老矣，益秃，贫甚，犹操渔舟。

只因王长年"秃而黄须，类夷人"，被怀疑为贼寇，镇将将斩，并以此报功，亏得镇将听懂乡语，长年又藏有贼人舌头，才逃过一死。难能可贵的

## 第五章 明代：海洋小说的繁荣期

是，"用长年为裨将，谢不欲"，宁可过自由自在的生活，"老矣，益秃，贫甚，犹操渔舟"。其人生遭际不可谓不险、不奇。

《东海侦倭》也与倭寇相关：

> 万历四十四年，闽抚台黄与参遣义民董伯起出海探倭。五月十七日，柁手施七回言：伯起同李进、叶贵、傅盛三人，十六夜自馆头开洋，十七天明至竿塘，一更至横山，十八早至东涌。一路兵船躲各澳，皆不见。遂上东涌山四望，止倭船一只泊山后南风澳，一泊布袋澳。二澳相连，篷樯俱卸。但掠定海白艕船，藏南碴隐处。伯起即将海道红票埋藏山上，并拗天妃判官手为证。忽见南碴船张帆来，施七曰："此非好船，好船不起帆赶我也。"李进曰："今勿走，走则铳打立尽。"少顷，倭船至，通事同倭过船搜问："汝何船也？"齐应曰："讨海船。"通事问："见有兵船否？"应曰："无有。"通事目伯起等曰："汝但说有兵船，他以五十金雇我来，我欲去，他不肯去。说有兵船，他方去也。"众曰："我说恐杀我。"通事曰："不怕，不怕。汝但开口作说话状，我为汝说。"又曰："汝既讨海人，为我取水。"众见倭坐我船中，不得已，为取水讫。彼首军忽过船，细视伯起，相其手，又视叶贵，三人遍相之，即摇首："汝不是讨海人。老实说！不说，杀汝！"众未应。倭以刀恐之者数，众栗栗相视。伯起知不免，大声曰："我说亦死，不说亦死，我等是军门海道差来，闻汝造船三百只，我军门海道，已备有战船五百只，汝来则战，汝若是好船，何故久泊此地？今日杀我也由汝，不杀亦由汝。汝杀我，兵船即至矣。"于是群倭齐拍手，喃喃且吐舌。通事曰："他琅砂矶，国王差往鸡笼，风既不便，归去恐得罪。欲将你首军一人，去回报国王免罪，决不害汝。"即问："谁是首军？"众指伯起。首军者，彼处老爹之称也。遂呼伯起过船，伯起奋而过曰："我今拼命报国矣。"即索网巾于倭，得之；又索衣，首军以番衣予之，不受，从叶贵等借衫递与之。倭首军

> 陪伯起食饭，此十八晚事也。十九亭午，带所掠船并我船，送至台山外。伯起为请放，即放各船归。倭船大可丈八，内有马四匹，铜铁满舱。皮箱甚多。叫我人去看，说："汝国人往我处，每年有三四十船，我俱礼待你；中国人见我来，便要杀。"说彼国简易，说中国即皱眉。倭亦能写字，以笔与伯起写，伯起不写。倭即写"日本人无情"。伯起取其笔，写"日本人有情"。倭又抹却"有"字，仍写"无"字。施七又言倭人与吾人，亦无甚异，但喜弄刀，或以刀作铳，眇视而声之，无刻不然。此差原系方舆，舆荐伯起自代，傅、盛等三人皆方舆所遣。三人归，而伯起不返，可怜！明年三月，以计绐之，送归，得为海上神将。

故事也是发生于闽海，抚台遣义民董伯起等出海侦探倭寇军情，遇倭船被俘。董伯起为保护同伴，自承是头领，坦承是受官府派遣而来，扬言官军有五百艘战船吓退倭寇，被倭寇带走，"我今拚命报国矣"，后用计归来，被任命为海上神将。小说多用对话写人物形象与心理，情节曲折惊险，很是吸引人。

两篇传奇都写与倭寇的直接遭遇，颂扬中国民众反抗侵略的爱国精神，同时也反映出明代后期（嘉靖、万历朝）东南沿海倭寇日益猖狂、明代国势日益衰弱的现实。作者身居高位，有深重的忧患意识，故其写作也有强烈的现实针对性。

明代涉海笔记小说数量众多，内容也十分丰富。一是对海外异域强烈的好奇心：

> 宋嘉祐中，海上一舟遭大风，桅折，信流泊岸。舟中三十余人，着短皂衫，系红鞓角带，类唐人，见人拜且恸哭，语言书写皆不可晓。步则相缀如雁行，后出一书示人，乃唐天祐中告授新罗岛首领，陪戎副尉也。又有《上高丽表》，亦称新罗岛，皆用汉字，盖东夷之

臣属高丽者。时赞善大夫韩正彦宰昆山，召至县，犒以酒食，且为修船造梶，教以起仆之法。其人各捧首，致谢而去。船中凡诸谷皆具，惟麻子大如莲芍，土人种之亦大，次年渐小，数年后，如中国者。（《涌幢小品·新罗人》）

万历辛亥六月，海风大发，温州获异船三。初获为裴暴等七十三名，自供为阿南国升华府河东县人，五月，奉上官差，往长沙葛黄处，荐礼祭祀灵神而被风者。再获为武文才等二十五名，供为升华府河东县人，六月，往归仁府维远县贩卖，飘至海中，为盗所劫而被风者。三获为弘连等三十七名，并瑞安县获解称文稜等五名，共四十二人，自称为升华府潍川县人，五月，就富安府装载官粟并各物，回本营而被风者。阿南即安南国，其君黎姓，后莫姓继之，今复归于黎。有五道、四宣、二京都，城市有古殿旧迹，人皆被发，裸下足，盘屈蹲踞为恭。声音莫辨，饮食无分生熟。……问："读何书？"曰："孔、孟、五经、四书。""念何佛？"曰："南无阿弥陀佛。""唱何曲？"曰："《张子房留侯传》。"史译审无他，各发原土安插。沿途水则从舟，早则从陆。驰檄经过地方官司，差兵押递。……（《涌幢小品·海舟》）

两则笔记都是描述因海上风暴而漂流至中国的外国人，涉及形貌、穿着、饮食、语言、教育等。对海外诸国的描述，既有实情，也渗入了想象：

海外有浮提国，其人皆飞仙，好行游天下。至其地，能言土人之言，服其服，食其食。其人乐饮酒无数，亦或寄情阳台别馆。欲还其国，一呼吸顷可万里，忽然飘举，此恍漾之言。然万历丁酉年，余同年叶侍御永盛按江右，有司呈市上一群狂客，自言能为黄白事，极饮娱市，市物甚侈，多取珠玉绮缯，偿之过其值。及抵暮，此一行人忽不见。诘其逆旅衣囊，则无一有。比早复来，甚怪之，请得大搜。

叶不许，第呼召至前，果能为江右土语。然不讳为浮提人，亦不谓黄白事果难为也。手持一石，似水晶。可七寸许，置之于案，上下前后，物物入镜中，写极毛芥。又持一金镂小函，中有经卷，乌楮绿字，如般若语，览毕则字飞。愿持此二者为献。叶曰："汝等必异人，所献吾不受。然可速出境，无惑吾民。"各叩首而去。（《涌幢小品·浮提异人》）

日本原六十八岛，各据其地，至平秀吉始统摄之。……倭俗简易，寸土属王。倭民住屋一编，阔七尺，岁输银三钱。耕田者，粟尽入官，只得枯槁，故其贫者甚于中国，往往为通倭人买为贼，每名只得八钱。其人轻生决死，饮食甚陋，多用汤，日只二餐，以苦蓼捣入米汁为醋。其地多大风，夏秋间风发，瓦屋皆震，人立欲飞。乍寒乍暖，气候不常，其暑甚酷，一冷即挟犷。九月以后即大雪，至春止矣，大小终日围炉。妇人齿尽染黑，闺女亦然。以雪抛掷，孩子穿红绉纱，践于雪中，不惜。其酋长喜中国古书，不能读。不识文理，但多蓄以相尚而已。亦用铜钱，只铸洪武通宝、永乐通宝。若自铸其国年号，则不能成。法有斩杀，无决配。倭人伤明人者斩，倭王见明人，即引入座。我奸民常假官，诈其金。留倭不归者，往往作非，争斗、赌盗无赖。有刘凤岐者，言自三十六年至长崎岛，明商不上二十人；今不及十年，且二三千人矣。合诸岛计之，约有二三万人。此辈亦无法取归，归亦为盗，只讲求安民之策可也。（《涌幢小品·倭官倭岛》）

二是传闻与史事的记录：

阖闾十年，有东夷人侵逼吴境，吴王大惊，令所司点军，王乃宴会亲行。平明，出城十里顿军，憩歇，今憩桥是也。王曰："进军！"

所司奏食时已至，令临顿。吴军宴设之处，今临顿是也。夷人闻王亲征，不敢敌，收军入海，据东洲沙上，吴亦入海逐之，据沙洲上，相守一月。属时风涛，粮不得度，王焚香祷天。言讫，东风大震，水上见金色逼海而来，绕吴王沙洲百匝。所司捞漉，得鱼，食之美，三军踊跃。夷人一鱼不获，遂献宝物、送降款。吴王亦以礼报之。仍将鱼腹、肠肚以咸水淹之，送与夷人，因号逐夷，夷亭之名昉此。吴王回军，会群臣，思海中所食鱼，问所余何在？所司奏云："并曝干。"吴王索之，其味美，因书"美"下著"鱼"，是为"鲞"字。鱼出海中，作金色，不知其名。吴王见脑中有骨如白石，号为石首鱼。

其鱼似黄鱼而稍大。《本草》："和莼作羹，开胃益气。"加盐，暴干食之，名为鲞。土人爱重，以为益人，虽产妇在蓐，亦可食。炙食之，主消瓜成水。初出水，能鸣，夜视有光，头中有石如棋子。又野鸭头中有石，云是此鱼所化。

海鱼以三四月间散子，群拥而来，谓之黄鱼，因其色也。渔人以筒测之，其声如雷。初至者为头一水，势汹且猛，不可捕；须让过二水，方下网。簇起，泼以淡水，即定。举之如山，不能尽。水族之利，无大于此者。盖散子既有时，必近海多山，气稍暖，可倚以育。若在溟涬中无所著，如何生得？此造化自然之奇。而或谓内水冲出，故鱼至，未必然。（《涌幢小品·鱼》）

今城之西北有宝船厂。永乐三年三月，命太监郑和等行赏赐古里、满剌诸国，通计官校、旗军、勇士、士民、买办、水手共二万七千八百七十余员名；宝船共六十三号，大船长四十四丈四尺，阔一十八丈，中船长三十七丈，阔一十五丈。所经国，曰占城，曰爪哇，曰旧港，曰暹罗，曰满剌伽，曰阿枝，曰古俚，曰黎伐，曰南渤里，曰锡兰，曰裸形，曰溜山，曰忽鲁谟斯，曰哑鲁，曰苏门答剌，曰那孤儿，曰小葛兰，曰祖法儿，曰吸葛剌，曰天方，曰阿丹。和等归建二寺，一日静海，一日宁海。按此一役，视汉之张骞、常惠等凿空西域，尤为险远。后此员外陈诚出使西域，亦足以方驾博望，然未有如和等之泛沧溟数万里，而遍历二十余国者也。当时不知所至夷俗与土产诸物何似，旧传册在兵部职方，成化中中旨咨访下西洋故事，刘忠宣公大夏为郎中，取而焚之，意所载必多恢诡谲怪、辽绝耳目之表者。所征方物，亦必不止于蒟酱、邛杖、蒲桃、涂林、大鸟卵之奇，而《星槎胜览》纪纂寂寥，莫可考验，使后世有爱奇如司马子长者，无复可纪，惜哉！（顾起元《客座赘语·宝船厂》）

定海演武场，在招宝山海岸。水操用大战船、唬船、蒙冲、斗舰数千余艘，杂以鱼艓轻艖，来往如织。舳舻相隔，呼吸难通，以表语目，以鼓语耳，截击要遮，尺寸不爽。健儿瞭望，猿蹲桅斗，哨见敌船，从斗上掷身腾空溺水，破浪冲涛，顷刻到岸，走报中军，又趵跃入水，轻如鱼凫。水操尤奇在夜战，旌旗干橹皆挂一小镫，青布幕之，画角一声，万蜡齐举，火光映射，影又倍之。招宝山凭槛俯视，如烹斗煮星，釜汤正沸。火炮轰裂，如风雨晦冥中电光倏焱，使人不敢正视；又如雷斧断崖石下坠不测之渊，观者褫魄。（张岱《陶庵梦忆·定海水操》）

第一则写春秋时吴王阖闾入海征讨东夷缺粮，焚香祭天，海面涌上金色之鱼，食之味美，吴王见鱼脑中有骨如白石，称之石首鱼（现在称黄鱼），又对鱼的习性、产子等作了考证；第二则介绍郑和下西洋的船只、到过的国家，为记载夷俗土产之书被焚与所征之物稀少而可惜；第三则生动描述了招宝山海面明军操练的盛况及水兵的勇健。

三是对明朝外患内乱的关注：

倭寇之起，缘边海之民与海贼通，而势家又为之窝主。嘉靖二十六年，同安县进士许福，有一妹，贼虏去，因与联婚往来，家遂巨富。考察闲住佥事某，放诞挟制，尤属无赖。甚至占官兵为防守，一方苦之，甚于盗贼。及朱秋厓开府巡视，行保甲法，破碎其谋，而谤言大兴。今承平六十年，恐复有袭此风者。

嘉靖三十一年春三月，倭登黄华，勇士某等三十六人接战，死之。勇士者，栝人也，骁悍无比，皆衣楮甲，用铁挡，与倭遇，即前突之。而淫霖不止，甲濡且重，又兵寡不敌，欲少退择利，顾桥已断矣。盖土人畏倭，而以勇士委之也。倭凡数百千人，尾勇士数人而行。勇士迫，则举挡反击，逐贼，贼走复来，如是者数四，莫敢近。土人隔水望见者，莫不壮之。于是勇士乃从埭渡，埭崩，而栝人不善水，遂沉水中，贼从上射之，宛转死矣，其后河上常闻鬼哭声焉。

嘉靖三十五年丙辰五月初一日，倭船五十余从吴淞猝至上海，百计攻围。积十七日，内外援绝。贼窥西南隅地旷而僻，作竹梯三乘，高与城等，置两轮于左右端，乘四鼓时守者多倦寝，贼布梯濠上，匍匐渡者百余人。舁梯倚城墙，推轮而上。一贼蹑级将登，适守城乡绅徐鸣鸾，不寐心动，促诸生唐缉巡城。瞥见惊呼，城夫杨钿跃起，登女墙呐喊，贼从下以枪戳之，钿坠城外，压梯上，贼亦坠。城上炮石如雨，贼不能支，退而涉濠。偶潮决浦口堰，水高数尺，相随溺濠中，城上人未之知也。平旦，贼弃营垒走，侦者往濠上，见衣裾浮水面，拽之，得死人，争入水，拽得六十七人。皆披重铠，持利器，头颅大如斗，口员而小，色黝黑，知为真倭。其精锐尽于此矣。是日，贼从浦中南去，至六月七日，复回舟，从浦出海，自后虽有警报，更不入境云。(《涌幢小品·日本》)

东南海寇日甚一日，丙午嘉靖二二十五年秋遂至浙西，吾邑亦被其害，此事皆缘势要之家，通番获大利以贻国家。东南之忧，国初设官市舶，正以通华夷之情，迁有无之货，如西边茶市、北边马市亦然。观其官以市舶为名，意可知矣。圣祖特起信国公汤和于衰暮之年，令其筑城海上，自山东至浙，专防倭寇，而乃有市舶，许海夷进贡，岂无深意！今徒禁绝番夷入贡，遂使势豪得倖其利。禁愈严，则势豪之利愈重，而残杀之害愈酷矣。要之，势豪之家亦必有殒身灭族之祸。盖缘其始欺官府而结海贼，后复欺海贼而并其奇货，价金百不偿一。积怨既深，一旦致毒，祸不远矣。近日东南倭寇，类多中国之人，间有膂力胆气谋略可用者，往往为贼。鲡路踏白，设伏张疑，陆营水寨，据我险要，声东击西，知我虚实，以故数年之内，地方被其残破，至今未得殄灭。缘此辈皆粗豪勇悍之徒，本无致身之阶，又乏资身之策。苟无恒心，岂甘喙息，欲求快意，必至鸱张。是以忍弃故乡，幡从异类。倭奴借华人为耳目，华人借倭奴为爪牙，彼此依附，出没海岛，倏忽千里，莫可踪迹。况华夷之货，往来相易，其有无之间，贵贱顿异。行者逾旬，而操倍蓰之赢，居者倚门，而获牙侩之利。今欲一切断绝，竟致百计交通。利孔既塞，若不包荒含垢，早为区处，恐数年乱源遂开……（郑晓《今言类编》卷四）

笔记记述民众、乡绅及官军的巡海、守城与倭寇的战斗。又指出倭患难以迅速清除的诸种原因，如朝廷禁绝番夷入贡，势豪之家与贼相结而牟利；海边之民为生计，也与倭寇勾结；无资产无恒心之勇悍之徒"欲求快意，必至鸱张。是以忍弃故乡，幡从异类"。于是或设伏张疑，据我险要，或声东击西，知我虚实，"或为爪牙，彼此依附，出没海岛，倏忽千里，莫可踪迹"，"益至滋蔓，遽难扑灭矣"。这些观察分析是切合实情的，也是深刻的。要清除倭患，除了军事手段，还得多管齐下，多方筹措。

除了倭患，乱象不止一端。黄瑜《双槐岁钞》中的《黄寇始末》生动记叙了不法者的作乱过程：

南海贼黄萧养者，冲鹤堡人也，貌甚陋，眇一目，而有智数。坐强盗,在郡狱逾年,所卧竹床,皮忽青色,渐生竹叶,同禁者江西一商人,谓曰:"此祥瑞也。"因教以不轨,使人藏利斧饭桶中,破肘镣,越狱而出,凡十九人。商人遂逸去,不知所在。官隶狱卒追之,挥斧而行,人莫敢近,其党驾船以待,遂入海潜遁,正统十三年九月也。于是啸聚群盗,赴之者如归市,旬月至万余人。十四年八月,攻围郡城,官军御之,辄为所败,城中饥死者如叠。制云梯吕公车冲城,几为所破。设开都伪官,招诱愚氓,渐至十余万。都指挥王清自高州引兵赴援,至广,舟胶浅水。有小艇载柴及盐鱼者,奔迸若避贼状,官军问萧养所在。言未脱口,伏兵出柴中,擒清,尽歼其军。城中震恐,三司官登城望之,刃矢森发,相顾涕泣而已。间道告急,驿至京师。诏遣都督董兴总兵,都指挥同知姚麟副之,兵部侍郎孟鉴、金都御史杨信民督其军,寻命信民巡抚广东。贼既屡胜,遂僭称东阳王,改元,授伪官者百余人,据五羊驿为行宫,四出剽掠。信民旧为广东参议,将至,贼众渐散。景泰元年春,兴等进兵,时天文生马轼随行,至江西,夜半闻鸡,兴问之曰:"此何祥也?"对曰:"鸡不以时鸣,由赏罚不明,愿公严军令。"及经清远峡,有白鱼入舟中,轼曰:"武王伐纣,有此征应,此逆贼授首之兆也。"时萧养聚船河南千余艘,其势甚张,众欲请兵。轼曰:"兵贵神速。若请兵,则缓不及事。以所征两广、江西狼兵,取胜犹拉朽耳。"兴从之。三月初五夜,有大星坠于河南,及旦,以所占告曰:"四旬内,破贼必矣。"四月十一日,兴帅官军至大洲头,与贼遇,果大破之。时信民使人赍榜,谕贼使降。萧养曰:"杨大人,我父母也。当徐思之。"获巨鱼为献,信民受之,立斫数十段,颁于有司。贼出而叹曰:"势不佳矣。"叛萧养者渐多,留者不满一千。会信民中毒,卒,鉴乃益加招徕。萧养中流矢而卧,为官军所擒。于是奏捷于朝,萧养伏诛,余党悉平。

南海贼黄萧养在狱中因受一商人鼓动,越狱作乱,响应者竟达十余万,攻城略地，大败官军，自称东阳王，虽最终被剿灭，也反映了民心思变、祸乱四起的动荡时局。

四是记述奇闻异事，如有关神灵崇拜的：

吴元年，大将军平定山东，次年，上即皇帝位，改元洪武正月。己亥，命道士周原德往登莱州，谕祭海神。原德未至前数日，并海之民见海涛恬息，闻空中洋洋然若有神语者，皆惊异。及原德至，临祭，烟云交合，异香郁然，灵风清肃，海潮响应。竣事，父老皆忻喜相贺，争至原德所曰："海涛不息者十余年矣，今圣人应运，太平有兆，海滨之民，有何幸身亲见之。"原德还奏，上悦。(《涌幢小品·祭海香云》)

绍兴十八年，王浩以余姚尉摄昌国盐监。三月望，偕鄱阳程休甫，由沈家门泛舟。风帆俄顷至补陀山，诘旦，诣善财岩潮音洞，洞乃观音大士化现之地。时寂无所睹，炷香烹茗，但碗面浮花而已。晡时再往，一僧指岩顶有窦，可以下瞰。公攀缘而上，忽见金色身照曜洞府，眉目了然，齿如玉雪。将暮，有一长僧来访，云："公将自某官历清要，至为太师。"又云："公是一个好结果的文潞公，他时作宰相，官家要用兵，切须力谏。二十年当与公相会于越。"遂辞去，送之出门，不知所在。乾道戊子，以故相镇越，一夕，报有道人称养素先生，旧与丞相接熟。典客不肯通刺，疾呼欲人谒，亟命延之。貌粹神清，谈论风起，索纸数幅，大书云："黑头潞相，重添万里之风光；碧眼胡僧，曾共一宵之清话。"掷笔不揖而行。公大骇，遍觅不见。追忆补陀之故，始悟长身僧及此道人皆大士见身也。(《涌幢小品·普陀》)

嘉靖十六年丁酉，琼州诸生应试。见海神立水面，高丈余，朱发长髻,冠剑伟异。众惊异下拜,神掠舟而过。次日,有三舟复见,诸生大噪拒之。神忽不见。少顷,风大作,三舟皆溺。(《涌幢小品·琼海》)

崇拜的有天神、观音、海神等,各有所需,体现了民间信仰的多元化。另一类是怪异传闻与风俗,大多带有明显的志怪色彩:

闻都御史朱公英云:广东海鲨变虎,近海处,人多掘岸为坡,候其生前二足缘坡而上,则袭取食之。若四足俱上坡,则能食人,而不可制矣。(陆容《菽园杂记》)

刘时雍为福建右参政时,尝驾海舶至镇海卫,遥见一高山,树木森然,命帆至其下。舟人云:"此非山,海鳅也。舟相去百余里,则无恙,稍近,鳅或转动,则波浪怒作,舟不可保。"刘未信,注目久之,渐觉沉下,少顷则灭没不见矣。始信舟人之不诬。盖初见如树木者,其背鬣也。(《菽园杂记》)

乾道丙戌夏,乐清县海门有蛟,出水长丈余,既而塔头陡门水,吼二日,而海上浮钱甚多。有一父老识之,曰:"海将钱鬻人也,风必作,亟系船于屋。"里人咸笑之。至八月十七日,海果溢,一县尽漂,其家独免。(《涌幢小品·海钱》)

万历十七年六月,慈溪县民邵二等,船到八都,地名茅家浦口。适见红血从草涌出,约有八处,大如盆面,高有一尺。血腥溅到船上,船即出血;溅到人足,足亦出血。约半时方止。考嘉靖年间,一见慈溪,有倭寇入犯之祸;一见东阳,有矿贼窃发之虞。近万历十五年五月,复见余姚,未几,即有杭城兵民之变。是时闽人陈中从琉球

来，报称倭奴造船挑兵，倾国入寇，见在福建查审。寻破朝鲜，浙兵东征，死者甚众。(《涌幢小品·血涌》)

温州乐清县近海有村落，曰三山黄渡。其民兄弟共娶一妻。无兄弟者，女家多不乐与，以其孤立，恐不能养也。既娶后，兄弟各以手巾为记，日暮，兄先悬巾，则弟不敢入。或弟先悬之，则兄不入。故又名其地为手巾岙。成化间，台州府开设太平县，割其地属焉。予初闻此风，未信。后按行太平访之，果然。盖岛夷之俗，自前代以来，因袭久矣。弘治四年，予始陈言于朝，请禁之。有弗悛者，徙诸化外。法司议拟先令所司，出榜禁约，后有犯者，论如奸兄弟之妻者律。(《菽园杂记》)

有跟鱼、蛟有关的奇闻，有倭寇作乱而致"红血从草涌出"，船出血、足出血的怪事，真假参半，难以证实；最后一则关于乐清县近海村落中兄弟共娶一妻的风俗，历史久远，"既娶后，兄弟各以手巾为记，日暮，兄先悬巾，则弟不敢入。或弟先悬之，则兄不入。故又名其地为手巾岙"，写得很是生动，不可能是虚构的，而其原因是"无兄弟者，女家多不乐与，以其孤立，恐不能养也"。此风俗后来遭禁。

最后是笔记体志怪小说，多是一事一记，篇幅简短，如以下两则：

陆容居吴之娄门外。正德丙寅春，一日薄暮，容倚门独立，闻隔岸汹汹，若有兵甲声。已而有数千百人自腰以上不可见，腰以下可见，皆花缯缴股，其行甚疾。容大惊，呼其家男女老幼毕出，皆见之。逾时过始尽。是岁崇明海寇钮东山作乱，奏调京军及诸卫军讨之，兵岁余乃罢，官帑为之一空，容所见盖兵象也。(陆粲《庚巳编·鬼兵》)

万历戊戌，副总兵邓子龙领兵征倭。渡鸭绿江，有物触舟，取视之，乃沉香一段，把玩良久，曰："宛似人头。"爱护之。每入梦，则香木与首，或对或协而为一。后死于倭，载尸归，失其元，取香木雕为首，酷肖。子龙，南昌人。骁勇善战，能尽其才，亦一时名将。乃存时仅一偏裨，屡为言者所攻，世之不善容才乃尔。沉香其殆怜而先知，愿与作伴作面目乎？（《涌幢小品·触舟沉香》）

一写鬼兵出现，预兆海寇作乱，一写沉香木与死者合为一身，似冥冥中安排。也有叙事相对曲折的：

海宁百姓王屠与其子出行，遇渔父持巨龟，径可尺余。买龟系著柱下，将羹之。邻居有江右商人见之，告其邸翁，请以千钱赎焉。翁怪其厚，商曰："此九尾龟，神物也，欲买放去。君须臾成此，功德一半是君领取。"因偕往验之。商踏龟背，其尾之两旁露小尾各四，便持钱乞王。王不肯，遂烹作羹，父子共啖。是夕，大水自海中来，平地高三尺许，床榻尽浮，十余刻始退。及明午，翁怪王屠父子不起，坏户入视之，但见衣衾在床，父子都不知去向。人或云：害神龟，为水府摄去杀却也。吴人仇宁客彼中，亲见其事。（陆粲《庚巳编·九尾龟》）

金陵商客富小二，泛海至大洋，遇暴风舟溺，富生漂荡抵岸。行数十步。满目皆山峦，全无居室。饥困之甚，忽值一林桃李，累累果实，采食之。俄有披发而人形者，接踵而至，遍身生毛，略以木叶自蔽。逢人皆喜挟以归，言语极啁啾，微可晓解。每日只啖生果。环岛百千穴，悉一种类。虽在岩谷，亦秩秩有伦，各为匹偶，不相杂糅。众共择一少艾女子以配富，旋生一男。富风闻诸船上者，人知为猩猩国。生儿全省父，俱微有长毫如毛。时虑富窜伏，才出。辄运巨石室其窦；或倩他人守视。既诞此男，乃听其自如。凡三岁，因携男独纵步，望林杪高桅趋而下，得客舟，求附行。许之，即抱男以登。无来追者，遂得归。男既长大，父启茶肆于市，使之主持。赋性极驯，傍人目之为猩猩八郎。（冯梦龙《情史类略·猩猩》）

上篇叙百姓王屠从渔父处买龟将杀，商人说是神物，欲以千金买回放生，王杀而食之，结果海水上涌，卷走了王屠父子，故事并不复杂，但几次转折变化；下篇故事落入俗套，但叙述有层次，描写也算生动，猩猩八郎的身世令人唏嘘。

综上所述，明代的涉海传奇数量较少，艺术上也谈不上创新；志怪小说基本因袭前代同类作品，大多平淡无奇。但笔记体小说值得一看，涉及社会生活的诸多方面，特别是对现实情势的热切关注，譬如对明中叶以来倭患问题的思考分析（包括一部分传奇小说），对国内盗贼作乱现象的记录，都表现了强烈的忧患意识，创作已不是纯粹的个人兴趣与笔墨游戏，而是关乎时代社会的严肃认真的精神劳作。

# 第六章 清代：海洋小说的完成期

承接明代小说的繁荣，清代小说进一步发展，有多方面拓展和超越，成为中国古代小说的最后一座高峰。其主要标志，一是以《红楼梦》为代表的长篇章回体小说，在思想和艺术上达到了空前的深度和高度，堪称中国古代文学的瑰宝和经典；二是长期衰疲不振的文言短篇小说，因蒲松龄的《聊斋志异》而大放异彩，成为此一文体的辉煌的尾声；三是出现了众多各具特色的小说流派，如讽喻小说、人情小说、狭邪小说、侠义公案小说、谴责小说、英雄演义小说等，形成多元竞争的文学格局。值得提出的是，一些作品涉及了与时代转折密切相关的内容和主题，表现出对新社会图景的热切期盼，预示着异质性文学浪潮的必然到来。

## 第一节 英雄演义小说与海洋

英雄演义小说的渊源是宋元的讲史、话本，特别是明代大量出现的历史演义小说，其相同处是通过历史人物的成长、命运，描述一朝一代之交替兴衰，不同处是历史演义主要以历史为经纬展开叙述，而英雄演义则以人物为描述主体。一般将描述英雄业绩的作品称为"英雄传奇小说"，但问题在于"传奇"一词。以本书涉及海洋的三部长篇小说为例，《水浒后传》是承接小说《水浒传》而来，本身就带有鲜明的传奇色彩，而写于晚清的《海上魂》与《海外扶余》，一写文天祥，一写郑成功，都是真实的历史人物，其事迹大致也有依据，并无多少传奇色彩，所以"传奇"一词并不能涵盖此类小说。以"英雄演义小说"指称，既表明此类小说所描述的对象，又明确它们是"演义"，不必拘泥于历史，可以作大胆的想象与合理的艺术虚构。

《水浒后传》的作者陈忱，号雁岩山樵，浙江乌程（今吴兴县）人，生活于明万年至清康熙年间，遭遇了"天崩地裂"的历史转折，明之后绝意仕途，"卖卜自给"，"身名俱隐，穷饿以终"。《水浒后传》是他的晚年之作，为《水浒传》三部续作中的一部，其余两部是青莲室主人的《后水浒传》和俞万春的《荡寇志》（也称《结水浒传》）。三位作者都不满意于《水浒传》中宋江及梁山好汉接受招安、被奸臣所害的结局，按各自的愿望续作新篇，而《水浒后传》是最有成就的一部。此书讲述幸存的梁山泊英雄李俊、阮小七、李应、燕青、乐和等因奸臣迫害，再次啸聚山林，反抗官府，又在金兵入侵时奋起抗击，最后到海外创立基业。作者在序言中说："嗟乎！我知古宋遗民之心矣。穷愁潦倒，满眼牢骚，胸中块垒，无酒可浇，故借此残局而著成之也。然肝肠如雪，意气如云，秉志忠贞，不甘阿附……"可见《水浒后传》是一部发牢骚之书，浇块垒之书，抒意气之书，寄托着作者的沉痛与理想。

与海相关的叙述从第十四回开始，李俊梦中听宋江念了一首诗"金鳌背上起蛟龙，徼外山川气象雄。罡煞算来存一半，尽朝玉阙享皇封"，醒来却不解其意。

> 乐和道："宋公明英灵不昧，故托梦与兄长。骑坐黑蟒背上腾空而去，变化之象。力士称呼大王，定有好处。我想起来，昨夜算计不通，终不然困守此地？宋公明显圣说'徼外山川气象雄'，必然使我们到海外去别寻事业。"李俊道："正合我意。前日在缥缈峰赏雪，见一声霹雳，飞下一块火，寻看时，得一石版，也有四个字，是一样的，至今供在神堂内。"叫取来与乐和看了，道："我当初听得说书的

讲，一个虬髯公，因太原有了真主，难以争衡，去做了扶余国王。这个我也不敢望。但海中多有荒岛，兄弟们又都是服水性的，不如出海再作区处，不要在这里与那班小人计较了。"众人齐声道是，就把四个罛船装好了，选二百多个精壮渔丁，扮做客商，收拾家资，载了人眷，烧了寨，开了船。出了吴淞江，野水漫漫，并无阻隔。到得海口，把船停泊，再定去向。

以托梦解梦开始，颇有传奇色彩；附带交代虬髯公与扶余国，看得出海外建国的构想是受了唐传奇《虬髯客传》的启发；李俊们去海外也是情势所迫。

远航需要大海舶，刚好遇上童贯家人去国外勾当，于是

到了半夜，海舶上人睡着了，费保、倪云当先，一拥而上，大喊杀人，将两个差官与二十余个家丁都砍了，喝道："舵工梢水不许走！走的都是死！"那些人只得伏定。这里把死尸撺入海中，打扫血迹，引家眷上船，资财搬运过来，弃了罛船，查点舱内，尽是绸缎、丝绵、蟒衣珍异物件。叫水手拽起风帆，趁着东北风，望西南而进。出了大洋，众人一看，但见：

天垂积气，地浸苍茫。千重巨浪如楼，无风自涌；万斛大船似马，放舵疑飞。神鳌背耸青山，妖蜃气嘘烟市。朝光朗耀，车轮旭日起扶桑；夜色清和，桂殿凉蟾浮岛屿。大鹏展翅，陡蔽乌云；狂飓施威，恐飘鬼国。凭他随处为家，哪里回头是岸？

那海舶行了一昼夜，忽见一座高山，隐隐有钟磬之声。李俊问道："这山是哪里？"水手道："开船时东北风，转到这里是普陀山观音菩萨道场……"李俊道："我等杀业已多，今遇活佛去处，也要去磕个头儿。"唤水手湾船，搭起扶手……本山住持见一起男女服色整齐，迎到客堂先奉了茶，即设素斋款待。到晚，香汤沐浴。五更起

来，同四方来的善男信女，到大殿上焚香礼拜已毕，李俊取一百银子与住持打个合山斋。到盘陀石、潮音寺、紫竹林、舍身岩各处玩了一日，下船开去。

又行两昼夜，望见一处地方。许义起来一看道："此是清水澳，暹罗国界上了。这岛土地肥饶，有些景致。"说着，船已到岸，下了碇，请李俊等上崖散步，只见山峦环绕，林木畅茂，中间广有田地。居民都是草房，零星散住，牛羊鸡犬，桃李桑麻，别成世界。问土人道："此间有多少地面？属那州县管的？"土人道："方圆有百里，人家不上千数，尽靠耕田打鱼为业。各处隔远，并无所属。我们世代居此，也不晓甚么完粮纳税。只是种些棉花苎麻，做了衣服，收些米谷做了饭食，菜蔬鱼虾家家有的，尽可过得。再向南去三百里，有个金鳌岛，属暹罗国的。近日来个岛长，岛长名唤沙龙，暴虐不仁，贪婪无厌，长来骚扰，因此受他的气。"

李俊听说金鳌岛，触着宋公明梦中之言与石版上诗句，又问道："那金鳌岛离暹罗国多少路？风景何如？那沙龙是哪里人？"土人道："金鳌岛到暹罗国也只三百里。那岛四围高山峻岭，无路可去。南面岛口只通一个船的路，转三个大湾，方得到岸。一座城门，甚是坚固。里面盖造房屋，如宫殿一般。田地膏腴，五谷丰稔，山上野兽甚多，花果诸般多有，约莫有五百里广阔。那沙龙是洞蛮出身，长大雄健，遍体黄毛，两臂有千斤之力。使一柄五十斤重的大斧，腰悬弩箭，百步飞中。器械、马匹、船只俱备。有三千蛮兵，都是惯战的。那沙龙性极好杀，爱吃巴蛇耶酒。一年来上两次，有些姿色妇女，他便白昼奸淫。小男小女抓去做奴婢。还要进奉猪羊酒米，没法回他，只得受他荼毒。那暹罗国共管辖二十四岛，此为最强，便是国主也奈何他不得。"李俊道："我们是天朝大宋差来镇守，要剿灭那沙龙，与你百姓除害，何如？"土人道："若得老爷们驻此，百姓无不乐从。四旁有与我清水澳一般的小岛，都被他扰害。若闻得官兵驻扎，尽皆悦服的。"

李俊等最终是在暹罗国建立大业，而金鳌岛是二十四岛中抵抗最顽强的。小说描述了岛上的自然风光，居民的生活和风土人情，特别是岛长沙龙的暴虐不仁，贪婪无厌，所以土人盼望好汉去解救他们，使得李俊们的行为有了道义上的正当性。攻占金鳌岛后，李俊等又陆续平服了其余岛屿。

小说既写李俊去海外建立据点，又写李应、阮小七、栾廷玉等冲破官军，出海遇上日本倭丁：

> 却说一百号海鳅船装载了三千多兵、五百多匹马、许多粮饷辎重、各家宅眷，并三十五员好汉，还是宽绰的。出了大洋，四望茫茫，水天一色，正遇日暖风和，波光如练。各船上好汉饮酒取乐。扈成认得海道，叫向东南而去。舵师定了指南针，昼夜兼行。五六日光景，忽然转了风，黑夜之中，星月无光，大洋里下不得碇，只好随风驶去。
>
> 到得天明，掌针的水手叫道："不好了！这里是日本国萨摩州。那岸上的倭丁专要劫掠客商，快些收舵！"谁知落在套里，一时掉不出。那萨摩州倭丁见有大船落套，忙放三五百只小船，尽执长刀挠钩，来劫货物。扈成叫各船上头领，都拿器械立在船头，提防厮杀。那倭丁的小船团团里拢来，东张西望，思量上船。众头领尽把长枪抵开。当不得小船多，七手八脚，不顾性命的钻来。近船的虽是砍翻几个，只是不肯退。燕青叫凌振放炮。凌振架起大炮，点上药线，震天的响了一声。那炮药多力猛，若沿一里半里，无不立为齑粉，只因近了，反打不着，都望远处冲去。倭丁全然不怕。众头领无可奈何，只好敌住，相持了半日。燕青道："大炮打不着，做起喷筒来，将竹篙截断，装上火药铁砂，只有三尺多长圆木，塞了筒口。"不一时，造了一二百个，叫众兵——一齐点火，直喷过去，溅着皮肉皆烂，打伤了

好些,方才害怕,都退到套口,一字儿守住。

倭丁倒也狡猾,将生牛皮蒙在船头上,喷筒就打不进,只是不放出套。李应道:"陆地可以施展,这水面上不可用力。这些倭丁又不顾性命,怎么处?"唤水手:"问他可有通事,叫一个来。"水手叫着。倭丁放一个小船拢来。那船上一人摇手道:"不可放火药!"说道:"小的是通事。这萨摩州上都是穷倭,不过要讨些赏赐。"李应道:"我们是征东大元帅的兵,要到金鳌岛去的。他们要求赏赐,不过一二船到来,怎用这许多?"通事道:"倭丁贪婪无厌,只要东西,不要性命,不怕杀,只怕打。若见客商货物,竟抢了去。因爷们有准备,便只是讨赏。"李应道:"还是要银子,要布帛?共有多少人?要多少赏赐?"通事道:"银子这里贱,专要绸缎布帛。倭丁约有一千多人。随爷赏些罢了,那里敢计较多寡!"李应道:"你是那里人与他做通事?"答道:"小的漳州人。泛洋到这里,翻了船,回去不得,没奈何混帐。"李应叫取五百匹绸缎、五百匹棉布赏倭丁,又是四匹绸缎、四匹棉布赏通事。小船拨过去。通事叩谢道:"此去转西北,两日路程便是金鳌岛了。"通事搬绸布散与倭丁,稍有不均,便厮杀起来。放开套口,大船得出,向西北而去。

而李俊占了二十四岛后并不太平,先是打败了苗兵的进攻:

却说萨头陀、革鹏、革鸥围困金鳌岛甚急,苗兵布满云梯飞楼,爬上城来。李俊看看支持不定,忽听得海上炮声,苗兵纷纷退出。李俊、乐和、花逢春、费保也开门赶出。那大船上李应招手叫唤。李俊大喜,一齐上船,且草草叙礼,说道:"梦里也不想众位到来!且请把苗兵破了,再诉别来心曲。"李应传令,将战船摆开,擂鼓摇旗索战。萨头陀也整顿船只,革鹏居左,革鸥居右,两军呐喊。凌振架起子母炮放去,轰天一响,早把两个船打得粉碎,苗兵皆死海中。萨头陀口中念念有词，一阵鬼兵，都骑虎豹从空飞下，竟奔前来。公孙胜掣出松纹古定剑一指，喝声："疾！"有两员天将，神威四射，俱执降魔杵，把鬼兵打散。李应、王进挥兵赶杀。栾廷玉挺枪，关胜舞动青龙刀，径奔革鸥船上；呼延灼举起双鞭，扈成挥三尖两刃刀，奔革鹏船上；革鹏、革鸥抵住厮杀。燕青叫军士放火鸦火箭，那革鹏船上霎时都烧起来，烟焰涨天。苗兵无处躲避，跳下海去。这里军士将炮石打去，沉于海底。萨头陀见破了妖法，战船被烧，夺路走脱。革鹏、革鸥也待要走，被栾廷玉一枪刺中革鸥臂上，急忙躲避，关胜大喝一声，将革鸥砍为两段。革鹏见兄弟杀死，急令收舵逃脱。那些苗兵烧杀大半，剩得焦头烂额的不上三五百人。

**接着又与倭兵激战，因公孙胜作法天降大雪而取胜：**

那关白因革鹏被杀，倭兵攻城伤了许多，锐气已挫，又见岛兵新败，没了帮手，亦未敢就来攻城，只是紧紧围困。朱武与李俊等道："关白勇悍，倭兵尚多，若久留城下，倘拼命来攻，当他不起。我闻倭丁极怕寒冷，一见了冰雪，如蛰虫一般，动也不敢动。只是这沿海地方，那得冰雪？"公孙胜道："待贫道祈一天雪来，冻死了他。只怕罪孽！"李俊道："倭兵犯顺，自取灭亡。若被他所破，不唯我等永无归路，那暹罗数百万生灵，都要受他荼毒。请先生便作起法来。"公孙胜就命在坎地上筑一坛，按了五方，选二十八人，手执幡幢，分立四方，作为二十八宿；又选十二人，作六丁六甲之神，一童子执炉，一童子捧剑。公孙胜登坛，披发仗剑，步罡礼斗，焚化符箓，一日作法三次。到第三日：

形云暖靆，黑雾迷漫。吼地北风，吹散满林落叶。扑天柳絮，霎时堆起琼瑶。鸟群哀噪古枯枝，兽队怒嗥藏土穴。指枯皮裂，鬼哭神愁。寒威凛凛结冰澌，冷气萧萧连冻雨。

却似雪窖牧羝持节日，蓝关倒马咏诗时。

那雪下了一昼夜，足有五尺多高。暹罗百姓自古不见这雪，尽皆骇异。那倭丁只怕冷，不怕热，从来没有寒衣。况是秋天到的，那里当得这般寒冷？缩做一团，冻死无数在雪里。关白想道："敢是上天发怒，不容我在这里！下这什么东西？再过两日，尽要冻死了！"遂收兵回去。在雪中一步一跌的，到南门，见战船多被烧坏，还剩有几十个在海面上。叫黑鬼下海，推到岸边来。那黑鬼可以在水里过得几日的，只因雪天，海水都成薄冰，泅了去，如刀削肉一般，又冻死了好些。推得船来，关白同倭兵下船。谁知公孙胜先已料得，又祭起风来，一时间白浪掀天，海水沸腾，满船是水，寸步也行不得，只好守在岸边。三昼夜风定后，海水都成厚冰。关白和倭兵都结在冰里，如水晶人一般，直僵僵冻死了。

小说中多处写到日本国兴兵侵夺挑衅，有作者的切身感受，其实是将明代的史实移到南宋了。

然后又有青霓三岛兴兵作乱，为不使其他岛人效尤，李俊又出兵问罪，一一剪除，正是"创造丕基原不易，欲安乐土岂辞劳！"两路好汉集合一处，几起几伏，终于在暹罗国创立了自己的政权。

小说在战事倥偬之间，常插入一些轻松有趣的故事，如士兵捕鲸的描写：

却说李俊在韭山门耽搁了两日，看见风色顺了，许义引路，带了十只船，一同进发。天色晴明，波浪不起。李俊喜乐，叫取酒与众兄弟叙谈，唤许义同坐了吃酒。正行之间，忽听得后面梢上舵工叫道："不好了！快些湾船。"水手忙落了风篷，用力撑到沙嘴上，抛下锚碇。李俊惊问道："怎的？"水手摇手道："不要响。"李俊等看时，只见白浪如山，喷雪鼓雷的响，有一大鱼，竖起背脊，如大红旗一般，扬须喷沫而来。那船似簸箕一般，翻覆不定。花逢春看见，立起身来，取下铁胎弓，搭上狼牙箭，左手如托泰山，右手如抱婴孩，觑得亲切，飕的一箭射去，正中大鱼的眼睛。那鱼负疼，把尾乱掉，那波浪滚起，有二三丈高，十来丈远，泼得满船都是水，亏得下碇坚牢，不致倾覆。许义唤军士放箭，二三十把弓，一齐射去，那鱼虽然力猛，先是眼珠上中了一箭，已是难熬，又被这乱箭攒射，也有穿腮的，也有透腹的，渐渐动弹不得，翻了转来，浮在水面，那波浪势定。

二三百兵一齐把挠钩搭着，用力扯到沙滩上来，首尾足有数十丈，犹然巨口含牙，眼珠闪动。舵工道："此是鲸鱼。我们惯行海道，也时常看见。这是小的，若是大的，把口一吸，那船还不够他当点心哩！"李俊道："花公子这神箭真是家传！当时花知寨初到梁山泊，见群雁飞鸣而来，知寨一箭穿了雁头，晁天王和众人无不惊异。可见将门有种。若无这箭中他眼珠，怎生拿得？可喜可敬！"众人尽把利刃剜割鱼肉，剖开肚腹，见二三十斤一个癞头鼋在腹内尚未变化哩！那两个眼睛乌珠挖将出来，如巴斗大小，乐和道："将他镂空，当水晶灯，点上火，莹亮好看。"众人齐道有理。将鱼肉煮起来，肥美异常，五六百人个个厌饫，多的腌了。为这鱼倒停住一日。

这些描写虽然不免夸张，但已脱去志怪小说的荒诞离奇，其生动形象证明作者对海洋是比较熟悉的，但更主要的是调适叙述的节奏感，避免情节一味紧张造成的单调，张弛相间，错落有致，显示了作者的艺术匠心。

小说最后写到众好汉在牡蛎滩救了逃亡海上的宋高宗，高宗派宿太尉到暹罗封李俊为国王，奉大宋年号为正朔，李俊等发誓要"作东南之保障，为山海之屏藩"，又联络高丽国共同抗倭；李俊活到一百二十岁，再传数世，国泰民安，隔数年到临安进贡，直到南宋灭亡。

与《水浒传》一样，《水浒后传》热情歌颂了人民的反抗精神，草莽英雄在国难当头时的一腔忠义。在特定的历史阶段，忠君与爱国常常是密不可分的，当外敌入侵，君就代表了国家，忠君就代表了对国家民族的深厚情感，而李俊们在海外开创基业，也正是为了抗击金兵，恢复中华的大好河山。而这也正是作者所寄寓的理想，作为明代遗民，面对山河变色，陈忱自然是怀着深沉的亡国之痛，小说署名"古宋遗民"，说白了就是"古明遗民"，小说写到柴进、燕青在吴山驻马时的感叹："可惜锦绣河山，只剩得东西半壁！家乡何处，祖宗坟墓远陌风烟。如今看起来，赵家的宗室，比柴家的子孙也差不多了，对此茫茫，只多得今日一番叹息！"这一番感叹也正是作者面对明朝沦丧、山河变易时内心的真实写照。而结合清初的史实看，有理由认为，作者写李俊等在海外建国，很可能是对郑成功在台湾抗清斗争的呼应，尽管这种理想最终是破灭了。

"《水浒后传》在艺术表现上有明显模仿《水浒传》的痕迹，但作为一部独立完整的作品，在塑造人物、结构布局和语言等方面都取得了一定的成就。"[①] 其他不论，单就小说的语言看，脱开了书卷气而用口语，自然流畅，干净洗练，叙事则张弛有度，对话则性情毕现，写景则灵动鲜活，其表现功力确实不是一般的作品可比。

与《水浒后传》一样，写于晚清的英雄演义小说《海上魂》和《海外扶余》，也是借前代英雄的业绩来影射现实处境与抒发心中愤懑，不同在于《水浒后传》借《水浒传》中李俊等去海外建国的传说演化而成，是艺术虚构的产物，而后两部小说则是在历史史实的基础上，作艺术上的合理构想和扩展，或者说是艺术化了的历史。

《海上魂》共十六回，作者陈墨涛。小说叙述南宋末年文天祥抗击元兵之事，从文天祥请二王镇守闽、广始，到文天祥被俘不屈成仁终，褒奖了以文天祥为代表的志士仁人的忠贞无畏，谱写了一曲悲壮的民族正气歌。在小说"绪言"中，作者坦承了写作此书的用意苦心：

---

[①] 郭预衡主编：《中国古代文学史长编》之《元明清卷》，首都师范大学出版社2000年版，第880页。

## 第六章 清代：海洋小说的完成期

> 莽莽神州，沉沉大陆，虎狼压境，中原流血，此正我所最亲爱、最崇拜之英雄最凄惨、最失志之时也，而亦我同胞今日所当流血以哭、馨香以祝之一纪念日也。乃当此地球以上，强权之旗到处奔走，民族帝国之风潮排山倒海而来，行将看太平洋上，于二十世纪开绝大之舞台，演非常之绝剧，而奈之何我同胞犹有昏昏梦梦、如醉如睡者，此伤心人所以不能不为我国同胞哭且吊也。
>
> 今有人焉，于零丁洋上发大声以唤国魂，出死力以保民族。已而出师未捷，颈血横飞，国破种衰，君臣投海，悠悠千载。吾哭其事泪枯而声绝，吾祝其人灰冷而香灭，吾日日纪念之不忘而妄挥吾秃笔。今出以赠我同胞，我同胞其以为纪念，日念被亡孤魂于海上，唤国魂于海上，为我祖国之大人物。呜呼！
>
> 噫嘻！高天苍苍，大海茫茫，明月欲咽，潮流欢扬。国魂耶？英雄之魂耶？魂兮魂兮其归来！吾将见之，吾无以名之，名之曰：《海上魂》。

一是指出当今世界强权横行，"演非常之绝剧"；二是看同胞犹昏梦沉睡，令人伤心；三是视文天祥为国魂、英雄魂，纪念文天祥，正是为了唤醒民族之魂，抵御外侮，振兴国家。可见写作《海上魂》有着强烈的现实针对性和深重的时代忧患感。

小说以海洋为空间展开叙述，始于第八回皇帝、皇太妃离开福州，张世杰率船队入海：

> 当下君臣登舟之后，皇太妃、帝昺、卫王昺和宫嫔、内侍等坐了二十只大船，群臣坐了十只大船，此外战舰尚有八千余艘，众将官领着，皆受张世杰节制。当日顺风齐下，帆影蔽天，才行了两日，这日清晨，忽然海上起了大雾，二十余里以内咫尺不能相见。少顷，怪风怒号，那波浪就排山倒海而来，只吓得皇太妃和帝昺惊号"停泊"。

张世杰正欲下令抛锚下碇，此时那惊涛怒浪之中，忽荡悠悠地飘过一只小船来，正飘到张世杰的战舰旁边，还离四五尺远，那小船上的人早已抛过铁锚来，把战舰搭住；那船上的人便一齐缘着铁链逃上战舰来，大叫道："元帅在哪里？不好了！"此时张世杰正在船头，便高声应道："怎么了？"那几个人才跑过来，一齐道："元帅，我们一队的巡游舰，都被怒浪翻入海中去了，幸亏我们这只船侥幸还逃得回来。如今大军不可向东南上去，前面有一队元人大军，不晓得是哪里来的，也是被风浪打得东倒西歪，如今已停泊在那里屯扎住了。"张世杰听说，才晓得巡游舰遭风覆没了，又听得前面有元军，当时眉头一皱，计上心来，心中盘算道："我本来也要停泊，如今既然前面有敌兵，我若停泊，等到雾开，两军相见，不免又有一场恶战。我不如乘雾偷渡，倘若他不知觉，不但免了这场战斗，而且他既然不晓得我们偷渡，自然也不会来追了，我们便可从容前去，岂不是这场大雾倒作成了我们吗？"想定主意，因又忖道："但是此乃铤而走险之计，只怕两宫胆小，晓得了要惊慌，我不如且犯一遭欺君之罪吧。"于是，走过大船来见了皇太妃和帝昺，便奏道："此处水深不能泊舰，尚须前进数里方有港湾可泊。幸亏今日波浪虽狂，却不是逆风，所以不妨前进。臣今命军士将大船十只为一连，把铁链锁住，可以加稳一点，请圣上不必惊恐。"那皇太妃和帝昺晓得什么水深水浅，还只道再耐一刻惊恐就可以停泊，便点头答应了。哪晓得张世杰退出来，叫军士把帝昺和群臣的大船十只一连锁好了，便率性下令挂起篷来，多派军士留心把住船舵，便冲风破浪，飞向前来，借着那涛声雾影，居然神不知鬼不觉地从元军旁边掠过去了。一直走了约三十余里，忽然雾开天见，原来已逃出了大雾以外了。可怜那皇太妃和帝昺、卫王昺，此时早已摔得头晕脑昏，躺在御榻上如醉了酒一般，幸亏此时风浪略减了些，有几个宫嫔头不晕的，便轮流着服侍，又进了许多水果，皇太妃和帝昺、卫王昺吃了水果，才渐渐地清爽过来。那张世杰虽然出了大雾,却还恐元军得知追了来,又见此时风浪也渐减了,便率性也不停泊,只把篷下了两道,挂着一道的篷,慢慢向前进发。到得晚上泊定了船,那风浪也平静了,张世杰才走过大船来,见了皇太妃和帝昺便跪倒叩头请罪,因把那趁雾偷渡的缘故说明了。皇太妃叹口气道:"非卿有此胆识,怎能逃出这场大险,却怎说有罪呢?以后倘再遇着有急变时候,卿尽可便宜施行,事后再奏吧。"张世杰叩头谢了恩退出来,到战舰上还恐元人过后得知追了来,吩咐众士卒留心巡逻探看,自己一夜不敢安眠。到得次日,才放了心,下令三军起碇前进,从此早行夜泊,一路无话。

出到海上,怪风怒号,波浪排山,卷翻了巡游舰,又遇上弥天大雾。亏得张世杰趁大雾弄险,才躲过了元军追击,但也摔得皇帝、皇太妃头晕脑昏,张世杰一夜不敢安眠。海上奔逃,真成了惊弓之鸟。

文天祥也率领一支舟师,与海盗发生战斗:

次日黎明,三声炮响,众战舰一齐起碇挂篷,竟奔向潮阳而来。到得潮阳,果见那刘兴、陈懿的一队战舰泊在那里,望去也有三百多只光景,文天祥便下令舟师一齐奔向前来。那刘兴、陈懿在舟中见是文天祥大军来,如何还敢迎敌?连忙起碇逃走,怎奈起得碇来,文天祥的舟师已赶到了。刘兴、陈懿率领群盗且战且走,文天祥在后面紧紧追杀,一直战到黄昏时候,那刘兴被文天祥军中一员新投营的将官刘子俊取了首级,其余群盗也死丧了千余。文天祥夺得百余只战舰,因见天色已黑,便下令鸣金收军,把战舰一齐泊住了。那陈懿带着余盗一直向西逃命去了。次日,文天祥便令巡游小舰四出探听陈懿的下落,一连探了几日,并无踪迹。文天祥心中好不焦急,更兼军中瘟疫日盛一日,军士又死了一千余人,还有那带着病的还不少。文天祥心想:再探两日,若无下落,便要出师了。

接着探听到元军派张弘范领七万舟师,在三十里外屯扎,文天祥因军中军士多半生病,无法迎战,要回海丰城中养兵:

> 当下文天祥便传令舟师连夜起碇,向归路进发,行到次日午后,到丽江浦岸旁,众战舰一齐泊住了。文天祥便分兵一半,命邹沨领着守护船只,自己领着一半人马舍舟登岸,竟奔向海丰城来。行到天色将黑,才走到海丰城北五坡岭地方,文天祥便下令三军扎下营寨,吃了晚饭再走。三军领令,当时便扎下营寨,众军士皆纷纷去埋锅造饭。到得初更天气,可怜黄粱初熟,猛听得如霹雳一声,鼓角齐鸣,喊声四起,原来是元军陆路先锋张弘范兵马到了。他因探得文天祥刚才扎下营寨,晓得一定是传晚餐了,所以偃旗息鼓地潜到文天祥营前才大喊起来,四面一齐杀入。文天祥和众将士真是迅雷不及掩耳,当下人不及甲,马不及鞍,乱纷纷四下逃走,却哪里逃得出去?那元兵围得如铁桶相似,顷刻间士卒已不知死了多少了。文天祥和众将东奔西撞,杀到二更天气,看看兵马越杀越少了,那元兵却又添了,陆路前军将军吕师夔的兵马也到了,当下又添了一重厚围。文天祥知事不好,便奋勇死战,杀到三更多天,文天祥身边数员大将战死的战死,被执的被执,只剩得文天祥一人,浑身是血,犹挥着双枪竭力死战。忽然,那坐下马被绊马索绊翻了,文天祥跌下马来,登时十余把挠钩齐下,把文天祥搭住了。众军士走过来,将文天祥捆起来载在马上。那残兵败卒见主将被执,便一齐抛枪投降。

文天祥就这样被元军所俘,一切设想皆化为泡影,有心杀敌,无力回天,让人生出"出师未捷身先死"的浩叹。小说写到文天祥被俘后与元军的初次交锋:

> 张弘范见了,十分欢喜,当下便令军士扎下营寨。张弘范和吕师

夔一齐升了大帐,叫军士将文天祥等一齐绑进帐来。军士答应一声,当时推进六员大将,却是文天祥、刘子俊、陈光、吕武、杜浒、金应。六人见了吕师夔、张弘范,皆直立不下跪。两旁军士齐叱道:"还不快快跪下!"刘子俊睁目大骂道:"该死的东西,你不认得我文天祥吗?我文天祥头可断,膝不可屈!你这该死的东西,快快闭嘴,休得多言。"文天祥也大叫道:"我乃文天祥,你们休得错认了别人。快快把我杀了,不必多言。"张弘范听了,倒弄得一时不知所措。吕师夔道:"我救赣州时虽然和他大军接过战,却也不曾会过他的面。如今只得把他且绑下去,等元帅到来,自然认得了。"张弘范点头称是,当下叫军士把他六人仍旧推下去小心守护着。到得次日黎明,李恒的中军和后军也都到齐,各安下营寨。张弘范便进中军大帐参见了李恒,报了这场大功。李恒听说擒住文天祥,非常欢喜,当时便叫军士把他六人带进来。文天祥等六人进帐见了李恒,仍旧是直立不跪。那刘子俊不晓得李恒是会过文天祥的,一进帐还是口口声声假冒文天祥。李恒听了,大笑道:"你想欺谁来,你道我不曾见过文天祥吗?谅你这无名小将,也何足假冒文天祥,我也不要闻你的真姓名了。"当下便令军士将刘子俊、陈光、吕武、杜浒、金应五人推出营门斩了,只留下文天祥,命军士将他绑下去小心守护着;一面令军士用了早餐,拔队起行,竟奔向丽江浦而来。

小说两次写到文天祥等宋将的"直立不跪",宋将大喊自己就是文天祥,文天祥大叫"我乃文天祥,你们休得错认了别人。快快把我杀了,不必多言"。接着五将被斩,但文天祥毫无惧色。自此文天祥被元军一路押着,过零丁洋,又在崖门海面目睹了决定南宋命运的最后一战,文天祥都有诗描述,但不知为何小说并未写到文天祥的这些经历。押到大都,文天祥拒绝了元世祖忽必烈的劝降,写下《正气歌》慷慨就义。

崖山之战极为惨烈,主角是宋将张世杰、大臣陆秀夫:

那战舰一解开，那元军便不顾生死一拥齐进，竟冲入中军来了。张世杰见势不好，忙领了精兵，也奔回中军来救护。那元军却早已冲到中军，将士皆纷纷跳过宋军舰上来，口口声声大喊道："你们张元帅已死了，你们还不投降，等待何时？"宋军将士听了，不知虚实，只吓得魂飞魄散，措手不及，皆被元兵纷纷杀死海中去了，也有胆小的便自己投海身死。

却说帝昺和各文臣的大舟正在中军前面，原来只有皇太妃和宫嫔的大舟是在中军的后队。当下陆秀夫见元兵已迫近帝昺的大舟，那大舟偏又是一排五百只连锁住，一时解不开，要逃走也来不及。陆秀夫没奈何，只得连忙先把自己妻子皆迫她跳入海中死了，自己却两步并作一步跑上帝舟，抢进中舱，只见帝昺躺在床上，已吓得如死人一般昏过去了。陆秀夫见了帝昺，也不暇行礼，便大叫道："陛下，不好了，大事去了！德祐皇帝为元人所执，辱国已甚，陛下不可再为所辱！"那帝昺被他一声大喊倒醒转来，微微睁眼一看，只叫得一声："谁来救朕？"陆秀夫早抢到床前高应道："微臣在此！"说罢，抱起帝昺跑出舱来，只见船尾已经跳上七八个元兵，奔向前来抢帝昺。说时迟，那时快，陆秀夫只大叫一声："不好！"便抱着帝昺极力向空中一跃，只听得"扑通"一声，君臣一齐投入海中去了。那内侍和群臣手脚快的都纷纷投海身死，迟了一步的便被元兵所害了。

陆秀夫背负八岁的小皇帝，毅然蹈海而死，保持了凛然气节，也宣告了一个王朝的终结。眼见大势已去，仓皇之间，张世杰有心再战，奈何天不助人：

> 如今且说那张世杰，当时想定注意，便令众战舰重新回转旧路来。才走到海阳县境界，忽然天昏地暗，飓风大作，惊涛怒号，只吓得众将士一个个叫苦不迭。苏刘义便劝张世杰移舟泊岸，张世杰摇头

道："不必，不必，这点风浪就害怕，何时才能到得广东呢？"苏刘义也点头称是。当下便冒死前进，走有半点钟之久，那风势越紧起来，吹得怒浪翻空，一个个浪头接连着从船尾打来，只打得那把舵的兵士浑身淋漓如落水的鸡一般，却死命把住舵不敢放松。此时海面上是黑茫茫的，咫尺不能相见，也辨不出东西南北，那船只趁着风势如箭地飞去。众将士呆坐在船上，毫无一策，也不知此刻是什么时候了。约略走有五六点钟之久，那战舰早已沉了十余只了，风势却有增无减，那浪头左一个，右一个，只打得船身东倒西歪，众士卒一个不留心便要被他摔下海去。张世杰见势不好，便登上舵楼，仰天长叹道："苍天，苍天！你若有心灭中国、助异族，你便率性把这战舰一齐翻入海中，不必留我这残身吧！你若苟留我三寸气在，我是总要扶助中国，诛灭异族的。苍天，苍天！你要中国或兴或败，早早决定主意吧！"说罢，独自一个坐在舵楼上长叹不已。少顷，果然风浪愈甚，登时又翻了十余只战舰，张世杰坐的那只战舰也翻入海中，可怜把个百折不回的英雄，竟送入惊涛怒浪之中作波臣去了。此时只听得风鸣浪吼，鬼哭神号，还剩下那十余只战舰如断线的风筝一般，在那怒涛中飘飘荡荡，一直飘到次日天明，那风浪才稍静了。众士卒拼命地拢到岸边泊定了，大家一看，只剩得十三只战舰，五六百名士卒，大将中只剩得苏刘义一个人，还有几员小将官。那苏刘义此时才晓得张世杰、方兴、张达等昨夜皆翻入海中去了。自己一想，剩下自己一个人也是无济于事了，当时大叫一声，也投海而死。剩下那几个没廉耻的小将官，便劝了众士卒一齐投奔元朝，投降去了。

张世杰率众回广东，却遇上"飓风大作，惊涛怒号"，张世杰不肯泊岸，冒险前进，船只不断翻沉，张世杰祷告苍天保佑中国，但终被怒涛吞没，将士也大多投海而死，不由让人想到古人"时来天地皆同力，运去英雄不自由"的感叹。

作者在褒扬文天祥、张世杰、陆秀夫等爱国志士的同时，也对官员和士兵纷纷投降之举，发出了沉痛的感喟：

> 如今且说前回未曾交代清楚的那元军班师以后情形。原来崖山那回大战，自帝昺投海，张世杰等出走之后，剩下那些将士降的降，死的死，登时俱尽；剩下有八千余只战舰，皆为元军所得。只喜得张弘范手舞足蹈，当下便传檄各处未下州县，劝他投降。咳，看官，你看偌大一个中国，人民不下数百兆，当下只听得"皇帝死了"四个字，便皆纷纷争迎异族，高挂降旗，那旗上还写着"大某顺民"四个大字。像这样的举动，在他的心思里，不过是说皇帝已死，事无可为，所以投降。岂知你若果有志气，何必一定要有皇帝才可以有为？皇帝虽死，你但尽你的力，做你的事，替中国争体面，难道人敢笑你无知妄为吗？这是断没有这个道理的。况且你若人人存了此心，皇帝虽死，中国不死，总要与异种决个我存你亡，那时无论如何凶悍的蛮族，虎狼的异种，我只怕也要闻风宵遁，望影奔逃哩！据这样看起来，文天祥、张世杰两人做的事业非不可成，是你们不能继其志，所以才不成了。

偌大中国，那么多人，听皇帝已死就高挂降旗，争当顺民，真是莫大的耻辱。在作者看来，国家不是皇帝一个人的，每个人应当有志气，为国家争体面，国家才有希望。这不仅是对宋朝而言，更是作者对自己所处时代危机日深中的国民的大声呼吁。

《海上魂》对海上战事的描述比《水浒后传》更为出色。作者善于营造大裂变时代特有的紧张动荡氛围，弥漫着一派扶大厦于既倒的刚烈的英雄气概；每场海战都写得惊心动魄，大开大合，而这些海战又与国运和英雄人物的悲剧相纠缠，尤其是细致地剖析了英雄末路时内心的痛苦、无奈和绝望，确实具有震撼人心的效果。不过，至少从海上抗元的部分来看，张世杰无疑是主角，对其苦心支撑危局的事迹叙述更详细，描绘也更悲壮，而文天祥匆匆出场，又匆匆收场，看不出在抗元斗争中的中流砥柱作用，两者相比，文天祥的形象不免显得单薄和模糊。

陈墨峰的《海外扶余》又名《郑成功传》，十六回，也是一个短长篇。《海外扶余》题目参照了唐传奇《虬髯公》中虬髯公因唐朝已立，便去远方做了扶余国王的故事，《水浒后传》中乐和也借此鼓动李俊到海外开辟基地，而郑成功收复台湾，也是作为反清复明的海外基地。郑成功是海盗郑芝龙之子，父亲被清廷招降，郑成功痛哭劝谏不成，便扛起反清大旗，以东南沿海为据点，几次大规模溯长江而上，声威震动天下，而终于无果，便率战舰浩荡东征，一举攻取荷兰殖民者窃据的台湾，年三十九而亡，传二世，台湾为康熙收归版图。郑成功的忠烈节操，向为后人所推崇，更主要是以民族英雄的形象彪炳史册。

小说的重心是写郑成功与清军的交战：

> 转瞬过了残年，春候方交，南风渐起。成功心中烦闷。那一日黄克功走过船来，向成功道："时候已转春，南风渐起，此地急切难破，元帅不可不寻个好港湾，以为过夏之计。"成功道："正是，我也为这事到各处去看过，只有东北角上担门山湾中还宽大，可以容得下。就修理船舰，洗刷船身，也都便当。只因为粮饷没有解齐，所以还不曾移位。但今晚有南风，却不可不防备。"说着，中军官进来报道："牙旗一面，被风吹折了。"成功听了，用六壬一推，和黄克功走到外面，看过旗帜，进来坐下，向黄克功道："牙旗吹折，我已占过，应在今日夜间敌人偷寨。但我看风势过大，已是南风尾了。南风尾大，北方头大，敌人不晓得乱行。况春季风候最宜传报，此刻南风虽大，只怕他走到半路上要尽了。你可把众将传来。"黄克功答应了出去。不一歇众将到齐，成功便向吴一簧、田麟、邱进、金裕四人附耳道："你可如此如此去办去。"四人便领命去了。成功又向黄克功、苏茂、陈

森、甘辉四人道:"你们今夜可去抢口。"众人不晓得何意,都道:"南风甚大,如何抢得来?"成功笑道:"我教你们抢口的法子。"遂向众人耳边说了几句。众人大喜,都分头去办事了,不提。

却说陈锦因见风势甚好,想去劫寨,便命辰泰带了五十号大船,乘着夜色往敌营行去;再叫李率泰也领了五十号船,随后接应。谁晓得辰泰驾着顺风,一霎数十里,来到敌营,冲了进去。成功早已预备下了,一声喇叭响,把船分开,让辰泰进去,随又包裹起来。辰泰见有预备,心中正在懊悔,勉强战了一阵,无奈敌人船多,一看自己时,净剩了十余船,风势又转了北向,晓得救兵难到,只得拼命杀出。成功随后追赶了来。辰泰拼命的逃走,走了四五里,看见远远的一队兵船到来。辰泰大喜,忙吹起号来,无奈对面的船迎着风,一时走不上来;辰泰却顺着风赶上,大喊道:"事败了,不用去吧!敌船随赶来了!"说着,那许多船都拨转了头。辰泰赶上,做一处逃进口来。成功随后就要赶到。原来口前已开了战了,却是陈锦和黄、苏、甘、陈四将大战。成功到时,便和四将并做一处。辰泰的船便望陈锦的阵中跑来,谁知不并犹可,刚刚走到陈锦阵边,辰泰大叫:"不好,贼来了!"正要迎敌,无奈事出仓率,连陈锦的阵都打大乱了,纷纷四散。原来这支兵乃邱进、金裕二人所借的。当下陈锦正在危急,却又有李率泰一支败兵冲了进来;后面吴一簧、田麟也赶了进来。陈锦的阵越乱,晓得口是守不住了,只得一路鸣金收队,逃了进去了。成功既得了五虎口,一查点时,共得了敌船一百二十余只,巡哨船三十余只,杀死敌兵不计其数,大获全胜。

郑成功早年跟着父亲在海上闯荡,所以十分熟悉海洋,利用春季海上风向转变的特点而大获全胜。这样的战斗不计其数,有胜有败,或者先胜多后败多,原先与郑成功互为声援的以舟山为基地的鲁王朱以海败亡,清兵以郑成功为心腹之患,军事进攻大增,形禁势格,渐渐地独力难支了。

## 第六章 清代:海洋小说的完成期

小说在战争间歇插入的一些情节也颇为有趣:

　　成功大军离开温州,到了台州。守将童猛也献上犒军礼物来,成功一概辞了,直望宁波进发。过了一夜,望见前面一座大山,成功把船泊下,心想上山校猎以舒筋骨,便去叫个土人来,问是何山名,有无野兽可猎。土人道:"此处名叫羊山,因为山上的羊极多,所以出名。若要打猎时,别的兽也没有,只有这羊,但这羊却打不得。"成功道:"是人家养的吗?"土人道:"不是,羊倒没有主顾,只是他有神,所以打不得。不但这羊打不得,就有别兽也都打不得。"成功诧异道:"这山上各兽都有神吗?这神是怎么样?"土人道:"不是都有神,这事若说起来,话也长了,因为当初不晓得哪一年间,这海上出了神异,这神也不晓得从哪里来的,一来时,便古怪。来的那夜,合村中人只听得奔腾澎湃的声音,如万马奔槽一般。到次早一看,这洋面上怒涛山,立竟有数十丈来高,原来是起了风了,但这海风也是常有的事,村中也不以为异,一向备有粮米,当下便闭户不出,取出粮米预备度日。谁晓得那风一起,竟起上一个多月,从来所没有的。有几家粮米备的少点,看看要吃完了,这才发慌起来,呼爷叫妈地祷菩萨,许发愿心。果然有灵,自从祷告之后,那风便日日渐减起来,不几日功夫便减尽了。元帅,你道灵异不灵异呢?"成功道:"海上风涛几时起、几时歇也一定的,就一月余的风暴也是有的,何以便见灵异呢?"土人道:"是呀,小人当初也是如此疑他,后来听人说明了才晓得。一则当时云气日影都不见有起风暴的,二则后来这神托梦给村中一个老师姑,说出来才晓得是龙王神要村中人立庙。他还说不立庙时他还要起风,以阻村中人谋生之路。这村中人都是靠海吃饭的,如何当得起作弄?但要立庙时,又苦无钱;正在两下为难,果然海上又起了大风,村中人这才大怕起来,只得立下了誓替他立庙,果然风也平了,浪也静了。当下村中人无奈,只得大家出些钱,好不容易才替他立个庙在这山上。这龙王有了庙，自然也不扰了，却显了许多灵异，求签问签的句句有灵，到还愿时便谢了一口活羊养在山上。海船来往此地的，也都上山发愿，求洋面上平安，到回来时也是一口活羊。到后来香火虽然平淡，但这羊却动它不得，所以越生越多，不但讲没有敢去打它，就在山上放一个空炮，龙王也不答应；而且这水底下也有龙宫，若在这里放炮时，震动了他龙宫，也要发怒，发波作浪。元帅，你道山上的羊可是好惹的吗？"成功听了，心里好笑，也不做声，只叫人赏了土人几两银子，那土人自叩谢去了。

郑成功上山打猎，土人说山羊是灵物，猎杀山羊，便会得罪神灵，狂涛大作，不利海上航行。羊崇拜是民间宗教的一种，尤其是东南沿海一带，建有众多羊帝庙。但郑成功认为是谣言，带兵将五万余只羊都捕杀了，犒赏三军。但立即风浪大起，众人都认为灵神作怪，郑成功使传令开佛郎机炮：

佛郎机手不敢开放，道："此地龙官厉害，若触怒了龙王，船要遭险。"成功大怒道："本帅也在船上，偏你先怕死，这临敌如何用得？"叫人把他斩了。佛郎机手害怕，这才慌忙开炮，"骨隆隆、骨隆隆"几声，那风果然越大，浪也越高，船身颠簸不定，那浪直向船上压，旁边两只船碇索忽被冲断，那船也不知漂往何处去了。众人大惊，成功愈怒，吩咐各船一齐开炮，向水中打去，和妖神挑战。各船不敢违令，只见一面旗举，"骨隆咚"一声，响震天外，各船大炮一齐向水底打去，只打得波中生沸气，水上起雷声。打了一歇，那浪果然略定，风也渐小。成功大笑道："可见谣言，不然神如何会被人打退了？"当下收令，各船止住炮声，天也渐开，众军士欢声雷动。成功叫人传令道："本帅开炮，系欲明龙王之谣言。今风定浪歇，足见龙王之假，非本帅有杀退龙王之能。诸军休得讹传空喜；如有疑神传

## 第六章 清代：海洋小说的完成期

鬼、惑乱军心者，从重究治不贷！"这令传下之后，黄克功便来见成功，道："众军因元帅打退波浪，是以喜欢。元帅何不假此以系军心，也见得天意所归，何必定要禁他？"成功道："治军者假鬼神以系众，这也原有，但看事体如何。这风浪之事，不是开炮所能禁止，若今天偶然凑巧，便当作天佑；没有明天再如此，开炮无灵，倒反觉得天弃了。这事本是无谓，何必假他。"黄克功佩服而去。

大炮齐轰，果然浪略定，风渐小，郑成功宣布龙王作怪谣言不可信，"如有疑神传鬼、惑乱军心者，从重究治不贷！"当然郑成功心里清楚这是巧合，可见郑成功性格的刚毅执着，治军的严谨，以及巧用时势的机心。不过第二天开船，又是满天乌云，风头全反，浪山一般压来，"好容易收到湾内，已失了几十只大船，数千兵勇，数十员将官"，就说不清是神灵作怪还是自然现象了。

小说最后三回写郑成功收复台湾的壮举，也是郑成功一生事业的顶峰。此事也因多方面因素促成。一是到永历十四年，永历帝出奔黔滇，天下大事已无可为，原鲁王部下的张煌言与郑成功谈成败大事，建言找一处进可攻、退可守的据点；二是郑成功父亲曾在台湾经营多年，也有根基；三是郑成功遇到台湾来的故交，说民众不愿屈膝于红毛之下，都希望将台湾收归中国。于是：

> 成功大喜道："我正嫌思明州单弱，既有此地，为何不取？但台湾形势如何，你可知其详吗？"蔡宝文道："官人欲知其详，小老有一本精细地图，也是红毛人画的，别人把它注了出来，可拿给官人看吧。"说着，便命人去拿了来。成功看过，不觉点头叹道："桃源世界，别有洞天；扶余国王，不过如此，真是好所在罢了。"当下和众人约定，等南风时候便来取台湾。众人答应了，叮咛而别。然后成功顺风扬帆，不日到了思明州歇下，把兵马训练起。到了明年五月，南

风大起，成功便挑了一千号大战舰，载了十万兵马，驾风纵帆，浩浩荡荡，直望澎湖进发。正是：

　　殖民事业飞天外，保国功劳树海滨。

郑成功攻克了澎湖，进兵鹿耳门。荷兰人将大海船凿破沉在航道上，以此阻击郑成功水军。便有了著名的赤嵌城之战：

　　却说成功得了澎湖之后，进兵鹿耳门。原来鹿耳门是台湾全土口隘，平时潮来水深不满五尺，潮退水浅不上三尺，一向出入只可用小舟来往，就海船也不能进，何况战舰：又被沉了两只大船，论理是不能进去了。正是无巧不成书，一半也是天意，成功的船正要进时，值潮涨时候，这次的潮与别次不同，只见滔滔滚滚，涨个不了，半日工夫，已涨到二丈余高，那凿沉的船也不知被潮冲到哪里去了。成功便命了船乘潮而入，一点也不难，竟自直抵台湾。成功带兵登岸攻城，华司德大惊道："中国人莫非有神仙术，不然如何能入这口隘？"旁边一个名马尼的便接口道："王爷不可信他，那里有什么神仙，不过是被康尔伦骗去罢了。"华司德道："如何见得？"马尼道："王爷只想：康尔伦说我们要过去时便把船捞起，难道只有我们好捞，他不好捞起吗？"华司德大怒道："不错，我被他骗了。"便叫人去把康尔伦叫来，大骂道："你这该死的！你如何骗我口外沉船，敌人便不能入？如今敌人数十万都进来了，你却何说？！"康尔伦也大惊道："敌人如何会进来？真奇怪了！"华尔司道："有什么奇怪，不过他把船捞起罢了。"康尔伦道："他进来是如何神气呢？"华司德便说了一遍，康尔伦忙道："不是，不是，一则捞船也不容易，我们虽然可以捞起，但他哪里晓得呢？就晓得也没有这许多工夫；二则王爷只想平常时候水浅水深都只不过渔船出入，那里能容他战船进来？这沉船之计，不过是代人守口，怕他小舟入来罢了。就让他捞起来时，也不过小船入来罢

## 第六章 清代：海洋小说的完成期

了，如何大船也能进来呢？"华司德听了，呆了许久，才说道："你言不差，但如今如何是好？"康尔伦道："如今势已如此，只好守城罢了。"华司德点头称是，便点了二千人马上城防守。到得成功到时，一看除四门悬下国旗之外，并无一面旗帜，城上虽有人防守，但都往来不定，哪里有什么行列。成功暗笑道："如此用兵，不死何待！"便传令攻城。城上也不慌张，只把脚立定不动。看看兵薄城下，不晓得是何军器一声响亮，城上大炮一齐往下打来。成功大败了一阵，折损了二千余人，晓得荷兰火炮厉害，非弓矢所能敌，便传命也改作火炮对打，无如炮力不及荷兰炮远，自己炮还未曾打到城上，却被敌炮打死无数。成功不乐，只得暂退，歇了一夜，心中想道："蔡宝文不晓得在不在城中？如在城中时，是必有信来的。"到了次日，又去攻打，也不得下。一连几日，蔡宝文还未有信来，成功心中十分焦急，看看半月毫无影响，成功无奈，只得发狠叫人用大炮攻城，众人得令，把大炮都抬到城边，弹药装好，一声令下，轰天烈地的一声响，打了出去。谁知却是作怪，那炮打到城上时，只听"噹"的一声，倒震了起来，跌到地下去。成功心疑炮坏了，便亲自走到炮架边看过装好，打出去时，仍是如是，一连十几个，不能伤他分毫。成功大惊，只得乱攻了一阵，然后退下，慌忙叫军士去把土人寻了来。不一歇把土人寻到，成功便问道："你晓得过，城是什么土筑的吗？"土人道："这城是乱石叠出，用火锻过，都变作红石灰，所以叫作赤嵌城。现在全座城已结成一块；听他们说，随便什么东西都攻他不破呢！"成功听了点头，命赏过土人放去。当下想了一策，传令军士，每人备柴草一束，水油四两，积在军中。到了次日，成功命把水油都泼入柴草中去，然后每人带了一束，走到城边，隔着濠丢了过去，都积在城下。荷兰人不晓得何意，都立在城上看着笑，成功命把爬城的翻梯备好，只等柴草堆齐了，一声弦响，火箭齐发，着在柴草上的，烈烈腾腾，登时烧了起来。城上大惊，忙把水泼了下来；谁知水油遇水，那火越高了起来。荷兰人害怕，束手无策，都往两旁边躲着看。成功乘势把翻梯推了过去，正要爬城时，城中军号又响，那炮弹如雨地向梯上打来，梯杆忽被打断了两架，那梯折了下来，压死跌死了无数。成功大惊，慌忙调回时，已打坏翻梯三架，死伤了兵勇千余人，心中好生不乐，想来想去，只有围死他一法。

郑成功攻取鹿耳门，直抵荷兰军队重兵防守的赤嵌城，但炮火打不破城门，反被敌方火炮所伤；又用火攻、爬梯等，军士又损伤无数，便采用围城的方法，半年多的围困，荷兰人粮草渐尽，百姓不愿意为荷兰人供役；郑成功又得了城中人的指点，断绝了赤嵌城唯一的水源。经过谈判，荷兰人被迫投降。郑成功取得台湾后设置官府，安抚百姓，发展生产，又抓紧操练水军，日日不忘兴兵渡海。可惜天不假年，吐血而死，壮志未酬，结局也是一个悲剧性的英雄。

小说既写郑成功反清斗争，又写郑成功驱逐荷兰殖民者，收复台湾回归中国版图的壮举，不过作者更看重的是后者，这一点可以从小说序言中得到印证："同胞，同胞，其亦知十七世纪之上半，东亚大陆之上有顶天立地的英雄，于吾祖国上演龙争虎跳之活剧，为吾同胞出一代表人物，留一伟壮纪念之郑成功其人者乎？呜呼，成功而今何往？"作者视郑成功为顶天立地的英雄，中华民族的代表人物，在国势日危的当下，呼吁同胞以英雄为榜样，再演"龙争虎跳之活剧"，救国家于被外敌豆分瓜剖的悲惨境地。可见作者也是借前代英雄之精神，浇自己胸中郁郁不平之块垒。

三部英雄演义小说都以海洋为展开空间，艺术上各有特色，其精神也有相通之处，即都是热烈颂扬历代英雄反抗强权，在民族危亡之时挺身而出的无畏气概，对国家民族的忠贞之心。但其间的区别也很明显。（1）《水浒后传》中梁山英雄的事迹完全是虚构想象而成，演义的自由度和空间更大，后两部小说则取材于真实的历史，虽然在具体叙述描写上有不少的艺术想象，但终究要大致符合历史真实与人物的经历命运。（2）《水浒后传》

歌颂的是民间底层的草莽英雄，其性格更多表现为落拓豪迈、自由不羁、意气相投等，而后两部小说中文天祥是体制内的高官重臣，郑成功是大海盗之子（其父受招降后成为清朝将领），都有广泛的人脉与巨大的号召力，重在表现他们苦撑危局时的努力、痛楚乃至悲剧性的命运。（3）所表达的主题与观念也颇为不同，《水浒后传》继承了《水浒传》"只反贪官，不反皇帝"宗旨，把奸臣当作误国的主要罪魁，去海外开基立国也是为了重振宋代国运，而后两部小说虽然也表达了推翻日益腐朽的清政权的意志（两位作者都投身于反清反帝斗争），但由于时势不同，面对的处境差异，写作的意图更多是唤起国民，重振国魂，反抗帝国主义列强的侵略，以求民族的独立自由，也即是说，作者的视野更为广阔，思想更加开放，不再受某个王朝、一家一姓的狭隘观念所束缚，而是从世界的大势着眼看中国，可以说是近代思想启蒙小说的先声。

## 第二节 社会讽喻小说与海洋

何谓社会讽喻小说？按字面解释，"讽"指用含蓄委婉的方法提出劝告或批评，"喻"即明白，告知，讽喻就是用讲故事等方式来说明事物的道理，"社会讽喻小说"专指对社会存在的问题，运用某种艺术构想，提出批评并表达自己的观点见解。本节涉及的社会讽喻小说，主要包括夏敬渠的《野叟曝言》、屠绅的《蟫史》、李汝珍的《镜花缘》、刘鹗的《老残游记》等。在此须作一些辩证。鲁迅在《中国小说史略》中将《野叟曝言》、《蟫史》和《镜花缘》划入"以小说见才学者"[①]范畴，即以才学见长的作品，似有不周，这些作品确有作者炫耀才学知识的倾向，但只是很小的一部分，不足以概括全书内容，更与小说主旨关系甚微；鲁迅又将《老残游记》列为"谴责小说"，并指出这类小说的特点是"揭发伏藏，显

---

① 鲁迅：《中国小说史略》，见《鲁迅全集》第九卷，人民文学出版社1982年版，第242页。

其弊恶，而于时政，严加纠弹"①，但《老残游记》除了攻击揭露，更多是广博的社会见闻，如交友论学、风土人情、自然景观、民间戏曲等。照小说的实际情况看，上述四部小说虽对社会现实有所指摘，但并不是重心，无论是海外"儿女国"、"君子国"的奇谈，还是书生白日梦式的自我期许，或者以大海中将沉的船只比喻时局，都是在提出治理的方案、追求心目中的理想社会，因此将它们称为"社会讽喻小说"似乎更妥切些。

《野叟曝言》作者夏敬渠，江苏江阴人，生活于乾隆时代，博学多才，自负不凡，却科场失意，一生贫困；喜好游历，足迹遍及半个中国。《野叟曝言》共一百五十四回，在明、清说部中也属罕见。"野叟"，在野之人，作者自谦，"曝言"，以小说形式对社会现实提供意见，可见写作此书是寄寓着作者的理想的。小说以明代中叶史事为背景，主体则多为想象虚构，叙写文白（字素臣）乃文乃武，胸罗星斗，于诸子百家、天文地理无不精通，又胸怀大志，见社会黑暗，便游历天下，惩贪官，除暴虐，救太子，入海岛救皇帝，封为大学士兼兵吏尚书，后又破日本，征蒙古，服印度，封为太师，建不世之功，并有二妻四妾，子孙昌盛福禄寿考一应俱全，备享人间富贵。

文素臣所建诸多功业中，有两件是在海上完成的。一是闻景王与阉党勾结谋反，皇帝出奔被困海岛，文素臣率军剿灭叛军救驾：

> 十五日，如包、以神回岛朝见，奉旨加铁面游击将军，兼宣慰司佥事，仍管生龙岛事，熊奇以参将题补。两人谢恩毕，将天生等约齐，同至素臣房内，根问落海后事，及假传死信之故。素臣从头说出。原来，素臣那日落下海去，即落在一座白玉堂中，一张玉榻之上，只见一个年老妇人，缨络缤纷，向前敛衽。素臣忙下床答礼。老妇道："前遭龙厄，借相公福庇，以二女奉侍，今当见还。金面狐有难，相公当往救之。孽龙已为香烈娘娘收服，妾可无虑，但恐野性难

---

① 鲁迅：《中国小说史略》，见《鲁迅全集》第九卷，人民文学出版社1982年版，第282页。

驯，不日来见相公。乞相公受记一番，便与妾冰释前嫌，感激不尽。"素臣恍然，忙在袋中取出双珠，递还道："承老妪赠此神物，救我之难，成我之功，正思图报。若果见孽龙自必嘱附，令其解释前嫌。金面狐现有何难，当往何处救之？"老妪道："相公不听见喊杀之声吗？"素臣侧耳一听，果闻喊杀连天，心里着急，忽然惊醒。那有甚白玉堂，白玉榻，却仰卧在一片大蚌壳内。慌立起身，只见前面船只，被这蚌风驰电掣，激起大浪，一齐翻转，船上兵将纷纷落水。将近一只船边，蚌壳平空一起，把素臣颠落那船船头，那蚌便沉入海底，绝无踪影。那船已将翻转，半船俱水，人尽吓坏。忽半空中落下人来，顷刻风平浪息，便按定心神，向前细着，尖声惊喊："莫非是文爷吗，这面色怎如此晦滞？"素臣睁眼看时，认得是方有仁、方有信，忙答道："弟正是文素臣，闻人兄如何不见？"有仁等大喜道："闻人二哥，就在前船。有仁等被围至急，亏这大浪把一面冲破，正想逃走。今得文爷从空而下，便杀上前去。"素臣问："缘何被围？是何兵将？"有信道："是靳仁的兵将，虽坏了几只船，兵势还盛，水势一定，必更合围。靠文爷的威力，且杀了贼人，再细细告诉罢。"

素臣便不再问，抖擞神威，拔刀在手。有仁忙令拨转船来，素臣一眼看见金面狐虎踞对船船头，大叫："闻人兄，今日才会，快快转船杀贼！"金面狐大喜大笑，忙令海师掇舵。两只船上各家丁壮，久闻素臣杀夜叉、诛山魈的大名，兼且从天落下，越发认作天神。人人胆壮，个个心雄，忙掇舵转船，直冲上去。贼船上呵呵大笑道："若没那阵怪风，都做了海鬼了，怎敢回来送死！"把旗一挥，四散的船，都攒拢转来。素臣令众人照旧厮杀，选几个有勇力，能跳跃的，各持短兵，随他而行。有信在本船，拣出十几名，紧跟素臣背后。须臾，各船围上，两船内照前各持长枪大戟，互相击刺。素臣拣着最近贼船，大吼一声，平空跃上，手起两刀，已把当头两个杀人不转眼的凶和尚，连头带肩，劈做四段。就那红血中直滚进去，碰着刀的，非死即伤。背后勇士，陆续跳上，如一条长蛇直蹿入舱，杀条血路。……

文素臣不但胸有良谋，而且身先士卒，奋勇杀贼。小说对其落海不死的描述颇为离奇。由于救驾有功，文素臣被皇帝封为太师。

文素臣率兵护送皇上回转，碰上了两条青龙：

是日天气晴朗，清风徐引，水波不惊，龙颜大悦。那知开出岛去，不到数里，忽见两青龙，从对面昂头张鬣而来，皇帝大惊失色。素臣见来势蜿蜒，想起梦中元阴姥之言，因奏道："龙能兴云致雨，裂石崩崖，海中见此，必致冲波击浪。今水不扬波，而龙势驯习，乃圣天子威灵所致，非为害之物也。"皇帝见素臣如此说，便放了大胆。看那双龙，真如驯服，蜿蜒而来，绝不兴波作浪。游至近船，将头昂起复落，如此三次，即掉转身来，夹舟而行，仍是波平浪静，惟觉舟行甚速耳。皇帝大喜道："朕为看龙而来，被逆阉挟制，久驻莱府，欲害白卿，后忽移至岛中，未见龙之片鳞寸鬣。今仗先生威德，令此龙驯摄于侧，由朕谛视，胜看登州井中之龙多矣。"素臣道："此即登州井中之龙，被贞妇黄氏神力所拘，而阱于井者。"因将龙蚌相斗之事奏知。皇帝忙抬头谛视空中道："那祥云中，不是隐隐有神，现着璎络环佩之状吗？"因问贞妇系何朝代，何州县人，于何代成神。素臣将铁娘守节成神，海边俱称为香烈娘娘，处处崇奉之事，述了一遍。皇帝道："原来是朕的子民。香烈二字甚佳，当封为东海主者香烈天妃之神。"宣旨过，即拱手而立。素臣、玉鳞亦即起立。须臾，祥云四散，露出青天，皇帝方才坐下道："先生曾闻空中三呼万岁吗？"素臣道："臣实未闻，不敢妄对。"皇帝道："朕宣旨后，即见云中若有跪拜之形，耳中若闻嵩呼之声，故此起立，非朕之妄言也。"素臣道：香烈既为海神，理应扈驾，受皇上封号，自当嵩呼。臣特不敢以不闻为闻，欺罔圣听耳。何敢以皇上之言，为虚妄耶？"皇帝道：

"朕回京后，欲特旨建庙，遣官祭告，以彰灵感，先生以为可行否？"素臣道："香烈神之节烈，宜受殊恩。立庙遣祭，俱属可行。"

奇怪的是龙不兴云致雨，不扬水波，"游至近船，将头昂起复落，如此三次，即掉转身来，夹舟而行，仍是波平浪静"，原来是天子威灵所致，龙势驯习，来护船航行的。龙是皇权的象征，如此描写，无非是宣扬统治者乃真龙天子；又由青龙引出"铁娘守节成神，海边俱称为香烈娘娘，处处崇奉"之事，海神崇拜是沿海民间古已有之的信仰，统治者自然要利用，所以答应封为天妃之神，建庙祭告。至于小说中写到皇帝见祥云中隐隐有神、闻空中三呼万岁，则不免荒诞可笑了。

二是平倭事业的彻底胜利。在文素臣的精心策划调度下，由钦命为征倭大将军的儿子文龙率领，剿倭大军浩浩荡荡，无往不克：

文龙正在舟中督率从征将士，扬帆受降，忽见倭人挺刃上船，情形猖獗。不觉勃然大怒，急拔佩刀，跳出船头，照准那人脑壳，奋力劈下。那人忙擎刀架格，觉着沉重，大喊一声，就地滚去，想斫文龙脚踝。文龙顺起一脚，正踢中倭人右手，倭刀激落海中，便顺手一刀，斫断倭人右手，便自不能动弹。众倭船上各人，仍旧齐声愿降。并大喊："这是宋素卿，是木秀私人，是他自作之孽，与我等无干，望文爷明正典刑。"文龙始知，这是木秀幸臣，不值献俘，便命军士斩讫，将首级悬挂桅杆，尸身丢入海中。一面督率各船，鼓棹前进。倭船上人，齐奉香花，顶礼归降。便各拨转船头，望台湾进发。到得岸边，岸上倭军，也奉香花投诚，营官献上军籍，文龙收受登岸。于公等带领众将随后，一齐上岸。到了木秀营中，查看军籍，共有倭兵五千名，现存者不过二千五百余名，且有一半受伤者。遂传令倭兵，各归原队。只唤营总盘问文容身死之故，奚勤现在生死如何。营总道："降弁素在军中，故于宫中之事一切不能深知。止知文天使与木秀入宫，急病身死，昊天使则已在西方极乐世界。"文龙听罢，便命营总退去，好生约束兵丁，休得滋事。营总去后，自同于公、文恩择地扎营，暂为休息。

天已向晚，飞马报道龙生、铁面，率岛兵到台。文龙大喜，即命传见。龙生、铁面以属礼晋谒。文龙念二人系素臣旧属，即命叙坐两旁。龙生、铁面告坐过，齐说："末将等奉旨，于上流协剿，不见倭国一船一卒。探悉大将军，已奏肤功，困倭人于此，因即星夜带兵趋至。更不料大将军已擒首恶，夺得岩疆。似此神速，何逊文爷。只是末将等来迟，望乞恕罪。"文龙道："这是运会使然，事机顺遂，仰赖天子洪福，父亲指示，非本帅之力也。贵岛主等，奉旨于上流协剿，今来助阵，感且不及，何罪之有？海上风波不测，二位劳矣。请各回营，明日再商各事。"龙生、铁面二人遵命告退。

从东南沿海一路打到台湾。但作者不肯收手，又大胆构想，干脆让文素臣父子再建旷世伟业，于是直向倭国进发，平服日本诸岛：

文龙传下将令，受降如受敌，诸将不得大意，如有疏虞，定按军法。令毕，自己擐甲佩刀，秉烛观书。四更向尽，刁斗森然，假寐片刻，天已黎明，于公、文恩入见。文龙升帐，闻人杰、施存义、赛吕、袁作忠、林平仲、刘牧之、朱无党、龙生、铁面、奚奇、叶豪等，陆续上帐。参谒毕，文龙传令，派龙生、铁面督率岛兵，闻人杰、锦囊督率先锋兵，押带倭国降兵为向导，直向倭国进发。文恩督率偏师，为第二队。自同于公领正军，为第三队。施存义等督率琉球兵合后。各坐原来船只，夹着降船，浩浩荡荡，直奔东洋。留奚奇、叶豪镇守台湾，兼监木秀。文龙等出到大洋，正值一帆风顺，不到三日，已到倭国海口。文龙在船，早已商同于公制就檄文。其大略云：

皇明钦命征倭大将军文，檄告其军民人等知悉：照得顺天者

## 第六章 清代：海洋小说的完成期

存，逆天者亡，古有明训。咨汝国王，怯懦性成，仅亦守府，军国大事，概付逆臣。太阿倒持，其所由来者，渐矣。乱臣贼子，人人得而诛之。矧我天朝，素严冠履之分，当矢春秋之义。我皇上用遣总兵官文龙，参将奚勤，莅汝国中，名为征汝贡献，实欲定汝等威。不料汝国逆臣木秀，胆敢肆其狂悖，祸及皇华。犹复不知悔罪，犯我边疆。我皇上于是赫然震怒，特命本帅，亲率三军，歼除逆贼，天牖其里，木秀就缚。尔诸军士，弭首归诚。本帅体上天好生之德，凡诸降卒无使失所，用以向导，入汝国境。汝等军民人等，咸宜案堵如故，毋许妄动，致膏锋镝。源氏子孙，闻已被戕。尔等有忠于故主者，访其遗裔，候本帅考验得实，奏明皇上，仍守王位。其有木秀私授以官职者，苟或淫凶无道，许尔军民人等来辕控告，以便究治。其余仍守原职，本帅一视同仁，爱民如子，断不使部下军士有所骚扰。若尔等妄生希冀，敢抗王师，则是自外生成，法所不赦，本帅即当遣将痛剿，兵到之日，玉石不分，悔之晚矣。且尔等清夜自思，木秀在汝国中，何等凶狠。天兵一至，如汤沃雪，遽归乌有，尔等自问比木秀何如者。本帅不忍不教而诛，用先开诚布告，檄到如律令。

不到三日，大军已到日本海口。先发檄文，责日本国乱臣逆子当权，又斥其犯中华边疆，不知悔罪，再告其"天兵一至，如汤沃雪"，如敢抗王师，"兵到之日，玉石不分，悔之晚矣"，写得义正辞严，大气磅礴，于是：

一到海口，即派兵弁带同倭国降卒登岸，四处张挂。倭国沿海戍将，早已接到侦骑，飞报木秀败绩，受擒信息，群相商议；皆谓木秀如此英雄，尚被明师擒去，相顾失色。及闻明师东下，益复草木皆兵，一见檄文，便一传十，十传百，霎时大乱。戍将禁约不住，遂各具禀乞降。文龙允之，留施存义等，率琉球兵，守护船只，自己督率诸将，登岸受降。并命军中连夜草就檄文数百道，即交戎将，派人分道张挂。一面率众鼓行而入，沿途兵不血刃，望风归降，直抵西京。京中自木秀出师以后，由木秀之幸臣掌理国事，连接警报，心胆俱碎。犹冀自海口到京，尚有严关险隘，连夜飞谕各守将，用心防守。无如各人皆心系故主，一闻木秀被俘，深喜已除元恶。况见文龙檄文，言言剀切，字字真诚，便把西京命令视若弁髦。一俟文龙军到，或携牛酒犒师，或括金钱助饷，群向军前乞降。文龙丝毫不受，一路抵京。幸臣见威令不行，早已易服潜逃。文龙遂率众直入西京，先到宫中收取图籍，然后宣布天子明诏。略谓日本，本与中国同此族类，向敦和睦，今逆臣木秀已就天俘，我大明不利人之土地，仍准源氏苗裔世守此土，尔国人其各举王裔以闻。一面按着版图通行，晓谕各属土……

倭国军民一见檄文，"便一传十，十传百"，人心大乱，"兵不血刃，望风归降"，"或携牛酒犒师，或括金钱助饷"，并宣布大明天子诏书，谓日本与中国同文同种，应当和睦，大明不夺人土地，仍以日本人世守此土……既惩罚了敌方，又充分展示了大明王朝的宽宏仁慈。征服一个国家的战争，竟然轻松如一场儿戏！

倭患之于中国，明代之前已有，明代之后仍未解决，且愈演愈烈，小说写平倭之事自然是现实的刺激，也是包括作者在内的国人的心愿，但平服日本却完全是虚构（历史上只有元代忽必烈两次跨海征伐，都遇飓风而败）；读檄文痛快淋漓，大壮豪气，抵日本兵不血刃，望风归降，但仅仅是纸面上的胜利，聊以自慰罢了，是宾服四夷的天朝大国狂妄心态的大爆发。

对《野叟曝言》中的这些描述，可以从两个层面加以分析。一是作者个人心理上的补偿。夏敬渠有才学，心怀大志，却一生不得意。小说中的文素臣不妨看作是作者的影子，或者说文素臣的建功立业，妻妾环列，子

## 第六章 清代：海洋小说的完成期

孙满堂，享尽人间富贵，也正是作者人生期许的目标。现实中缺什么，就愈想得到什么，而文人往往只有通过艺术想象，通过做白日梦，才能获得自我安慰和满足。二是文化精神上的补偿。文素臣对社会现实确实有种种不满，如向皇帝进言获罪、宦官专权、藩镇割据、贪官肆虐、苗民起义、倭患日重等等，正如小说第九十九回所说是一个君暗臣昧、内外交困、民不聊生的"危急存亡之秋"，而文素臣从江西到福建、台湾，从华北到西北，再到西南的四川、云南、贵州、广西等地，广泛考察各地的风土人情，社会情状，就是为了整顿山河，治理天下；其一生的事业，也正是他（或者说是作者）治理天下所设计的方案的实施过程，如整顿吏治、诛杀藩镇、加固皇权、镇压民变及消除倭患等，而一切的关键在能否重振儒家文化对国民及周边外邦的强大同心力号召力，如小说中写到东破日本、北平蒙古、南服印度时，让这些佛教国家转而崇尚儒家文化，欧罗巴洲七十二国也纷纷派使臣来中国朝贡，也就是说，小说所关注的已不是个人的命运，而上升到国家、民族和文化命运的高度，在国势日衰、外患益深的现实境遇中，借儒家文化的无边威力，作者（或国民）的精神自慰也达到了极点。尽管谁都明白，这不过是一种文化精神上的狂想症（小说中充斥了大量迂阔甚至陈腐的所谓高论），但不能不说作者立意的高远，志向的雄大。

叙写书生奇特经历与建功立业，并以此折射社会情状的，还有屠绅的《蟫史》。屠绅号磊砢山人，江苏江阴人，生活于乾隆、嘉庆年间，为人豪放，愤世疾俗。《蟫史》主要依据其在南方为官时的见闻写成，如小说开篇说的："在昔吴侬官于粤岭，行年大衍有奇，海隅之行，若有所得，辄就见闻传闻之异辞，汇为一编。"并以文字古奥、内容神奇怪异为最大特色，鲁迅的《中国小说史略》认为"惟以其文体为他人所未试，足称独步而已"[1]，总体评价不高。小说叙述福建书生桑蠋生乘洋舶出行，船破落水，漂流至甲子石之外澳，为渔者所救，被引见镇压苗民起义的将军甘

---

[1] 鲁迅：《中国小说史略》，见《鲁迅全集》第九卷，人民文学出版社1982年版，第247页。

鼎，将军用其图构筑城垣，阻击外寇进犯；又于地窖中得秘书，能知未来之事，适有广州人邝天龙作乱称王，部下娄万赤善异术，桑蠋生随官军征剿，得龙王、矮道人相助取胜，桑蠋生功成身退，衣锦还乡。

小说写到桑蠋生因失碑而自沉于海，被捕鱼人常大溜、沙小溜救起，对谈中涉及当时的形势和各自的看法：

大溜曰："公闽中音，宜善治舟师者。近日滨海有人传言，倭寇将以数十艘犯此间州郡，吾侪渔父，犹愿投竿持鸟机，伏战槛击贼，虽不得功，且无闷于志；不幸死寇，为鬼民之雄焉。公何乃视性命如犬羊，生死不挂人口？无吾两人救，则鱼鳖之肉食耳。丈夫骨安在哉！"蠋生曰："诚然。吾自投，几不获于义。但倭寇蹂躏江浙，肆豕突于瓯闽，数败复振。今迤逦来粤，我兵四集，零帆剩桨无返者，可谓知进不知退矣。圣天子豢养将备，罗列海邦，以节度使驱策，何至采捕细民，向屠沽村舍，侈谈修矛之文，略讽枕戈之概。岂其闽师高卧舻艎，徒惊向若，转以乘风破浪之能，让于篙夫耶？"小溜曰："为斯言者，直不知务耳。老人常云，方今天下疆域，不比古时狭小。以天尽头为界，不以海大处为边。无边，故无备久也。且以我所见，为公妄言：昔高曾辈为士人，有日食俸米七升者，三十年不进一阶，亦未得罪，罢归，还为人佣。至祖父辈，见夫荷戈之徒，身易通显，乃隶军卫，不二十年，由戍卒累迁偏裨，所得犒赏无算，比于富家。从征武陵蛮，遇伏死，今纪勋之册，藏大宗焉。人言文臣不爱钱，始能惜命；武臣不惜命，亦许爱钱。前世其皆验矣。曩与我高曾仕者，或洊擢屏藩大郡，以吏民为私橐，取之如寄，惟恐不及期。无何，以赃败，伏尸都市，妻子行远方。此爱钱而不能惜命者也。曩与我祖父从军者，或白头仅一戍长，遇有征调，不食求自绝，束臂裹腰脊，为疾痛声。闻伙伴远出，始逡巡起，向博场妓舍，觅利市钱，人亦竟呵叱之，卒徒手返，此惜命而不许爱钱者也。夫将兵之道，不宜用聚敛小

## 第六章 清代：海洋小说的完成期

人。彼以为兵无事而多费刍粮，不妨樽节之，无使有余钱而后已。殊不知将使兵，兵恃食，食仅足，即不足矣。兵不敢怨，即有怨矣。故我辈不肯入伍为兵。与其贫而作乱，明有兵符，暗为盗线，毋宁驾渔艇以食其技能，守民之质，防盗之心。若海岛不靖，忧及尊亲，愿为乡勇屯练，以报天子，谁曰不然。如公所言，节度威尊而不能养，阃帅任重而不能教，海边之兵，其可用乎？海边之民，岂无谋乎？"蠋生愕然曰："始吾轻量子矣。子于今时武备，大约能洞悉其原。用子之说，申号令于鹅鹳之军，涉波涛而鲸鲵为勍，何不陈之开府，宏此远谟，而徒问诸水滨，忍与终古。不谓游飓鳄之乡，遇荆高之行，吾诚浅之乎为啬夫也。正不识师中尚有人否？"大溜曰："只一甘指挥，渤海豪右。若其先兴霸锦帆之遗，今侨居鸭子澳中民家，舟师之良也。闻大府檄令相地筑城，求形家勷事。"蠋生曰："相度之理，吾得西江周浮邱指南，何术自进于甘君耶？"小溜曰："甘指挥常就市人饮，我两人恒与共醉，无论不奇，无情不洽，请为酒人行，当可接也！"大溜曰："善。"三人遂偕去。是时也：

> 海潮如白马，岛如伏鼋，石如蹴起；海色如青铜，帆如吹苇，沙如铲平。风如带雨将来，儿童如戏，拾蠔壳以磨飞灰；日如含霞不吐，父老如伤，牵虾须而曳破艇。

渔人谈及倭寇以数十艘犯州郡，乡民自发起来保卫家乡；但桑蠋生轻视乡民，寄希望于官府官军；渔人说"若海岛不靖……愿为乡勇屯练"，但"节度威尊而不能养，阃帅任重而不能教"，既爱钱，又惜命，故无法根除倭患。桑蠋生愿将本事贡献于剿倭，于是渔人引他见甘指挥，依图构筑城垣，击败倭兵：

> 旬日内，有番舶来泊者，一黑瘦鬼子，年约十四五矣，叱咤作番语数十字，人皆不达也。蠋生常至大西洋诸国，颇解其义，呼使就署

诘之。鬼子作笑声遁去。遂告指挥曰："顷见西洋小鬼子，殆非常。彼妄出言云：'此城可取而据也。'吾命缚送，即飑已去。后十年有海警，必是奴矣。"指挥命笔记月日，藏鱼袋中。凡两阅月，城役告成，其将弁公厩及甲库俱完缮。民居新创，得四直街，五小巷，招徕工商，每以日中市，土著之氓，计得四百户，兵舍则四围附城墙。其居战舰者，守左右两澳口。为犄角势。两神将率之，钲鼓之声晓夜互应。城止三里而遥，隐隐如数万甲兵屯聚矣。

未几，指挥奉节度使檄，援柘林，海贼侦主兵出城，以其徒突至。蠋生与两神将计曰："新城初建，而贼犯之，必饥欲掠粮食。且觇吾城中兵，赴调者多。故乘间窃发也。今澳口战卒不及百人，闻贼艘十二，殆不止四倍，所恃者城守耳。然炮石不敷四击，守陴半召村农，非以计邀之，主客之形不敌也。两君可望贼帆将落，仓皇以舟师迎斗，佯败登岸，便绕城走，见幡竿处入，贼必以为怯也。我既鱼贯以进，彼将鸱张而前，两君仍向幡竿处出，吾集兵伏门侧，伺贼至，以两翼左右截之。村农但登陴呼，炮石随下，贼失利而退。见我空舰，必争取之，两君即以佯败之师，先设伏于澳口，乘其争舟未定，从后掩击，可获全胜矣。"两神将称善。及期，贼恃其亡命，逐我兵入城，猝毙炮石者二十九人，死陷坎者不计其数……

其时人心思乱，民变蜂起，广州人邝天龙聚众造反，占地为王，于是桑蠋生又随甘鼎剿杀邝天龙，战事主要围绕与善异术的敌方主帅娄万赤展开。先看矮道人与娄万赤交手：

万赤和诗毕，牵中丞去海上，果一舟舣澳口，有渔人大呼曰："相公不可入艇，此石湾妖人娄万赤也。岂扫地夫耶！"中丞如梦醒。万赤怒，以掌中雷劈，渔人但张口如吞咽状，竟无所损。惟笑曰："雷而不往，乃非人情。"还震一声，烧万赤须眉殆尽，衣帽俱裂，万赤走入舟去，瞬息舟亦无有。渔人谓中丞曰："民苟迟至须臾，相公必遭毒手。"中丞感之，问姓名，答云："只询区参议便相识。"袖中丞手曰："起还署，是处离东门已三十里矣。"中丞从之，若御风行者。入园林赋诗处，则见一僵卧人即其身也。先行海上者，殆精魂焉。渔人引手推堕其魂，始欠伸而苏，渔人不见。中丞急召参议入，示以妖人所和诗，并魂游诸幻境。且述渔人语。参议曰："必矮道人矣。请率将吏出节府，视师城上可乎？下官先驱，诸道用命，此贼不足平也！"

又有天女（龙女）木兰相助，更壮声威：

使者赍奏去，即札遗余君，来岛议事。木兰自请护抚军，侯从之。飞桨达泉州，余君方与李节使话："近日神策兵二千，随海西侯贺兰观，助斛斯侯战，须配赶绘船四十，某自送之至鸡笼也。"木兰偕侯使，以书启余君，李节使叹曰："天女此来，不独护抚军，兼护海西侯神策兵矣。师行利便，天眷圣明也。惟予以只手经略泉门，终鲜良朋，将成独立，公等成功之日，老夫授命之期矣，悲哉。"余君与木兰，俱恻恻不能对。第三日，贺兰侯以神策兵至，李节使促余君送渡，相与作别登舟，贺兰曰："某尝征西蕃，堕黑水中，三昼夜不能出。闻空中语曰，键儿速救上公，旋有两牛，共负之以登岸，洪涛多令人弱，思之犹闷于心，兹大海浩瀁，设有不虞，何处觅键儿也？"余君曰："勿忧，即有惊怖，天神相之，皆坦易耳。"贺兰问其故，余君指木兰以对。绘船四十，已出内洋矣。前哨船反报曰："有十舟将溺，似为人暗穿凿者。"木兰曰："斛斯侯曾有贼谋伏海鬼之说，吾此来，正堤防其失也。番奴竟敢尔乎？"遣三板小艎，救十舟被溺之兵，自吐水晶丸二，投海中，如梭之掷，如弹之飞。须臾，海水见血腥，其头颈四悬于桅首，若号令然。余君以手加额，贺兰叹息曰："微天神之力，吾辈及二千人，为大鱼餐矣。不知所吐丸，何异传也。"木兰曰："初非有异，要自不同，前人所炼剑炁耳。海鬼匿阴壑，凡兵刃不得而加之，此丸惟宜济此际此时之险，他仍无所用之矣。"舟中皆呼万岁，木兰以鼻息呼风，即抵港岸。计神策兵遭溺死者，将三百人。贺兰洒泪曰："好儿，不死于番僧之碉楼，而死于海鬼之椎凿。长风巨浪，惊魂何日还帝乡乎？"余君亦为之惨戚。

与娄万赤交手的是矮道人的精魂，其真身却卧于园林处；天女吐水晶丸投海中，海水见血腥，海贼之头便悬于桅首。此类描写正是神魔小说中常用的手法。天女随官军征讨交趾苗民，也以异术取胜：

贺兰简神策至精者千人，余君拨绘船二十载之。临行，谓木兰曰："西南行，风颇不利，非天女不为功。"木兰领之，自与贺兰登舟，向空嘘吸久之，风为之返。贺兰策曰："闻南方诸国善火攻，女将军能先破是，某自以大羽箭，率千人射之。彼皆穿札技也，虽欲不胜，奚可得耶？"木兰曰："禁彼火器，诚亦不难，交人飞弩，多傅毒药，能避其锋否？"贺兰曰："毒弩固不能著吾体。士传梵僧教，遍体涂神鱼膏，虽著亦无所苦。"木兰曰："信乎劲旅无如虎贲，此夷不足歼也。"

舟行三日，北风正飐，西日将下，交址船百徐，折帆东向，见中国战舰，发火炮火机来击。木兰取二纸出，乃肆中画本也。上绘井及辘转。偈曰：

井中水沃环中火，水作羽毛火作卵。
辘轳翻天天将簸，赤雄浸死黑鸦堕。
中朝鞠育尔么么，蜾蛉何为背螺蠃。

交人所恃火炮火机，为两井辘轳水所汩，并其器而沉之。交人大惊，其渠曰："用水息火者，是妖人也。妖畏毒矢，盍射乎？"万弩夜

## 第六章 清代：海洋小说的完成期

发，如蝗飞集二十艘，师水手，皆毙蓬窗矣。贺兰亲掣一箭，干长五尺，铦大四寸，矢翎带风，弧角衔月，贯其渠及在后二人。交人怖曰："自古无一矢杀三人者，吾贷何为捋虎须以取灭亡，添蛇足而遭诛殛耶？"百余艘皆退。神策兵各逞技能，矢无虚弦，交人靡孑遗焉。

木兰吐阴火焚其艘略尽，惟神策兵不能驾舟，贺兰患之，木兰曰："特易易耳。"呼东海部人出袖中，疾驾还泉州。

舟行不利，天女向空吸嘘，风便转向；在纸上画水井便湮灭交人火炮火机；吐阴火尽焚交人战船；自袖中呼东海部人驾舟而还，确也神乎其神。

与娄万赤的最后决战则将神魔斗法推向高潮：

犷儿至江边，甘君已与木兰、常越、沙明，列四营于江桥北，见娄万赤与其师李长脚，斗法于江桥南，大呼曰："吾师何不命弟子力擒此贼。"李以手作势，犷儿自入甘君后营。李长脚变金井给万赤，即坠入。忽有铁树挺出，井阑撑欲破。犷儿引庆喜至，出白罗巾掷树巅，砉然有声，铁树不复见。李长脚复其形，觅万赤，卧桥畔沙石间。遂袖出白壶子一器，向万赤顶骨咒曰：

作妄须臾间，生灾千万劫。收汝坎与离，归吾丁与甲。亟闭汝顶门，不穿汝肩胛。留汝鳞介遁，永言消黑业。

咒毕，举手震一雷，万赤精气已铄，跃入江中，将随波出海。木兰呼鳞介士百人追之，飘浮所在，必见吰喝。乃变为璅蛣，乘海蟹空腹入之，以为藏身之固矣。交址人善捞蟹者，得是物如箕大，喜刳蟹，将取其腹腴，一虫随手出，倏堕地化为人形。俄顷长大，固俨然盲僧焉。询之不复语，有屠者携刀来视，咄咄曰："蟹腹自有仙人，一名和尚，要是谑语，断无别肠，容此妖物，不诛戮之，吾南交祸未已也。"挥刀斫其首，时甘君已入城，与区抚军议班师矣。常越所部卒，持盲僧首以献，转告两元戎，桑长史进曰："斯必万赤头也。记天人第二图，为大蟹浮海中，篆云横行自毙。某当时疑万赤先亡，乃今始验。"适李长脚入辞，视其头笑曰："此贼以水火阴阳，为害中国，不死于黄钺，而死于屠刀。固犬豕之流耳，仙骨何有哉？"

双方几经变幻，娄万赤被咒语所败，泄了精气，坠入江中，"随波出海"。娄万赤无处可逃，最后躲入大蟹空腹中，交趾人剖蟹，一虫化为人形，是瞎眼的老僧（似来自民间传说），挥刀斫其首，又受李长脚嘲笑："固犬豕之流耳，仙骨何有哉？"而结局也印证了桑蠋生的预言："记天人第二图，为大蟹浮海中，篆云横行自毙。"神魔斗法无疑渗透着作者鲜明的倾向性，"神"自然站在朝廷和官军一边，是正统、正义的象征，而"魔"是邪恶、叛逆，是造反的乱民，必清除而后快。

凭在东南一带为官的经历，作者对海岛、海洋的自然风光、风土人情颇为熟悉，许多描述也很贴切生动，非单凭想象可以做到；引入神魔小说笔法，虚实相间，凡中见奇，亦不失为一特色；辞藻华美，时见奇崛，但模拟古书，硬语盘空，读来诘屈聱牙，在白话成为文学主流的时代，难免不被视作一种倒退。

《蟫史》中的桑蠋生其实也是作者的自况。屠绅生活的时代已是清朝盛世的末期，架子端着，却早已漏洞百出，百病丛生，如小说写到的民变蜂起，海贼猖獗，倭寇的侵扰不断加剧等，而屠绅早慧有大志，虽为官并不显赫，难免心有不平，便借桑蠋生的行事功业一抒胸中豪气。《蟫史》虽未象《野叟曝言》那样大发议论，也不难看出作者对时局与人生的观察思考。一是作者虽在官场中，对天下大势有一定的认识，隐隐然有危机感；二是期许像桑蠋生那样担当社会责任，追求现实的事功而不尚空谈；三是要建功立业，必得有真才实学。而小说结尾安排桑蠋生功成身退，甘鼎弃官远走，也隐含着作者对仕途风波险恶的深切体味和清醒认识。

同是社会讽喻小说，李汝珍的《镜花缘》又有另一番艺术构想和风貌。李汝珍，字松石，大兴（今北京市）人，博学多能，尤精音韵学，性好诙谐，曾在河南为官，参与黄河治理，晚年专心写作《镜花缘》，约二十载而成。鲁迅说其"以诸生终老海州，晚年穷愁，则作小说以自遣，历十余年始成"[①]，亦为一说。

《镜花缘》凡一百回，托武则天朝言事，一是叙百花仙子违令被贬凡世投胎，参加女试，及唐闺臣寻父入小蓬山，见镜花冢、水月村、泣红亭等，营构充满神话色彩的艺术世界；二是唐闺臣父唐敖应试中探花而遭弹劾，无意功名，随洋商舶游历海外，耳闻目睹异域之人物、风俗、奇事，终断尘世之念，隐居小蓬山不归。小说第二十三回中写道："这部'少子'虽以游戏为事，却暗寓劝善之意，不外讽人之旨。"这段话点明了两点，一是用游戏笔墨写人写事，诙谐幽默，不宜正襟危坐，最好以轻松心态去读；二是暗寓着作者的真正用意，即对世态世情的讽喻劝诫。

与海洋相关的叙述，主要在小说的上半部分，即唐敖随经商的妻弟林之洋及多九公等人乘洋舶游历海外的见闻。唐敖等游历的国家甚多，如女儿国、君子国、大人国、毛民国、羽民国、犬封国、穿胸国、长臂国、豕喙国等。国名大多来自《山海经》，有些则是作者杜撰的，风光不同，民风各异，令人大开眼界。以君子国的见闻为例，故事始于第十三回《美人入海遭罗网》：

> 话说林之洋船只方才收口，忽听有人喊叫救命。唐敖连忙出舱，原来岸旁拢着一只极大渔船，因命水手将船拢靠渔船之旁。多九公、林之洋也都过来。只见渔船上站着一个少年女子，浑身水湿，生得齿白唇红，极其美貌。头上束着青绸包头，身上披着一件皮衣，内穿一件银红小袄，腰中系着丝绦，下面套着一条皮裤，胸前斜插一口宝剑，丝绦上挂着一个小小口袋，项上扣着一条草绳，拴在船桅上。旁边立着一个渔翁、渔婆。三人看了，不解何意。唐敖道："请教渔翁：这个女子是你何人？为何把他扣在船上？你是何方人氏？此处是何地

---

[①] 鲁迅：《中国小说史略》，《鲁迅全集》第9卷，人民文学出版社1982年版，第249页。

名？"渔翁道："此系君子国境内。小子乃青丘国人，专以打渔为业。素知此处庶民都是正人君子，所以不肯攻其不备，暗下毒手取鱼，历来产鱼甚多，所以小子时常来此打鱼。此番局运不好，来了数日，竟未网着大鱼。今日正在烦恼，恰好网着这个女子。将来回去，多卖几贯钱，也不枉辛苦一场。谁知这女子只管求我放他。不瞒三位客人说，我从数百里到此，吃了若干辛苦，花了许多盘费，若将落在网的仍旧放去，小子只好喝风了。"

唐敖向女子道："你是何方人氏？为何这样打扮？还是失足落水，还是有心轻生？快把实情讲来，以便设法救你。"女子听了，满眼垂泪道："婢子即本地君子国人氏，家住水仙村。现年十四岁，幼读诗书。父亲廉礼，曾任上大夫之职。三年前邻邦被兵，遣使求救，国主因念邻国之谊，发兵救应，命我父参谋军机。不意至彼失算，误入重地，兵马折损；以致发遣远戍，死于异乡。家产因此耗散，仆婢亦皆流亡。母亲良氏素有阴虚之症，服药即吐，惟以海参煮食，始能稍安。此物本国无人货卖，向来买自邻邦。自从父亲获罪，母病又发，点金无术，惟有焦愁。后闻此物产自大海，如熟水性，入海可取。婢子因思人生同一血肉之躯，他人既能熟谙水性，将身入海，我亦人身，何以不能？因置大缸一口，内中贮水，日日伏在其中，习其水性，久而久之，竟能在水一日之久。得了此技，随即入海取参，母病始能脱体。今因母病，又来取参，不意忽遭罗网。

渔翁来君子国海里打鱼，竟然网着了一个年轻女子，而且不肯放手，要用女子卖钱。唐敖与渔翁讨价还价，出钱救了女子。原来女子是君子国人，为治母亲阴虚之症，潜入海中取海参。这也是在宣扬儒家的孝道，与青丘国渔翁的作为形成对照。然后女子又跳入海中：

廉锦枫道："婢子刚才所取之参都被渔翁拿去。我家虽然临海，彼

## 第六章 清代：海洋小说的完成期

处水浅，无处可取。婢子意欲就此下去，再取几条，带回奉母。不知恩人可肯稍等片时？"唐敖道："小姐只管请便，就候片时何妨。"廉锦枫听罢，把皮衣皮裤穿好，随即将身一纵，撺入水中。林之洋道："妹夫不该放这女子下去！这样小年纪入这大海，据俺看来，不是淹死，就被鱼吞，枉送性命。"多九公道："他时常下海，熟谙水性，如鱼入水，焉能淹死。况且宝剑在身，谅那随常鱼鳖也不足惧。林兄放心，少刻得参，自然上来。"

三人闲谈，等了多时，竟无踪影。林之洋道："妹夫，你看俺的话灵不灵！这女子总不上来，谅被大鱼吞了。俺们不能下去探信，这便怎处？"多九公道："老夫闻得我们船上有个水手，下得海去，可以换得五口水。何不教他下去，看是怎样？"只见有个水手答应一声，撺下海去。不多时回报道："那女子同一大蚌相争，业已杀了大蚌，顷刻就要上来。"说话间，廉锦枫身带血迹，撺上船来，除去皮衣皮裤，手捧明珠一颗，向唐敖下拜道："婢子蒙恩人救命，无以报德。适在海中取参，见一大蚌，特取其珠，以为黄雀衔环之报，望恩人笑纳。"唐敖还礼道："小姐得此至宝，何不敬献国王？或可沾沐殊恩，稍助萱堂甘旨。何必拘束，以图报为念，况老夫非望报之人。请将宝珠收回，献之国王，自有好处。"廉锦枫道："国主向有严谕：臣民如将珠宝进献，除将本物烧毁，并问典刑。国门大书'惟善为宝'，就是此意。此珠婢子拿去无用，求恩人收了，愚心庶可稍安。"唐敖见他出于至诚，只得把珠收下，随命水手扬帆，望水仙村进发。

女子再次下海取参，与大蚌相争，身带血迹，将明珠送与唐敖，表现了君子国人的不忘报恩。而国主严令臣民不许献宝，否则将宝烧毁，并问典刑，因为君子国信奉的是"惟善为宝"。

也有描述奇物异事的，如人鱼：

唐敖那日别了尹元,来到海边,离船不远,忽听许多婴儿啼哭,顺着声音望去,原来有个渔人网得许多怪鱼。恰好多、林二人也在那里闲看。唐敖进前,只见那鱼鸣如儿啼,腹下四只长足,上身宛似妇人,下身仍是鱼形。多九公道:"此是海外人鱼。唐兄来到海外,大约初次看见,何不买两个带回船去?"唐敖道:"小弟因此鱼鸣声甚惨,不觉可怜,何忍带回船去?莫若把他买了放生,倒是好事。"因向渔人尽数买了,放入海内。这些人鱼撺在水中,登时又都浮起,朝着岸上,将头点了几点,倒像叩谢一般,于是攸然而逝。三人上船,付了鱼钱,众水手也都买鱼登舟。

人鱼应是传说中的美人鱼,奇的是,当唐敖等买了放回水中,"这些人鱼撺在水中,登时又都浮起,朝着岸上,将头点了几点,倒像叩谢一般"。再如小山被一群水怪拖下海,林之洋排香案求"缠足大仙"后,来了两个道人,四个童儿,救回小山,又入海擒拿孽龙、恶蚌:

只见剖龟童儿手中牵着一个大蚌,从海中上来,走到黑面道人跟前,交了法旨。随后屠龙童儿也来岸上,向黄面道人道:"孽龙出言不逊,不肯上来。弟子本要将其屠戮,因未奉法旨,不敢擅专,特来请示。"黄面道人道:"这孽畜如此无礼,且等我去会他一会!"将身一纵,撺入海中,两脚立在水面,如履平地一般。手执拂尘,朝下一指,登时海水两分,让出一路,竟向海中而去。迟了片晌,带着一条青龙,来至岸上道:"你这孽畜!既已罪犯天条谪入苦海,自应静修,以赎前愆,今又做此违法之事,是何道理?"孽龙伏在地下道:"小龙自从被谪到此,从未妄为。昨因海岸忽然飘出一种异香,芬芳四射,彻于海底,偶然问及大蚌,才知唐大仙之女从此经过。小龙素昧平生,原无他意。大蚌忽造谣言,说唐大仙之女乃百花化身,如与婚配,即可寿与天齐。小龙一时被惑,故将此女摄去。不意此女吃了海水，昏迷不醒，小龙即至海岛，拟觅仙草，以救其命。到了蓬莱，路遇百草仙姑，求他赐了回生草，急急赶回。那知才把仙草觅来，就被洞主擒获。现有仙草为证，只求超生！"

黑面道人道："你这恶蚌既修行多年，自应广种福田，以求善果，为何设此毒计，暗害于人？从实说来！"大蚌道："前年唐大仙从此经过，曾救廉家孝女。那孝女因感救命之恩，竟将我子杀害，取珠献于唐大仙，以报其德。彼时我子虽丧廉孝女之手，究因唐大仙而起。昨日适逢其女从此经过，异香彻入苦海，小蚌要报杀子之仇，才献此计。只求洞主详察。"黑面道人道："当日你子性好饕餮，凡水族之类，莫不充其口腹；伤生既多，恶贯乃满，故借孝女之刀，以除水族之患。此理所必然，亦天命造定，岂可移恨于唐大仙，又迁害其女？如此昏聩奸险，岂可仍留人世，遗害苍生！剖龟童儿，立时与我剖开者！"

黄面道人道："大仙且请息怒。这两个孽畜如此行为，自应立时屠剖。但上苍有好生之德，兼且孽龙业已觅了仙草，百花服过，不独起死回生，并可超凡入圣。他既有这功劳，自应法外施仁，免其一死。第孽龙好色贪花，恶蚌移祸害人，都非善良之辈，据小仙之意，即将二畜禁锢无肠国东厕，日受粪气熏蒸，食其秽物，以为贪花害人者戒。大仙以为何如？"黑面道人点头道："大仙所见极是。二畜罪恶甚重，必须禁锢在无肠国富室的东厕，始足蔽辜。"黄面道人道："如等办理固觉过刻，亦是二畜罪由自取。"因将回生草取了，递给林之洋道："居士即将此草给令甥女服了，自能起死回生。我们去了。"林之洋接过，下拜道："请神仙留下名姓，俺日后也好感念。"黄面道人指着黑面道人道："他是百介山人，贫道乃百鳞山人。今因闲游路过此地，不意解此烦恼，莫非前缘，何谢之有？"正要举步，那孽龙、大蚌都一齐跪求道："蒙恩主禁于无肠东厕，小畜业已难受；若再迁于富室东厕，我们如何禁当得起？不独三次四次之粪臭不可当，而且那股铜臭尤不可耐。惟求法外施仁,没齿难忘!"林之洋上前打躬道:"俺向大仙讲个人情:他们不愿东厕。把他罚在西席可好?"孽龙、大蚌道:"西席虽然有些酸臭,毕竟比那铜臭好耐。我们愿在西席。"两个道人道:"且随我来,自有道理。"一齐去了。众水手在旁看着,人人吐舌,个个称奇。

以上描写极富传奇色彩。恶蚌是为报杀子之仇,孽龙是受恶蚌挑唆,要与唐女成婚,好寿与天齐。念在孽龙找到仙草救活小山,经林之洋讲情,道人将恶蚌、孽龙禁锢于无肠国西席,终年闻酸臭之味,这又是作者的调侃幽默了。

唐敖等上岸观君子国民情,在街市又看到新奇的一幕:

说话间,来到闹市。只见有一隶卒在那里买物,手中拿着货物道:"老兄如此高货,却讨凭般贱价,教小弟买去,如何能安?务求将价加增,方好遵教。若再过谦,那是有意不肯赏光交易了。"……只听卖货人答道:"既承照顾,敢不仰体。但适才妄讨大价,已觉厚颜;不意老兄说货高价贱,岂不更教小弟惭愧?况敝货并非'言无二价',其中颇有虚头。俗云:'漫天要价,就地还钱。'今老兄不但不减,反要加增,如此克己,只好请到别家交易,小弟实难遵命。"……只听隶卒又说道:"老兄以高货讨贱价,反说小弟'克己',岂不失了忠恕之道?凡事总要彼此无欺,方为公允。……"谈之许久,卖货人执意不增。隶卒赌气,照数付价,拿了一半货物,刚要举步。卖货人那里肯依,只说"价多货少",拦住不放。路旁走过两个老翁,作好作歹,从公评定,令隶卒照价拿了八折货物,这才交易而去。……唐敖道:"如此看来,这几个交易光景,岂非'好让不争'一幅行乐图么?我们还打听甚么?且到前面再去畅游。如此美地,领略领略风景,广广识见,也是好的。"……

天下买卖，买者砍价，卖者加价，乃天然之理，但君子国人恰好相反，买者极夸货物好，一再要求加价，卖者极说自己货物不好，要求砍价，且满口"厚颜"、"惭愧"、"克己"、"忠恕"、"无欺"、"公允"，也算得上是天下仅有，难怪唐敖（或者作者）羡慕不已，称为"好让不争"的行乐图了。作者不免夸张逗乐，用了诙谐游戏之笔墨。

君子国人的孝道，感恩，淳朴谦让，克己不争，以善为宝，是作者极力褒扬的品质，也是作者心目中理想社会的图景；女儿国中，女子是君主，也是一家之主，男子受女子支配，女子的社会地位很高（自胡适以来众多论者对此作了高度评价，但冠以"民主主义思想"恐怕不妥），作者的褒扬，也正是对现实社会的揶揄和批判。小说中有不少讽世的议论：谈到精卫鸟的专一，"此鸟秉性虽痴，但如此难为之事，并不畏难，其志可嘉。每见世人明明放著易为之事，但却畏难偷安，一味蹉跎，及至老大，一无所能，追悔无及"；谈到鱼的受恩知报，"世上那些忘恩的，连鱼鳖也不如"。小说还对许多神话传说作了有意的曲解引申：毛民国人"因他生性鄙吝，一毛不拔，冥官投其所好，给他一身长毛"；羽民国人因最善奉承、爱戴高帽，渐渐地头就长了，身上生羽毛了；还有长臂国人的四处伸手，犬封国人的狗头狗脑，穿胸国人的狼心狗肺，豕喙国人的撒谎成性等，都是为人类中的丑陋者画像，对世道人心的喜剧式讽喻。

可以说《镜花缘》是一部有着浓烈理想主义色彩的小说，企图通过改革，构建不同于现实的理想社会。只是这种所谓的理想社会仍是以儒家文化为中心、以传统的社会结构为模式（作者虽然将目光投向海外，却不谈海洋经商、科学技术、富国强兵），虽有一些新的思想，但旧气太重，不免成为纸面上的"乌托邦"。

历史走到了20世纪初，1903年刘鹗写出二十回的《老残游记》，题"洪都百炼生"著。刘鹗字铁云，江苏丹徒人，为人旷达，曾行医，经商，开矿，治黄河，于音乐、医学、算术、甲骨文等均有建树。刘鹗生于1850年，十年前有第一次鸦片战争，撕开了天朝大国的真面目，继而有太平天国起义、第二次鸦片战争、中日甲午战争、戊戌变法失败、庚子之乱，内忧外患，风云激荡，中华民族到了亡国灭种的紧要关头，于是人心思变，奋发国强成为时代的主旋律。面对"三千年未有之大变局"，刘鹗在《老残游记》自序中说："吾人生今之时，有身世之感情，有家国之感情，有社会之感情，有宗教之感情。其感情愈深者，其哭泣愈痛：此洪都百炼生所以有《老残游记》之作也。"从个人到家国社会，对其感情愈深则痛苦愈烈，但《老残游记》不仅是一部忧愤之书，更是一部寻找治病疗方的"医书"。小说中的铁英（老残）是一个江湖医生，号补残，他医治的是人身体的残缺，而作者通过老残的游历见闻，借老残之口，提出了许多对社会和时局的见解，要医治的是人精神的残缺，国家和社会的残缺。小说首回《土不制水历年成患　风能鼓浪到处可危》对此有十分精彩的描述。船在大海中航行，或冲破风暴，或沉没于狂涛，是十分常见的自然现象，但《老残游记》中，"大海"和"船"被提升为两个极具象征意味的文学意象，被赋予了关联社会时局的丰富内涵。

小说开篇叙老残行医来到山东登州府，看看秋分已过，一日，老残午饭时多喝了两杯酒，躺在榻上做起梦来，梦中与两个至交去蓬莱阁看日出，"也就玩赏玩赏海市的虚情，蜃楼的幻相"：

> 慧生还拿远镜左右观视。正在凝神，忽然大叫："嗳呀，嗳呀！你瞧，那边一只帆船在那洪波巨浪之中，好不危险！"两人道："在什么地方？"慧生道："你望正东北瞧，那一片雪白浪花，不是长山岛吗，在长山岛的这边，渐渐来得近了。"两人用远镜一看，都道："嗳呀，嗳呀！实在危险得极！幸而是向这边来，不过二三十里就可泊岸了。"
>
> 不过一点钟之久，那船来得业已甚近。三人用远镜凝神细看，原来船身长有二十三四丈，原是只很大的船。船主坐在舵楼之上，楼下四人专管转舵的事。前后六枝桅杆，挂着六扇旧帆，又有两枝新桅，

## 第六章　清代：海洋小说的完成期

挂着一扇簇新的帆，一扇半新不旧的帆，算来这船便有八枝桅了。船身吃载很重，想那舱里一定装的各项货物。船面上坐的人口，男男女女，不计其数，却无篷窗等件遮盖风日——同那天津到北京火车的三等客位一样——面上有北风吹着，身上有浪花溅着，又湿又寒，又饥又怕。看这船上的人都有民不聊生的气象。那八扇帆下，备有两人专营绳脚的事。船头及船帮上有许多的人，仿佛水手的打扮。

这船虽有二十三四丈长，却是破坏的地方不少：东边有一块，约有三丈长短，已经破坏，浪花直灌进去；那旁，仍在东边，又有一块，约长一丈，水波亦渐渐侵入；其余的地方，无一处没有伤痕。那八个管帆的却是认真的在那里管，只是各人管各人的帆，仿佛在八只船上似的，彼此不相关照。那水手只管在那坐船的男男女女队里乱窜，不知所做何事。用远镜仔细看去，方知道他在那里搜他们男男女女所带的干粮，并剥那些人身上穿的衣服。章伯看得亲切，不禁狂叫道："这些该死的奴才！你看，这船眼睁睁就要沉覆，他们不知想法敷衍着早点泊岸，反在那里蹂躏好人，气死我了！"慧生道："章哥，不用着急，此船目下相距不过七八里路，等他泊岸的时候，我们上去劝劝他们便是。"

正在说话之间，忽见那船上杀了几个人，抛下海去，揆过舵来，又向东边去了。章伯气的两脚直跳，骂道："好好的一船人，无穷性命，无缘无故断送在这几个驾驶的人手里，岂不冤枉！"……老残道："依我看来，驾驶的人并未曾错，只因两个缘故，所以把这船就弄的狼狈不堪了。怎么两个缘故呢？一则他们是走太平洋的，只会过太平日子，若遇风平浪静的时候，他驾驶的情状亦有操纵自如之妙，不意今日遇见这大的风浪，所以都毛了手脚。二则他们未曾预备方针。平常晴天的时候，照着老法子去走，又有日月星辰可看，所以南北东西尚还不大很错。这就叫做'靠天吃饭'。那知遇了这阴天，日月星辰都被云气遮了，所以他们就没了依傍。心里不是不想望好处去做，只是不知东南西北，所以越走越错。为今之计，依章兄法子，驾只渔艇，追将上去，他的船重，我们的船轻，一定追得上的。到了之后，送他一个罗盘，他有了方向，便会走了。再将这有风浪与无风浪时驾驶不同之处，告知船主，他们依了我们的话，岂不立刻就登彼岸了吗？"

航行于洪波巨浪中的竟是破漏不堪、"浪花直灌进去"，"水波亦渐渐侵入"的大船，而且装着各种货物、坐着不计其数又饥又怕的男女，实在是危险极了。小说用的是写实手法，但很容易让人产生联想，这船无疑是千疮百孔的"大清国"的象征。再看船上人的作为：八个管帆的各管各的，彼此并不关照；水手乱窜，搜刮干粮、剥衣物，类似欺压百姓的官吏；为了自保，竟杀了人抛下海去。而老残的看法是驾驶的人只会过太平的日子，一遇风浪就毛手毛脚，又没有预备方针，按老法子走，越走越错。驾驶的人自然让人想到国家的掌权者、统治者，墨守成规，不思改革，所以才将国家弄得一团糟。所以老残建议送他一个罗盘，定准方向才是解决问题的关键。

于是三人乘渔船赶过去：

> 谁知道除那管船的人搜括众人外，又有一种人在那里高谈阔论的演说，只听他说道："你们各人均是出了船钱坐船的，况且这船也就是你们祖遗的公司产业，现在已被这几个驾驶人弄的破坏不堪，你们全家老幼性命都在船上，难道都在这里等死不成？就不想个法儿挽回挽回吗？真真该死奴才！该死奴才！"
>
> 众人被他骂的直口无言。内中便有数人出来说道："你这先生所说的都是我们肺腑中欲说说不出的话，今日被先生唤醒，我们实在惭愧，感激的很！只是请教有甚么法子呢？"那人便道："你们知道现在是非钱不行的世界了，你们大家敛几个钱来，我们舍出自己的精神，

## 第六章 清代：海洋小说的完成期

拼着几个人流血，替你们挣个万世安稳自由的基业，你们看好不好呢？"众人一齐拍掌称快。

当时三人便将帆叶落小，缓缓的尾大船之后。只见那船上人敛了许多钱，交给演说的人，看他如何动手。谁知那演说的人，敛了许多钱去，找了一块众人伤害不着的地方，立住了脚，便高声叫道："你们这些没血性的人，凉血种类的畜生，还不赶紧去打那个掌舵的吗？"又叫道："你们还不去把这些管船的一个一个杀了吗？"那知就有那不懂事的少年，依着他去打掌舵的，也有去骂船主的，俱被那旁边人杀的杀了，抛弃下海的抛下海了。那个演说的人，又在高处大叫道："你们为甚么没有团体？若是全船人一齐动手，还怕打不过他们么？"那船上人，就有老年晓事的人，也高声叫道："诸位切不可乱动！倘若这样做去，胜负未分，船先覆了！万万没有这个办法！"

小说出现了一个新的角色：慷慨发表演说要拯救众人，却为了敛钱，站在伤害不着的地方，又大声斥责众人没有血性，是畜生奴才，鼓动他们团结起来，赶紧去打掌舵的、杀管船的，亏得被年老晓事的人阻住。这鼓动的人自然让人想到主张造反流血的革命者（小说的描写是漫画式的，形象是虚伪自私的），可见作者并不赞成革命而倾向于点点滴滴的改良。

送向盘更引出了一场荒唐的闹剧：

三人便将帆叶抽满，顷刻便与大船相近。篙工用篙子钩住大船，三人便跳将上去，走至舵楼底下，深深的唱了一个喏，便将自己的向盘及纪限仪等项取出呈上。舵工看见，倒也和气，便问："此物怎样用法？有何益处？"

正在议论，那知那下等水手里面，忽然起了咆哮，说道："船主！船主！千万不可为这人所惑！他们用的是外国向盘，一定是洋鬼子差遣来的汉奸！他们是天主教！他们将这只大船已经卖与洋鬼子了，所以才看这个向盘。请船主赶紧将这三人绑去杀了，以除后患。倘与他们多说几句话，再用了他的向盘，就算收了洋鬼子的定钱，他就要来拿我们的船了！"谁知这一阵嘈嚷，满船的人俱为之震动。就是那演说的英雄豪杰，也在那里喊道："这是卖船的汉奸！快杀，快杀！"

　　船主舵工听了，俱犹疑不定，内中有一个舵工，是船主的叔叔，说道："你们来意甚善，只是众怒难犯，赶快去罢！"三人垂泪，赶忙回了小船。那知大船上人，余怒未息，看三人上了小船，忙用被浪打碎了的断桩破板打下船去。你想，一只小小渔船，怎禁得几百个人用力乱砸，顷刻之间，将那渔船打得粉碎，看着沉下海中去了。

　　老残在渔船上被众人砸得沉下海去，自知万无生理，只好闭着眼睛，听他怎样。觉得身体如落叶一般，飘飘荡荡，顷刻工夫沉了底了。只听耳边有人叫道："先生，起来罢！先生，起来罢！天已黑了，饭厅上饭已摆好多时了。"老残慌忙睁开眼睛，愣了一愣道："呀！原来是一梦！"

舵工是和气地询问，不料是下等水手"忽然起了咆哮"，说是外国向盘，"一定是洋鬼子差遣来的汉奸"，"请船主赶紧将这三人绑去杀了"，连"满船的人俱为之震动"，连演说的英雄豪杰也喊"这是卖船的汉奸！快杀！快杀！"三人只好狼狈而逃，几百个人还不肯放过，"用力乱砸，顷刻之间，将那渔船打得粉碎，看着沉下海中去了。"罗盘、纪限仪及小说前面提到的望远镜，都是外国货，或者说是近代科技文明的产物，作者是主张向外国学习的，支持洋务运动，以图国家的振兴。但由于近代以来的屈辱，包括底层人民在内的中国人产生了强烈的折败感和自卑感，由此产生出激烈又盲目的排外行为，所以觉醒的先行者的命运大多是悲惨的，小说对此的描写可谓入木三分，堪称经典。而以梦串连，既是小说艺术上的独特构想，也是潜意识的折射，可见作者对国事的日思夜想，忧愤深广了。

　　小说涉及的面很广，既有统治者的不思改革，官吏的搜刮暴虐，又有民众的麻木不仁，盲目的排外行为，革命者暴力流血的主张，等等，在这些描写的背后，隐含着作者对时局的一系列见解。刘鹗无疑也是觉醒了的一个，而觉醒者最大的痛苦，按鲁迅的说法是梦醒了无路可走，由此可以理解作品为何写得如此痛彻悲愤。而大清帝国的破船挣扎在世界大势的汹涌浪涛中，其最终的命运也就不难想象了。

四部社会讽喻小说艺术构想各异，但都表现了对国家民族命运的强烈关怀，并对时局提出了各自的见解和改造方案；四部小说以海洋为展开叙述的空间，凸显出海洋与个人功业、国家民族命运的紧密关系，而如何保卫海疆抵御外侮，又如何通过海洋走向世界，进而变革图强，已日益成为国人关注与思考的重心。

## 第三节　涉海传奇与寓言小说

清代传奇小说承继魏晋志怪、唐宋传奇的传统，又受到明代传奇和通俗文学的影响，呈现出总结性的趋势，尤其是蒲松龄的《聊斋志异》以传奇笔法写志怪内容，影响所及，模仿之作纷出，如沈起凤的《谐铎》、浩歌子的《萤窗异草》、宣鼎的《夜雨秋灯录》，直到清末王韬的《淞隐漫录》等。同时，寓言体小说也兴行一时，以各自的人物故事与叙述形态，巧妙地隐含对世道人心乃至社会政治的针砭警诫，而像陈天华的《狮子吼》则已不同于传统的寓言小说，表现出新时代的特征，对新型社会的理想寄托。

清初戏曲理论家、小说家李渔写有多种传奇，《连城璧》中的《遭风遇盗致奇赢　让本还财成巨富》，叙述秦世良经商途中处处碰壁，却因祸得福，终成巨富，情节颇为曲折离奇。小说开篇写秦世良向放债的财主杨百万贷款做生意：

从清晨立到巳牌时分，只见杨百万走出厅来，前前后后跟了几十个家人，有持笔砚的，有拿算盘的，有捧天平的，有抬银子的。杨百万走到中厅，朝外坐下，就像官府升堂一般，分付一声收票。只见有数百人一齐取出票来，挨挤上去，就是府县里放告投文，也没有这等闹热。秦世良也随班拥进，把借票塞与家人收去，立在阶下，听候唱名……

秦世良看见这些光景，有些懊悔起来道："银子不过是借贷，终究要还，又不是白送的，为甚么受人这等怠慢？"欲待不借，怎奈票子又被他收去。

谁想杨百万看到他的相貌，不觉眼笑眉欢，又把他的手掌扯了一捏，就立起身来道："失敬了。"竟查票子，看到五两的数目，大笑起来道："兄这相尊相，将来的家资不在小弟之下，为甚么只借五两银子？"世良道："老员外又来取笑了。晚生家里四壁萧然，朝不谋夕，只是这五两银子还愁老员外不肯，怎么说这等过分的话，敢是讥诮晚生么？"杨百万又把他仔细一相道："岂有此理，兄这个财主，我包得过。任你要借一千、五百，只管兑去，料想是有得还的。"世良道："就是老员外肯借，晚生也不敢担当，这等量加几两罢。"杨百万道："几两、几十两的生意岂是兄做的？你竟借五百两去，随你做甚么生意，包管趁钱，还不要你费一些气力，受一毫辛苦，现现成成做个安逸财主就是。"

世良暗笑道："我不信有这等奇事，他既拚得放这样飘海的本钱，我也拚得去做飘海的生意。闻得他的人家原是洋里做起来的，我如今不入虎穴，焉得虎子？也到洋里去试试。"就与走番的客人商议，说要买些小货，跟去看看外洋的风光。众人因他是读过书的，笔下来得，有用着他的去处，就许了相带同行，还不要他出盘费。世良喜极，就将五百两银子都买了绸缎，随众一齐下船。

秦世良因为家道中落，废了举业，无奈去借五两银子。杨百万是凭相貌决定借款多少的，看到秦世良后，杨百万就认定他将来一定会发财，反复劝说秦世良借了五百两。秦世良也抱着试试看的心理，买了绸缎，与走番的客人乘船出洋。谁知一开头就倒了霉：

> 忽听得舵工喊道："西北方黑云起了，要起风暴，船收进岛去。"那些水手听见，一齐立起身来，落篷的落篷，摇橹的摇橹，刚刚收进一个岛内，果然怪风大作，雷雨齐来，后船收不及的，翻了几只。世良同满船客人，个个张牙吐舌，都说亏舵工收船得早。等了两个时辰，依旧青天皎洁。
>
> 正要开船，只见岛中走出一伙强盗，虽不上十余人，却个个身长力大，手持利斧，跳上船来，喝道："快拿银子买命！"
>
> 众人看见势头不好，一齐跪下道："我们的银子都买了货物，腰间盘费有限，尽数取去就是。"只见有个头目立在岸上，须长耳大，一表人材，对众人道："我只要货物，不要银子，银子赏你们做盘费转去，可将货物尽搬上来。"众强盗得了钧令，一齐动手，不上数刻，剩得一只空船。头目道："放你们去罢。"
>
> 驾掌曳起风篷，方才离了虎穴。满船客人个个都号啕痛哭，埋怨道："不该带了个没时运的人，累得大家晦气。"世良又恨自家命穷，又受别人埋怨，又虑杨百万这注本钱如何下落，真是上天无路，入地无门。

开船遇到风暴，躲入岛中，正巧岛中有一伙海盗，抢光了一船货物，众人都埋怨秦世良是没时运的晦气人。秦世良去见杨百万诉说，杨百万毫不介意，说自己当初做生意也亏过本，又借秦世良五百两，秦世良带三百两往湖广贩米。途中遇见一老汉，宿于饭店，早上起来一看，银子被老头偷走了，秦世良哭了一场回家，取出剩下的两百两再去贩米，遇上相貌相似的秦世芳，结为兄弟。正要买米，秦世芳大叫银子被人偷了，怀疑偷者是秦世良。秦世良只好将银子交于秦世芳：

> 别了世芳，竟回南海，依旧去见杨百万，哭诉自己命穷，不堪扶植，辜负两番周济之恩，惭愧无地。说话之间，露出许多不安之态。杨百万又把好言安慰一番，到底不悔，还要把银子借他，被他再三辞脱。从此以后，纠集几个蒙童学生处馆过日。那些地方邻里因杨百万许他做财主，就把"财主"二字做了他的别号，遇见了也不称名，也不道姓，只叫"老财主"，一来笑他不替杨百万争气，二来见得杨百万的眼睛也会相错了人。

但接下来的情节突然翻了过来。一是秦世芳用二百两银子买米买茶去瓜州、扬州发了大财，连本钱有三万之数，回家时妻子告诉他二百两银子还放在家中未用。秦世芳才知错怪了秦世良，而自己发财全靠秦世良当初的本钱，于是找到秦世良，双方都是君子，互相推辞，最后由杨百万做主，一人一半；二是南海来了新知县，对秦世良十分友善，多有照顾，原来知县当初犯错监禁在狱，家仆无奈偷了秦世良的三百两银子去打点，救出了知县；三是秦世芳渡海去朝鲜卖绸缎，验货的驸马也是中国人，当初海上沉船，漂到岛上，招几个兄弟劫财物，见抢来的绸缎上有"秦世良"的名号，于是问起，一倍还十倍，托秦世芳带回。这一连串因祸得福（也是积善积德）的奇遇，连秦世良自己也十分感慨，并有了圆满的结局：

> 世良见世芳回来，不胜之喜，只晓得这次飘洋得利，还不晓得讨了陈账回来。世芳对他细说，方才惊喜不了。常常对着镜子自己笑道："不信我这等一个相貌，就有这许多奇福。奇福又都从祸里得来，所以更不可解。银子被人冒认了去，加上百倍送还，这也勾得紧了。谁想遇着的拐子，又是个孝顺拐子，撞着的强盗，又是个忠厚强盗，个个都肯还起冷账来，那里有这样便宜失主！"世良只因色心淡薄，

到此时还不曾娶妻。杨百万十分爱他，有个女儿新寡，就与他结了亲。妆奁甚厚，一发锦上添花。与世芳到老同居，不分尔我。后来直富了三代才住。

小说结尾有一段评说：

看官，你说这桩故事，奇也不奇？照秦世良看起来，相貌生得好的，只要不做歹事，后来毕竟发迹，粪土也会变做黄金；照秦世芳看起来，就是相貌生得不好的，只要肯做好事，一般也会发迹，饿莩可以做得财主。我这一回小说，就是一本相书，看官看完了，大家都把镜子照一照，生得上相的不消说了，万一尊容欠好，须要千方百计弄出些阴骘纹来，富贵自然不求而至了。

故事确是奇异，写得一波三折，波澜迭生，显出了作者构想叙述上的出众才华；但光凭秦世良的相貌，去一步步印证杨百万说秦世良往后要做安逸财主的话，即便作者含有调侃的意味，毕竟立意浅薄，甚而有些无聊了。

李渔小说是对现实生活的摹写，而蒲松龄的小说则亦真亦幻，多写非现实的花狐精怪世界。蒲松龄字留仙，号柳泉居士，山东淄川人，生于没落的书香之家，热衷功名，但一生穷愁潦倒，七十二岁才补贡生，主要以开帐教书为生。《聊斋志异》被公认为是中国古代文言小说的最后一座高峰，作者在自序中说："才非干宝，雅爱搜神；情类黄州，喜人谈鬼。闻则命笔，遂以成篇"，说明此书的志怪性质；又说"集腋为裘，妄续幽冥之录；浮白载笔，仅成孤愤之书。寄托如此，亦足悲矣！"可见又是一部"孤愤之书"，既有对世事的讽喻讥刺，也有对怀才不遇的慨叹不平，说白一点，作者大写特写花狐精怪，正是人生理想（或曰白日梦）隐晦曲折的投射和自我心理上的满足。

《聊斋志异》的一大特色是志怪而兼传奇，即用传奇的手法写志怪的内容。选两篇与海有关的传奇，一是《夜叉国》，也采用"遇风漂流"的模式：

> 胶州徐姓，泛海为贾，忽被大风吹去。开眼至一处，深山苍莽。冀有居人，遂缆船而登，负糗腊焉。方入，见两崖皆洞口，密如蜂房，内隐有人声。至洞外，伫足一窥，中有夜叉二，牙森列戟，目闪双灯，爪劈生鹿而食。惊散魂魄，急欲奔下，则夜叉已顾见之，辍食执入。二物相语，如鸟兽鸣，争裂徐衣，似欲啖噉。徐大惧，取囊中糗糒，并牛脯进之。分啖甚美。复翻徐橐，徐摇手以示其无，夜叉怒，又执之。徐哀之曰："释我，我舟中有釜甑，可烹饪。"夜叉不解其语，仍怒。徐再与手语，夜叉似微解。从至舟，取具入洞，束薪燃火，煮其残鹿，熟而献之。二物啖之喜。夜以巨石杜门，似恐徐遁，徐曲体遥卧，深惧不免。天明，二物出，又杜之。少顷携一鹿来付徐，徐剥革，于深洞处取流水，汲煮数釜。俄有数夜叉至，群集吞啖讫，共指釜，似嫌其小。过三四日，一夜叉负一大釜来，似人所常用者。于是群夜叉各致狼麋。既熟，呼徐同啖。居数日，夜叉渐与徐熟，出亦不施禁锢，聚处如家人。徐渐能察声知意，辄效其音，为夜叉语。夜叉益悦，携一雌来妻徐。徐初畏惧，莫敢伸，雌自开其股就徐，徐乃与交，雌大欢悦。每留肉饵徐，若琴瑟之好。

徐姓商人被大风吹至夜叉国。夜叉国其实是海岛上的原始部落，"爪劈生鹿而食"，又"争裂徐衣，似欲啖噉"。商人以能煮鹿肉取得信任，学会夜叉语，"聚处如家人"，夜叉"携一雌来妻徐"，结成了夫妻。而夜叉国也有等级之分：

> 一日，诸夜叉早起，项下各挂明珠一串，更番出门，若伺贵客

## 第六章 清代：海洋小说的完成期

状。命徐多煮肉，徐以问雌，雌云："此天寿节。"雌出谓众夜叉曰："徐郎无骨突子。"众各摘其五，并付雌。雌又自解十枚，共得五十之数，以野苎为绳，穿挂徐项。徐视之，一珠可直百十金。俄顷俱出。徐煮肉毕，雌来邀去，云："接天王。"至一大洞，广阔数亩。中有石，滑平如几，四圈俱有石坐，上一坐蒙一豹革，余皆以鹿。夜叉二三十辈，列坐洞中。少顷，大风扬尘，张皇都出。见一巨物来，亦类夜叉状，竟奔入洞，踞坐鹗顾。群随入，东西列立，悉仰其首，以双臂作十字交。大夜叉按头点视。问："卧眉山众，尽于此乎？"群哄应之。顾徐曰："此何来？"雌以"婿"对，众又赞其烹调。即有二三夜叉，奔取熟肉陈几上。大夜叉掬啖尽饱，极赞嘉美，且责常供。又顾徐云："骨突子何短？"众曰："初来未备。"物于项上摘取珠串，脱十枚付之，俱大如指顶，圆如弹丸。雌急接，代徐穿挂，徐亦交臂作夜叉语谢之。物乃去，蹑风而行，其疾如飞。众始享其余食而散。

大夜叉号"天王"，统领卧眉山，众夜叉东西肃立，"悉仰其首，以双臂作十字交"。因商人所烹肉味美，大夜叉摘下项上十枚大珠交商人戴挂，颇有人情味。

情节的发展也颇为生动曲折：

徐居四年余，雌忽产，一胎而生二雄一雌，皆人形，不类其母。众夜叉皆喜其子，辄共拊弄。一日，皆出攫食，惟徐独坐，忽别洞来一雌，欲与徐私，徐不肯。夜叉怒，扑徐踣地上。徐妻自外至，暴怒相搏，龁断其耳。少顷，其雄亦归，解释令去。自此雌每守徐，动息不相离。又三年，子女俱能行步，徐辄教以人言，渐能语，啁啾之中，有人气焉。虽童也，而奔山如履坦途，与徐依依有父子意。

一日，雌与一子一女出，半日不归，而北风大作。徐恻然念故乡，携子至海岸，见故舟犹存，谋与同归。子欲告母，徐止之。父子登舟，一昼夜达胶。至家，妻已醮。出珠二枚，售金盈兆，家颇丰。子取名彪，十四五岁，能举百钧，粗莽好斗。胶帅见而奇之，以为千总。值边乱，所向有功，十八为副将。

生下儿女，"众夜叉皆喜其子，辄共抪弄"。小说写到一雌夜叉欲与商人好，其妻"暴怒相搏，龁断其耳"，并且"每守徐，动息不离"，颇具戏剧性，写出了夫妻情爱。但商人终究思念故乡，携一子登舟逃离。

新奇处主要在小说的后半部分：一商人漂至卧眉，与徐姓商人之子相遇，子托商人传递信息后，已为副将的大儿带兵渡海，遇见弟妹及母亲，同到胶州，母学华语，衣锦，封一品夫人，小儿登武进士第，因军功封男爵，女儿嫁与将军，一门俱荣。小说的意旨似乎难以确定，是证明环境对人的同化之力（徐姓商人在夜叉国学会夜叉语及礼节，雌夜叉来中华后学华语），是讥讽文明之邦还不如夜叉国的有情有义，还是借商人一家的荣耀寄寓作者对自己一生穷愁的伤悼？

二是《罗刹海市》，叙贾人子马骥美丰姿，"从人浮海，为飓风引去，数昼夜至一都市"，看见了怪异的一幕：

其人皆奇丑，见马至，以为妖，群哗而走。马初见其状，大惧，迨知国中之骇已也，遂反以此欺国人。遇饮食者则奔而往，人惊遁，则啜其余。久之，入山村，其间形貌亦有似人者，然褴褛如丐。马息树下，村人不敢前，但遥望之。久之，觉马非噬人者，始稍稍近就之。马笑与语，其言虽异，亦半可解。马遂自陈所自，村人喜，遍告邻里，客非能搏噬者。然奇丑者望望即去，终不敢前。其来者，口鼻位置，尚皆与中国同，共罗浆酒奉马，马问其相骇之故，答曰："尝闻祖父言：西去二万六千里，有中国，其人民形象率诡异。但耳食之，今始信。"问其何贫，曰："我国所重，不在文章，而在形貌。其美之极者，为上卿；次任民社；下焉者，亦邀贵人宠，故得鼎烹以养妻子。若我辈初生时，父母皆以为不祥，往往置弃之，其不忍遽弃者，皆为宗嗣耳。"问："此名何国？"曰："大罗刹国。都城在北去三十里。"

大罗刹国人在马骥看来"皆奇丑"，但在罗刹国人眼中，美丰姿的中国人更丑，"以为妖，群哗而走"，在他们的传说中，中国"其人民形象率诡异"，都是因为阻隔不来往之故，何谓美丑也无标准了。怪异的还有，罗刹国人完全以形貌取人，其美之极者（在中国人看来其实是最丑者）为上卿，以此类推，果然，第二天马骥去都城，"村人指曰：'此相国也。'视之，双耳皆背生，鼻三孔，睫毛覆目如帘。又数骑出，曰：'此大夫也。'以次各指其官职，率狰狞怪异。然位渐卑，丑亦渐杀"。有见识广者向国王推荐马骥，大夫见其怪状未重用，后以煤涂面作张飞，主人以为美，见宰相，拜为下大夫，后官僚告发其面目之伪，只好告假回村，一起去逛海市，并有了新的奇遇：

于是乘船载金宝，复归村。村人膝行以迎。马以金资分给旧所与交好者，欢声雷动。村人曰："吾侪小人受大夫赐，明日赴海市，当求珍玩以报。"问："海市何地？"曰："海中市，四海鲛人，集货珠宝。四方十二国，均来贸易。中多神人游戏。云霞障天，波涛间作。贵人自重，不敢犯险阻，皆以金帛付我辈，代购异珍。今其期不远矣。"问所自知，曰："每见海上朱鸟往来，七日即市。"马问行期，欲同游瞩，村人劝使自贵。马曰："我顾沧海客，何畏风涛"未几，果有踵门寄资者，遂与装资入船。船容数十人，平底高栏。十人摇橹，激水如箭。凡三日，遥见水云幌漾之中，楼阁层叠，贸迁之舟，纷集如蚁。少时，抵城下，视墙上砖皆长与人等，敌楼高接云汉。维舟而入，见市上所陈，奇珍异宝，光明射目，多人世所无。

一少年乘骏马来，市人尽奔避，云是"东洋三世子"。世子过，目生曰:"此非异域人。"即有前马者来诘乡籍。生揖道左,具展邦族。世子喜曰:"既蒙辱临,缘分不浅!"于是授生骑,请与连辔,乃出西城,方至岛岸,所骑嘶跃入水。生大骇失声。则见海水中分,屹如壁立。俄睹宫殿,玳瑁为梁,鲂鳞作瓦,四壁晶明,鉴影炫目。下马揖入。仰视龙君在上,世子启奏:"臣游市廛,得中华贤士,引见大王。"生前拜舞。龙君乃言:"先生文学士,必能衔官屈、宋。欲烦椽笔赋'海市',幸无吝珠玉。"生稽首受命。授以水晶之砚,龙鬣之毫,纸光似雪,墨气如兰。生立成千余言,献殿上。龙君击节曰:"先生雄才,有光水国矣!"遂集诸龙族,宴集采霞宫。酒炙数行,龙君执爵向客曰:"寡人所怜女,未有良匹,愿累先生。先生倘有意乎?"生离席愧荷,唯唯而已。龙君顾左右语。无何,宫女数人扶女郎出,珮环声动,鼓吹暴作。拜竟睨之,实仙人也。女拜已而去。少时,酒罢,双鬟挑画灯,导生入副宫,女浓妆坐伺。珊瑚之床饰以八宝,帐外流苏缀明珠如斗大,衾褥皆香软。天方曙,雏女妖鬟,奔入满侧。生起,趋出朝谢。拜为驸马都尉。

这里的"海市"既指传说中的仙人所居之所,又是四方交易货物的市场。马骥乘船到了海市,碰到海龙王的三世子,听说是中华来者,便引见龙王,龙王命马骥作《海市》赋,立成千言,龙王大悦,将龙女匹配,又拜为驸马都尉。在罗刹国被目为妖物、受尽屈辱的马骥终于时来运转,飞黄腾达了。

《罗刹海市》明显有对时弊的针砭,如罗刹国人的以丑为美,以貌取人,何尝不是生活中的常事?如马骥带金回村,村人态度大变,"膝行以迎",尽显世态炎凉。所以作者在结尾处评论道:"花面逢迎,世情如鬼。嗜痴之癖,举世一辙。"但小说中的主人公总能苦尽甘来,荣华富贵,使人有理由认为,这不过是作者通过想象来获得心理上的慰藉罢了。

沈起凤的短篇小说集《谐铎》直接受《聊斋志异》影响,有一些涉及海洋题材，较著名的是《鲛奴》。鲛人，也即美人鱼，古人记载其生南海，眼能泣珠，不过记载简略，沈起凤据此进行了扩写：

> 茜泾景生，喜闽三载，后航海而归。见沙岸上一人僵卧，碧眼蜷须，黑身似鬼，呼而问之。对曰："仆鲛人也，为水晶宫琼华三姑子织紫绡嫁衣，误断其九龙双脊梭，是以见放。今漂泊无依，倘蒙收录，恩衔没齿。"生正苦无仆，挈之归里。其人无所好，亦无所能。饭后赴池塘一浴，即蹲伏暗陬，不言不笑。生以其穷海孤身，亦不忍时加驱遣。

景生于航海归途中，收留了因得罪水晶宫三姑子而遭流放的鲛人为奴，鲛人发誓报恩，却无所能。后景生在昙花讲寺见一女子，登门求聘，其母说女名万珠，必得万颗明珠方能答应。景生无法办到，日思夜想，伏床不起，"瘦骨支床，恹恹待毙"。于是：

> 鲛人入而问疾。生曰："琅琊王伯舆，终当为情死。但汝海角相依，迄今半载，设一旦予先朝露，汝安适归？"鲛人闻其言，抚床大哭，泪流满地。俯视之，晶光跳掷，粒粒盘中如意珠也。生蹶然而起，曰："愈矣！"鲛人讶其故。生曰："予所以病且殆者，为少汝一副急泪耳！"遂备陈颠末。鲛人喜，拾而数之，未满其额。转叹曰："主人亦寒乞相，得宝骤作喜色，何不少缓须臾，为君尽情一哭也。"生曰："再试可乎？"鲛人曰："我辈笑啼，由中而发，不似世途上机械者流，动以假面向人。无已，明日携樽酒，登望海楼，为主人筹之。"

景生告知生病之由，并说自己死后，无法照看鲛人了。鲛人大为感动，"抚床大哭，泪流满地"，结果泪珠结为一粒粒的如意珠，但未满万珠，鲛

人答应再尽情一哭:

> 生如其言,侵晨,挈鲛人登楼望海,见烟波汩没,浮天无岸。鲛人引杯取醉,作旋波宫鱼龙曼衍之舞。南眺朱崖,北顾天墟,之罘、碣石,尽在沧波明灭中。喟然曰:"满目苍凉,故家何在?"奋袖激昂,慨焉作思归之想,抚膺一恸,泪珠迸落。生取玉盘盛之,曰:"可矣。"鲛人曰:"忧从中来,不可断绝。"放声一号,泪尽乃止。生大喜,邀之同归。鲛人忽东指笑曰:"赤城霞起矣。蜃楼十二座,近跨鼍梁,琼华三姑子今夕下嫁珊瑚岛钓鳌仙史。仆尘限已满,请从此逝!"耸身一跃,赴海而没。生怅然独反。

> 越日,出明珠登堂纳聘。老妇笑曰:"君真痴于情者。我不过以此相试,岂真卖闺中女,觍颜求活计哉?"却其珠,以女归生。后诞一子,名梦鲛,志不忘作合之缘也。

此段环境气氛营造极好:登楼望海,烟波浩渺;鲛人引杯取醉,作鱼龙之舞;南北眺望,岛屿尽在波中。于是鲛人自然引出思归之想,"忧从中来,不可断绝",才有了"放声一号,泪尽乃止",结下万颗珍珠。报恩毕,便赴海而没。意外的是,此前老妇只是玩笑,"却其珠,以女归生",以喜剧结束。

作者在鲛人身上充分灌注了人的思想情感,加上描述生动,注意心理刻画,因而显得十分动人。自然,小说也有讽世之意,如第一次哭后,景生要求鲛人再试一次,鲛人说:"我辈笑啼,由中而发,不似世途上机械者流,动以假面向人","假面向人",虚情假意,诌笑取媚,正是世人的戏法;而鲛人的重情重义、有恩必报也反衬出世人的薄情寡义、忘恩负义。

浩歌子的《萤窗异草》也属《聊斋志异》一路,其涉海传奇中较有新意的是《翠衣国》,以童话形式展开叙述:

## 第六章 清代：海洋小说的完成期

陇蜀故多鹦鹉，土人恒罗之以为玩具。成都人蒋十三，畜一佳者，驯养数年矣。一日，有鹳鸰来，止于树梢，呼鹦鹉为"能言公"，隔笼与之语，询之曰："君不游翠衣国几年矣？"答曰："丙年离乡，丁年罹罗，今居樊中，岁又三稔，通其首尾计之，已五易春秋矣。"鹳鸰又曰："颇亦思归否？"答曰："胡不思？君不知我，我非生而羽者也。犹忆昔年为商，贩于湖湘间，贾尝三倍，且颇善言语，恒为人解纷，人无有难之者。某岁仲春，与同伴航海，将谋重利。舟行至一岛，碧嶂插天，蔚蓝无际。偶拉客伙数人登眺其上，愈入则其境愈佳。涉历既深，顿忘归路。岛中无一人，惟有公辈飞鸣上下，不知几千万亿。予等病不能兴，又无弋获之具可仿罗雀之风，遂饿死于岩下。他人我不能知，予则渺渺然游行至一国土，宫殿巍峨，城郭富丽。其人无贵贱，皆衣翡翠裘。予询之，人曰：'此海中第七岛，翠衣国也。'予因谒见其王，欲图归计。王年可五旬余，亦衣翠服，能识义理，通阴阳。其国中上大夫必能诗，中大夫皆能曲，下大夫亦能言，以捷给为才，从无有不鸣者。遂馆予为客卿，后以贵主下降。主貌姣好，亦娴歌咏，与予伉俪甚欢。明年为予制此服之，遂能飞举。时与主翱翔于茂树，倡随无间。不意为近侍所诱，将欲归视故乡。行至山中，下而取食，为人所获，羁绁于兹不能返。每思主爱，如割寸心。君今去能为我致一口音，则幸矣。"鹳鸰曰："愿为驿使，虽远弗辞。"

成都人蒋十三养鹦鹉已数年，一日有一只八哥来看望鹦鹉，问是否思念故乡，鹦鹉自叙自己原是商人，与同伴航海至一海岛，忘归路而饿死，灵魂游至翠衣国，人皆衣翡翠裘，国王视为客卿，并将公主配他，穿上翠衣后也能飞举，因归故乡，山中取食为人所获。鹦鹉问八哥能否去翠衣国报信？八哥慨然应诺而去。刚巧蒋十三于小窗下"闻其语甚为惨然，乃起辟其笼而纵之。且嘱曰：'翠衣国路远，子宜自爱，慎勿再罹罗网之灾。'语竟，鹦鹉啁嗻作谢，飘然高举，渐入云汉间，不转瞬而逝。"

商人死后魂至翠衣国的经历十分奇特，两只鸟的对话与传信是童话式的想象，而蒋十三同情鹦鹉的遭遇放了它去翠衣国。于是有了真诚的报恩：

> 逾年，蒋患疾疫，病垂毙。迷惘中见有人皂衣而鸟喙，直前启曰："君家之囚已言于翠衣国主矣。命仆奉延，即请税驾。"蒋正昏愦，莫知所指，竟毅然随之行。其人奋臂一呼，早有绿衣人十数辈，驾一肩舆，舁蒋前往。须臾至海上，波如山立，心甚惴惴。视其舆，轻犹一叶，去水仅寻余，毫无沾湿，行且如飞。既至，有绝境，都如鹦鹉所言。即有人迎于郊外，俯伏路旁，引吭而谢曰："主君体好生之德，罢悦耳之具，网开三面，德并二天，使折翼之禽无难旋里，嫌笼之羽竟得生还。不独乐昌之镜重圆，抑且若敖之鬼弗馁。感恩涕泣，深愧衔环，拥篲郊迎，聊酬翼卵。"言讫，伏地哀鸣，一若感激不胜者。蒋自舆中窥之，驺从甚盛，冠盖甚都，其人年二十许，翠衣翩跹，疑即曩昔所纵者。乃降舆慰劳，并驾而进。入其国，人皆衣碧，语言皆带鸟音。将至路门，国主躬亲迎迓，揖而言曰："寡人愚昧，国禁废弛，致令金闺爱婿辱于弋人。微先生释之归里，则弱女无与并栖，即不谷亦无与共治矣。"语甚谦抑。

蒋十三重病之际，翠衣国派使者接蒋十三前往，遇到鹦鹉化身人的隆重迎接并至谢意，又受到翠衣国王的殷勤接待，送美人，喝美酒，听歌舞，又取海中神露，一饮而病除，并赠与明珠、紫玉、水心镜、珊瑚树等珍奇。蒋十三回到家，家人正在号哭，为他举行葬礼。原来是蒋十三的灵魂到了翠衣国。

此文构想极为新鲜大胆，既悲海上商人命运的离奇，更歌颂人与鸟、鸟与鸟之间相互同情关爱的真挚情谊，读来让人温暖感动，自然也反衬出损人利己者的丑陋。另有《落花岛》一篇，叙商人经不住波涛颠簸，病死舟中，其魂游于落花岛，与一美女子巧遇相爱云，也值得一读。

宣鼎的《夜雨秋灯录》也仿《聊斋志异》传奇兼志怪的写法，代表作是《鳄公子》。小说开篇就十分怪异：

>  琼州有古岛，蛟人蜑户环筑茅宇，捕鱼以居。活水当门，海通潮汐，无爽约焉。岛之氓鱼氏，名某，隶闽帅麾下弁。其妻水氏妇有风致，能鲎媚其夫。其子比目儿亦聪明，能鲤承其训。留岛宅有年矣。妇以藁砧远出，家又贫素，井臼皆躬操。尝诣门前溪水溲米，将作晚炊，见一鳄鱼在水际游泳不去。大惊，恐其咥人，意将弃米而逸。视鱼斜侧其睇，喋唼其口，意似有情。妇亦以秋波逆送之。是夕就寝，梦一秀俊伟岸丈夫私与之媾，曰："卿卿勿怖，仆即子日间所见之鳄鱼也。昔得昌黎氏文檄，即解迁居。至宋季，儿辈又跳梁，为陈尧佐所杀。率众而东，上帝嘉焉，准以幻身一亲人道之乐，数合卿偶，卿其秘之，勿以异类为耻。"妇曰："事可一不可再。吾家男子恶，剑可斩蛟，索能捉鳖，莫谓海民非屠龙手也。"曰："唯唯否否，卿宜自重，仆从此逝矣。"言已，披衣下床去。妇醒，惟残釭尚明，窗月正白。未几腹震震，且蟠蟠，医生诊之以为孕。邻人窃笑曰："世有无夫而孕者也？不然当是鬼胎。"然见其平素贞静，从不轻与男子通语言，疑莫能决。

琼州古岛上一户人家，丈夫当兵在外，妇去门前溪边淘米，见一鳄鱼，以目送之。夜梦鳄鱼化为一俊伟男子，与妇人交合而怀胎。此种题材，在志怪小说中也从未有过。

十五月后妇人生下一物，"龙其身，虎其爪，蟹其目，龟其甲，钩尾锯牙"，乃是一鳄。岛人皆曰："此孽种也，留恐害人，曷杀之便？"妇人不忍，以大瓮养之，呼其名，则摇首而应。愈长，投之溪中，鳄鱼恋母良苦。妇人又嘱其勿伤牛羊鹅鸭，鳄鱼再三顿首。邻人呼为鳄公子。鳄公子不但通人性，还帮母亲改善了生活状况：

> 一夕将寝，闻门外有扣户声，启视之，见鳄正蠢然来，忽蹶然去，门侧堆海鱼无数。时正伏腊，亥市价昂，遣大儿舁而鬻之，得资无算。由是每夕必以海鱼或虾蟹蛤蚌之属委傍双柴，餐赖以甘，丛赖以裕。妇之夫本阄茸人，盾鼻矛头，资仅供饮博，实无力赡妻孥。至是妇渐以余资付大儿学贸易。儿年十七，母泣谓之曰："尔终鲜兄弟，虽有鳄公子，究是异姓儿，不可以长恃。尔年已冠，婚娶及时，守蜗庐徒蠖屈，非计也，曷走四方求蝇头利乎？"儿拜辞，囊金趁海舶远至厦门，售珍错海味为业。

后妇人担心在外经商的大儿，令鳄鱼渡海寻兄，正遇兄海上遭难：

> 忽水底有大鱼负之背，走洪涛巨浪中，阵马檣乌，罔喻其疾。出水登陆，庆再生矣，视大鱼犹未去，睨之，鳄公子也。始大骇异，曰："吾弟神哉！何拯我之速也。"点其首。"阿母无恙乎？"点其首。"母遣汝省兄乎？"因点首至再。曰："吾弟曷归乎？"不肯去。曰："吾弟欲得见一物为信乎？"遂又大点首，若赏其解事者。曰："匆匆海澨无纸笔作书，曷以左腕金戒指衔去，上有刊文曰'鱼氏内省'四字，母所识者。奉金萱入目，知玉树不催，兄之萍飘，亦将璧反耳。弟其挟风雷而腾海若也。"鳄果衔戒指去。

鳄公子于海上救了兄长，带了信物回来，不料竟酿成悲剧：

> 旬余，妇方临流，忽见鳄返，跳波吸浪，其意欢欣。妇戏语之曰："尔数日遁往何处，其真寻汝兄乎？"鳄点其首，曰："寻得汝兄，

兄尚好否？"又点其首。"汝兄亦不日归乎？"又大点其首不置。曰："汝兄可有家书乎？"乃逡巡近钓矶，口中吐一黄物，铿然堕母前，取视之，大惊骇，曰："孽物何杀汝兄？"号哭不已。鳄不能辨，惟痴痴木木吹嘶作波。妇且号且詈曰："汝不杀兄，何金器由汝腹中出？三年乳哺，何太无良？"鳄悲涕无以自明，忽跃起丈余，呜呜以首击岩石，石为摧。邻人视之，已脑浆绽裂死矣。

因受母亲误解责骂，鳄公子愤然以头击石，以死明心，可谓壮烈。作者笔下的鳄鱼，对母亲孝顺，对兄长友悌，从不作恶，做事尽心尽力，虽为异类，却极通人性，是塑造得极成功的正面的艺术形象，即作者完全是把鳄鱼按照人的形象来描述的，倾注了巨大的同情与喜爱。结尾处作者将鳄公子与世上所谓的公子作了比较：

> 懊侬氏曰：鳄者恶也，物也何得以公子名？然吾见夫世之所谓公子者矣。澡发画简，锦衣玉食，以狎客淫朋为骨肉，以父母兄弟为寇仇。千金即注头衔，五伦惟知妻妾。尸居余气，艳质游魂，犹复奴隶才人，唾弃正论。未死即遭鬼瞰，将毙尚抱妓眠。生而天堂，殁而地狱。夫人也其亦愧此鼍公子乎？公子而人也则已，而物也，而恶物也，吾直欲呼为鳄先生，鳄长者，鳄大丈夫；区区曰公子，屈公子卑公子甚矣！至若水府旌奇，泉台换骨，永脱苦趣，上列仙班，虽曰想当然，定非莫须有。

世上的公子反不如鳄公子，种种作为令人羞惭，这是对世态人情的辛辣讽刺。作者称鳄公子为鳄先生、鳄长者、鳄大丈夫，对人类以外的生命作如此高的评价，表达如此真诚的敬意，恐怕再难找出同例，也是此篇传奇思想上的价值所在。

最后提一下王韬的《淞隐漫录》，笔法全学《聊斋》，以抒平日牢骚郁结。作为近代著名的改良主义者，却以文言写志怪传奇，也是积习所致。此书有多篇涉海的传奇小说，如《仙人岛》《闵玉叔》《海外美人》《海底奇境》等，但内容皆不脱前人窠臼，写法上也只是改头换面，套来套去，没有什么创新，可见此类作品已为前人写尽，很难再有突破。

较有成就的还有寓言小说。此种小说古已有之，特别著名的如《庄子》，不过多是一事一理，且重在说理，篇幅也大多简略。此处涉及的寓言小说则是文学意义上的创作，不但篇幅扩张，情节更为曲折，意蕴也更加丰赡。

沈起凤《谐铎》中有《蜣螂城》一篇，极尽夸张变态之能事，读来臭气熏天，令人作呕。蜣螂，俗名"屎壳郎"，昆虫，全身黑色，会飞，吃粪、尿或动物尸体。而一个正常人进入蜣螂城将会有怎样的经历和感受？

> 荀生，字小令，竟体芳兰，有"香留三日"之誉。偶附贾舶，浮槎海上；忽腥风大作，引至一岛。生舍舟登岸；觉恶气熏蒸，梗喉棘鼻，殊不可耐。正欲回步，忽见一翁，偕短发童谈笑而来。见生，大骇曰："何处魍魉儿，偷窥净土？不怕道旁人吓煞！"生怪其臭，退行三四步，遥叩姓氏。翁亦以手拥鼻，远立而对曰："予铜臭翁，孔氏，此名乳臭小儿。因慕洞天福地，自五浊村移家于此。蒙鲍鱼肆主人见爱，谓予臭味不殊，荐诸逐臭大夫，命司蜣螂城北门管钥。汝遍体恶气，若不早自敛藏，将流染村墟，郁为时病，其奈之何！"生欲自陈，翁与短发童大呕不止，蒙袂疾趋而去。
>
> 生大异，欲征其实，以两指捺鼻而行。见一处，尽以粪土涂墙，四面附蜣螂百万，屹如长城。生振襟欲入，忽闻城中大哗曰："瘴气来矣！速取名香辟除户外。"生遥睨之，牛溲马勃，门外堆积如山陵，生益不解，忍气竟入。见生者，狂奔骇走，不顾而唾。生亦恶其秽，反身而逭。众喧逐之。生失足堕涸藩，撑扶起立，懊闷欲死。而众已追及，欲缚生，遍体摩嗅，自顶至踵，忽大惊曰："何顿芗泽若是，

真化臭腐为神奇矣!"急谢过,引生居客馆。厕石作阶,沟泥垩壁。庭下有一池,色如墨,生解衣就浴,愈濯愈臭,且渐透入肌里。生急起,仍取旧衣著之。

竟体芳兰的荀生乘商舶于海上,被"腥风"吹至一岛。一上岸便觉恶气熏天,喉鼻难忍;一老翁号铜臭翁,见生大骇,称他齷齪儿,说此地是洞天福地,蒙鲍鱼肆主人见爱,荐为逐臭大夫,并大呕不止,以袖掩嘴而逃。自己满身臭秽,却说别人污秽不堪,岂非咄咄怪事!又见"尽以粪土涂墙,四面附蜣螂百万,屹如长城",真是名副其实的蜣螂城。但转机来了:荀生为众人追逐,慌乱中堕入粪坑,遍体粪臭,不料众人大惊道歉,赞其化腐臭为神奇,而荀生于污水中洗浴,愈洗愈臭,透入肌里。

奇怪的是,荀生自此不觉奇臭,大啖馁鱼败肉,老翁闻知,赞荀生"君真洁己自好人也",结为莫逆之交。小说写到告别时的场景:

> 生恐贾舶久待,诣孔翁告别。翁张筵饯之。引入后室,见三十六粪窖,森森排列,窖中金银皆满。翁取赤金数锭以赠。并唤一女子出,蓬头垢面,而天然国色,翁笑曰:"此阿魏,即蒙不洁西子后身也。君无室,盍挈之行。"生拜谢,捧金挈妇,辞别还舟。贾人失生半月,维舟凝待,遥见生来,大喜。甫登舟,秽气不可近。陈金几上,尤臭不可堪。及阿魏登舟,万臭尽辟,众心始安。

设宴请客,竟排列三十六粪窖,放满金银,并送一女子阿魏(本为中药名,其味奇臭),才登船,舟人便觉不可近,金子更臭不可堪。回到了正常的社会,荀生的命运可想而知了:

> 后归家,生偶游街市,人辄掩鼻而过。惟于阿魏居室,则不觉其臭。出所赠金易诸市,人大怒,掷而还之。三年,阿魏死,生所如不

合，郁郁抱金而没。

去街市，人皆掩鼻而过；以金买货，人掷而还之；只有跟阿魏在一起，才觉不臭（已经香臭不分了）；最后抱着秽臭的金子死去。作者评道："以是知生于香者，亦必死于臭也。红粉长埋，黄金失色，止剩个臭皮囊，无从湔涤矣，哀哉！"

现实中当然没有蛣蜋城（作者把它放置于大海中的岛屿上），但肯定是有感而发，小说的含义也是多层次的：现实社会中多的是香臭不分、善恶不辨、黑白混淆的现象；恶者愚者横行得志，善者贤者处处受阻；在一个污浊的社会环境中，正常人也会变质，同流合污，只剩下一具没有灵魂的臭皮囊；而从"铜臭翁"的称号以及粪坛中堆满金子的描述中，也似乎含有作者对一味追逐金钱的世风的讽刺。

乾、嘉时落魄道人的《常言道》也是将故事背景放置于大海中的一个岛国上，但没有《蛣蜋城》那样极端的夸张，基本上是写实的。小说叙述明代崇祯年间一个叫时伯济的书生，祖上传下一件宝物：

> 那件东西，生得来内方外圆，按天地乾坤之象，变化不测，能大能小，忽黄忽白，有时像个金的，有时像个银的，其形却总与钱一般，名曰金银钱。这金银钱原有两个：一个母钱，一个子钱，皆能变做蝴蝶，空中飞舞，忽而万万千千，忽而影都不见，要遇了有缘的才肯跟他。时伯济家内的这个，是个子钱，年代却长远了，还是太祖皇帝赐与时行善的始祖。历传五世，从来没有失去，但是只得一个。

时伯济不愿困守家中，要去四方游历，并寻找母钱下落，于是带了金银钱出行：

> 一日时值季冬，天气严寒，信步来至海边，细观海景，但见：这

一边稳风静浪,柴船自来,米船自去。那一边,随风逐浪,小船傍在大船身边。有时平地起风波,有时风过便无浪,有时无风起处也是潺潺浪滚,有时风头不顺,宛如倒海翻天。不见什么高山,那见什么平地。白茫茫一派浮光掠影,昏沉沉满眼赫势滔天。

那时伯济看出了神,转眼间忽然金银钱不见,四面观望毫无踪迹,不提防一时失足,连身子也落下水里了。

丢了金银钱,时伯济被子虚散人救起,推荐给小人国的财主钱愚,号钱士命。钱士命靠卖柴为生,因意外得了母钱,家道日隆,被封为自汛将军。钱士命有个帮闲施利仁,人称无耻小人,听时伯济说金银钱落在海中,便出主意:

施利仁道:"将军何不把府上的这个母钱,引那海内的子钱出来。这叫做以钱赚钱之法,管教唾手可得。"钱士命道:"妙极,妙极!你若不说,吾却忘了。"钱士命即忙拿了家中的金银钱,同施利仁来至海边,两手捧了金银钱,一心要引那海中的子钱到手。但见手中的金银钱,忽然飞起空中,隐隐好像也落下海中去了。此时钱士命眉头一皱,计上心来,顿起了车海心,要把这个海水车干。

却说钱士命在海边,欲要母钱引那子钱到手,母钱也飞起空中,隐隐也落在水里,顿时起了车海心,要把海水车干,连忙叫施利仁回家唤人。那里晓得,施利仁看见钱士命金银钱失去,他竟悄悄走了。钱士命独自一个在海滩,心忙意乱,如热石头上蚂蚁一般,又如金屎头苍蝇相似,一时情极,将身跳入海中,淘摸金银钱。那时白浪滔天,钱士命身不由主,又要性命,连叫几声救命,无人答应。逞势游至海边,慌忙爬上岸来,满身是水,宛似落水稻柴无二。才到岸上,心中到底舍不得,又在那里想这两个金银钱。欲要再下海去,跨大步,将一只脚跨至水内,想着了性命要紧,又只好缩脚上岸。

为了宝物，竟然想把大海车干！事虽荒唐，也足见其贪心之大。后来钱士命终于得到了子钱和母钱，但一连串的变故也随之而来：先是家中遭窃出人命，再是生了怪病，终日痛苦无法医治，脱空祖师、和尚、江湖骗子都提出要宝物作为交换替他治病，钱士命坚决不肯……小说中有一段描述极具讽刺意味：

"我如今要问军师，你的法术多端，可有甚法儿治得此症？"吕强词道："将军不问小道，小道不敢妄谈。将军若问小道，小道倒有个绝妙的现成方儿在此。"钱士命道："什么现成方儿？"吕强词道："这个方儿，就是熊医所说的，心病还将心药医，眼前道理，他一时悟不出，故能说而不能行。将军你是中心不足，将军的黑心气尚在，何不用安心丸一丸，软口汤一盏，同黑心服下，只要把那心窠填满，病体自然痊愈。这岂不是绝妙的现成方儿。"钱士命忙吩咐睢炎、冯世备办药物。睢炎、冯世道："那黑心可要将他洗一洗？"军师道："不可。若是洗了，将军就咽不下了。即使咽得下去，亦不能仍归故处。"睢炎、冯世即便端整安心丸，煎好软口汤，把黑心一齐摆在钱士命面前。钱士命要紧自己病好，拿来一口吞下，但觉那黑心，从喉间一滚，直溜腋下，横在一边，外面腋下皮上仍旧起了一个块。睢炎、冯世用手轮挪，再挪也挪不散，竟似铁铸的一般，坚硬异常。钱士命此时倒觉得身子宽松，胸中爽快。

原来钱士命得的是心病，心中不足，黑心尚在，最好的药方是吞服安心丸和黑心，以黑治黑。自然，心就更黑了。小说中类似的讽刺不止一处。

最后，钱士命为追回金银钱，领兵攻打大人国，大人说："天下有了小人，就是君子也有些做不得。"所以为天下除害，抬起大脚将钱士命等踏为尘泥。

小说以幽默讽刺的笔调描述了钱士命因贪财而死的全过程。《常言道》又名《富翁醒世录》,写作的目的正是为了提醒世人:爱财可以,但不可一味贪财谋财,不择手段,烂了心肠,失了本性。正如结尾所言:"本号财源如水,今古流通不滞。天物莫看轻,消长盈虚随你。休费,休费,泼水欲收难矣。"一般小说多写人们对财富的渴望羡慕,作者反其意而行之,角度独特且体味深切。

王韬《淞滨琐话》中的《因循岛》同样是在海洋空间中展开寓言式叙事。小说先写猎户项某从农人手中购一黑猿而释放,后项某作幕闽中,归乘海舶:

> 晨发,日未午,飓风大作,舟人惊骇,顷之,雪浪排空,挟舟而起,高数十丈,陡落波心,众均逐浪以去,项抱木板,任其所之。风益大,瞬息不知几千万里,自拼一死。既近海岸,憯然不知。无何,风静潮落,腹搁于浅渚石上,呕水斗余,良久渐醒。见黄沙无际,草木不生。时值初秋,天气尚暖,脱衣沙际。曝既干,重著起行,迤逦数十里。日已暝黑,月起海中,三坠三跃,大逾车轮,现五色光。无心观瞻,踏月再趋。至夜半,尚无人家。冈峦杂沓,林木渐繁,虎啸猿啼,毛发森竖……

后来至一村落,问老叟,说是因循岛,去中华九万里,邀至家,却碰到骇人的场景:

> 少顷,门外有鸣金声,众人皆仓皇遁,叟急闭户。项问故,曰:"此县令也,喜噬人,君初至,勿为所见。"生于门隙窥之,见前后引随者皆兽面人身。舆中端坐一狼,衣冠颇整。骇绝,入问叟,叟惨然曰:"此地本富厚,三年前,不知何故,忽来狼怪数百群,分占各处。大者为省吏,次者为郡守,为邑宰。所用幕客差役,大半狼类。始到

时，尚现人身，衣冠亦皆威肃，未数月，渐露本相，专爱食人脂膏。本处数十乡，每日输三十人入署，以利锥刺足，供其呼吸，膏尽释回，虽不尽至于死，然因是病瘠可怜，更有轻填沟壑者。"项讶曰："岛主亦狼耶？"曰："非也，主上仁慈，若辈能幻现人形，诡计深谋，遂为所赚。"

县令喜吃人，手下皆兽面人身。原来三年前数百狼群到此，"大者为省吏，次者为郡守，为邑宰"，幕客差役皆狼，专爱食人脂膏，且能幻化人形，骗过岛主，真成狼之国了。

次日，项某路上被缚，将被杀而吸髓，刚好太守到来，放了项某。太守乃从前被项某救出释放的老猿，因感激岛主，不忍为恶。见太守衙门高标"清政府"三字，可见因循岛是清政府所管辖。遇某邑绅强夺邻田，又贿赂上司，邻人自缢。项某不平，却听到如此一番说辞：

项不平，请曲直所在，厉笑曰："先生不知耶？绅子现居京要，得罪则仆不能保功名，况妻子乎？且民命能值几何？以势制之，彼亦无能为力。"项曰："信如君言，则人情天理之谓何，国法王章不几虚设耶？"曰："先生休矣，今日为政之道，尚言情理耶？吾辈辛苦钻营，始得此一官一邑，但求上有佳名，不妨下无德政。直者曲之，逢迎存于一心，酬应通乎百变。"

原来邑绅之子居要职，不敢得罪，为官之道就是逢迎钻营以自保，并说出"民命能值几何"这样草菅人命的混账话。接着有上司要来巡兵，于是：

署中悬灯彩，饰文锦，地铺氍毹厚尺许；寝室则八宝之床，绣鸳之枕，锦云之帐，暖翠之衾，光彩陆离，不可逼视，上下内外，焕然一新。至期，探者属道，迎者塞门，奔走往来，流汗相属。将晚，郎

## 第六章 清代：海洋小说的完成期

至。炮声隆隆，骑声得得，仪仗数百人，甲胄殊整。其行牌有"粉饰太平"、"虚行故事"、"廉嗤杨震"、"懒学嵇康"等字。项私问小吏，吏曰："此德政牌也。"即见武士数十人各执刀分队疾趋，观者侧目无敢哗。即有十余人拥大吏至，端坐舆中，豕喙虎须，状极狞恶，兵吏皆跪迎。郎置不顾，飞舆入署。项欲晌其所为，从之入门，吏严色拒之，厉至缓颊，乃入。见堂燃红烛如椽，光明若昼，郎高坐，旁立美服者数辈。须臾，传呼进兵册。册上，仍付吏员持去。嗣兵官士余人入叩，有进金宝者，有呈玩具者，有乞怜贡媚者。一时许，厉跪请夜宴。共起身入小厢，即有吏出问："有歌妓否？"厉无以应，大窘，遽返西舍，饰爱妾幼女以进。郎喜，面称其能，而厉之酬酢周旋，丑不可状。宴已，众皆退，惟妾女伴寝，厉则意气扬扬，若甚得意。项颇愤，然顾莫敢谁何，乃卧。晨兴复晌，郎尚未起，有军吏至，请阅操。内史叱曰："大人未起，起亦须餐烟霞，汝何得尔？"军吏诺而退。半晌，又一内史出传命免操，即放赏，军吏应而去。日将午，郎始起，厉急进膳。半饮时，传呼命驾，左右仓皇，排道径发，厉等皆跪送之，妾女赧然而返。是役所费不赀，而不闻有所整顿也。项大以为非，即别厉至候所。途中哗然，厉升某府缺。及见候询之，候曰："此邦仕宦，大抵皆然，书生眼小于椒，徒自气苦耳。"

以上描写堪称精彩：为迎接上司，装饰一新，仪仗数百，炮声隆隆，兵士跪拜；官员"有进金宝者，有呈玩具者，有乞怜贡媚者"；厉爱妾幼女伴寝，讨吸鸦片；名为巡兵，却睡至午后……而拍马屁者立即升官，"此邦仕宦，大抵皆然"，写尽了官场的腐败黑暗，官员的丑态百出。

小说描写的是因循岛上的情形，"因循"就是守旧，封闭、保守，扩大而言，因循岛也正是大清国的缩影：虎狼当道，作威作福，鱼肉民众，吏治腐败，政治黑暗，法纪荡然，大清国正是千疮百孔，无法医治了。王韬是著名的改良主义者，对社会政治的黑暗自然有清醒的认识，深刻的观察，才会发出改良的强烈呼吁，笔锋也才会如此尖锐痛彻，入木三分。

时势紧迫的催动，必然产生比改良派更为激进的革命党人，要彻底推翻清政权，建立一个崭新的国家。因愤慨国势衰弱而蹈海的陈天华1905年写的《狮子吼》，借"舟山"海岛上的一个"民权村"，展现对未来新中国蓝图的构想设计：

> 话说浙江沿海有一个小岛，名叫舟山，周围不满三百里。明末忠臣张煌言奉监国鲁王驻守此地，鏖战多载，屡破清兵；后为满洲所执，百方说降，坚不肯屈，孤忠大节，和文天祥、张世杰等先后垂辉。那舟山于地理上，也就很有名誉，和广东的崖山（宋陆秀夫负少帝投海殉国于此）同为汉人亡国的一大纪念。那舟山西南有一个大村，名叫民权村。讲到那村的布置，真是世外的桃源，文明的雏本，竟与祖国截然两个模样。把以前的中国和他比起来，真是俗话所谓"叫化子比神仙"了。该村烟户共有三千多家，内中的大姓就是姓孙，除了此姓以外，别姓的人不过十分中之一二。有议事厅，有医院，有警察局，有邮政局；公园，图书馆，体育会，无不具备。蒙养学堂，中学堂，女学堂，工艺学堂，共十余所。此外有两三个工厂，一个轮船公司。

小说描述有实有虚，舟山在浙江沿海，张煌言与鲁王朱以海据此作为反清基地，都是事实，而"西南有一个大村，名叫民权村"则是虚构。民权村的设计令人大开眼界：议事厅、医院、警局、邮政局、公园、图书馆、体育会，各类学堂，还有工厂、轮船公司，简直是一个现代国家的翻版，比康有为《大同书》中的设想更为完备，所以是"文明的雏本"。小说将此种图景置于大海中的世外桃源，是崭新的实验，并与当时的中国社会形成鲜明的对照，而"民权"则与"皇权"截然对立，是人民当家作主，人人平等。

## 第六章 清代：海洋小说的完成期

小说交代"民权村"的历史与来历，说是清军攻打舟山时，全岛人奋起反抗，伤亡惨重，终于保全了村子，人们牢记祖上遗训，二百余年没有一个人应清廷的考，做清廷的官，民权村实则与独立国无异。其中最重要的是民智的开发：

> 后民权村有几个名人，游历英、法、德、美各国回来，细考立国的根源，饱观文明的制度，晓得一味野蛮排外，也是不行的；必先把人家的长处学到手，等到事事够与人平等，才能与人争强比弱。单凭着一时血气，做了一次，就难做第二次，有时败下来，或不免折了兴头，不但此前的壮气全无，倒要对人恭顺起来，岂不可耻！所以他们回了民权村，即把人家的好处如何如何，照现在的所为，一定不行的话，切实说了。即提议把村中公费及寺观产业开办学堂。那时反对的人十有其九。这几个人也不管众人的是非，自己拿出钱财，开了一个学堂。又时时劝人到外洋求学。那些不懂事的人，说他们"如今入了洋教，变了洋鬼子，反了始祖的命令，了不得！"带刀要刺杀他们，有几次险些儿不免，这几个依然不管，只慢慢的开导。数年以后，风气便回转来了，出洋的也日多一日。把一个小小的村子，纯仿文明国的办法，所以有这般的文明。

民权村人有强烈的民族自尊，坚决反抗英国侵略者，但难能可贵的是，他们中的觉醒者知道一味盲目排外不行，所以游历西方发达国家，考察文化和制度，学习人家的长处，并且具体实行。当然也遇到过反对，甚至要刺杀他们，但经过开导，理解的人多了。小说写到一个专讲汉学的老先生，绰号文明种，极力反对办新式学堂，修铁路，有一个得意门生偷偷往日本留学，老先生气得说要打死他，等学生回来，发生了有趣的一幕：

> 有一年，那门生竟然回来了，一直来见文明种。文明种一见了那

个门生，暴发如雷，那时没有刑杖在身边，顺便拿起一根撞门棍，望那门生当头打去。那门生忙接住了撞门棍，禀道："请老师息怒，待门生把话说清，再打不迟。"文明种气填满了胸膛，喘息应道："你说！你说！"那门生又道："一时不能说清，请老师容我说六日。"文明种道："你且说起来。"那门生便把近世的学说，反复说了几遍。文明种又动了几次气，不能容了，又要起来打那门生。那门生扯着他不放，嘴里只管说下去。后来渐渐文明种的气平了，容那门生说。说到第三日，文明种坐也不是，行也不是，便不要那门生说了。那知他想了好几日，忽然收拾行李，直往日本，在某师范学堂里听了几个月的讲，又买了一些东文书看了，他的宗旨便陡然大变，激烈的了不得，一刻都不能安。回转国来，逢人便讲新学。那些同志看见他改了节，群起而攻他。同县的八股先生打开圣庙门，祭告孔圣，出了逐条，把他革出名教之外。文明种不以为意，各处游说；虽有几个被他说开通了的，合趣的终少。江宁高等学堂聘他当汉文教习，他以为这是一个奴隶学堂，没有好多想头，不愿去。听得民权村很有自由权，因渡海过来，当了那里学堂的总教习……文明种看见这学堂的英才济济，心满意足，替学堂取了一个别号，叫做聚英馆。又做了一首爱祖国歌，每日使学生同声唱和……

老先生被学生接受的新学说打动，自己去日本几个月后，思想陡然发生变化，逢人便讲新学，原来的同志攻击他，将他革出名教，都不在乎，又拒绝去旧式学堂，渡海来民权村当学堂总教习，传播新思想，又作了爱国歌让学生传唱。老先生的转变，证明改革的思想愈来愈深入人心，成为浩荡的时代潮流，而新式学堂的建立，正是思想启蒙的基础性一环。

《狮子吼》艺术上并不出色，缺乏文学色彩，这也是近代启蒙小说的一般特点。1902年梁启超发表《论小说与群治之关系》，提出"小说界革命"的口号，把小说提高到开启民智、改造社会的空前重要的地位，强调小说的政治功能，自然忽略了小说的审美价值。但《狮子吼》表现了作者（或国人）对未来理想社会的热切盼望，尽管在当时多少带有乌托邦的意味，但其提供的社会蓝图，完全是新型的、前瞻性的，与古代社会的模式迥然有别。

清代以海洋为背景的传奇小说和寓言小说，相较于之前的同类作品，艺术上都有新的发展，取得了不俗的成就。值得指出的是，两类作品或直接或曲折，其题旨更多指向社会生活的各个方面，现实的倾向愈加鲜明，体现了作者对社会现实的深刻观察与独特思考，一些作品更是传递出新时代即将来临的强烈信号。

## 第四节 涉海志怪与笔记小说

清代志怪小说有两条比较明显的脉络，一是沿蒲松龄《聊斋志异》的路子展开，《聊斋志异》写狐鬼花妖，多带着欣赏的目光，倾注了真挚的情感，所以有很浓的人情味，并且情节曲折，描述细致入微，形象也鲜明生动。沿这条路子走的，有袁枚的《新齐谐》（初名《子不语》）、沈起凤的《谐铎》、浩歌子的《萤窗异草》、荆园居士的《挑灯夜录》、宣鼎的《夜雨秋灯录》、王韬的《淞隐漫录》等。二是纪昀《阅微草堂笔记》的路子。纪昀不满《聊斋志异》以一书而兼志怪、传奇两体，而追求魏晋志怪小说简约质朴的叙述风格，多实录而少文饰铺陈，导致议论过多、劝诫意图直露，艺术成就不及《聊斋志异》。仿效《阅微草堂笔记》的也不少。本节涉及的与海洋有关的作品，主要是第一类风格的志怪小说。

《聊斋志异》中的涉海志怪小说，大多是篇幅精短、描述生动的作品：

  海滨人说：一日，海中忽有高山出，居人大骇。一秀才寄宿渔舟，沽酒独酌。夜阑，一少年人，儒服儒冠，自称："于子游。"言词风雅。秀才悦，便与欢饮。饮至中夜，离席言别，秀才曰："君家何处？玄夜茫茫，亦太自苦。"答云："仆非土著，以序近清明，将随大王上墓。眷口先行，大王姑留憩息，明日辰刻发矣。宜归，早治任也。"秀才亦不知大王何人，送至鹢首，跃身入水，拨剌而去，乃知为鱼妖也。次日，见山峰浮动，顷刻已没。始知山为大鱼，即所云大王也。俗传清明前，海中大鱼携儿女往拜其墓，信有之乎？（《于子游》）

胶州王侍御出使琉球。舟行海中，忽自云际堕一巨龙，激水高数丈。龙半浮半沉，仰其首，以舟承颔；睛半含，嗒然若丧。阖舟大恐，停桡不敢少动。舟人曰："此天上行雨之疲龙也。"王悬敕于上。焚香共祝之，移时，悠然遂逝。舟方行，又一龙堕，如前状。日凡三四。又逾日，舟人命多备白米，戒曰："去清水潭不远矣。如有所见，但糁米于水，寂无哗。"俄至一处，水清澈底。下有群龙，五色，如盆如瓮，条条尽伏。有蜿蜒者，鳞鬣爪牙，历历可数。众神魂俱丧，闭息含眸，不惟不敢窥，并不能动。惟舟人握米自撒。久则见海波深黑，始有呻者。因问掷米之故，答曰："龙畏蛆，恐入其甲。白米类蛆，故龙见辄伏，舟行其上，可无害也。"（《疲龙》）

《于子游》叙一秀才寄宿渔舟独饮，遇一儒服儒冠少年，共饮甚欢，问其家，言清明将近，随大王上墓，偷空游玩，后入水而去，原来是鱼妖化而为人。小说写海大鱼每到清明，就携儿女拜祖先墓，极似人情。《疲龙》写出使琉球途中，天上行雨之疲龙一日几次堕于海舟前，舟人凭经验撒米于海中，因米类蛆，龙畏蛆，见之辄伏，无害于舟。其中"龙半浮半沉，仰其首，以舟承颔；睛半含，嗒然若丧"等细节很是生动。无论是鱼化为人，鱼携子孙上墓，还是疲龙堕海，由于作者以人情人性对待，所以并不恐怖。

也有怪异乃至恐怖的：

东海古迹岛，有五色耐冬花，四时不凋。而岛中古无居人，人亦罕到之。登州张生，好奇，喜游猎。闻其佳胜，备酒食，自棹扁舟而往。至则花正繁，香闻数里；树有大至十余围者。反复留连，甚惬所好。开尊自酌，恨无同游。忽花中一丽人来，红裳眩目，略无伦比。见张，笑曰："妾自谓兴致不凡，不图先有同调。"张惊问："何人？"曰："我胶娼也。适从海公子来。彼寻胜翱翔，妾以艰于步履，故留此耳。"张方苦寂，得美人，大悦，招坐共饮。女言词温婉，荡人神志。张爱好之，恐海公子来，不得尽欢，因挽与乱。女忻从之。相狎未已，忽闻风肃肃，草木偃折有声。女急推张起，曰："海公子至矣。"张束衣愕顾，女已失去，旋见一大蛇，自丛树中出，粗于巨筒。张惧，障身大树后，冀蛇不睹。蛇近前，以身绕人并树，纠缠数匝；两臂直束胯间，不可少屈。昂其首，以舌刺张鼻。鼻血下注，流地上成洼，乃俯就饮之。张自分必死，忽忆腰中佩荷囊，有毒狐药，因以二指夹出，破裹堆掌中；又侧颈自顾其掌，令血滴药上，顷刻盈把。蛇果就掌吸饮。饮未及尽，遽伸其体，摆尾若霹雳声，触树，树半体崩落，蛇卧地如梁而毙矣。张亦眩，莫能起，移时方苏。载蛇而归。大病月余。疑女子亦蛇精也。（《海公子》）

这是一则东海孤岛探险的故事。"海公子"不是海龙王之子，而是蛇精。开始张生以为遇见了美女，艳福不浅。于是"招坐共饮"，"相狎未已"，而女急逃不见，原来是"海公子"追踪而来，缠住张生。张生几乎丧命，终以毒药沾血，使蛇饮血而毙，才悟女子也是蛇精所化。此则故事情节更有变化，气氛也更为紧张。

《安期岛》则是一篇仙道小说：

长山刘中堂鸿训，同武弁某使朝鲜。闻安期岛神仙所居，欲命舟往游。国中臣僚佥谓不可，令待小张。盖安期不与世通，惟有弟子小张,岁辄一两至。欲至岛者,须先自白。如以为可,则一帆可至;否则飓风覆舟。

逾一二日,国王召见。入朝,见一人佩剑,冠棕笠,坐殿上;年三十许,仪容修洁。问之,即小张也。刘因自述向往之意,小张许之。但言:"副使不可行。"又出,遍视从人,惟二人可以从游。遂命舟导刘俱往。水程不知远近,但觉习习如驾云雾,移时已抵其境。时方严寒,既至,则气候温煦,山花遍岩谷。导入洞府,见三叟趺坐。东西者见客入,漠若罔知;惟中坐者起迎客,相为礼。既坐,呼茶。有僮将盘去。洞外石壁上有铁锥,锐没石中;僮拔锥,水即溢射,以盏承之;满,复塞之。既而托至,其色淡碧。试之,其凉震齿。刘畏寒不饮。叟顾僮颐示之。僮取盏去,呷其残者;仍于故处拔锥,溢取而返,则芳烈蒸腾,如初出于鼎。窃异之。问以休咎,笑曰:"世外人岁月不知,何解人事?"问以却老术,曰:"此非富贵人所能为者。"刘兴辞,小张仍送之归。

既至朝鲜,备述其异。国王叹曰:"惜未饮其冷者。此先天之玉液,一盏可延百龄。"刘将归,王赠一物,纸帛重裹,嘱近海勿开视。既离海,急取拆视,去尽数百重,始见一镜;审之,则蛟宫龙族,历历在目。方凝注间,忽见潮头高于楼阁,汹汹已近。大骇,极驰;潮从之,疾若风雨。大惧,以镜投之,潮乃顿落。

安期生与徐福同为秦末方士,避乱于东海,历代文人多有描述。小说将安期岛置于中国出使朝鲜的海中,也只是想象罢了。因为安期生弟子的引见,使者踏上神仙岛,见春暖花开,三位老者趺坐,呼童子以山泉煮茶招待,使者问长生不老之术,仙人不肯相告。归时朝鲜国王赐以宝镜,可见海底蛟宫龙族,又引发大潮,投镜潮落,其实是写出使海途之险恶。小说虚虚实实,使人莫辨真伪,颇有吸引力。

这些涉海志怪小说,并不代表《聊斋志异》的最高水平,但内容各异，形态不同，描述精练生动，读后印象深刻。

类似《安期岛》的，还有钮琇的《海天行》，不过不是去神仙岛，而是去天河上界：

> 海忠介公之孙述祖，倜傥负奇气，适逢中原多故，遂不屑事举子业，慨焉有乘桴之想。斥其千金家产，治一大舶。其舶首尾长二十八丈，以象宿；房分六十四口，以象卦；篷张二十四叶，以象气；桅高二十五丈，曰擎天柱，上为二斗，以象日月。治之三年乃成，自谓独出奇制，以此乘长风破万里浪，无难也。
>
> 濒海贾客三十八人，赁其舟，载货互市海外诸国，以述祖主之。崇祯壬午二月扬帆出洋，行至薄暮，飓风陡作，雪浪粘天，蛟螭之属，腾跃左右。舵师失色，随风飘至一处。昏霾莫辨何地。须臾，云开风定，遥见六七官人，高冠大带，拱立水次，侍从百辈，状貌丑怪，借鱼鳞银甲，拥巨螯之剑，荷长须之戟，秉炬张灯，若有所伺。不觉舟忽抵岸，官人各喜跃上舟环视曰："是可用矣。"即问船主是谁。述祖不解其意，勿遽声诺。诘朝，呼述祖同入见王。约行三里许，夹道皎如玉山，无纤毫尘土。至一阙门，门有二黄龙守之。周遭垣墙，悉以水晶叠成，光明映彻，可鉴毛发。述祖私念曰："此殆龙宫也。"又逾门三重，方及大殿。其制与人间帝王之居相似，而辉煌巍峨，广设千人之馔，高容十丈之旗，不足言矣。王甫升殿，首以红巾围两肉角，衣黄绣袍，髯长垂腹。众官进奏曰："前文下所司取二舟，久不见至。今有自来一舟，敢以闻。"王曰："旧例，二舟陈设贡物，今少一，奈何？"众曰："贡期已迫，臣等细阅此舟，制度暗合浑仪，以达天衢，允宜利涉；且复宽大新洁，若将贡物摒挡，俟到王官，以次陈设，似无不可。"王允奏，曰："徙其凡货凡人，涤以符水，速行勿迟！"

小说主人公述祖乃忠臣海瑞之孙，逢明末乱世，"慨焉有乘桴之想"，于是自造大舶，与贾客三十八人载货去海外诸国，遇大风漂至一处，不料被蟹兵蟹将挟持到龙宫，龙王下令扣住大舶，又没收了货物：

> 众唯唯下殿，仍回至舟，将人货尽押上岸，置之宫西琅玕池内，唯述祖不肯前，私问曰："贡将焉往？"众曰："贡上天耳。"述祖曰："述祖虽炎陬贱民，而志切云霄，常恨羽翼未生，九阍难叩。幸遘奇缘，亦愿随往。"众曰："汝浊世凡人也，去则恐犯天令，不可。"中有一官曰："汝可具所生年月日时来。"述祖亟书以进。官与众言："此人命有天禄，且系忠直之裔，姑许之。"俄顷，舁贡物者数百人，络绎而至。赍贡官先以符水遍洒舟中，然后奉金叶表文，供之中楼。次有押贡官二员，将诸宝物安顿。述祖私窥贡单，内开：赤珊瑚一座，大小共五十株；黄珊瑚一座，大小共七十株，高者俱一丈四五尺；夜光珠一百颗；火齐珠二百颗，圆大一寸五分；鲛绡五百匹；灵梭锦五百匹；雪琵琶二十斛；玻璃镜一百具，圆广三尺，各重四十斤；玉屑一千斗；金浆一百器；五色石一万方；其他殊名异品，不能悉记。
>
> 安顿已毕，大伐鼍鼓三通，乃始启行，逆风而上，两巨鱼夹舟若飞，白波摇漾，练静景平，路无坦险，时无昼夜。中途石壁千仞，截流而立，其上金书"天人河海分界"六个大字。众指示述祖曰："昔张骞乘槎，未能过此；今汝得远泛银潢，岂非盛事？"述祖俯首称谢。食顷之间，咸云："南天关在望矣！"既而及关……述祖及众役叩首门外，唯闻音乐缭绕，香气氤氲，飘忽不断而已。随有星冠岳披者二人为接贡官，察收贡物，引押贡官亦入。行礼毕，玉音宣问南方民事，北方兵象，语甚繁，不尽述。各赐宴于恬波馆，谢恩而出。

原来海龙王抢劫宝物是为了进贡玉皇大帝！进贡之物有珊瑚、珍珠、鲛绡、灵梭锦、雪琵琶、玻璃镜、玉屑、金浆、五色石等，用大舶装载，直上天河，天宫官员照单全收，可见不是第一次。而玉皇大帝装模作样询问了几句下界的民事兵象。述祖是忠直之后，得以随舟，因而目睹了一切。然后"集众登舟"返回：

> 述祖假寐片时，恍惚不知几千万里，已还故处。因启领所押货物与同行诸人。王下令曰："述祖之舟，曾入天界，不可复归人寰；众伴在池，宜令一见。"则三十八人俱化为鱼，唯首未变。述祖大恸。前取舟官引至一室，慰谕之曰："汝同行人，命应皆葬鱼腹，其得身为鱼，幸也。汝以假舟之故，贷汝一死，尚何悲哉！候有闽船过此，当俾汝归。"日给饮食如常。居久之，忽有报者曰："闽船已到！"王召见，赐黑白珠一囊，曰："以此偿造舟之价。"命小艇送附闽船。抵琼山还家，壬午之十二月也。

因为船入天界，同去的三十八人竟然化为人面鱼，还说这是幸事！述祖由于船被用来装宝物上天界，而免一死放回。

照一般理解，此类小说应写上天界的好奇惊诧，天宫天河的壮丽景象，以及玉帝的威严、仙班的仙风道骨，但《海天行》却写海龙王的抢劫财物，奉承拍马，草菅人命，玉皇大帝的公然纳贿，将传说想象中的一切完全颠覆了。很明显，作者这样构想，包含着对现实的讽喻意味，原来天上人间（还有龙宫），一样污浊黑暗。小说给述祖安排的结局是回家后，用海龙王赐与的一囊宝珠卖给番贾致富，广买田地，九十六岁时仍像五十岁时的模样，这自然是作者对忠良之后的安慰和褒奖，但让公然抢劫行贿、将三十八人化为人面鱼的海龙王送珍珠给述祖，不免显得牵强、不合情理了。

一些志怪小说中出现了新的"海上形象"，如荆园居士《挑灯夜录》中的《海熊》：

邑营卒钱堂，于乾隆间戍台，至厦门，结队乘舟浮海，适遭飓风，一昼夜风始定。视之舟已近岸，而浅搁莫行。同舟五十余人，离舟上岸，则一荒岛；草木阴浓，林花满放。方欲回舟，忽茂林中出一巨人，高数丈，面黑如漆，遍体生红毛长数寸，见人辄笑；两手拔木，向前如鸭奴持竹枝拦鸭状。钱等五十余人，见之惊极，任其所拦而去，无一敢逃者。无何至一石洞，钱等五十余人皆被赶入洞中。巨人随掇巨石塞其洞口而去。钱等在内，神魄已散，惟听其死而已。约饭时，行步声响，巨人回矣。掇去石头，抓人出洞，先咬饮喉开之血，次撕开而食，嚼之有声，顷刻尽五人。巨人停手，坐于岩前，双目渐合，竟忘塞洞。俄而鼻息动矣，钱等知其饮血已醉，且此际已置生死于度外，若不先为下手，则怪物醒来，数十人宁敷其几啖？遂暗相集语，各拔所带腰刀，攒至巨人之前，内一卒颇有勇力，先以刀刺巨人之喉，巨人大吼，声应山谷；伤人处鲜血冒出，众各持刀攒刺，视巨人已毙，遂急奔回舟。逾三日风色和顺，舟始得通，及抵戍地，询之土人得知，巨人盖海熊也。

荒岛上，巨熊"高数丈，面黑如漆，遍体生红毛长数寸，见人辄笑"，赶数十人入石洞，先饮人血，再撕人食之，一连吃掉五人。而众人趁巨熊饮血已醉，奋力一搏，刺杀巨熊，逃离荒岛。当然，作者不可能亲见，也只是想象而已，可见人们依旧对海洋怀着因陌生而来的巨大的恐惧。

人们总是对海底世界充满了好奇，这方面描述较为详尽，且想象奇特的是宣鼎《夜雨秋灯续录》中的《泅者》：

江海之滨有泅者，能深入水底伏三日不出，饥则餐生鱼或蛤蚌之属，均能果腹。间有携零星宝物出水，以之易薪米。每入水必裸其体，惟以数尺布裹下体，不然大鱼远瞰其阴如琉璃球，必吞噬，故以之防护耳。近闻珠湖亦有此辈。尝有见水上现城郭影，树木楼台，若隐若现。峨峨一浮屠塔高出树杪，则尤明晰。富室某遣泅者入水穷其异。其地逼近秦邮城，泅者下，忽从波涛汹涌间蓦现修道一条，白沙文石，芳草如茵。视水在两旁壁立不泻，晶莹动荡，日色昏黄。循路以进，果有雉堞嵯峨，总在百步外。忽见路边现一甲第，朱扉金兽，面上嵌浮沤钉。扉半掩，推之启其半，进则非常华焕。正面厅事陈设皆火齐木难珊瑚翡翠之至宝，水晶瓶中玉树高可七尺，盘中珍珠大如鸡卵，光焰熊熊，如燃画烛，一室通明。四壁皆书画，两廊排剑戟，雕阑屈戍，咸用青石刻成，而光明又不似石。廊左有月洞门，视其中当是园圃，琪花瑶草，仿佛满前。泅者心忆内阁必更有可观，不暇由月洞门进。越重门，则画阁文疏，似是寝室。室中光怪陆离，珍异尤夥。脂盒粉奁，镜奁衣笥，无一不备。正中绣帷高卷，两金钩各衔明月珠各一串，皆大如龙眼者。帷内紫檀绣榻一座，雕镂花卉禽鸟，奕奕欲动，几类鬼工。海红帐子则沉沉低垂。榻前绣履一双，尖削端正，翘翘如解结锥，只三寸耳。且刻划刺绣，花样精工，生平目所未睹。略侧耳，依稀帐内有娇喘呼息声。泅者欲掀帐，头痛如刺，惧而出。欲窃一宝物归示人，则又两手如死饱，不能举。急趋出，一回视，则砉然闭矣。归语人，咸不深信。

旋又有一泅者与之偕行，至则朱扉尚在，惟紧闭不能启，怅然而返。惜泅者不识字，其中联额未能记其一二流传人间。后泅者语人云："惟记内庭正中列古鼎一，大如五石瓮，古翠斑剥，篆文迷离。鼎内一婴儿白如雪，抱黑犬作酣卧状，宛似石雕而成者，而又有生气。"至今尚有人能至其处，仅徘徊作门外汉。卒不能深入而穷其奇。

善泅者"能深入水底伏三日不出，饥则餐生鱼或蛤蚌之属"，也有人携宝物出水，于是富者派泅者入水欲穷其奇。小说以泅者的眼睛记录和敞开了水底世界的景象：水壁立，晶莹动荡，入一甲第，满是珊瑚翡翠、水晶瓶中长玉树、盘中珍珠大如鸡卵……光怪陆离，珍奇尤多。又进一室，装饰华美，泅者想窃宝物，两手却不能举，一出水，门扉已闭。但别人并不相信。后又有泅者入水底，也不能穷其奇。在世人的想象中，海底世界壮丽灿烂，宝藏无穷，充满巨大的诱惑力，又神秘莫测，危机重重，正如小说结尾说的"大泽苍茫，何奇不有，读苕生太史'人与蛟龙隔一堤'之句，不得不为此邦危也"。说到底，海底世界仍是一个谜。

而神灵是海洋的主宰者，世人的敬神观念也由来已久。屈大均《广东新语》中的《海神》对此有生动描述：

> 溟海吞吐百粤，崩波鼓舞百十丈，状若雪山。尝有海神临海而射，故海浪高者既下，下者乃复高，不为民害。父老云，凡渡海至海安所，闻涛声哮吼，大地震动，则知三四日内有大风雨，不可渡。又每月十八日勿渡，渡则撄海神之怒。又云，凡渡海风波不起，岛屿晴明，忽见朱旗绛节，骖驾双螭，海女人鱼，后先导从，是海神游也。火长亟焚香再拜则吉。其或日影向西，巨舶相遇，帆樯欹侧，楼舵不全。或两或三，时来冲突。火长必举火物色之。举火而彼不应，是鬼船也。火长亟被发掷钱米以厌胜。或与之决战，不胜，必号呼海神以求救。海神甚灵。嘉靖间有渡琼海者，见海神特立水上，高可丈余，朱发长髯，冠剑伟丽，众惊伏下拜。海神徐掠舟而过，有光景经久不灭。次日有三舟复见。大噪拒之，风波大作，舟尽覆。语云，上海人，下海神。盖言以海神为命也。粤人事海神甚谨，以郡邑多濒于海。而雷州出海三百里余，琼居海中，号特壤。每当盛夏，海翻飓作，西北风挟雨大至，海水溢溢十余丈，漂没人畜屋庐，莫可胜计。盖海神怒二郡民之弗虔也……

说百粤滨海，波若雪山，是海神射水所致；渡海者应选季节，不可触怒海神；遇鬼船，水手必呼海神以救；而粤人事海神极为小心，因为祭祀不虔诚，海神就会在盛夏使风雨大作，海水漫溢郡县，吞没人畜屋庐……海神崇拜无疑是与沿海民众的生存环境密切相关的。

最后提及两部比较有名的集子。一是康熙时褚人获的《坚瓠集》，内中的涉海志怪，既有摘录前人的，也有创作的，略举几例：

> 海龙王宅在苏州东，入海五六日程。小岛之前，阔百余里。四面海水粘浊。此水清无风，而浪高数丈，舟船不敢辄近。每大潮水漫没其上，不见此浪，船则得过。夜中远望，见此水上红光如日，方百余里，上与天连。船人相传，龙王宫在其下。（《海龙王宅》）

> 熊元乘（桴）御倭海上，有玳瑁巨鱼随潮至滩，胶于沙际。总戎杨某取置天妃宫，命匠度视作带。熊见鱼口中气蠡蠡成云。异之曰，是神物，安可杀害。劝杨令送海口。其地去城四十里。熊必自往。总戎置酒舟中，共见鱼悠然而逝。时风浪大作，鱼尚回首作朝拜者，三月余。与倭接战，见前鱼出没风涛中，偃贼船下风，而我据风力得累捷。（《玳瑁报恩》）

> 崇正癸未，维亭钱裕鞠合伙入海贸易，共一百二十余人。适飓风作，飘泊穷滨。因共登岸，见一处屋宇巍然，入其中，床帐罗列，米麦俱备，触之皆灰也。旁有一库，扃钥甚固。众竭力启视，则元宝填塞。各怀其四五，还舟前去。货亦倍利而归。后诸人复欲往觅，惟裕鞠为顾邵南力劝乃止。而一百二十余人，往者无一还家。（《海滨元宝》）

第一则探讨海龙王所在处，依据"在苏州东，入海五六日程"的距离，以及所描述的岛屿和海景，龙宫当在今天的舟山嵊泗海域，外面就是茫茫大洋了。第二则写将军海上放生玳瑁，而玳瑁于海战中出没风涛，使倭船处下风、我军处上风，从而多次战胜倭寇。写海洋生物报恩的不少，但与平倭联系起来还是首次。第三则写商人海上贸易，遇风漂泊穷滨，登岸入一屋，意外得元宝而归；众人不听劝告前往，结果无一生还，可见贪心的祸害。《坚瓠集》多一事一记，篇幅精短，类似魏晋志怪一路。

二是袁枚的《新齐谐》，初名《子不语》，出自《论语·述而》的"子不语怪力乱神"，可见是一部志怪小说集。此书涉海作品不少，第一类是对异域想象性的描述：

浮提国人能凭虚而行，心之所到，顷刻万里。前朝江西巡按某，曾渡海见其人，相貌端丽，所到处便能学其言语，入人闺阁，门户不能禁隔，惟从无淫乱窃取之事。(《浮提国》)

谦光又云：曾飘至一岛，男女千人，皆肥短无头，以两乳作眼，闪闪欲动；以脐作口，取食物至前，吸而啖之；声啾啾不可辨。见谦光有头，群相惊诧，男女逼而视之，脐中各伸一舌，长三寸许，争谦光。谦光奔至山顶，与其众抛石子击之，其人始散。识者曰："此《山海经》所载刑天氏也，为禹所诛，其尸不坏，能持干戚而舞。"(《刑天国》)

浮提国人能凭虚行万里，不闭门户，从无淫乱窃取之事；《刑天国》则是依据《山海经》中的神话传说扩展而成。

第二类是记述海中的人和动物：

潘某老于渔业，颇饶，一日谐同辈撒网海滨。曳之，觉倍重于常，数人并力舁之出。网中并无鱼，惟有六七小人跌坐，见人，辄合掌作顶礼状。遍身毛如狝猴，髡其顶而无发，语言不可晓。开网纵之，皆于海面行数十步而没。土人云："此号海和尚，得而腊之，可

忍饥一年。"(《海和尚》)

雍正间,有海船飘至台湾之彰化界,船止二十余人,资货颇多,因家焉。逾年有同伙之子,广东人,投词于官,据云:"某等泛海,开船后遇飓风,迷失海道,顺流而东。行数昼夜,舟得泊岸,回视水如山立,舟不可行,因遂登岸,地上破船、坏板、白骨,不可胜计,自分必死矣。不逾年,舟中人渐次病死,某等亦粮尽,余豆数斛,植之,竟得生豆,赖以充腹。一日者,有毛人长数丈,自东方徐步来,指海水而笑。某等向彼号呼叩首,长人以手指海,若挥之速去者。某等始不解,既而有悟,急驾帆试之,长人张口吹气,蓬蓬然东风大作,昼夜不息。因望见鹿仔港口,遂收泊焉。"彰化县官案验得实,移咨广省,以所有资物按二百余家均分之,遂定案焉。后有土人云:"此名商阐,乃东海之极下处,船无回理,惟一百二十年,方有东风屈曲可上,此二十余人,恰好值之,亦奇矣;第不知毛而长者,又为何神也。"(《海中毛人张口生风》)

闽商杨某,世以洋贩为业。言其祖于康熙中偕客出洋,遇旋风吹入海汊,其水四面高,惟中港独低,又在海水之下。杨舟盘涡而下,人舡俱无恙。至港底,见山川、草木、田畴、蔬谷,一如人世,惟无庐舍。……一日,杨与客闲步野外,望隔溪有人,行近溪口,皆长丈余,无衣,身有毛,脚如鸡爪,胫如牛膝。见杨,啾唧作对语状,音不可晓。归与彼舟人言之,亦言来时曾于溪口见之,缘溪满不得渡,倘其来此,吾辈宁有孑遗耶?后六年八月遇风,水满,与前舟人同归。杨家有老仆,曾随行者,今已八十余,尚在,能道其详。按台湾有鸡爪番,常栖宿树上,此岂其苗裔欤?(《鸡脚人》)

无论是渔人网上的海和尚,海中能张口生风的毛人,还是可能是苗人后裔、栖息树上的鸡脚人,都显得怪异奇特。这几则故事描述都算得上生动,且有传奇色彩,明显是受《聊斋志异》的影响。

第三类是海中异物奇闻的描述:

> 有人在闽出海口樵采,至一山,见山洞内悉卧方蚌,大者丈许,小者亦长数尺,礌砢重叠,以千百计。其人惊,方欲去,忽一蚌开口,其壳内有蓝面人,如夜叉状,卧其中。见人,手足皆动,作攫拿势,欲起而不得脱,盖其躯生壳上,即借蚌壳为背,故不能脱壳而出。少顷,众蚌悉张口,皆有夜叉如前状。其人仓皇急窜,闻背后剥剥有声,众蚌皆旋滚随之。及舟,舟中人斫以巨斧,获其一,并壳俱碎,夜叉亦死。带归示人,俱无知者。(《方蚌》)

> 崇明打起美人鱼,貌一女子也,身与海船同大。舵工问云:"失路耶?"点其头,乃放之,洋洋而去。云栖放生处有人面猪,平湖张九丹先生见之。猪羞与人见,以头低下,拉之才见。(《美人鱼人面猪》)

> 杭州程志章由潮州过黄岗,渡海汊。半渡,天大风,有黑气冲起,中有一人,浑身漆黑,惟两眼眶及嘴唇其白如粉,坐舡头上,以气吹舟中人。舟中共十三人,顷刻貌尽变黑,与之相似,其不变者三人而已。少顷,黑气散,怪亦不见。开舡,风浪大作,舟覆水中,死者十人,皆变色者也,其不变色之三人独免。(《水怪吹气》)

> 乾隆辛亥八月,镇海招宝山之侧白昼天忽晦冥,有两龙互擒一龙,捽诸海滨,大可数十围,如人世所画龙状,但角颇短而须甚长。始堕地,犹蠕蠕微动,旋毙矣,腥闻里许。乡人竞分取之。其一脊骨正可作臼,有得其颔者市之,获钱二十缗。(《龙诛龙》)

## 第六章　清代：海洋小说的完成期

　　乾隆丁巳，翰林周煌奉命册立琉球国王。行至海中，飓风起，飘至黑套中。水色正黑，日月晦冥。相传入黑洋从无生还者。舟子主人正共悲泣，忽见水面红灯万点，舟人狂喜，俯伏于舱呼曰："生矣，娘娘至矣！"果有高髻而金镯者，甚美丽，指挥空中。随即风住，似有人曳舟而行，声隆隆然，俄顷遂出黑洋。周归后奏请建天妃神庙。天子嘉其效顺之灵，遂允所请。事见乾隆二十二年邸报。（《天妃神》）

　　宜兴西北乡新芳桥邸，农耕地得一物，圆如罗盘，二尺余团围，外圈绀色，似玉非玉，中镶白色石一块，透底空明，似晶非晶，突立若盖。卖于镇东药店，得价八百文。塘栖客某过之，赠以十千，至崇明卖之，得银一千七百两。海贾曰："此照海镜也。海水沉黑，照之可见怪鱼及一切礁石，百里外可豫避也。"（《照海镜》）

除《天妃神》写使者往琉球国遇飓风，为天妃娘娘所救，言海神崇拜之兴盛广泛，《照海镜》叙海贾言此镜"海水沉黑，照之可见怪鱼及一切礁石"，反映航海者渴望对海底世界的了解，其余所记方蚌、美人鱼人面猪、水怪、龙斗的故事，或系传闻，或是作者的大胆想象，颇有骇人耳目的效果。《新齐谐》尽管多是短制，不能铺展曲折，但对海洋作如此多方位的展示也属少见。

　　清代是各类笔记集大成时期，带有总结性的特征，无论是历史琐闻类笔记还是考据辩证类笔记，其数量质量均超过前代。但笔者以为笔记体小说中，以两类内容的作品最有价值，一是记述清代史实及海禁大开后谈论洋务、以图富强的；二是反映社会经济，特别是底层人民生活状态的。这两类作品不尚空谈，且都与时代社会密切关联。

　　先来看史实类的。乾隆时任国史馆纂修官的蒋良祺著有《东华录》一书，对郑成功的抗清有详尽记录：

九月，海寇郑成功犯潮州，总兵王邦俊破之。

顺治十一年正月，海寇犯崇明、靖江、泰兴，官兵击走之。海寇犯金山。

十二月，以舟山副将杞成功从贼，命都统伊尔德为守海大将军，率兵征之。

顺治十三年，浙闽总督屯泰奏："自舟山失守，海寇直至分州，副将马信叛变献城。"

十一月，海贼郑成功陷闽安镇，犯福州，转掠浙江温、台等郡。

八月，郑成功犯台州府，巡道蔡琼枝、副将李泌及府县官俱降贼。

海寇自陷镇江，于六月二十六日犯江宁……七月二十日，成功亲登陆，攻犯江宁。

九月，以海氛未靖，迁同安之排头、海澄之方田沿海居民八十八堡，及海澄边境人民，均于内地安插。

十二月，耿继茂、李率泰奏："十月，臣等统兵渡海，攻克厦门，贼众惊溃，登州提督施琅会荷兰国夹板船邀击之，斩千余级，乘胜取浯屿、金门两岛……"

八月，浙督赵廷臣疏："逆渠张煌言盘据浙海多年……知煌言现在悬山花岙，即驾所获贼艘夜进小港，从山后觅路突入帐房，逆擒煌言及其亲信余党……"

海寇复犯温州，水师提督……自定海关出洋剿御，连破贼众于沈家门等处。

从摘录的十余条史实中，可见清初郑成功与清军的激烈交锋，都是以岛屿和大海为战场，你来我往，各有胜败。其中也透露出一些信息，如清政府迁海边居民入内地，清军与荷兰水师联合攻打郑成功，以及抗清英雄张煌言如何被俘等。连起来也可作小说读。自然，作者是将郑成功等视为贼寇的。

也有记外国使臣渡海上表请封的：

乾隆十九年，琉球国中山王世子尚穆遣陪臣毛元翼、蔡宏谋等上表请封。二十一年五月初七日，上遣侍读全魁、中允周煌往封。六月二十二日渡海，舟泊姑米山候风，忽飓风大作，经三昼夜，接封大夫郑秉和请易小舟登岸暂避，使者以诏敕在舟不从。二十四日风愈暴，是夜四股椗索十余一齐皆断，柁走，龙骨触礁而折，底穿入水，时既昏黑兼大雷雨，帆叶厨棚吹落殆尽，倏见神火飞向桅木，焚招风旗而坠，又海面一灯浮来，若烟雾笼罩状，于是众悉呼曰："天后遣救至矣。"须臾，船身直趋向岸，一礁石透入船腹，不动亦不沉，因令解杉板小舟下水，捧诏节陆续登岸，同舟二百余人举庆更生，皆云皇上洪福所庇。舟到姑米港，谒庙行香，献"愿大能成"四字扁额，其对联云："神为德其盛乎，呼吸回天登彼岸；臣何力之有也，忠诚若水证平生。"以答神贶。方颠播时，使者虔告天后，若默佑平安，当为神乞请封号，业于册封之年明颁谕祭。至是具奏，请加封谕祭，上命部议。部查天后亦称海神，康熙十九年敕封海神天妃为护国庇民妙灵昭应宏仁普济天妃，二十年福建提臣万正色以天后著灵具奏，诏封妙灵昭应仁慈天后。五十九年检讨海宝册封，奏请春、秋致祭。乾隆二年闽督奏称，守备陈元美在洋遇风，祈天后获安，奉旨加封"福佑群生"四字。今应如所奏。奉旨："加'诚感咸孚'四字并书明封号，即于怡山院天后宫举行祭事。"（余金《熙朝新语》）

琉球国世子来中国途中遇风暴，船将沉没，赖天后娘娘救助得生。由于地方设祭称海神，朝廷不断加封，春、秋致祭，声名日隆，展示了民间海神信仰如何变为官方工具的过程。

对鸦片战争的史实也有记录，如李慈铭《萝庵游赏小志》一书记道光二十一年绍兴庆祝道光帝六十寿辰的盛况：

辛丑八月，宣宗六旬万寿，越中张灯特盛……极力绘日月之光，报功德之盛。城中江桥笔飞坊至东昌坊大街，十里廛肆鳞栉，各出灯样，以工巧相尚。鸾回鹤耸，云实日华。又尽出奇器宝物，青鼎绿彝，玉屏珠帘，以及古书古画、珍禽异兽、瑰草奇花之属，无不护以栏楯，夹道列观。入夜则星火渐繁，笙歌迭起，而各寺庙中，复结采台舞榭，标云矗霞，敷金散颓，绛天百仞，繁曜缀空。游人多饰香车宝马，一片光明锦绣中。钗钿咽衢，褂襦薰巷，真谢康乐所谓路曜便娟，肆列窈窕者……盖吾越繁盛之观，极于此矣！至九月，英夷陷宁波，犯余姚，粤人仓皇四遁，久而始定。

历来以为清代皇帝中道光可称节俭，但越人为其庆寿如此奢靡，达到极点。上有好者，地方官吏才会拍马奉承。而当时正是强敌压境，国势岌岌之时。尾句"至九月，英夷陷宁波，犯余姚，粤人仓皇四遁"，可谓讥讽辛辣。而地方上又是如何应敌的呢？看朱克敬《儒林琐记》里的一段：

道光壬寅年，英夷犯广东。果勇侯杨芳为参赞，因夷人炮利，下令收粪桶及诸秽物，为厌胜计。和议成，遂不果用。有无名子嘲之曰："杨枝无力爱南风，参赞如何用此公？粪桶当年施妙计，秽声长播粤城中。"

英军进攻广东，参赞杨芳对付英人大炮的策略竟然是"下令收粪桶及诸秽物，为厌胜计"，即迷信秽物倾倒可使大炮无法发弹，真是荒唐之极，焉有不败之理？

迁海是清朝的一大虐政，对经济民生危害极大。王沄《漫游记略》卷三《粤游》有具体记载：

（兄）星华官至漳南太守，星焕从之官。海上兵至，漳城陷，兄

## 第六章 清代：海洋小说的完成期

弟皆被掠入海，旋纵之归。其主因问海外情形，星焕乘间进曰："海舶所用钉铁、麻油、神器，所用焰硝，以及粟帛之属，岛上所少，皆我濒海之民，阑出贸易，交通接济。今若尽迁其民入内地，斥为空壤，画地为界，仍厉其禁，犯者坐死。彼岛上穷寇，内援既断，来无所掠，如婴儿绝乳，立可饿毙矣。"其主深然之。今执政新其说得行也。

迁沿海居民入内界，理由是"海上兵至"，而外舶所用之物皆是濒海之民与其贸易所得，断绝则"立可饿毙"。其实谁首倡迁界并不重要，朝廷早已有此决议。迁界之令极严，而残民尤烈：

当是时，诸臣奉命迁海者，江浙稍宽，闽为严，粤尤甚，大较以去海远近为度。初立界犹以为近也，再远之，又再远之，凡三迁而界始定。堕县卫城郭以数十计，居民限日迁入，逾期者以军法从事，尽燔庐舍。民间积聚器物，重不能致者，悉纵火焚之，乃著为令："凡出界者，罪至死。"地方官知情者，罪如之。其失于觉察者，坐罪有差。功令既严，奉行恐后，于是四省濒海之民，老弱转死于沟壑，少壮流离于四方者，不知几亿万人矣……

迁海范围越来越广，"凡三迁而界始定"，"逾期者以军法从事，尽燔庐舍"，于是民生凋敝，村落残破，"老弱转死于沟壑，少壮流离于四方者，不知几亿万人矣"。记述此事的还有屈大均《广东新语》中的《迁海》：

粤东濒海，其民多居水乡，十里许辄有万家之村，千家之砦，自唐宋以来，田庐丘墓子孙世守之勿替，鱼盐蜃蛤之利藉为生命。岁壬寅二月忽有迁民之令。满洲科尔坤、介山二大人者亲行边徼，令濒海民悉徙内地五十里，以绝接济台湾之患。于是麾兵折界，期三日尽夷其地，空其人民。弃资携累，仓卒奔逃，野外露栖，死亡载道者以数十万计。明年癸卯,华大人来巡边界,再迁其民。其八月,伊、吕二大人复来巡界。明年申辰三月,特大人又来巡界。遑遑然以海防为事,民未尽空为虑,皆以台湾未平故也。先是人民被迁者以为不久即归,尚不忍舍离骨肉,至是飘零日久,养生无计,于是父子夫妻相弃,痛哭分携,斗粟一儿,百钱一女,豪民大贾致有不损锱铢不烦粒米而得人室以归者。其丁壮者去为兵,老弱者展转沟壑,或合家饮毒,或尽孥投河。有司视如蝼蚁,无安插之恩,亲戚视如泥沙,无周全之谊。于是八郡之民死者又以数十万计。民既尽迁,于是毁屋庐以作长城,掘坟茔而为深堑,五里一墩,十里一台,东起大虎门,西迄防城,地方三千余里,以为大界,民有阑出咫尺者执而诛戮之,而民之以误出墙外死者又不知几何万矣。自有粤东以来,生灵之祸莫惨于此。

屈大均是广东人,自然所记不虚。沿海居民累代以牧海为生,而迁海令一下,清将军、地方官员以台湾未平为由,麾兵直入,"尽夷其地,空其人民",奔逃栖野,骨肉分离,甚至卖儿卖女,"斗粟一儿,百钱一女",误出界者即遭诛杀,涉及地方三千余里,死者以数十万计,遭空前浩劫。这些记述是极珍贵的历史资料。

西方列强的坚船利炮打开了中华帝国的大门,于是海禁大开,谈洋务、倡富强成为一时的风尚,国人关注异域事物的兴趣日益增加,如十八岁随英吉利及葡萄牙船舶出洋在海外待了十四年的谢清高,在其所著《海录》中有对英国的细致描述:

英吉利国即红毛番,在佛朗机西南对海。由散爹哩向北少西行,经西洋吕宋佛朗机各境,约二月方到。海中独峙,周围数千里,人民稀少,而多豪富。房屋皆重楼叠阁。急功尚利,以海舶商贾为生涯,海中有利之区咸欲争之,贸易者遍海内,以明呀喇、曼哒喇萨、孟买为

## 第六章 清代:海洋小说的完成期

外府。民十五以上则供役于王,六十以上始止。又养外国人以为卒伍,故国虽小而强兵十余万,海外诸国多惧之。海口埔头名懒伦,由口入,舟行百余里,地名论伦,国中一大市镇也。楼阁连绵,林木葱郁,居人富庶,匹于国都,有大吏镇之。水极清甘,河有三桥,谓之三花桥。桥各为法轮,激水上行,以大锡管接注通流,藏于街巷道路之旁,人家用水,俱无烦挑运,各以小铜管接于道旁锡管,藏于墙内,别用小法轮激之,使注于器。王则计户口而收其水税。三桥分主三方,每日转运一方,令人遍巡其方居民,命各取水人家,则各转其铜管小法轮,水至自注于器,足三日用则塞其管。一方遍则止其轮,水立涸,次日别转一方,三日而遍,周而复始。其禁令甚严,无敢盗取者,亦海外奇观也。国多娼妓,虽奸生子必长育之,无敢残害。男女俱穿白衣,凶服则用黑,武官俱穿红,女人所穿衣其长曳地,上窄下宽,腰间以带紧束之,欲其纤也。带头以金为扣,名博咕鲁士,两肩以丝带络成花样,缝于衣上。有吉庆延客饮燕,则令女人年轻而美丽者,盛服跳舞,歌舞以和之,宛转轻捷,谓之跳戏,富贵家女人无不幼而习之,以俗之所喜也。军法亦以五人为伍,伍各有长,二十人则为一队,号令严肃,无敢退缩,然唯以连环枪为主,无他技能也。其海艘出海贸易,遇覆舟必放三板拯救,得人则供其饮食,资以盘费,俾得各返其国,否则有罚,此其善政也。其余风俗大略与西洋同,土产金、银、铜、锡、铅、铁、白铁、藤哆啰绒、哔叽、羽纱、钟表、玻璃、呀兰米酒,而无豹虎麋鹿。

佛朗机即法兰西,葡萄牙在此书中称大西洋国,西洋吕宋即西班牙。称英吉利为红毛番,仍带贬义。所记涉及英国地理位置、街道房屋设置、海外贸易、人民富裕程度、衣着打扮、法律、军队武器、物产等,记述很是详尽,但对其政治制度、宗教、教育、文学哲学等则一概阙如,可见当时的中国人更多关注的是西方的器物、风俗等方面情况。

西方列强的坚船利炮给中国人以巨大的刺激，自然引起高度关注，如梁章钜《归田琐记》中的《炮说》：

英夷之滋扰羊城也，余适在西省梧州，带兵防堵，前后选运大炮，自三千斤至八百斤不等，凡四十座，解往广州协济，皆经奏明，令事平，仍运还各处。嗣闻或失于贼，或沉于海，无一座还西者。既量移苏抚，复在上海防堵，尝与陈莲峰提戎并骑由吴淞海岸一带查演各炮，大小不下百十座。又在上海城中亲督局员开铸新炮，亦不下数十座。次年英夷长驱直入，城内外各炮尽归乌有。议者遂谓中土之炮，远不敌英夷之炮，此非探本之言也。夷船之先声夺人者，莫如桅顶之飞炮。厦门及宝山之陷，皆由于此。其火光迸射，纵横一二丈，恃以攻敌则不足，用以惊敌则有余。故统军者惊奔，而众无不溃矣。

自军兴以来，各省所铸大炮，不下二千座，虎门、厦门、定海、镇海、宝山、镇江之陷，每省失炮约四百余座，其为夷船所得者，约千五六百座。厦门之战，我军开炮二百余，仅一炮中其火药舱，大艘轰裂沉海，夷船遂退，是数百炮仅得一炮之力也。定海之战，葛总兵开炮数日，仅一次击中其火轮头桅，即欹侧退窜，是亦数百炮仅得一炮之力也。但使炮发能中，则我炮亦足破夷；如发而不中，即夷炮亦成虚器。夷艘及火轮船，多不过数十，大小杉板船，亦不过数十。但使我军开数百炮内，有数十炮命中，即可伤其数十船。沉一船可歼数十人，坏一船可伤数十人，尚何夷炮之足畏！如发而不中，则虎门所购夷炮二百座，其大有至九千斤者，何以一船未伤？一炮未中？是知炮不在大，亦不在多，并不在专仿洋炮之式也。或谓炮之能中，专在准头，兼由地势。余谓此亦非确论。陆战之炮，须定准头，而水面之船，则无定势。昔人所谓以呆炮击活船，何能必中？地势之说似矣。然余曾亲登宝山炮台，正当大海入港之口，不高不低，既无突出水面之危，又无四面受敌之虑，似他处炮台，更无如此之得地势者。而虚炮一轰,全军皆溃,又何说乎?故曰兵无常形,地无常势,果能众志成城,则又何炮之不可用乎!

作为统兵大员的两江总督,并亲身经历了鸦片战争,作者极为看重炮在反侵略战争中的巨大威力。笔记以羊城、虎门、厦门、定海、镇海等战事为例,驳斥了中土之炮不如西洋之炮的说法(也有不少是购于西洋的),认为地形是否险要有利不是主因,关键是灵活运用,将士用心。其中也揭露了无数大炮失于贼手、沉于海中的事实,以及英军大炮一响而全军溃逃的丑态。

笔记小说对当时的社会经济及海边民众的生活也有多方面描述。一是灾情的惨状:

> 登莱滨海,地瘠,少当盖藏。民食粗粝,丰年所食,不过秋粟,糁子碾屑作糜,磨豆作小豆腐,和以野菜,取果腹而已。小米麦面,即为上品,不能常食,虽富家亦然。丁卯、戊辰,连岁歉收,谷价涌贵,民不得食。常见乡村男女,老幼成群,蒲伏卑湿荒地中,挑掘草根,其色白而长,细于灯草者,曰葛苗,意即《诗》所云"言采其葛"也。其白而短,粗于小指者,曰猪顶榜,不知何物,嚼之亦略似菜根,归而和以谷皮豆屑食之。冬月草枯,沿山放火,火息,扫其灰烬飏之,得草子,细如芥子,淘净碾粉,杂以糁屑,蒸作饼饵,借是以活者比比。(徐昆《遁斋偶笔·草子》)

这是乾隆二十二年山东登州、莱州灾情的描述。因为滨海,土地贫瘠,加上连年歉收,物价大涨,饥民只好挖掘草根,和以谷皮豆屑,或上山放火,扫灰拾草子,碾粉做饼。王端履《重论文斋笔录》有记乾隆年间海水侵入浙江萧山带来的灾难:

> 吾邑滨临浙江，江水环其三面，故西南为西江塘，东北为北海塘，皆所以障江水也。塘外之田名为灶地，钱清场征其课。乾隆庚寅七月二十三日，风潮大作（俗名海啸），北海堤溃，江潮直入城市，塘外灶地，沦入于江，江身直逼塘根，居民咸遑遑不保旦暮。不二十年，江流北趋海宁，不特旧时灶地尽数涨复，且涨新沙数十里，土豪咸思占垦……然地沦水中已久，无从辨别新旧界址，于是旧有者指新涨为原业，升者指旧有为新涨，攘夺纷争，哄然械斗。

浙江萧山一带时常风潮大作，淹没田地，直入城市；海宁因海水涨落，使土地新旧的界址不清，土豪咸思占垦，民众为此"攘夺纷争，哄然械斗"。两则笔记戳穿了所谓"乾隆盛世"的真相。

二是记录海边居民的日常生活。屈大均《广东新语》有不少这方面的内容：

> 罾布出新安南头。罾本苎麻所治，渔妇以其破敝者蔫之为条，缕之为纬，以绵纱线经之，煮以石灰，漂以溪水，去其旧染薯莨之色，使莹然雪白。布成分为双单。双者表里有大小絮头，单者一面有之。絮头以长者为贵，摩挲之久葳蕤然，若西毡起绒，更或染以薯莨，则其丝劲爽，可为夏服，不染则柔以御寒，粤人甚贵之，亦奇布也。谚曰"以罾为布，渔家所作。着以取鱼，不忧风飓。小儿服之，又可辟邪魅"，是皆中州所罕者也。（《葛布》）

> 广州边海诸县皆有沙田，顺德、新会、香山尤多。农以二月下旬偕出沙田上结墩，墩各有墙栅二重以为固。其田高者牛犁，低者以人耔莳，至五月而毕，名曰田了，始相率还家。其佣自二月至五月谓之一春。每一人一春，主者以谷偿其值。七、八月时，耕者复往沙田，塞水或塞筭箔，腊其鱼虾、鳝蛤、螺蛭之属以归，盖有不可胜食者矣。

## 第六章 清代：海洋小说的完成期

  凡民之劳者农，苦者盐丁。竭彼一丁之力，所治盐田二三亩。春则先修基围以防潮水，次修漏池以待淋卤，次作草寮以复灶，次采薪蒸。逾月而后返。次朋合五六家同为箐盘，一家煎乃及一家。秋则朝而扬水暴沙，暮则以人力耙沙，晴则阳气升而盐厚，八九日一收淋卤。雨则阳气降，沙漠而盐散，半月之功尽弃矣。而筑田、筑灶，工本繁多，往往仰资外人，利之所入，倍而出之。其出盐难，行盐之路又远，不得不贱售于商人，盖困弊未有极也。（《沙田》）

  崖州海中石岛，有玳瑁山，其洞穴皆燕所巢，燕大者如鸟，啖鱼辄吐涎沫，以备冬月退毛之食。土人皮衣皮帽，秉炬探之，燕惊扑人，年老力弱，或致坠崖而死。故有多获者，有空手而还者。是为燕窝之菜，或谓海滨石上有海粉，积结如苔，燕啄食之，吐出为窝，累累岩壁之间。岛人俟其秋去，以修竿接铲取之。海粉性寒，而为燕所吞吐则暖，海粉味咸，而为燕所吞吐则甘，其形质尽化，故可以清痰开胃云。凡有乌、白二色，红者难得，盖燕属火，红者尤其精液，一名燕疏。香有龙涎，菜有燕窝，是皆补草木之不足者，故曰蔬。榆肉产于北，燕窝产于南，皆蔬也。石花亦然，石花出崖州海港中，三月采取，过期则成石矣。（《燕窝菜》）

第一则记渔妇制作罾布的具体过程，第二则记雇佣工的情况，第三则记盐丁劳动的苦辛，生计的困迫，第四则记崖州之民去石岛上采燕窝，年老力弱者常坠崖而死。这些记载文字质朴，真实可信。

三是记录海边居民集市与贸易情况：

  杭州之江鱼船来自宁波等海口，路途天热，鱼皆藏于冰内，无论何时到地，江干设有冰鲜行，雇人肩挑大锣一面，其一头挂大灯笼，一盏号冰鲜行字号，遍行城厢内外上下段各路。如到船一只则敲锣两

下，两只三下，通知各行贩前往贩卖。(李斗《扬州画舫录》)

广州望县人多务贾，与时逐，以香、糖、果箱、铁器、藤蜡、番椒、苏木、蒲葵诸货北走豫章、吴浙，西北走长沙、汉口。其黠者南走澳门，至于红毛、日本、琉球、暹罗、吕宋。帆踔二洋，倏忽数千万里，以中国珍丽之物相贸易，获大赢利。农者以拙业，力苦利微，辄弃耒耜而从之。(屈大均《广东新语·谷》)

茭塘之地濒海。凡朝虚夕市，贩夫贩妇，各以其所捕海鲜，连筐而至。氓家之所有，则以钱易之；疍人之所有，则以米易。(屈大均《广东新语·茭塘》)

鱼、水果及各种生活用品，近者在集市交易，远者运到全国各地，更远者通过海途运往国外，且多是民间自发的。

董含《三冈识略》则记载了发生在康熙二十五年反盐商垄断的抗争：

我乡滨海，擅鱼盐之利。年来武弁衙门差兵巡缉，商人计费，倍增其值。朝廷谂知贫民困苦，特许背负筐提，不在禁例。巡将赵公复出示申明其说。于是游手无赖，结队往贩，肩挑者络绎不绝，其价顿减。诸商不平，奔诉蹩使者，随结白捕，沿街缚人，遂撄众怒，一呼而集者数千人，于七月廿九日拥至富商王、程、张三家，毁门入，室中所有，恣行打坏。营兵复乘机抢掠，合郡大哗。

最后是对海上谋生者中代表性群体的描述，譬如疍户：

疍户……以船为家，以鱼为业。……属河泊所，征鱼课，畏见官府，有讼之者即飘窜不出。春夏水潦鱼多，可供一饱，常日贫乏不能

自存，而豪蠹每索诈以困之。海滨贫民，此为最苦矣。（吴震方《岭南杂记》）

疍户最大的特点是以船为家。他们常受官府压迫，生计最难，社会地位最低。关于疍户，屈大均《广东新语》中的《疍家艇》有更生动详尽的描述：

> 诸疍以艇为家，是曰疍家。其有男未聘，则置盆草于梢，女未受聘，则置盆花于梢，以致媒约。婚时以蛮歌相迎，男歌胜则夺女过舟。其女大者曰鱼姊，小曰蚬妹。鱼大而蚬小，故姊曰鱼，而妹曰蚬云。疍人善没水，每持刀槊水中与巨鱼斗，见大鱼在岩穴中，或与之嬉戏，抚摩鳞鬣，俟大鱼口张，以长绳系钩，钩两腮，牵之而出。或数十人张罟，则数人下水，诱引大鱼入罟，罟举，人随之而上，亦尝有被大鱼吞啖者。或大鱼还穴，横塞穴口，已在穴中不能出而死者。海䲢长者亘百里，背常负子，疍人辄以长绳系枪飞刺之，候海䲢子毙，拽出沙，取其脂，货至万钱。疍妇女皆嗜生鱼，能泅泳。昔时称为龙户者，以其入水辄绣面文身，以象蛟龙之子，行水中三四十里，不遭物害。今止名曰獭家。女为獭而男为龙，以其皆非人类也。然今广州河泊所，额设疍户，有大罾、小罾、手罾、罾门、竹箔、篓箔、摊箔、大箔、小箔、大河箔、小河箔、背风箔、方网、轳网、旋网、竹笭、布笭、鱼篮、蟹篮、大罟、竹篁等户一十九色。每岁计户稽船，征其鱼课，亦皆以民视之矣。诸疍亦渐知书，有居陆成村者，广城西，周墩、林墩是也。然良家不与通姻，以其性凶善盗，多为水乡祸患。曩有徐、郑、石、马四姓者，常拥战船数百艘，流劫东西二江，杀戮惨甚。招抚后，复有红旗、白旗等贼，皆疍之枭黠，其妇女亦能跳荡力斗，把舵司。追奔逐利。人言傜居畲而偏忍，疍居水而偏愚，未尽然也。粤故多盗，而海洋聚劫，多起疍家。……

疍家男女皆以鱼为名，良家不与通婚姻；善泅水，妇女也能行水中三四十里；入水绣面文身扮成蛟龙之子；善捕大鱼，但常为鱼吞没或入穴中死；官府课以各种杂税；而海盗多出自疍户，战船多至数百艘，抢劫杀戮，成一方之害。

再如《操舟》中对操舟者的描述：

粤人善操舟，故有铁船纸人，纸船铁人之语，盖下海风涛多险，其船厚重。多以铁力木为之，船底从一木以为梁，而舱艎横数木以为担，有梁担则骨干坚强，食水可深，风涛不能掀簸，任载重大，故曰铁船。船既厚重，则惟风涛所运，人力不费，小船一人一桨，大船两三人一橹，扬篷而行，虽孱弱亦可利涉，故曰纸人。篷者，船之司命。其巨舰篷，每当逆风挂之，一横一直而弛，名曰扣篷……其或舟子撮唇为吹竹叶声，及鸣金鼓以召风。风至，二篷参差如飞鸟展翅，左右相当，其形亦如八字。上江自凌、浈、湟、武诸水以下至清远，一路滩高峡峭，水多乱石，其船食水浅，率以樟木为之，底薄而平，无横木以为骨，放之顺流，遇砇硪大石，一折而过，势如矢激，故曰纸船。其逆崩流而上者，触崖抵宕，随石回旋，撑者、钩者数人，牵者数人。牵者在隈岸或怪石间，为深林密箐所蔽，前后不相顾，舟子虑其或过或不及，冲陷石棱，则终日大叫，叫且如哭，如相杀声，一一凄酸郁怒，或与石告哀，或与石拒敌。其船乍前乍却，前者如暴虎，后者如搏熊。一篙失势，舟破碎漂没，入于涡盘矣。故舟子非强有力者不能胜，故曰铁人。舟人为藤圈于舟旁，篙在圈中，二人肩篙以行，名曰肩舟。舟行以肩，亦曰舟舆。其上乌蛮大滩者，每一落篙，男女则偃身船旁，以助其势。是皆非铁人不能任。其驾诸乡度船者，虽隆寒袒裸，血汗沾濡，摇橹之声，如雷霆，如战斗，常使惊波披靡，舟过而水痕不能合。虽逆水逆风，日犹百里，亦皆号为铁人云。广州故多度船，而日度夫尤壮。日度多勤，夜度多惰，勤者之力，恒使风潮无功。风潮不能厄其势，海寇不敢争其强，是皆所谓铁人也。

作者先描述铁船如何建造，如何按风潮使帆，顺风顺水则孱弱者亦可利涉；驾船者、摇橹者稳稳操持，或撮唇吹竹叶声，或鸣金鼓以召风，风至，篷帆如飞鸟展翅；继而描述小舟过滩高峡峭、乱石丛生的水路，则惊险万分，撑者、钩者、牵者各显其能，甚至大叫，"叫且如哭，如相杀声"，即使是隆寒也全身赤裸，血汗粘濡，而船如暴虎，如搏熊，"日犹百里"，非铁人不能为。粤人善操舟，虽显示了高超的本领、巨大的勇气，却是拿性命作代价，其险恶无法形容。作者无疑是很熟悉操舟者的海上生涯的，否则不可能写得如此内行且动人心魂。

清代涉海笔记小说从不同侧面记录了许多重大历史事件，广泛触及社会经济和沿海人民的生活状况，且许多内容是过去从未出现过的，具有鲜明的时代特征；涉海志怪小说则在《聊斋志异》的引领下，呈现出十分繁荣的局面，不但数量多，在整体质量上也超过了前代。

清代文学是中国古代文学的又一座高峰，但也是夕阳映照下的最后辉煌。文学既来自心灵，也来自它所处的时代，随着古代中国退入历史深处，中国古代文学（包括海洋小说）完成了它应当完成的使命，代之以异质性的新的文学潮流。

# 主要参考书目

张广保编:《山海经选注》,中国友谊出版公司1997年版。

袁珂:《古神话选释》,人民文学出版社1979年版。

张震编:《老子 庄子 列子》,岳麓书社1989年版。

张觉译注:《吴越春秋译注》,上海三联书店2013年版。

李步嘉校释:《越绝书校释》,中华书局2013年版。

(汉)东方朔:《海内十洲记》,上海育文书局,民国六年。

《神异经》,山东画报出版社2004年版。

(汉)刘歆:《西京杂记》[外五种:(汉)郭宪:《汉武帝别国洞冥记》;
(汉)佚名:《汉武帝内传》;(汉)佚名:《汉武故事》;(晋)裴启:
《裴子语林》;(梁)殷芸:《殷芸小说》],上海古籍出版社2013年版。

(晋)张华:《博物志》,中华书局1985年版。

(晋)干宝:《搜神记》,辽宁教育出版社1997年版。

(晋)王嘉:《拾遗记》,中华书局1981年版。

(唐)段成式撰,林聪校点:《酉阳杂俎》,齐鲁书社2007年版。

(五代)王仁裕等撰,丁如明等校点:《开元天宝遗事》(外七种),上海古籍出版社2012年版。

(唐)李肇:《唐国史补》,上海古籍出版社1983年版。

章培恒等主编:《唐人传奇选译》,凤凰出版社2011年版。

《唐五代笔记小说选译》,凤凰出版社2011年版。

王根林等点校：《汉魏六朝笔记小说大观》，上海古籍出版社2009年版。

（唐）李冗：《独异记》，中华书局1983年版。

（唐）牛僧儒：《玄怪录》，浙江古籍出版社1989年版。

（宋）徐铉：《稽神录》，中华书局1985年版。

（宋）洪迈：《夷坚志》，中华书局1985年版。

（宋）陶穀：《清异录》，中华书局1991年版。

（宋）孟元老：《东京梦华录》，中华书局1985年版。

（宋）周密：《武林旧事》，中华书局1991年版。

（宋）周密撰，高心霞等校点：《齐东野语》，齐鲁书社2007年版。

（宋）徐兢：《宣和奉使高丽图经》，商务印书馆，民国二十六年。

（宋）周去非著，杨武泉校注：《岭外代答》，中华书局1999年版。

（宋）周辉著，刘永翔校注：《清波杂志》，中华书局1994年版。

（宋）赵彦卫著，张国星校注：《云麓漫抄》，辽宁教育出版社1998年版。

（宋）吴自牧：《梦粱录》，上海古籍出版社1993年版。

（宋）江少虞：《宋朝事实类苑》，上海古籍出版社1981年版。

（宋）郭彖：《睽车志》，中华书局1985年版。

（宋）文莹撰，黄益元校点：《湘山野录 续录 玉壶清话》，上海古籍出版社2012年版。

（宋）张世南撰，张茂鹏点校：《游宦纪闻》，中华书局1981年版。

（宋）沈括：《梦溪笔谈》，中华书局1985年版。

（宋）刘斧撰，施林良校点：《青琐高议》，上海古籍出版社2012年版。

（宋）王明清撰，朱菊如等校点：《投辖录 玉照新志》，上海古籍出版社2012年版。

（宋）王明清撰，田松清校点：《挥麈录》，上海古籍出版社2012年版。

（宋）叶梦得撰，田松清等校点：《石林燕语 避暑录话》，上海古籍出版社2012年版。

（宋）朱彧、（宋）陆游撰，李伟国等校点：《萍洲可谈 老学庵笔记》，上海古籍出版社 2012 年版。

（宋）邵伯温、邵博撰，王根林校点：《邵氏见闻录　邵氏见闻后录》，上海古籍出版社 2012 年版。

（宋）张邦基撰，孔一等校点：《墨庄漫录》，上海古籍出版社 2012 年版。

（宋）龚明之、（宋）朱弁撰，孙菊园等校点：《中吴纪闻　曲洧旧闻》，上海古籍出版社 2012 年版。

（宋）王谠撰，詹怡萍选注：《唐语林》，北京燕山出版社 2009 年版。

（宋）孔平仲撰，王根林校点：《孔氏谈苑》，（宋）江休复撰，孔一校点：《江邻幾杂志》，上海古籍出版社 2012 年版。

章培恒等主编：《宋代笔记小说选译》，凤凰出版社 2011 年版。

（金）元好问撰，常振国点校：《续夷坚志》，中华书局 1986 年版。

（元）周达观撰，夏鼐校注：《真腊风土记》，中华书局 2000 年版。

（元）汪大渊撰，苏继庼校释：《岛夷志略》，中华书局 1981 年版。

（元）吴元复撰，金心校点：《湖海新闻夷坚续志》，中华书局 2006 年版。

（元）周致中：《异域志》，中华书局 1985 年版。

（元）蒋子正：《山房随笔》（其他八种），中华书局 1991 年版。

（元）陶宗仪撰，武克忠等校点：《南村辍耕录》，齐鲁书社 2007 年版。

顾宏义撰，李文整理校点：《金元日记丛编》，上海书店出版社 2013 年版。

（金）刘祁、（元）姚桐寿撰，黄益元等校点：《归潜志　乐郊私语》，上海古籍出版社 2012 年版。

（元）王鼎：《焚椒录》，艺文堂 1941 年版。

（元）王恽：《玉堂嘉话》，中华书局 1985 年版。

（元）刘一清：《钱塘遗事》，上海古籍出版社 1985 年版。

（元）杨瑀：《山居新语》，江苏广陵古籍刻印社 1995 年版。

（元）长谷真逸：《农田余话》，齐鲁书社 1995 年版。

程毅中编：《古体小说钞》（宋元卷），中华书局 1995 年版。

（明）马欢撰，万明校注：《瀛涯胜览》，商务印书馆 2016 年版。

（明）费信撰，冯承钧校注：《星槎胜览》，中华书局1954年版。

（明）巩珍撰，向达校注：《西洋番国志》，中华书局1961年版。

（明）黄省曾撰，谢方校注：《西洋朝贡典录》，中华书局1982年版。

（明）祝允明：《志怪录》，北京线装书局2003年版。

（明）闵文振：《涉异志》，中华书局1985年版。

（明）瞿佑撰，周楞伽校注：《剪灯新话》，上海古籍出版社1981年版。

（明）焦竑撰，顾思点校：《玉堂丛语》，中华书局1981年版。

（明）叶子奇：《草木子》，中华书局1959年版。

（明）黄瑜撰，王岚校点：《双槐岁钞》，上海古籍出版社2012年版。

（明）张岱撰，弥松颐校注：《陶庵梦忆》，西湖书社1982年版。

（明）谢肇淛：《五杂组》，辽宁教育出版社2001年版。

（明）罗懋登：《三宝太监西洋记》，华夏出版社1995年版。

（明）吴元泰：《东游记》（又名《上洞八仙传》），太白文艺出版社2000年版。

（明）冯梦龙：《喻世明言》，人民文学出版社1958年版。

（明）吴承恩：《西游记》，中国华侨出版社1998年版。

（明）凌濛初：《拍案惊奇》，人民文学出版社1991年版。

（明）陆容撰，李健莉校点：《菽园杂记》，上海古籍出版社2012年版。

（明）陆粲撰，马镛校点：《庚巳编》；（明）郑晓撰，杨晓波校点：《今言类编》，上海古籍出版社2012年版。

（明）朱国祯撰，王根林校点：《涌幢小品》，上海古籍出版社2012年版。

（明）顾起元撰，孔一校点：《客座赘语》，上海古籍出版社2012年版。

（明）张燮撰，谢方点校：《东西洋考》，中华书局1981年版。

（明）胡宗宪等撰，范中义注析：《筹海图编》，解放军出版社1987年版。

（清）蒲松龄：《聊斋志异》，上海古籍出版社1979年版。

（清）落魄道人：《常言道》，中国文史出版社2003年版。

（清）刘鹗：《老残游记》，人民文学出版社1979年版。

（清）王韬：《淞滨琐话》，齐鲁书社1986年版。

（清）王韬：《淞隐漫录》，人民文学出版社2006年版。

（清）夏敬渠撰，郑言愚点校：《野叟曝言》，中州古籍出版社1993年版。

（清）屠绅：《蟫史》，人民文学出版社2006年版。

（清）李汝珍：《镜花缘》，浙江古籍出版社2013年版。

（清）梁章钜撰，于亦时校点：《归田琐记》，中华书局1981年版。

（清）梁章钜撰，吴蒙校点：《浪迹丛谈　浪迹续谈　浪迹三谈》，上海古籍出版社2012年版。

（清）褚人获：《坚瓠集》，浙江人民出版社1986年版。

（清）王应奎撰，以柔校点：《柳南随笔　柳南续笔》，上海古籍出版社2012年版。

（清）宣鼎撰，恒鹤点校：《夜雨秋灯录》，上海古籍出版社1987年版。

（清）屈大均：《广东新语》，中华书局2006年版。

（清）蒋良骐：《东华录》，齐鲁书社2007年版。

（清）纪昀撰，绿净译注：《阅微草堂笔记》，上海三联书店2014年版。

（清）袁枚撰，申孟等校点：《子不语》，上海古籍出版社2012年版。

（清）梁绍壬撰，庄葳校点：《两般秋雨盦随笔》，上海古籍出版社2012年版。

（清）沈起凤：《谐铎》，人民文学出版社2006年版。

（清）陈忱：《水浒后传》，凤凰出版社2008年版。

（清）周亮工：《闽小记》，上海古籍出版社1985年版。

（清）瘦岭劳人：《蜃楼志》，上海古籍出版社1994年版。

（清）艾衲居士：《豆棚闲话》，上海古籍出版社1983年版。

黄云生编注：《中国历代文言小说精选读本》，中国书籍出版社2013年版。

郑振铎编：《晚清文选》，中国社会科学出版社2002年版。

鲁迅：《古小说钩沉》，见《鲁迅全集》第八卷，人民文学出版社1982年版。

鲁迅：《中国小说史略》，见《鲁迅全集》第九卷，人民文学出版社1982年版。

倪浓水选编：《中国古代海洋小说选》，海洋出版社2007年版。

郭预衡主编：《中国古代文学史长编》，首都师范大学出版社2000年版。

侯忠义：《汉魏六朝小说史》，春风文艺出版社1989年版。

侯忠义：《中国文言小说史稿》，北京大学出版社1993年版。

程毅中：《唐代小说史》，人民文学出版社2011年版。

刘叶秋：《历代笔记概述》，北京出版社2011年版。

齐裕焜主编：《中国古代小说演变史》，人民文学出版社2015年版。

吴志达：《中国文言小说史》，齐鲁书社1994年版。

石昌渝：《中国小说源流论》，生活·读书·新知三联书店1994年版。

刘勇强：《中国古代小说史叙论》，北京大学出版社2007年版。

# 后 记

## 一

本书将先秦至清末的海洋小说分为萌蘗期、塑型期、成熟期、守成期、繁荣期和完成期六个阶段，这样的分期只是就小说长时段演变中的某一阶段而言，是宏观视角下的局部区隔命名，譬如两汉魏晋南北朝是海洋小说的塑型期，但实际上汉代就对"小说"的概念与艺术特征有了较深入细致的探讨，建立起为历代所基本遵循的小说规范，而此时段的志怪、轶事小说是中国古代文言小说的第一个高峰。另外，本书仅就海洋小说而论，并不能代表某一阶段的总体文学风貌与成就，譬如宋元是海洋小说的守成期，缺少创新，成绩平平，但宋代海洋小说主要是文言小说，基本不涉及白话小说，而宋词又代表了古代文学的另一座高峰；元代也是，其杂剧无疑是中国古代文学辉煌的篇章。海洋小说只是某一阶段文学总和的有机部分，只不过是被严重忽略了的一部分，需要花大力气做深入的挖掘与研究。

## 二

古代海洋小说的每一个阶段，既是相对独立的，又有着紧密的继承和发展关系，共同组成了文学进程中的生命链。从表现形态看，神话传说的神、人、兽三位同体，志怪小说的幽灵世界，传奇小说的神、人交会，英雄演义的历史艺术化，讽喻小说的众生世态，乃至晚清寓言小说的社会构想，不同时期的文学种类，都有其鲜明的时代特征与艺术品质，也是其价值所在，不能彼此取代更难以混同。而在影响上，单就非现实或超现实方面，即可看出明显的轨迹：作为古代海洋小说滥觞的神话传说其瑰丽的想象、超越时空的艺术营构，对后来的志怪小说无疑具有启示作用；志怪小说的天府地狱共有、生死阳冥相通的思维形态，又大大激发了唐传奇的艺术想象，这三者又共同影响了后来的英雄演义小说、神魔小说、讽喻小说和寓言小说，这种一以贯之的非现实的文学营构形态与审美追求，正是古代海洋小说最具创造性因而也最具艺术魅力的特征之一。

考察小说演变的历史，不能不关注每一阶段的社会政治、文化状况、思想意识，乃至经济交流、风俗礼仪等，但其核心无疑是具体的作品，否则所谓的文学史就成了庞大而空洞的架子。而作品各有各的气味、色彩、节奏，除必要的理性归纳，还需要敏锐的审美眼光，细致的心理体验，如此才不至于将具体鲜活的作品弄成机械的材料，死气沉沉的木乃伊。当然，在海洋小说的演变过程中，有推进和上升，也必然有迂回甚至停滞，这很正常，正如大海有涨潮，也有落潮，也有旋涡。要求文学不间断地处在所谓"发展"的亢奋状态，只是一种美好的假设而已。况且每一阶段（即使是文学的繁荣时期），优秀或杰出的作品仅仅是极少数，大部分是平庸甚至低劣的作品，而后者也是文学景观的重要组成部分，是造成高峰的最广阔的基石，理应纳入考察的视野之中。

## 三

古代海洋小说的演变，既源于人精神世界的嬗变，也与小说所处的时代密切相关。无论是虚拟还是写实，古代海洋小说以艺术的形式，生动鲜活地再现了人们在海洋（自然）认知上观念意识的变迁，也即人与海洋互动关系的不断转换，印证着人类努力打破地理空间的阻隔，与海洋日益亲和交往的艰辛历程，从某种意义上说，就是借海洋的镜子映现人类的心灵图像。从中可以引出一个堪称重大的问题，就是中华文明的形态问题。一般认为中国是一个农业国家，只能产生农业文明，农业文明的最大特点是封闭保守，并且将它与海洋文明对立起来。但古代海洋小说表明中国人（尤其是沿海居民与百越部落）很早就以海为生，捕鱼，晒盐，经商，交往，建立了适应于诸种生产生活的社会组织、规章制度及宗教礼仪，同时对海外异域空间有强烈的求知欲望，并进行了长期的探索。可以说中华文明自古以来就有鲜明的海洋文明特质，海洋文明是中华文明原生的一个分支，与其他分支一起共同形成了中华文明多元共生的格局。

## 四

好的文学作品，必然蕴含着对生命与自然的深刻思考。古代海洋小说体现了典型的圆型时间观（与近代从西方引入的线性时间观截然有别），循环往复，周而复始，表现上则产生了回环复叠的结构形态；空间上，则打破了现实与物质的阻碍，可以让心灵自由翱翔于多重世界，呈现出极为广阔奇特的艺术景象。而小说所涉及的漂泊和危机、命运和偶然、欲望与人性、生者与死者、今世与来世等命题，无不展现着中国式的生命观、自然观，也即哲学意义上的关注与思考。

这些思考对今天的作家无疑有着启迪作用。在此笔者要特别强调古代海洋小说中非现实性文学传统的意义。从神话传说到志怪小说，再到传奇小说、英雄演义、神魔小说，最鲜明的特征就是对现实世界的超越。要达成对现实世界的超越，想象力无疑是艺术创造中的关键因素。"作为虚构艺术的小说，更有赖于主体强劲的想象力，去描绘和展现人类的可能性生活，获得审美意义上的精神解放，达成深度的心理真实。这种心理真实，就是卡尔维诺所说的'另一世界'。"[1] 取消了丰沛的想象力，等于取消了一切的文学创造。而想象力的极度匮乏，正是当今中国文学的一大病症。

毋庸讳言，用现在的眼光看，古代海洋小说（也包括其他小说）也自有它的缺憾，譬如志怪小说中一直有太多"残丛短语"式的作品，长一点的也只能算是小小说；章回体的长篇小说直到明清两代才出现，但没有一部是以海洋为描述主体的；再譬如大海在人的眼中更多是敌对异己的，冷漠怪异的，而非亲和的对象，而人在海洋面前又常常是被动的，盲目的，认命的，缺乏强大的主体性人格力量，等等。既然是受制于历史而留下的缺憾，我们也就不必苛责于古人了。

中国古代海洋小说已成为历史的一部分。但只要打开它，就能看见千姿百态的海洋景观，听见先人心灵的呼喊，体味他们曾经有过的痛苦、迷茫与希望，因为海洋还是同一个海洋。作为一份珍贵的文学遗产，古代海洋小说不应也不会被遗忘，正如大海永远会在血液里激起澎湃的涛声，这涛声来自时间的深处，更指向遥远的未来。

2018 年 6 月 12 日于舟山群岛

---

[1] 李松岳、朱冠文：《政治维度、艺术想象与现代寓言——重谈〈艳阳天〉》，《中国现代文学研究丛刊》2015 年第 8 期。